A DESCONHECIDA

A DESCONHECIDA

MARY KUBICA

Tradução
Fal Azevedo

Planeta

Título original: *Pretty baby*
Este livro foi publicado em acordo com Harlequin Books S.A.

Preparação: Luciana Paixão
Revisão: Mariane Genaro e Lívia Stevaux
Diagramação: Abreu's System
Capa: Adaptação do projeto original de Sean Kaptain
Imagens de capa: Felicia Simion/Trevillion e ilolab/Shutterstock

DADOS INTERNACIONAIS DE CATALOGAÇÃO NA PUBLICAÇÃO (CIP)
ANGÉLICA ILACQUA CRB-8/7057

Kubica, Mary
A desconhecida / Mary Kubica; tradução Fal Azevedo. – 1. ed. – São Paulo: Planeta, 2017.
352 p. 23 cm.

Tradução de: Pretty baby
ISBN: 978-85-422-0998-3

1. Romance americano. 2.Thriller psicológico I. Azevedo, Fal. II. Título.

17-41051 CDD 813
CDU 821.111(73)-3

2017
Todos os direitos desta edição reservados à
EDITORA PLANETA DO BRASIL LTDA.
Rua Padre João Manuel, 100 – 21º andar
Ed. Horsa II – Cerqueira César
01411-000 – São Paulo-SP
www.planetadelivros.com.br
atendimento@editoraplaneta.com.br

Para aqueles que perdi

HEIDI

Na primeira vez que a vejo, ela está parada na estação de Fullerton, na plataforma do trem, com uma criança no colo. Abraça a si mesma e ao bebê enquanto o expresso da Linha Roxa passa rugindo na direção de Linden. É dia oito de abril, faz menos de nove graus e está chovendo. A chuva despenca aqui, ali e em toda parte, o vento intenso e feroz. Um péssimo dia para o cabelo.

A garota está usando uma calça jeans rasgada no joelho. Seu casaco verde-oliva é fino e de *nylon*. Ela não tem um gorro nem guarda-chuva. Enfia o queixo sob o casaco e olha para a frente enquanto a chuva a castiga. As pessoas em volta estão debaixo de guarda-chuvas, e ninguém se oferece para dividir a proteção com ela. O bebê está quieto, enfiado dentro do casaco da mãe como um bebê canguru dentro da bolsa. Tufos de lã cor-de-rosa escapam do casaco e eu me dou conta de que a criança que parece adormecida em meio a uma enorme confusão – frio congelante, o ensurdecedor barulho do trem suspenso – é uma menina.

Há uma mala aos pés da garota, de couro surrado, marrom e com jeito de ter sido muito usada, ao lado de um par de botas de amarrar, completamente encharcado.

Ela não pode ter mais de dezesseis anos.

Ela é magra. Malnutrida, digo a mim mesma, mas talvez seja apenas magra. Suas roupas pendem em volta de seu corpo. Seu jeans é largo demais e seu casaco, muito grande.

Um anúncio luminoso do Departamento de Trânsito de Chicago informa que um trem se aproxima, e a fila de vagões invade a plataforma. Um bando de passageiros na hora mais movimentada da manhã se aglomera no trem, que está mais quente e seco do que a plataforma, mas a garota não se move. Hesito por um momento – sentindo a necessidade de fazer *alguma coisa* –, mas então embarco no trem como os outros que nada fazem e, acomodando-me em um assento, olho pela janela enquanto as portas se fecham e nós deslizamos para longe dali, deixando a garota e seu bebê sob a chuva.

Mas ela permanece comigo o dia todo.

Sigo no trem até o Loop, uma área comercial importante de Chicago, e desço na estação de Adams/Wabash. Devagar, abro meu caminho, descendo a escadaria até alcançar a rua molhada, sentindo o cheiro acre do esgoto que paira pelos cantos das ruas da cidade, onde os pombos perambulam com seus passinhos hesitantes ao lado de latas de lixo e sem-teto e milhões de moradores da cidade correndo do ponto A ao ponto B sob a chuva.

Por diversas vezes, entre reuniões sobre alfabetização de adultos, a programação do supletivo e a orientação a um homem de Mumbai, penso na garota e na bebê passando a maior parte do dia na plataforma, observando o ir e vir. Invento histórias na minha cabeça. A bebê sofre de cólicas e só dorme em meio à agitação. A vibração causada pela aproximação dos trens é fundamental para manter a bebê adormecida. O guarda-chuva da mulher – eu o imagino vermelho brilhante e estampado com margaridas douradas – foi destruído por uma forte rajada de vento, virou de dentro para fora, como costuma acontecer em dias como este. Estragou-se. O guarda-chuva, a bebê, a mala: era mais do que seus dois braços podiam carregar. Claro que ela não poderia deixar a bebê para trás. E a mala? O que havia naquela mala que tinha mais importância do que um guarda-chuva em um dia como este? Talvez ela tenha permanecido lá o dia todo, esperando. Talvez estivesse esperando por uma chegada, em vez de uma partida.

Ou talvez ela tenha embarcado na Linha Vermelha, segundos depois que a Linha Marrom desapareceu da vista.

Quando volto para casa naquela noite, ela se foi. Não conto nada a Chris porque sei o que ele diria: "Quem se importa?".

Ajudo Zoe com sua lição de matemática na mesa da cozinha. Zoe diz que odeia matemática. Isso não é surpresa para mim. Atualmente Zoe odeia quase tudo. Ela tem doze anos. Posso estar errada, mas, até onde me lembro, meus dias de "Eu odeio tudo o que existe" chegaram bem mais tarde, quando eu já estava com dezesseis ou dezessete anos. Mas hoje em dia tudo chega mais cedo. Fui ao jardim de infância para brincar e aprender as primeiras letrinhas; Zoe foi para o jardim de infância para aprender a ler, para se tornar tecnologicamente mais experiente do que eu. Meninos e meninas estão entrando na puberdade mais cedo, até dois anos antes do que a minha geração, em alguns casos. Crianças de dez anos têm telefones celulares; meninas de sete ou oito anos de idade têm seios.

Chris devora seu jantar e depois desaparece no escritório, como sempre faz, para debruçar-se sobre planilhas monótonas e cansativas até depois que Zoe e eu tenhamos ido para a cama.

No dia seguinte, ela está lá de novo. A garota. E mais uma vez está chovendo. É apenas a segunda semana de abril, e os meteorologistas estão prevendo recorde de chuvas para o mês. O abril mais úmido da história, dizem. No dia anterior, foram registrados, no aeroporto O'Hare, mais de quinze milímetros de chuva em um único dia. A água já começou a se infiltrar nos porões e a empossar nas ruas da parte baixa da cidade. Voos foram adiados ou cancelados. Recordo-me do que sempre diziam: "Os aguaceiros de abril trazem as flores de maio". Visto uma jaqueta e enfio meus pés em botas de borracha para enfrentar a caminhada até o trabalho.

Ela usa o mesmo jeans rasgado, o mesmo casaco verde-oliva, as mesmas botas de amarrar. A mala antiga repousa ao seu lado. O ar frio a faz estremecer, a bebê se contorce e resmunga. Ela embala a garotinha para cima e para baixo, para cima e para baixo, e eu leio em seus lábios "shhh". Ouço o que as mulheres ao meu lado, bebendo seu café quente sob guarda-chuvas do tamanho de guarda-sóis, dizem: "Ela não deveria tirar a bebê de casa em um dia como este"; "O que há de errado com essa garota?"; "Por que a bebê não está usando gorro?".

O expresso da Linha Roxa passa por nós, o trem da Linha Marrom se aproxima e os que nada fazem colocam-se em movimento, como objetos inanimados em uma linha de montagem.

Hesito mais uma vez, desejando fazer *alguma coisa*, mas não querendo parecer intrusiva ou ofensiva. Há uma linha tênue entre ser solidário e ser desrespeitoso, uma linha que não quero ultrapassar. Pode haver um milhão de motivos para ela estar aqui com uma mala, segurando a bebê sob a chuva, um milhão de motivos além do perturbador pensamento recorrente que me assalta: *ela é uma sem-teto*.

Trabalho com pessoas que costumam ser afetadas pela pobreza, imigrantes na maioria. As estatísticas de alfabetização em Chicago são lamentáveis. Cerca de um terço dos adultos apresenta baixo nível de alfabetização, o que significa que não pode preencher formulários para candidatar-se a ofertas de emprego; não pode ler instruções ou mesmo orientar-se no mapa para saber em que estação descer. Não pode ajudar seus filhos com os deveres de casa.

As faces da pobreza são sombrias: mulheres idosas encolhidas nos bancos dos parques da cidade, empurrando tudo o que têm nesse mundo em um carrinho de supermercado enquanto reviram o lixo em busca de comida; homens na calçada junto a arranha-céus nos dias mais frios de janeiro com um papelão rabiscado contra o corpo inerte: "Por favor, me ajudem. Tenho fome. Deus abençoe". As vítimas da pobreza vivem em moradias precárias, em bairros perigosos, sua comida é inapropriada, para dizer o mínimo, e muitas vezes passam fome. Têm pouco ou nenhum acesso a cuidados de saúde, à imunização adequada; os filhos frequentam escolas precárias, desenvolvem problemas comportamentais, testemunham violência. Correm maior risco de praticar algum ato sexual cedo demais e, assim, o ciclo se repete. Adolescentes dão à luz bebês com baixo peso, recebem poucos cuidados de saúde, não podem ser devidamente imunizadas, e as crianças ficam doentes. Passam fome.

A pobreza, em Chicago, é maior entre negros e hispânicos, mas é claro que uma garota branca também pode ser pobre.

Isso tudo atravessa minha mente na fração de segundo em que me pergunto o que fazer. Ajudar a garota. Pegar o trem. Ajudar a garota. Pegar o trem. Ajudar a garota.

Mas então, para minha surpresa, a garota embarca. Passa pelas portas, segundos antes da gravação que ecoa no alto-falante do vagão: "Bing-bong. Portas automáticas sendo fechadas". Eu a sigo perguntando-me para onde será que estamos indo a garota, seu bebê e eu.

O vagão está lotado. Um homem se levanta de seu assento e, graciosamente, oferece-o para a menina; sem uma palavra, ela aceita, rapidamente se ajeitando no banco metálico, ao lado de um sujeito arrumadinho em um longo casaco preto, que olha para a bebê como se ela fosse de Marte. Os passageiros distraem-se da viagem diária buscando refúgio em seus celulares, *laptops* e outros dispositivos, estão lendo romances, jornais, as notícias da manhã; bebem copos de café e, de suas janelas, observam a cidade se desenhando na linha do horizonte, perdida no dia nublado. Cuidadosamente, a garota tira a bebê de dentro do casaco. Ela desenrola o cobertor cor-de-rosa e, milagrosamente, por entre as sobras de lã, a bebê surge, seca. O trem dá uma guinada em direção à estação Armitage, sacudindo-se por trás dos edifícios de tijolos aparentes de três ou quatro andares, tão próximo da casa das pessoas que imagino a forma como devem estremecer quando o trem passa, copos tilintando nos armários, aparelhos de televisão silenciados pela reverberação dos vagões cada minuto ao longo do dia e noite adentro. Deixamos Lincoln Park e nos dirigimos para Old Town e, em algum momento pelo caminho, a bebê se acalma; seu pranto, reduzido a um choro manso para evidente alívio de todos os passageiros.

Sou obrigada a ficar mais distante da garota do que gostaria. Segurando-me firme, atenta a qualquer imprevisibilidade do trem em movimento, espio através dos corpos e pastas de trabalho. Pele branca como marfim, coberta de manchas de choro do rosto magro da mãe de olhar perdido, um macaquinho branco e a sucção desesperada da chupeta da criança. Uma mulher passa por elas e diz: "Que lindo bebê". A garota força um sorriso.

Sorrir não é algo que a garota faça naturalmente. Eu a comparo com Zoe e sei que é mais velha. O desespero em seus olhos, por um lado, a falta da vulnerabilidade evidente de Zoe, por outro. E claro, há a bebê (convenci a mim mesma de que Zoe ainda acredita que bebês são entregues por cegonhas).

Ao lado do homem de negócios, a garota parece diminuta, como uma criança. Seu corte de cabelo é irregular: desfiado de um lado, na altura do ombro do outro. É opaco, como uma velha fotografia em sépia, amarelada pelo tempo. Há camadas de vermelho, que não é seu tom natural. Ela usa maquiagem preta e borrada pela chuva nos olhos escondidos atrás de uma franja longa e protetora.

O trem desacelera em seu caminho ao Loop, inclinando nas curvas e desvios. Eu observo enquanto a bebê é envolta mais uma vez na manta de lã rosa e enfiada sob o casaco de *nylon* e preparo-me para o desembarque delas. Ela desce antes de mim, na estação State/Van Buren. Olho pela janela, tentando não a perder no pesado congestionamento que enche a cidade a essa hora do dia.

Mas eu perco do mesmo jeito, e, assim, ela desaparece.

CHRIS

– Como foi seu dia? – pergunta Heidi assim que passo pela porta da frente. Sou recebido pelo cheiro forte do cominho, pelo som do noticiário vindo da sala de estar e pelo barulho explosivo do aparelho de som de Zoe que reverbera pelo corredor. No noticiário: uma chuva recorde está castigando o meio-oeste. Uma coleção de coisas *molhadas* se acumula na porta da frente: casacos, guarda-chuvas e sapatos. Coloco mais coisas na pilha e balanço minha cabeça para tirar o excesso de água do cabelo, como um cão molhado. Indo para a cozinha, beijo o rosto de Heidi, mais pela força do hábito do que como um gesto de afeto.

Heidi já vestiu seu pijama: vermelho, de lã xadrez; o cabelo, com suas ondas castanho-avermelhadas naturais, alisado pela chuva. Sem as lentes de contato, com os óculos.

– Zoe! – grita ela. – O jantar está pronto – seu grito ecoa pelo corredor, entre a porta fechada do quarto de nossa filha e o som ensurdecedor de uma banda de garotos. Não há chance de ela ser ouvida.

– O que tem para o jantar? – pergunto.

– Chili. Zoe!

Adoro chili, mas nestes dias o de Heidi é do tipo vegetariano, cheio não apenas de feijões pretos e roxos e grão de bico (e, pelo que parece, cominho), mas também o que ela chama de "carne moída vegetariana", para dar a impressão de que usa carne, mas sem que a vaca se envolva no processo. Ela apanha tigelas no armário e começa a servir o chili. Heidi não é vegetariana. Mas desde que Zoe começou a esbravejar sobre o teor de gordura na carne, há duas semanas, Heidi tomou a decisão, pela família, de ficar sem carne por um tempo. Até agora, tivemos um bolo de carne vegetariano e espaguete com almôndegas, também em versão vegetariana, bem como sanduíches de carne vegetariana. E nada de carne. De verdade.

– Vou chamá-la – digo e atravesso o corredor estreito de nosso apartamento. Bato na porta que estremece e, com a bênção de Zoe, coloco a cabeça entre a porta e o batente para avisar sobre o jantar e ela responde que tudo bem. Está deitada em sua cama de dossel, com um caderno amarelo – aquele com todas as celebridades medíocres que ela recorta de revistas e cola na capa – no colo. Ela o fecha apressadamente assim que entro no quarto e apanha os cartões com os resumos de estudos sociais, que estão ao seu lado, ignorados.

Não menciono a carne moída vegetariana. Tropeço na gata a caminho do meu quarto e de Heidi, afrouxando a gravata enquanto ando.

Instantes depois, sentamos à mesa da cozinha e, de novo, Heidi me pergunta sobre meu dia.

– Foi bom – respondo. – E o seu?

– Odeio feijões – declara Zoe, enquanto ergue uma colherada de chili apenas para deixar o conteúdo escorrer de volta para a tigela. A televisão da sala de estar está muda, ainda assim nossos olhos são atraídos para ela, e tentamos fazer nosso melhor em leitura labial para entender as notícias da noite. Zoe se afunda em sua cadeira, recusando-se a comer. Ela é um clone de Heidi desde a forma arredondada do rosto até os cabelos ondulados e os olhos castanhos, tudo igual, do arco de seus lábios até o punhado de sardas que se espalham pelo nariz esnobe delas.

– O que você fez? – pergunta Heidi e eu faço uma careta por dentro, não querendo reviver o dia, nem as histórias dela, de refugiados sudaneses buscando asilo e homens adultos analfabetos. São deprimentes. Só quero fazer minha leitura labial das notícias da noite em silêncio.

Mas, de qualquer forma, conto a ela sobre uma oportunidade de negócio oferecida por um cliente, a elaboração de um contrato e uma teleconferência feita em um horário alarmantemente precoce com um outro cliente de Hong Kong. Às três horas da manhã. Eu me esgueirei do quarto que eu e Heidi dividimos e me arrastei até o escritório para a teleconferência e, quando tudo terminou, tomei banho e saí para o trabalho muito antes de ela ou Zoe começarem sequer a pensar em acordar.

– Estou indo, amanhã logo cedo, para São Francisco – lembro a ela.

Ela assente.

– Eu sei. Por quanto tempo?

– Por uma noite.

Então, eu lhe pergunto sobre seu dia e Heidi me conta sobre um jovem que emigrou da Índia para os Estados Unidos, há seis meses. Ele estava vivendo nas favelas de Mumbai. "Dharavi, para ser exata, uma das maiores favelas do mundo", Heidi me conta. "E estava ganhando menos de dois dólares americanos por dia, em seu país natal." Ela me conta sobre os banheiros, como são poucos e distantes entre si. Os moradores usam o rio para se aliviar. Ela está ajudando esse homem, chama-o de Aakar, com sua gramática. O que não é fácil. Ela ressalta:

– O inglês é uma língua muito difícil de aprender.

Digo a ela que sei disso.

Minha mulher tem um coração de manteiga. O que era bastante adorável quando a pedi em casamento, mas, de alguma forma, depois de catorze anos de convivência sob o mesmo teto, as palavras "emigrante" e "refugiado" me enervam, em geral porque tenho certeza de que ela se preocupa mais com o bem-estar deles do que com o meu.

– E seu dia, Zoe? – pergunta Heidi.

– Foi um saco – resmunga Zoe, afundada na cadeira, encarando o chili como se aquilo pudesse ser cocô de cachorro, e sorrio para mim mesmo. Pelo menos, um de nós está sendo honesto. Quero uma nova chance de responder. Meu dia foi um saco também.

– Um saco como? – insiste Heidi. Adoro quando ela usa a palavra "saco". É contra a sua natureza, chega a ser cômico. A única vez que Heidi fala sobre "sacos" é quando faz compras no mercado. E depois ela emenda: "O que há de errado com seu chili? Está muito apimentado?".

– Eu já disse. Odeio feijões.

Cinco anos atrás, Heidi a teria lembrado sobre as crianças famintas na Índia, Serra Leoa ou Burundi. Mas, atualmente, conseguir que Zoe coma *qualquer coisa* é uma façanha. Ou ela odeia tudo o que existe ou diz que é cheio de gordura, como a carne. Assim, em vez disso, comemos carne moída vegetariana.

Das profundezas de minha pasta de trabalho – deixada no chão, ao lado da porta da frente – meu telefone celular toca e Heidi e Zoe olham para mim, perguntando-se se vou ou não escapulir com o celular no meio do jantar para me refugiar em meu escritório, o terceiro quarto da casa, que reformamos quando ficou claro que não haveria mais crianças para mim e Heidi. Eu ainda a flagro, algumas vezes quando está no escritório comigo, com seus olhos vagando pelos móveis cor de café *espresso* – uma mesa, estantes e minha cadeira de couro favorita –, imaginando um arranjo completamente diferente ali, um berço, um trocador e animais de safári brincalhões colados nas paredes.

Heidi sempre quis uma família grande. As coisas apenas não seguiram esse caminho.

É raro que consigamos ter um jantar rápido sem sermos interrompidos pelo som desagradável do meu celular. Dependendo da noite, do meu humor – ou, mais importante, do humor de Heidi – ou de qualquer outra emergência surgida no trabalho naquele dia, posso ou não atender. Nessa noite, coloco uma colherada de chili na boca como que dispensando a chamada e Heidi sorri de forma adorável, o que entendo como um "obrigada".

Heidi tem o mais doce dos sorrisos, não é apenas um simples movimento de seus lábios. Quando ela ri, penso na primeira vez que nos vimos, um baile de caridade na cidade, seu corpo envolvido em um vestido de tule *vintage,* sem alças, vermelho como seu batom. Era uma pintura. Uma obra-prima. Heidi ainda estava na faculdade, uma estagiária na organização sem fins lucrativos que ela agora comanda. De volta aos dias em que passar a noite acordado era moleza e quatro horas de sono eram uma boa noite para mim. De volta àqueles dias, quando trinta parecia *velho,* tão velho na verdade que eu nem considerava o que trinta e nove seriam.

Heidi acha que trabalho muito. Para mim, setenta e duas horas de trabalho semanais é normal. Há noites em que não chego em casa antes das duas da manhã; há noites em que estou em casa, mas trancado em meu escritório até o Sol começar a nascer. Meu celular toca todas as horas do dia e da noite, como se eu fosse algum médico de plantão, não alguém que lida com fusões e aquisições. Mas Heidi trabalha em uma organização sem fins lucrativos; apenas um de nós ganha dinheiro o suficiente para pagar um apartamento em Lincoln Park, a escola particular cara de Zoe e fazer uma poupança para pagar a faculdade.

O celular para de tocar e Heidi se vira para Zoe. Ela quer ouvir mais de seu dia.

Acontece que a sra. Peters, a professora de ciências do sétimo ano, não estava lá e a substituta era uma completa... Zoe se interrompe, pensa em um adjetivo melhor do que aquele implantado em seu cérebro por pré-adolescentes desajustados... uma "chata" completa.

– Por quê? – pergunta Heidi.

Zoe evita fazer contato com os olhos, encara o chili.

– Não sei. Ela só era.

Heidi toma um gole de sua água, planta aquele olhar inquisidor em seu rosto. O mesmo que eu obtive quando mencionei a ligação às três da manhã.

– Ela era má?

– De verdade, não.

– Muito rígida?

– Não.

– Muito... feia? – pergunto para aliviar o clima da conversa. Heidi precisa, algumas vezes, colocar um freio nas coisas. Convenceu-se de que ser mãe envolvida com as questões da filha (e por isso quero dizer bastante envolvida) assegurará a Zoe de que é amada, enquanto ela entra no que Heidi chama de "tumultuados anos da adolescência". O que eu me lembro dos meus próprios anos tumultuados de adolescência era a necessidade de escapar dos meus pais. Quando eles me seguiam, eu corria mais rápido. Mas Heidi pegou livros na biblioteca: livros de psicologia sobre desenvolvimento infantil, educar com amor, segredos de uma família feliz. Ela está determinada a fazer isso direito.

Zoe ri. Quando ela faz isso – o que não acontece com muita frequência – tem de novo seis anos, pura, ouro vinte e quatro quilates.

– Não – responde ela.

– Apenas... uma chata, então? Uma desagradável velha chata – digo. Coloco de lado os feijões pretos e procuro por outra coisa. Um tomate. Milho. Sou um catador de chili. Evito a carne moída vegetariana.

– É. Acho que sim.

– O que mais? – pergunta Heidi.

– Hein? – Zoe veste uma camisa *tie-dye* com as palavras *paz* e *amor* escritas em um cor-de-rosa vibrante. Estão cobertas de *glitter*. Prendeu seu cabelo em um rabo-de-cavalo lateral que a faz parecer muito sofisticada para seu aparelho laranja, que cobre seus dentes irregulares. Desenhou em todo seu braço esquerdo: símbolos de paz, seu próprio nome, um coração. O nome Austin.

Austin?

– O que mais foi péssimo? – pergunta Heidi.

Quem diabos é Austin?

– Taylor derramou seu leite no almoço. Sobre meu livro de matemática.

– Estragou o livro? – preocupa-se Heidi. Taylor é amiga de Zoe, sua melhor amiga no mundo desde que tinham quatro anos. Combinavam seus colares de melhores amigas, a maioria de caveiras. O de Zoe é verde-limão e fica em seu pescoço o tempo todo, dia ou noite. A mãe de Taylor, Jennifer, é a melhor amiga de Heidi. Se me lembro corretamente, elas se conheceram no parque da cidade, duas menininhas brincando na caixa de areia, suas mães fazendo um intervalo no mesmo banco do parque. Heidi chama isso de casualidade. Embora eu acredite, na verdade, que Zoe jogou areia nos olhos de Taylor e que aqueles primeiros momentos não foram tão afortunados, afinal. Se não fosse por Heidi e sua garrafa de água sobressalente para lavar a areia e se Jeniffer não estivesse no meio de um divórcio e desesperada por alguém com quem desabafar, a história poderia ter tido um final diferente.

Zoe responde:

– Não sei. Acho que sim.

– Precisamos de outro?

Sem resposta.

– Alguma outra coisa aconteceu? Alguma coisa *boa*?

Ela balança a cabeça.

E isso, em poucas palavras, é o dia péssimo de Zoe.

Ela é dispensada da mesa sem comer o seu chili. Heidi a convence a comer alguns pedaços da broa de milho e beber um copo de leite e depois a manda para o quarto, para terminar seu dever de casa, o que nos deixa sozinhos. De novo, meu celular toca. Heidi se levanta para preparar os pratos para colocar na lava-louças, e eu me pergunto se estou ou não dispensado. Então, resolvo apanhar alguns pratos da mesa e os levo para Heidi, que está jogando o chili de Zoe no lixo.

– O chili estava bom – minto. Não estava. Empilho os pratos na bancada e me coloco atrás dela, minha mão pousada sobre a lã xadrez vermelha.

– Quem vai para São Francisco? – pergunta. Ela fecha a torneira e se vira para olhar para mim e eu me inclino em sua direção, lembrando-me como é quando estou com ela, uma familiaridade tão enraizada em nós dois; é natural, um hábito, uma segunda natureza. Estou com Heidi por quase metade da minha vida. Sei o que ela dirá antes que fale. Conheço sua linguagem corporal, o que cada gesto significa. Conheço seu olhar convidativo, quando Zoe está dormindo fora, ou bem depois de ela estar na cama. Estou consciente dele agora. Quando ela desliza os braços ao meu redor e me puxa para si, cruzando as mãos nas minhas costas, não é um gesto de afeto; é uma demonstração de posse.

Você é meu.

– Apenas algumas pessoas do escritório – respondo.

De novo, com olhos imensos e inquisitivos. Ela quer que eu elabore a resposta.

– Tom – digo –, e Henry Tomlin. – Então hesito e, provavelmente, a hesitação me entrega. – Cassidy Knudsen – admito, manso, falando o último nome como se ela não soubesse quem é Cassidy. Cassidy Knudsen, com K mudo.

E, com isso, Heidi tira as mãos de mim e se volta para a pia.

– É uma viagem de negócios – lembro a ela. – Somente negócios – digo, enquanto afundo o rosto em seu cabelo. Cheira a morangos, doces e suculentos, combinado com uma mistura de cheiros da cidade: a sujeira da rua, estranhos no trem, o cheiro da umidade da chuva.

– *Ela* sabe disso? – inquire Heidi.

– Vou garantir que saiba – respondo. E quando a conversa morre, a cozinha fica em silêncio, com exceção do som grosseiro da lava-louças fazendo seu trabalho. Aproveito a oportunidade e escapo, indo para o quarto fazer a mala.

Não é minha culpa eu ter uma colega de trabalho tão atraente.

HEIDI

Quando acordo pela manhã, Chris já saiu. Ao meu lado, sobre o velho criado-mudo de madeira, há uma xícara de café, morna e provavelmente cheia até a borda com creme de avelã, mas, ainda assim, café. Sento-me na cama e pego a xícara e o controle remoto e, ligando a televisão sem vida, deparo com a previsão do tempo. Chuva.

Quando finalmente consigo ultrapassar o corredor e chegar à cozinha, passando pelas fotografias de Zoe, do jardim de infância até o sétimo ano, eu a encontro lá, colocando leite e cereal em uma tigela.

– Bom dia – digo e ela se assusta. – Você dormiu bem? – pergunto e beijo sua testa, cautelosa. Ela fica paralisada, desconfortável com gestos sentimentais nessa idade. E ainda assim, como sua mãe, sinto a necessidade de demonstrar minha afeição; um bater de mãos – ou um aperto de mão secreto, como o que Chris e Zoe compartilham – simplesmente não são suficientes, então a beijo e a sinto se afastar, sabendo que eu plantei meu amor do dia.

Zoe já está vestida com seu uniforme escolar: a saia xadrez de jérsei plissado e um cardigã azul-marinho, os sapatos de fivela e camurça que ela odeia.

– Sim – responde e leva sua tigela até a mesa da cozinha.

– Que tal um pouco de suco?

– Não estou com sede. – No entanto, noto como desvia seu olhar para a cafeteira, uma porta que ela abriu antes e que eu fechei com firmeza. Ninguém, aos doze anos, precisa de um estimulante para sobreviver à manhã. Completo minha caneca, coloco bastante creme e me sento ao lado de Zoe, com uma tigela cheia de aveia com passas e tento conversar sobre o dia que começa. Sou inundada com vários "sins" e "não sei" e então ela foge para escovar os dentes e sou deixada com o silêncio da cozinha, ao som da percussão constante das gotas de chuva no parapeito da janela.

Saímos para o dia úmido, passando por um vizinho no corredor. Graham. Está pressionando os botões de um relógio da moda, o dispositivo soltava vários *bips* e *blips*. Ele sorri para si mesmo, claramente satisfeito.

– Que bom encontrá-las aqui, senhoras – diz ele, com o sorriso mais debochado que já vi. O longo cabelo louro de Graham cai em uma testa oleosa, mechas que logo estarão em pé, graças à quantidade generosa de gel. Ele está molhado de chuva ou de suor; honestamente, não sei dizer.

Graham está voltando para casa de sua corrida matinal ao longo da margem do lago, vestido dos pés à cabeça com artigos da Nike, um relógio caro que indica os quilômetros corridos e as pausas. Suas roupas combinam muito bem, uma faixa verde-limão em seu casaco orna com outra verde-limão em seus tênis.

Ele é o que alguém poderia chamar de metrossexual, ainda que Chris tenha certeza de que há mais que isso.

– Bom dia, Graham – digo. – Como foi a corrida?

Encostado na parede cor de trigo com lambris brancos, ele esguicha um gole de água na boca e diz:

– Incrível. – Há uma expressão de euforia em seu rosto que faz Zoe corar. Ela encara seus sapatos, chutando uma sujeira invisível de um pé a outro.

Graham é um órfão com trinta e poucos anos, que vive nesse prédio porque o apartamento ao lado do nosso foi deixado para ele no testamento da mãe, quando ela morreu, anos e anos atrás, e Graham, por consequência, apareceu como um bandido, tomando posse não só da herança, mas de centenas de milhares de dólares em um acordo com o hospital, também, dinheiro que ele está gastando devagar em relógios da moda, vinhos caros e em decoração extravagante para sua casa.

Ele planejava colocar o apartamento à venda depois que sua mãe morreu, mas, em vez disso, mudou-se para ele. Caminhões de mudança trocaram toda a mobília eclética e pertences da mãe pelos móveis modernos de Graham, tão elegantes e estilosos que era como se tivessem saído das páginas de um catálogo da Design Within Reach: as linhas claras e os ângulos ousados, as cores neutras. Ele era um minimalista, o apartamento tinha poucos móveis, mas folhas e folhas de papel para computador cobriam o chão.

"Gay", dissera-me Chris, depois que entramos no novo apartamento de Graham pela primeira vez. Não foi apenas a decoração que chamou a atenção de Chris, mas os *closets* cheios de roupas – mais roupas do que jamais tive – que ele deixou abertos de propósito para vermos. "Guarde minhas palavras. Você vai ver."

E ainda assim, as mulheres apareciam com regularidade, tão deslumbrantes que me deixavam até sem palavras. Mulheres com cabelos louros tingidos e olhos de um azul artificial, com o corpo parecido com o da boneca Barbie.

Graham tinha chegado quando Zoe ainda era bebê. Ela pareceu atraída por ele como moscas são atraídas por uma tigela de bananas amadurecendo. Como um escritor *freelance*, Graham estava sempre em casa, com os olhos fixos na tela do computador e quase tendo uma overdose de cafeína e insegurança. Ele veio ao nosso socorro mais de uma vez quando Zoe estava doente e nem eu nem Chris podíamos faltar ao trabalho. Ele a recebia em seu sofá estofado onde, juntos, assistiam a desenhos animados. Ele era a resposta quando precisávamos de um punhado de manteiga, um lençol seco ou alguém para segurar a porta. Ele também era o melhor em narração, ajudando Zoe com seu dever de casa de inglês quando eu e Chris não podíamos. Ele era um especialista em rechear perus, algo que eu me descobri incapaz de fazer a certa altura da vida, quando tentei preparar um jantar de Ação de Graças para meus sogros.

Resumindo, Graham era um bom amigo.

– Vocês duas deveriam se juntar a mim qualquer dia desses – disse ele sobre a corrida. Vejo a quantidade exorbitante de garrafas de água presas à sua cintura e acho melhor não.

– Você lamentaria se eu fizesse isso – digo a ele, observando-o bagunçar o cabelo de Zoe enquanto ela cora de novo, desta vez o tom rosado não tem nada a ver com as insinuações sexuais dele.

– E você? – pergunta ele a Zoe e ela dá de ombros. Ter doze anos tem suas vantagens, o fato de que um movimento de ombros e um sorriso tímido consegue tirá-la do foco. – Pense nisso – diz ele, dando aquele sorriso debochado, os dentes enfileirados como crianças bem-comportadas na escola, de um branco impecável. A insinuação de pelos faciais onde ele ainda tinha de barbear, os olhos cerrados, que Zoe evita como se fossem praga. Não porque ela não goste dele. Mas, sim, porque gosta.

Despedimo-nos e saímos para a chuva.

Levo Zoe a pé até a escola antes de seguir para o trabalho. Zoe frequenta uma escola católica em nossa vizinhança, situada ao lado de uma feia igreja bizantina, com seus tijolos acinzentados na fachada, suas portas de madeira pesada, sua cúpula celestial que alcança o céu. A igreja é inteiramente decorada, dos murais dourados que vão de parede a parede aos vitrais e altar de mármore. A escola fica atrás dela, escondida, um prédio comum de tijolos com um parquinho e uma multidão de crianças com uniformes xadrezes combinando, escondidas sob capas de chuva multicoloridas, suas mochilas muito gordas para o corpo magrinho delas. Zoe foge de mim com um mero "tchau" e eu observo, da esquina, enquanto ela se reúne com outros estudantes do sétimo ano e corre da rua empoçada para o prédio seco, mantendo-se afastada dos pequeninos – aqueles que se agarram às pernas dos pais e juram que "não querem ir" – como se tivessem algum problema de comunicação.

Observo até ela estar dentro do prédio, e então continuo o meu caminho até a estação Fullerton. Em algum ponto, no caminho, a chuva, com toda a sua urgência, transforma-se em um temporal, e me vejo correndo, desajeitada, rua abaixo, meus pés pisando em poças, espirrando água suja da chuva nas minhas pernas.

A menina e sua bebê me vêm à mente e me pergunto se elas também estão em algum lugar, sendo castigadas pela chuva.

Quando chego à estação, uso meu cartão de embarque para destravar a catraca, depois subo os degraus escorregadios, imaginando se eu as verei: a menina e sua bebê, mas elas não estão lá. Claro que fico grata pela criança e sua mãe não estarem na plataforma neste clima horrível, mas minha mente começa a imaginar: onde estão e, o mais importante, estão seguras? Secas? Aquecidas? É a definição de agridoce. Espero, com impaciência, pelo trem e, quando ele chega, entro nele, meus olhos presos à janela meio que esperando que apareçam a qualquer segundo: o casaco verde-oliva e as botas amarradas, a mala de couro *vintage* e o cobertor rosado de lã macia, a cabeça cor de creme da bebê exposta como uma plumagem escassa e delicada, e seu sorriso desdentado.

No trabalho, uma excursão de estudos do terceiro ano chega ao nosso centro de alfabetização. Com um punhado de voluntários, lemos poesia para os estudantes e eles tentam escrever e ilustrar poemas deles mesmos, que os mais atrevidos compartilham com o grupo. Os estudantes que vêm ao centro são, quase todos, de classe baixa, das vizinhanças urbanas, a maioria afro-americanos ou latinos. Muitos vêm de lares com renda baixa onde se fala outra língua que não o inglês – espanhol, polonês, chinês.

Várias dessas crianças vêm de famílias cujos pais trabalham, se é que ainda estão por perto. Muitas são filhas de mães ou pais solteiros. Várias são crianças que ficam trancadas, passando suas tardes e noites sozinhas. São assoladas por problemas mais urgentes: alimentação e moradia, para ser exata. Uma manhã em nosso centro é mais do que alfabetização e amor por sonetos e haicais. É também o sentimento que toma conta das crianças quando elas entram por nossas portas (quietas, resmungando sobre a tarefa que têm em mãos) e a coragem com que partem, depois de algumas horas de trabalho duro e atenção irrestrita de nossa equipe.

Mas, quando se vão, os pensamentos na menina e seu bebê voltam.

A chuva cedeu, dando lugar a uma garoa, quando chega a hora do almoço. Abotoo minha capa de chuva e saio, descendo a State Street, enquanto como alguma barrinha saudável de granola no lugar de um almoço, e vou para a biblioteca para apanhar um livro que eu tinha reservado em um empréstimo interbibliotecas. Eu adoro a biblioteca, com seu átrio iluminado pela luz do Sol (embora não haja luz do Sol hoje) e suas gárgulas grotescas de granito, e milhões e milhões de livros. Adoro o silêncio da biblioteca, a entrada para o conhecimento, para o idioma francês e história medieval, engenharia hidráulica e contos de fadas, a possibilidade de aprender de um modo bem primitivo: livros, uma coisa que cedeu espaço muito rápido à tecnologia moderna.

Paro ao lado de uma mendiga encostada contra a parede de tijolos vermelhos do prédio e coloco algumas notas de dinheiro em sua mão. Quando ela sorri para mim, vejo que vários de seus dentes estão faltando; sua cabeça está coberta por um chapéu fino que deveria mantê-la aquecida. Ela murmura um "obrigada", inarticulado e de difícil compreensão, pelos dentes que ela provavelmente apodreceu com o uso de metanfetamina.

Encontro meu livro na prateleira de reservas e, depois, uso uma série de elevadores para chegar ao sétimo andar, passando pelos seguranças e por excursões das escolas primárias, vagando entre homens errantes e grupos de mulheres conversando muito alto para quem estava em uma biblioteca. O lugar está aquecido e sereno, e completamente convidativo, enquanto caminho na direção dos corredores de literatura, procurando alguma coisa agradável para ler, o último best-seller do *The New York Times*.

E é lá que a vejo, a garota com sua bebê, sentada com as pernas cruzadas, no chão, entre os corredores de literatura, a bebê deitada em seu colo, sua cabeça mais elevada pelo joelho da garota. A mala está no chão, ao seu lado. A garota, pelo que parece, está agradecida por estar livre de seu peso por um tempo. Ela pega uma mamadeira do bolso do seu casaco verde-oliva e a coloca na boca faminta da bebê. Então se levanta e apanha um livro da estante mais baixa – enquanto eu me esgueiro para o corredor mais próximo, pegando um suspense de ficção científica e abrindo na página quarenta e sete. Ouço a voz dela, suave, lendo em voz alta *Anne de Green Gables*, enquanto acaricia os dedos dos pés da bebê.

A bebê está calma. Espio entre as prateleiras de metal, enquanto a criança consome a mamadeira, até chegar a um restinho de líquido e, então, seus olhos ficam muito pesados para ser mantidos abertos e, devagar, se fecham; seu corpo gravita até a letargia, imóvel com exceção dos movimentos involuntários aqui e ali. Sua mãe continua a ler, a acariciar seus pequenos dedos dos pés e, de repente, eu estava testemunhando um momento muito pessoal entre mãe e filha.

Uma bibliotecária aparece.

– Posso ajudá-la a encontrar alguma coisa? – pergunta e me assusto, segurando o suspense de ficção científica. Sinto-me culpada, nervosa, minha capa de chuva ainda está pingando água. A bibliotecária sorri. Sua feição é tranquila e amável.

– Não – respondo com rapidez e em voz baixa. Não quero acordar a bebê. Sussurro: – Não. Acabei de encontrar. – E corro para os elevadores e escada para retirar meu novo livro.

No caminho de volta para casa, paro na locadora de vídeo e alugo um filme, um "filme de garotas" para Zoe e para mim, um pacote de pipocas para micro-ondas, sem gordura. Chris sempre foi um guerreiro solitário. Quando mais nova, Zoe foi afetada, de forma negativa, por seu pai "aqui num instante, indo embora no seguinte". Quando ele viajava, inventávamos coisas divertidas para fazer quando não podíamos estar com o papai: noites de filme e dormir juntas na cama grande, panquecas para o jantar, inventar histórias nas quais Chris é um viajante do tempo (muito mais divertido), em vez de um investidor bancário viajante (chato).

Tomo o elevador até o quinto andar do nosso prédio antigo e, quando entro em nosso apartamento, encontro tudo em silêncio, escuro, estranho. Em geral, é o som ensurdecedor do rádio de Zoe que me dá as boas-vindas. Mas hoje só há silêncio. Acendo a luz da sala de estar e chamo seu nome. Bato na porta de seu quarto. Consigo ver a luz vazando pela parte de baixo da porta dela, mas não obtenho resposta. Entro.

Zoe, ainda vestida com seu uniforme xadrez – o que é uma raridade nos dias de hoje – está esparramada no chão, sobre o tapete cor creme que cobre as tábuas de madeira do piso. Seu uniforme é trocado, em geral, por alguma roupa mais gráfica, com lantejoulas ou tachinhas, assim que ela entra em casa. Consigo ver que ela está respirando – dormindo

– então não entro em pânico. Mas a observo, ela está abraçando aquele caderno amarelo. Ela está enrolada em um cobertor macio, com a cabeça sobre um travesseiro onde se lê "Abraços e Beijos". Seu aquecedor, que Chris comprou depois das várias reclamações de Zoe sobre como seu quarto era muito frio, estava em vinte e seis graus. Seu quarto está quente, um forno, e Zoe, deitada a sessenta centímetros do aparelho, está sendo cozida. Seu rosto está vermelho; é uma bênção o cobertor não ter pegado fogo. Aperto o botão, desligando o aquecedor, mas levará horas para o quarto resfriar.

Meus olhos vagam pelo espaço, uma coisa que Zoe desaprovaria se estivesse acordada: a parede de tijolos aparentes que surge ao acaso, a razão, deduziu Chris, do quarto de Zoe ser tão frio; sua cama de dossel desfeita, com a colcha de retalhos; os muitos pôsteres de celebridades adolescentes e paraísos tropicais ocupando as paredes. Sua mochila está no chão, aberta, a barrinha de granola que enfiei na mão dela, para um lanche depois da escola, intocada. Anotações das aulas espalhadas pelo chão, amassadas. As gatas estavam ao lado de Zoe, roubando para si parte daquele calor febril.

Passo as mãos por seu cabelo comprido e chamo seu nome uma vez e depois de novo. Quando ela acorda, senta-se rápido, com os olhos arregalados, como se tivesse sido pega fazendo alguma coisa errada. Alguma coisa ruim. Levanta-se, as gatas se assustam, e ela joga o cobertor em sua cama.

– Eu estava cansada – diz ela, explicando-se, seus olhos examinam o quarto, ela se pergunta se, por acaso, encontrei alguma transgressão. Nenhuma. São quase sete da noite e, do lado de fora, em algum lugar atrás das nuvens pesadas e escuras, o Sol está começando a se pôr. Chris, em São Francisco, está prestes a se sentar para um jantar exagerado em algum restaurante extravagante, estudando Cassidy Knudsen do outro lado da mesa. Afasto esse pensamento da minha mente.

– Então fico feliz de você ter tirado uma soneca – digo a ela, examinando os vincos em seu rosto, seus olhos castanhos, exaustos. – Como foi seu dia?

– Bom – responde ela, pegando o caderno amarelo do chão. Ela se agarra a ele como um bebê lêmure se agarra à sua mãe.

– A sra. Peters estava lá?

– Não.

– Ela deve estar doente de verdade – digo. A gripe parece estar surgindo mais tarde neste ano. – A mesma substituta apareceu? A *chata*?

Zoe assente. Sim. A chata.

– Vou começar a fazer o jantar – digo a ela, mas para minha surpresa, ela diz:

– Já comi.

– Hein?

– Eu estava com fome. Depois da escola. Não sabia que horas você chegaria em casa.

– Tudo bem – digo a ela. – O que você comeu?

– Queijo quente – responde ela e depois, para equilibrar a balança, completa – e uma maçã.

– Certo.

Percebo que ainda estou vestindo minha capa de chuva, galochas e ainda estou com minha bolsa. Animada, apanho o filme e a pipoca de dentro dela.

– Está a fim de uma noite de filme? – pergunto. – Só você e eu?

Ela fica em silêncio, seu rosto não demonstra nenhuma emoção, nenhum sorriso animado como o tolo que estampo em meu rosto. Pressinto o "não" muito antes de ele ser dito.

– É que... – responde ela. – Tenho uma prova amanhã. Matemática.

Coloco o filme de volta na minha bolsa. Lá se vai nossa noite de cinema.

– Então posso ajudá-la a estudar – digo.

– Tudo bem. Fiz anotações – e ela as mostra como prova.

Tento não me importar demais, pois sei que houve um tempo em que tive doze – ou dezesseis, dezessete anos – e teria preferido tratar um canal dentário a passar algum tempo com minha mãe.

Assinto.

– Tudo bem – digo e saio do quarto. E, tão silenciosa quanto um rato, ela fecha e tranca a porta atrás de mim.

CHRIS

Estamos acomodados em um quarto de hotel: Henry, Tom, Cassidy e eu. É o meu quarto. Há uma metade de pizza de pepperoni não comida (carne!) em cima da televisão, latas de refrigerante abertas e espalhadas pelo quarto. Henry está no banheiro, passando mal, imagino, pois está lá há muito tempo. Tom está ao telefone, no canto, com um dedo pressionado no ouvido para conseguir escutar. Há gráficos em pizza e em barras espalhados sobre minha cama, pratos de papel usados em todos os lugares, sobre a mesa, no chão. O prato de Cassidy está na ponta da mesa, aquele com fatias de pepperoni tiradas da pizza e empilhadas sem que fossem tocadas, ao lado de sua lata de refrigerante *diet*. Roubo uma rodela de pepperoni e a enfio na boca e, quando Cassidy olha para mim, dou de ombros e pergunto:

– O que foi? Heidi está evitando carne nos últimos dias. Tornei-me deficiente em proteína.

– O filé à Nova York não satisfez seu desejo? – pergunta ela. Está sorrindo. Um tipo travesso de sorriso. Cassidy Knudsen tem vinte e poucos anos, acabou de sair de um MBA. Está trabalhando conosco há dez meses. É um tipo de gênio, mas não do modo estranho, *nerd*. O tipo que consegue usar palavras como *fiduciário* e *cobertura de riscos* e soar legal. Parece um poste, alta e magra, com uma auréola sobre a cabeça.

– Se eu quisesse minha mulher aqui, eu a teria trazido.

Ela está sentada na ponta da minha cama. Veste uma daquelas saias-lápis e sapatos de salto de sete centímetros. Uma mulher da altura de Cassidy não precisa desse tipo de salto, o que torna tudo ainda mais excitante. Ela passa as mãos por seu cabelo louro-champanhe, liso, com um corte médio e diz para mim:

– *Touché*.

Do lado de fora da janela, o horizonte de São Francisco ilumina a noite. As cortinas pesadas do hotel estão abertas. Do ângulo certo, conseguimos ver a Transamerica Pyramid, no 555 da California Street, e a baía de São Francisco. Passa das nove da noite. No quarto ao lado do nosso, a televisão está em um volume alto, o som da pré-temporada de beisebol atravessa as paredes. Pego outro pedaço do pepperoni no prato de Cassidy e escuto: Giants estão ganhando por três a dois.

Henry volta do banheiro e tentamos ignorar o fedor que o segue.

– Chris – diz ele, oferecendo seu celular com a mão estendida. Pergunto-me se ele lavou aquela mão. Imagino que ele esteve com o celular todo o tempo que passou no banheiro. Henry não é o cara mais classudo do mundo. Na verdade, quando ele sai do banheiro, vejo que o zíper de sua calça está abaixado e diria a ele, mas ele acabou de empestear meu quarto com aquele cheiro. – Aaron Swindler quer falar com você – pego o celular de sua mão, observo quando ele enfia outro pedaço de pizza em sua boca e perco meu apetite em segundos.

Não é coincidência que o nome do futuro cliente seja Swindler. Faço uso da minha melhor voz de vendedor e vou até meu próprio canto do quarto apertado.

– Senhor Swindler – digo –, como estão os Giants? – Posso apostar, pelos rugidos do quarto ao lado, que os Giants não estão mais ganhando este jogo.

Eu nem sempre quis ser um investidor. Aos seis anos, tinha todo tipo de objetivos grandiosos: ser astronauta, jogador de basquete profissional, barbeiro (parecia uma profissão nobre na época, um tipo de cirurgião capilar). Conforme fui envelhecendo, deixou de ser pela carreira em si, mas, sim, pelo quanto ela pagava. Eu antevia uma cobertura na Costa Dourada, um carro esportivo caro, pessoas olhando para mim. Pensei em advogados e doutores, pilotos, mas nada disso me interessou. Quando chegou a faculdade, eu estava tão ávido por dinheiro que me especializei em finanças só porque pareceu a coisa certa a fazer. Sentar-me na sala de aula com outras crianças mimadas e conversar sobre *dinheiro*. Dinheiro, dinheiro, dinheiro.

Isso é, muito provável e em retrospecto, o que me atraiu em Heidi quando nos conhecemos. Ela não era obcecada com dinheiro como todo o mundo que eu conhecia. Era obcecada com a falta dele, com os pobres, quando tudo que me preocupava era o oposto. Quem tinha mais dinheiro e como eu poderia colocar minhas mãos em algum?

Aaron Swindler está falando sobre derivativos e ouço meu próprio celular tocar do outro lado do quarto, ele está sobre o edredom listrado, ao lado de Cassidy e, agora, Henry, que, com quarenta anos e sendo um solteirão famoso, encara de forma nada sutil a meia-calça transparente que cobre as pernas dela. Estou esperando por uma ligação importante, uma que não posso perder, então sinalizo à Cassidy para ela atender meu celular e a ouço dizer:

– Oi, Heidi.

Eu murcho, como um balão de hélio depois de uma festa. *Merda*. Levanto um dedo para Cassidy – *coloque na espera* –, mas já que Aaron Swindler não para de falar sobre os derivativos, sou forçado a ouvir a conversa prolongada entre Cassidy e minha mulher, sobre o voo até São Francisco, o jantar em uma churrascaria cara e a droga do tempo.

Heidi encontrou Cassidy exatas três vezes. Sei disso porque, depois de cada um daqueles encontros, fui bombardeado com um tratamento silencioso, como se eu tivesse alguma coisa a ver com a contratação de Cassidy para nossa equipe ou com a boa aparência dela. A primeira vez em que elas se encontraram foi no verão anterior, em um piquenique de trabalho, no jardim botânico. Eu nunca tinha mencionado Cassidy à Heidi. Ela estava trabalhando conosco havia apenas seis semanas. Não pareceu a coisa necessária ou prudente a ser feita. Mas, quando Cassidy se sentou perto de nós, usando um longo vestido de verão sem alças – estávamos à sombra de uma árvore, sob um calor de quase trinta e dois graus, suando e nos sentindo completamente oleosos –, notei que Heidi esticou, desajeitada, sua saia jeans e uma blusa, e que ela estava transpirando visivelmente. Vi todos os seus pedaços de autoconfiança se dissolverem.

– Quem é ela? – perguntou-me Heidi mais tarde, depois dos sorrisos falsos e dos "tão bom conhecê-la" que se seguiram, depois de Cassidy se afastar em busca de outro casamento feliz que ela poderia desestabilizar. – Sua secretária?

Nunca soube o que Heidi quis dizer com isso, se teria sido melhor ou pior se Cassidy Knudsen fosse minha secretária.

Mais tarde, em casa, flagrei Heidi arrancando insignificantes cabelos grisalhos de sua cabeça com uma pinça. Logo depois, produtos de beleza apareceram em nossa penteadeira, aqueles com agentes antirrugas e promessas de desafiar a passagem do tempo.

Era disso que eu estava me lembrando enquanto devolvia o celular de Henry para ele, certificando-me de falar "Aqui, Henry", em um tom alto, assim Heidi, lá em nossa casa em Chicago, saberia que Cassidy e eu não estávamos sozinhos, e corri para o corredor com meu celular. Heidi é uma mulher bonita, não me entenda mal. Maravilhosa. Ninguém adivinharia que havia uma década de diferença de idade entre Cassidy e minha mulher.

E ainda assim, Heidi sabia.

– Ei – digo.

– O que é tudo isso? – pergunta ela. Eu a vejo em casa, na cama, de pijama de lã vermelha ou talvez uma camisola de bolinhas, que Zoe escolheu para ela como presente de aniversário. A televisão do nosso quarto estava sintonizada no noticiário; o *laptop* dela, sobre suas pernas. O cabelo de Heidi preso em um daqueles coques bagunçados – qualquer coisa para tirá-lo de seus olhos – enquanto ela faz uma pesquisa on-line sobre as favelas de Dharavi ou talvez sobre estatísticas de pobreza ao redor do mundo. Não sei. Talvez, quando não estou em casa, ela assista à pornografia. Não. Mudo de ideia. Heidi não faria isso. Tem muita classe para buscar esse tipo de coisa. Talvez esteja procurando por algum uso prático para carne vegetariana. Comida para gato? *Areia* para gato?

– Isso o quê? – pergunto, fazendo-me de idiota. Como se eu não tivesse percebido. O corredor do hotel é coberto com o papel de parede mais entediante, algum tipo de desenho geométrico vermelho que faz minha cabeça doer.

– Cassidy atendendo ao seu celular.

– Ah – digo. – Isso. – Conto a ela sobre meu telefonema com Aaron Swindler e então mudo de assunto o mais rápido que consigo, falando sobre a primeira coisa que me vem à mente. – Ainda está chovendo aí? – pergunto. Não pode haver coisa mais mundana do que conversar sobre o tempo.

– Está chovendo. O dia todo.

– O que você está fazendo acordada tão tarde? – pergunto. Passa das onze da noite em Chicago.

– Não consigo dormir – responde ela.

– Porque você sente minha falta – digo, embora saibamos, é claro, que não se trata disso. É mais comum eu não estar lá do que estar, tem sido assim desde que começamos a namorar. Heidi está acostumada com minha ausência. Como dizem: a ausência faz crescer a saudade. De qualquer forma, é isso que ela responde, quando pergunto se sente minha falta. Acho que, em segredo, ela gosta de ter a cama inteira só para si. Ela dorme de bruços – e é uma ladra de cobertor – com uma predileção por dormir em sentido diagonal. Nesse assunto em particular, é bom para nosso casamento quando durmo fora de casa.

– Claro – responde ela. E então, completa com o esperado: – A ausência faz crescer a saudade.

– Quem disse isso? – pergunto.

– Não tenho certeza. – Posso ouvir seus dedos digitando no *laptop*. Clique, clique, clique. – Como estão as coisas?

– Boas – respondo e desejo que ela não aprofunde a conversa.

Mas ela não cumpre meu desejo. Não minha Heidi.

– Apenas boas? – pergunta, e sou obrigado a relatar as notícias sobre o atraso do voo, devido à chuva, seguido por turbulência e um copo de suco de laranja derrubado, almoço com um cliente no Fisherman's Wharf, os motivos pelos quais não gosto de Aaron Swindler.

Mas quando lhe pergunto sobre seu dia, é sobre Zoe que ela quer conversar.

– Ela está estranha – diz Heidi.

Eu rio. Deslizo pelo papel de parede e me sento no chão.

– Ela tem doze anos, Heidi – digo. – É de se esperar que seja um pouco estranha.

– Ela estava tirando uma soneca.

– Então estava cansada – digo.

– Ela tem doze anos, Chris. Pré-adolescentes dessa idade não tiram uma soneca.

– Talvez esteja ficando doente. A gripe, sabe – digo –, está por aí.

– Talvez – diz ela, mas completa – ela não parecia doente.

– Não sei, Heidi. Faz tempo que eu tive doze anos. E, além disso, sou um homem. Não sei. É provável que seja um estirão de crescimento, alguma coisa ligada à puberdade. Talvez ela apenas não esteja dormindo bem.

Mas tudo que ouço é o queixo de Heidi cair.

– Você acha que Zoe está passando pela *puberdade?* – pergunta ela. Se fosse do modo que Heidi queria, Zoe teria permanecido nas fraldas e nos pijamas de lã pelo resto de sua vida. Ela não espera por uma resposta. – Não – diz, decidindo por si mesma. – Não ainda. Zoe não teve a sua primeira menstruação.

Eu me encolho. Odeio aquela palavra. *Menstruação. Menstruar. Fluxo menstrual.* A ideia de minha filha usando absorventes – ou eu ter de ouvir sobre isso – enche-me de medo.

– Pergunte a Jennifer – digo. – Pergunte para Jennifer se Taylor está... – faço uma careta e me forço a dizer a palavra – menstruando. – Sei como as mulheres são. Um pouco de camaradagem pode consertar tudo. Se Taylor estiver passando pela puberdade também, e Heidi e Jennifer puderem telefonar e mandar mensagens uma para a outra sobre pelos pubianos emergentes e sutiãs, então tudo ficará bem.

– Farei isso – diz ela, decidida. – É uma boa ideia. Vou perguntar a Jennifer. – Heidi fica em silêncio, os pensamentos preocupados que consomem sua mente a calaram por um momento. Imagino-a fechando o *laptop*, colocando-o no meu lado da cama: um amigo no qual se aninhar à noite. – Chris – diz ela.

– O quê?

Mas ela reconsidera.

– Não importa.

– O que é? – pergunto de novo. Um casal caminha pelo corredor de mãos dadas. Puxo minhas pernas para deixá-los passar. A mulher, com uma voz em um tom muito superior, diz: "Desculpe-me, senhor", e eu assinto em resposta. Eles devem ter sessenta e cinco anos, e ainda se dão as mãos. Observo-os, com suas calças cáquis combinando e casacos leves e me lembro que Heidi e eu raramente damos as mãos. Somos como as rodas de um carro: em sintonia, mas também independentes.

– Não é nada.

– Tem certeza?

– Sim – responde ela. – Conversaremos sobre isso quando você voltar para casa. – E pela primeira vez, ela decide que está cansada. Eu a vejo se afundar cada vez mais sob as cobertas, um edredom grosso que me faz suar, mesmo no inverno mais congelante. Imagino as luzes do quarto apagadas, a televisão desligada, os óculos de Heidi no criado-mudo ao lado de nossa cama, como é nossa rotina de sempre.

Uma imagem invade minha cabeça, sem que eu a tenha procurado ou desejado, e a afasto o mais rápido possível, como uma bola de canhão. *O que Cassidy Knudsen usa para dormir?*

– Tudo bem – respondo. De dentro do meu quarto de hotel, alguém bate na porta. Sou necessário lá. Levanto-me e digo a Heidi que preciso ir e ela diz que tudo bem. Dizemos nossos boa-noite. Digo que a amo. Ela diz "eu também", como sempre faz, embora ambos saibamos que são apenas palavras. É só uma coisa nossa.

Quando volto para o quarto de hotel e espio Cassidy vestida com sua saia-lápis e saltos de sete centímetros, ainda sentada na ponta da minha cama, não consigo evitar de me perguntar: *Uma camisola de cetim? Um baby-doll com babados?*

HEIDI

Acordo com uma imagem de Cassidy Knudsen na cabeça e me pergunto se estive sonhando com ela ou se ela chegou até mim junto da luz da manhã, uma consequência de nossa conversa desconfortável na noite anterior. Ouço a voz dela uma vez e de novo, atendendo ao celular de Chris, aquele animado *"Oi, Heidi"* que para mim soou como unhas raspando uma lousa: afiadas, estridentes, irritantes.

No trajeto para o trabalho, tento com afinco não pensar na garota e sua bebê. Não é fácil. No trem, faço o meu melhor para me concentrar em meu suspense de ficção científica e não olhar, esperançosa, pela janela suja, esperando que o casaco verde-oliva apareça. Passo minha hora do almoço com uma colega e não na biblioteca pública, embora deseje ter ido. Para vagar entre os corredores de literatura, procurando pela garota. Estou preocupada com ela, com sua bebê, imaginando onde dormem e o que comem. Penso em como ajudar, seja dando a ela dinheiro, como fiz com a mulher de dentes apodrecidos, que estava ao lado da biblioteca, ou encaminhando-a para um abrigo, um dos que atendem mulheres no centro da cidade. Isso, decido, é isso que preciso fazer, encontrar a garota e encaminhá-la para um abrigo em Kedzie, onde sei que ela e sua bebê ficarão seguras. Então, posso tirá-las da minha cabeça.

Estou prestes a fazer uma pausa nesses pensamentos – um almoço prosaico com uma colega de trabalho comum – quando meu celular toca, um telefonema de retorno da minha querida amiga Jennifer. Eu me desculpo e deixo o refeitório, vou para meu escritório para atender a ligação, esquecendo-me, por um momento passageiro, da garota e da criança.

– Você me salvou – digo, quando sento na minha cadeira dura, fria e, com certeza, não ergonômica.

– De... – diz Jennifer.

– *Taedium vitae*.

– Em inglês?

– Tédio – respondo.

Sobre minha mesa há um porta-retratos de Jennifer e Taylor, eu e Zoe, uma dessas fotografias de cabine, de cerca de quatro anos atrás, quando as meninas, com oito anos, com o rosto risonho e ensolarado e olhos animados, ainda toleravam ser vistas em público com suas mães. As meninas estavam sentadas em nossos colos, Taylor com seus olhos enormes tristes e um sorriso voltado para baixo, ao lado de Zoe; Jennifer e eu, cabeças coladas, assim todas coubemos na fotografia.

Jennifer se divorciou há anos. Nunca conheci seu ex-marido, mas, pelo que ela pinta, ele era inflexível e amargo, dado a mudanças desagradáveis de humor que resultavam em brigas eternas e inúmeras noites passadas no sofá da sala (para Jennifer, claro; seu ex-marido era muito teimoso para abrir mão da cama).

– Taylor ainda não entrou na puberdade, entrou? – Pergunto, de forma direta. Ter uma melhor amiga é uma coisa maravilhosa. Não há necessidade de pensar duas vezes, não é preciso filtrar os meus pensamentos.

– O que você quer dizer? Se ela já menstruou?

– Sim.

– Ainda não. Graças a Deus – responde ela e, simples assim, sinto um enorme alívio.

Mas então, devido à minha tendência de analisar demais as coisas, meu calcanhar de Aquiles, caso haja um:

– Você acha que elas *deveriam* estar menstruando? – questiono, tendo descoberto em várias pesquisas na internet que a primeira menstruação pode surgir mais cedo, aos oito anos, ou mais tarde, aos treze. Mas os sites que visitei sugerem que a menstruação começa dois anos depois de as meninas terem começado a desenvolver os seios. Zoe, aos doze anos, é mais lisa do que uma panqueca. – Elas não estão *atrasadas* ou coisa assim, estão?

Jennifer ouve a preocupação na minha voz. Ela trabalha como nutricionista em um hospital local. É minha consultora para todas as coisas relacionadas à medicina, como se trabalhar em um hospital lhe fornecesse um diploma gratuito de médica.

– Não é grande coisa, Heidi. Todas amadurecem no seu próprio ritmo. Não há *uma hora marcada* – responde-me ela, assegurando-me, e, então, me fala que a adolescência de Zoe não é uma coisa que posso controlar. – Embora eu saiba que você tentará – diz ela – porque é isso que você faz. – O tipo de afirmação contundente que só uma melhor amiga pode fazer e sair impune. E eu rio, sabendo que é verdade.

E então a conversa muda para a temporada de futebol e o que as garotas pensam do uniforme fúcsia delas, se *Lucky Charms* é um nome apropriado para um time formado por um grupo de garotas de doze anos e a paixão que elas sentem por seu técnico, um garoto no meio da casa dos vinte anos, que não entrou para o time da Universidade Loyola. O técnico Sam, que todas as mães acham um sonho. E lá estávamos, Jennifer e eu, tagarelando sobre seu cabelo castanho espesso, seus olhos pretos misteriosos, seu corpo de jogador de futebol – a força e a agilidade, os músculos da panturrilha como nunca tínhamos visto iguais – deixando de lado todos os pensamentos sobre a adolescência emergente de Zoe e aquela garota e sua bebê, em minha mente. A conversa passa para o assunto garotos pré-adolescentes, como Austin Bell, que todas as garotas adoravam. Incluindo Taylor. Jennifer admite encontrar as palavras *sra. Taylor Bell* escritas no caderno de sua filha e vejo a pele pálida do braço de Zoe, o nome *Austin* tatuado com caneta cor-de-rosa, um coração sobre a letra *i*.

– Na minha época, era o Brian Bachmeier – digo, lembrando-me dos cachos espetados que adornavam a cabeça do garoto, seus olhos de cores diferentes, um azul, outro, verde. Ele se mudou para a nossa escola no ensino fundamental II, vindo de San Diego, Califórnia, o que já era de se respeitar, mas, além disso, o garoto sabia dançar as coreografias do

Carlton de *Um maluco no pedaço* e da música "Tootsee roll", do grupo de hip-hop 69 Boyz. Ele era invejado por outros garotos, o único que as meninas idolatravam.

Lembro-me de pedir a ele que dançasse na minha primeira festa com convidados meninos e meninas. Lembro-me de que ele disse não. Penso em Zoe. Em Taylor. Talvez nossas meninas não fossem tão diferentes no final das contas.

Há uma batida em minha porta. Vejo Dana, a recepcionista, pedindo-me uma sessão de tutoria com uma mulher de vinte e três anos que, recentemente, conseguiu asilo do Butão, um país pequeno, no sul da Ásia, imprensado entre a Índia e a China. Ela viveu em um campo de refugiados no país próximo, o Nepal, durante boa parte de sua vida, morando em uma cabana de bambu, com chão de terra batida, sobrevivendo à base de comida racionada, até o pai dela cometer suicídio e ela pedir asilo nos Estados Unidos. Ela falava nepalês.

Tampo o receptor do telefone com a mão e sussurro para Dana que já estou indo.

– O trabalho me chama – digo a Jennifer e confirmamos que Zoe passará a noite com Taylor na casa dela. Zoe está bastante animada com isso. Tanto que ela se lembrou de se despedir de manhã, antes de entrar na escola correndo.

O dia passa em uma velocidade excruciante de tão lenta. Lá fora, a chuva arrefece, embora o céu da cidade continue acinzentado, com os topos dos arranha-céus perdidos entre nuvens pesadas e escuras. Às cinco da tarde, eu me despeço da equipe e vou até o elevador, para descer para o primeiro andar. É raro eu sair do escritório às cinco em ponto, mas em uma noite como esta – Zoe dormindo fora e Chris em um voo atrasado, que não chegará antes das dez da noite – tenho o prazer de ter o apartamento só para mim, uma delícia simples que não acontece com frequência. Estou gostando da ideia de assistir a um filme romântico sozinha, ter o sofá só para mim, com meu pijama quente e aconchegante e devorar um pacote inteiro de pipoca sozinha (sendo possível comer uma taça de sorvete de menta com chocolate depois!).

Acima de mim, as nuvens começam a se desintegrar, o Sol está tentando duramente proporcionar um belo pôr do sol entre as fissuras formadas pelas nuvens. O ar está gelado, faz desconfortáveis quatro graus e a temperatura está caindo. Coloco luvas de couro e aperto meu capuz na cabeça, correndo com todos os outros colegas de viagem para a estação do trem suspenso. Forço meu corpo para dentro do trem lotado, onde ficamos como sardinhas em lata, todos esmagados, sacolejando pela pista sinuosa e agitada.

Quando saio na estação Fullerton, subo os degraus molhados com cuidado. Do meu lado, um colega de viagem acende um cigarro e o cheiro de tabaco preenche o ar. Há uma lembrança nostálgica a respeito disso: faz com que eu me lembre de casa. Quando era menina, vivendo com minha família nos arredores de Cleveland, em uma casa colonial, na década de 1970, com suas paredes com texturização que minha mãe adorava; meu pai fumava Marlboro Reds, meio maço por dia. Fumava na garagem, nunca em nossa casa. Nunca no carro, quando estava comigo e com meu irmão. Minha mãe simplesmente não permitia. Ele secretava o cheiro de tabaco pelos poros de sua pele. Estava em suas roupas, em seu cabelo, em suas mãos. A garagem era saturada com esse cheiro; minha mãe afirmava que passava pela porta pesada de metal e entrava na cozinha, completamente branca, armários, bancadas, um refrigerador branco, uma mesa robusta de fazenda. Pela manhã, cinco minutos depois de sair da cama, ele já estava se esgueirando até a garagem, com seu café e seus Marlboro Reds. Ele estaria lá e eu estaria à mesa comendo meu cereal Cocoa Puffs e ele olharia para mim com o sorriso mais sedutor nos lábios (eu sabia que minha mãe soubera escolher quando se casou com meu pai) e me diria *nunca fume,* simples assim, "Nunca fume, Heidi. Nunca". E ele lavaria suas mãos e se juntaria a mim, à mesa de fazenda, para uma tigela de Cocoa Puffs.

Estou pensando em meu pai enquanto subo a escada, meus dedos, como que por instinto, vão até a aliança dourada que fica em uma corrente ao redor do meu pescoço. Tateio os sulcos e elevações da aliança, as palavras *o começo do sempre* gravadas do lado interno.

E então, por meio segundo, quase tenho certeza de que o vejo, na multidão, meu pai com seu macacão Carhartt, uma das mãos no bolso, a outra segurando um Marlboro Red, olhando diretamente para mim, quando ele sorri. Um martelo balança, pendurado no gancho de sua calça, ele usa um boné de beisebol – do Cleveland Indians – sobre uma massa bagunçada de cabelos castanhos, que minha mãe sempre lhe implorou para que cortasse.

– Papai – digo, quase em voz alta, mas então a imagem desaparece tão rápido quanto apareceu e balanço minha cabeça, lembrando-me. Não seria possível.

Ou seria?

Claro que não, decido. Claro.

E então estou respirando aquele cheiro carcinogênico familiar – querendo, ao mesmo tempo, senti-lo e não o sentir – quando ouço um choramingo de bebê. Meu pé acaba de tocar a calçada quando o som me agarra pelo pescoço e me viro por instinto, meus olhos procuram a fonte do som.

E então a vejo, sentada sob os trilhos do trem, tremendo sob o ar gelado. Ela está encostada em uma parede de tijolos, ao lado de uma banca de jornal e uma fileira de latas de lixo, ao lado de poças d'água, sentada no concreto molhado e gelado, embalando a bebê contra seu peito. A criança está chorando. Há um *frenesi* no modo como ela a embala, a mãe de uma bebê inconsolável, momentos antes de se descontrolar. Zoe foi uma bebê com cólicas, propensa a horas intermináveis de choro intenso. Consigo deduzir isso devido à frustração e à fadiga esmagadora nos olhos da garota. Mas não consigo justificar sua presença em uma rua da cidade, em pleno anoitecer, em uma noite gelada de primavera. Não consigo explicar o modo desesperado com que ela empurra uma xícara encharcada de café (provavelmente arrancada de uma lata de lixo na vizinhança) aos passantes, implorando por dinheiro, e a maneira como as pessoas passam por ela, jogando trocados em sua xícara: vinte e cinco centavos aqui, um punhado de moedas de um centavo ali, como se qualquer quantia de troco tivesse a habilidade de salvar aquela garota de seu destino. Sinto minha respiração falhar por um momento. Essa garota é uma criança e a bebê é um *bebê*. Ninguém merece um destino desses, ficar sem um centavo e sem moradia, mas, com certeza, nenhum bebê merece isso. Penso no preço exorbitante das fórmulas para alimentação infantil e das fraldas, sabendo que, se aquela garota estivesse comprando fraldas para aquele bebê, com certeza não sobraria dinheiro para suas próprias necessidades. Para comida e abrigo, para um guarda-chuva chamativo com margaridas douradas.

Sou surpreendida por uma multidão de passageiros que deixam a plataforma. Saio do caminho, incapaz de me juntar à fila de outros assalariados, aqueles que vão se recolher em lares quentes e secos para refeições preparadas em casa. Simplesmente não consigo. Meus pés estão congelados na calçada, meu coração, acelerado. O choro da bebê – penetrante, triste e completamente inconsolável – chocalha meus nervos. Observo a garota, o embalar frenético, ouço as palavras cansadas saírem de sua boca exausta, enquanto ela segura a xícara.

– Por favor, ajude.

Ela está pedindo, digo a mim mesma. Ela está pedindo por ajuda.

E ainda assim, as pessoas continuam seus caminhos para suas casas, sem fazer alguma coisa, escondendo sua falta de preocupação com os trocados que deixam na xícara dela, dinheiro que, em outra situação, teria ido para a lavanderia, ou algum balcão ou livraria, onde ficaria, sem uso, dentro de um porquinho rosado de cerâmica.

Sinto-me estremecer enquanto me aproximo da garota. Ela ergue o queixo quando me aproximo e, por meio segundo, nossos olhos se encontram, antes de ela esticar sua xícara e desviar o olhar. Seus olhos estão desgastados, cansados, pessimistas. Quase paro por um momento, devido ao que vejo em seus olhos. Gélidos e azuis, de um tom azulado mais frio, com muito delineador borrando a superfície de suas pálpebras inchadas. Penso em fugir. Considero tirar uma nota de vinte dólares da minha bolsa e deixar em sua xícara, e ir para casa depois. Vinte dólares é muito mais substancial do que um punhado de moedas. Vinte dólares dá para comprar o jantar por uma semana inteira, se ela for econômica. É isso que digo a mim mesma, em meu momento de hesitação. Mas então, percebo, ela provavelmente vai gastar o dinheiro com uma dessas fórmulas caras de alimento em pó infantil, colocando as necessidades da criança acima das suas. Ela está magra, mais do que Zoe, que é bem, bem magrinha.

– Deixe-me comprar seu jantar – digo, minha voz sai mais fraca do que as palavras faladas. Minha voz está baixa, incerta, quase sufocada pelos sons da cidade: táxis passando e tocando suas buzinas para os passantes que atravessavam a Fullerton; a mensagem automática *Atenção, passageiros. Um trem vindo do Loop chegará em breve,* seguido pela chegada iminente da linha marrom na plataforma acima de nós; o som do choro da criança. Pessoas passando, conversando e rindo alto, enquanto estão com seus celulares; um estrondo esquecido de um trovão ecoa pelo céu que escurecia.

– Não, obrigada – diz ela. Há amargura em suas palavras. Seria mais fácil para ela se eu deixasse meus vinte dólares e continuasse andando. Mais fácil agora, neste momento talvez, mas não quando a fome começar a devorá-la por dentro, quando o choro inconsolável da criança a fizer desabar. Ela se levanta e pega a mala de couro, segurando a bebê nos braços.

– Isso ajuda – digo, rapidamente, sabendo que ela está prestes a fugir –, deitá-los de barriga para baixo, às vezes. Assim – estendo as mãos. – Isso ajuda com a cólica. – Ela vê minhas mãos subindo e descendo e assente – até certo ponto – e digo: – Também sou mãe. – E ela me mede dos pés à cabeça, perguntando-se por que simplesmente não sigo meu caminho. Como todo mundo, deixando um trocado e indo embora.

– Há um abrigo – digo, mas ela me interrompe.

– Não vou para abrigos – diz ela. Imagino o interior de um abrigo para sem-teto: dúzias e dúzias de camas enfileiradas.

Ela é extremamente dura por fora. Endurecida e rebelde. Pergunto-me se, em seu íntimo, ela se sente assim. Veste os mesmos jeans rasgados, o mesmo casaco verde-oliva, as mesmas botas amarradas. Sua roupa está suja, molhada. Seu cabelo torto está oleoso e lambido, não foi lavado recentemente. Pergunto-me quando foi a última vez que ela tomou um banho quente, teve uma boa noite de sono. A bebê também, pelo que eu posso ver, não está limpa.

Penso em Zoe sozinha, pelas ruas. Sem-teto. A visão, totalmente hipotética, faz com que eu queira chorar. Zoe, atrevida por fora, sensível e na defensiva por dentro, implorando por moedas ao lado de uma estação. A pré-adolescente Zoe com um bebê seu, em três ou quatro anos inconsequentes.

– Por favor, deixe-me lhe comprar o jantar – digo de novo. Mas a garota está se virando e se afastando, a bebê pendurada em seu ombro de um modo esquisito, agitado, jogando seu corpinho tenso. Estou consumida pelo desespero, com essa necessidade de *fazer alguma coisa*. Mas a garota está se distanciando de mim, engolida pelo tráfego carregado na Fullerton. – Espere – digo. – Por favor, pare. Espere. – Mas ela não faz isso.

Deixo minha bolsa na calçada molhada e faço a única coisa que consigo pensar em fazer: tiro minha elegante capa de chuva impermeável e, na esquina da Fullerton com a Halstead – onde ela espera, ansiosa, o sinal abrir para atravessar a rua cheia –, coloco o casaco sobre a bebê. Ela me olha feio.

– O que você está... – pergunta ela em um tom acusatório, mas me afasto um passo ou dois, assim ela não pode desfazer a única coisa que consigo pensar em fazer. O ar frio acerta meus braços nus, cobertos com uma túnica de mangas curtas e minha calça *legging* leve e imprestável.

– Eu estarei no Stella's – digo, quando o sinal abre para ela atravessar –, caso você mude de ideia. – E a observo se juntar à massa de pessoas que atravessam a Fullerton. O Stella's, com sua cozinha americana e panquecas vinte e quatro horas por dia. Um lugar modesto e simples. – Na Halstead – grito e ela para, no meio da rua, e me olha sobre o ombro, seu rosto nebuloso no brilho dos carros que se aproximavam. – Na Halstead – digo de novo, para o caso de ela não ter escutado.

Fico ali, na esquina, observando até não conseguir mais ver o casaco verde-oliva em meio a todas as pessoas, até não conseguir mais ouvir o choro da bebê. Uma mulher tromba em mim e pedimos desculpas ao mesmo tempo. Cruzo os braços, sentindo-me nua sob o ar da rua – mais outonal do que primaveril – e viro na Halstead, correndo para o Stella's. Estou me perguntando se a garota aparecerá, imaginando se ela sabe ou não onde fica o Stella's, se ela me ouviu ou não.

Entro correndo no restaurante familiar e a *hostess* com olhos âmbares que me recepciona pergunta:

– Sem casaco nesta noite? Você congelará até a morte – enquanto me mede, de cima a baixo, com seus olhos castanhos – meu cabelo está uma bagunça, minha roupa é insuficiente para o tempo que está fazendo. Agarro minha bolsa estampada, macia e cara, como uma confirmação, talvez, de que *eu não sou* vagabunda. Como se o fardo de ser sem-teto não fosse o bastante – a falta de comida e abrigo, de roupas limpas – há o estigma horrível sobre os sem-teto, a desgraça de acharem que eles são preguiçosos, sujos e viciados.

– Mesa para um? – pergunta-me a *hostess* – uma mulher magra, com pele branca e olhos amendoados – e respondo:

– Mesa para dois – sempre esperançosa e ela me acompanha até uma mesa de canto, que dá para a Halstead. Peço um café com creme e açúcar e mantenho os olhos na janela, conforme as pessoas passam, tipos urbanos sofisticados, em seu caminho para casa, pessoas em seus vinte anos a caminho de um punhado de bares de faculdades em Lincoln, suas risadas atravessando as janelas de ventilação da lanchonete. Observo a vida eclética da cidade passar pela janela. Adoro observar pessoas. Homens magros com ternos escuros e sapatos de uma centena de dólares, ao lado de um grupo de *grunges* usando roupa de brechó, ao lado de mães com seus luxuosos carrinhos de bebê e velhos chamando táxis. Mas eu mal os percebo nesta noite. Tudo que procuro é a garota. Penso que a vejo uma, duas vezes. Tenho certeza de vislumbrar mechas de seu cabelo descolorido, escurecido pela sujeira e a chuva; o *nylon* de seu casaco inútil; uma bota desamarrada. Confundo uma pasta com sua mala de couro; penso que o barulho dos pneus no asfalto molhado é o choro do bebê.

Recebo uma mensagem de texto de Jennifer, dizendo que ela chegou do trabalho e que as meninas estão bem. Olho meus e-mails para passar o tempo: a maior parte se relaciona com o trabalho, há alguns que podem ir para a lixeira. Checo a previsão da meteorologia: quando vai parar de chover? Nenhuma data à vista. A garçonete, uma mulher na casa dos quarenta anos, com o mais exuberante cabelo ruivo e a pele mais pálida e invernal, oferece-se para anotar meu pedido, mas digo:

– Não, obrigada. Vou esperar meu pessoal chegar – e ela sorri com gentileza e diz:

– Claro.

Ainda assim, na falta de qualquer coisa para fazer, olho o cardápio e decido pedir uma rabanada, mas também decido que, caso meu pessoal não apareça, vou ficar só com um café. Se a garota e a bebê não chegarem até – checo meu relógio – as sete da noite, vou pagar pelo café, dar uma gorjeta substancial pelo tempo da garçonete e vou para casa, para meu filme e pipoca, e minha preocupação esmagadora com a garota e sua bebê.

Sou uma observadora de pessoas. Reparo nos clientes chegando e saindo. Observo-os comendo, babando por suas generosas porções de panquecas alemãs e hambúrgueres com fritas. Odeio com todas as forças jantar sozinha. A garçonete volta e enche, de novo, minha xícara de café e pergunta se eu gostaria de continuar esperando. Respondo que sim.

E, assim, eu espero. Olho para meu relógio a cada dois minutos e meio. Seis e trinta e oito. Seis e quarenta. Seis e quarenta e três.

E então ela aparece. A garota e sua bebê.

WILLOW

– Heidi foi a primeira pessoa a ser gentil comigo em muito tempo.

Foi isso o que eu disse a ela, a mulher com o longo cabelo prateado, longo demais para sua idade. Senhoras idosas deviam ter o cabelo curto. Cabelo de avó. Curtos, enrolados com modeladores, do jeito que Mami fazia com os cabelos da sra. Dahl quando eu era menina, usando o modelador rosa que ela colocava na tomada para esquentar e depois se sentando atrás dela por mais de meia hora, enrolando meticulosamente cada mecha do cabelo escuro e quebradiço com o modelador e, por fim, imobilizando tudo no lugar com *spray* fixador. Nós ficávamos lá, naquele banheiro minúsculo (meu trabalho era dar os grampos para Mami), ouvindo a sra. Dahl falar sem parar sobre como as vacas da sua fazenda eram inseminadas artificialmente. Eu tinha oito anos, então não entendia nada do que elas diziam, mas repetia cada palavra estranha para mim, palavras como *s-ê-m-e-n* ou *v-u-l-v-a*.

– Então por que você fez o que fez? – pergunta ela. A mulher com o cabelo prateado longo, penteado reto. E dentes grandes. Como os dentes de um cavalo.

– Eu não queria machucá-la – digo. – Ou sua família.

Ela suspira, suspeitando de mim desde o instante em que entrou naquela sala fria. Ela ficou em pé perto da porta, só me olhando com aqueles olhos cinzentos por trás de óculos retangulares. Tinha a pele fina, fina como lenço de papel, lenço de papel usado, cheia de rugas. Seu nome, ela diz, é Louise Flores. E então ela soletra o sobrenome, F-l-o-r-e-s, como se fosse alguma coisa que eu precisasse saber.

– Vamos começar do começo – diz ela, sentando-se na outra cadeira. Ela coloca algumas coisas na mesa entre nós: um gravador, um cronômetro, um bloco de notas, uma caneta hidrográfica.

– Ela queria me pagar o jantar – digo. Tinham me dito que era melhor ser franca com a mulher de cabelos prateados. Louise Flores. Foi o que eles disseram, os outros que estavam presentes: o homem de bigode modelado e barba desenhada e a mulher vestida para matar, de preto dos pés à cabeça.

– A sra. Wood queria pagar o jantar para você?

– Sim, dona – respondo. – Heidi.

– Bem, não foi gentil da parte dela – diz ela, irônica. E daí escreve alguma coisa no bloco de notas com a caneta hidrográfica. – Você já ouviu a expressão "Não morda a mão que a alimenta"?

Quando olho fixo para o nada, ignorando a pergunta, ela insiste:

– Hein? Já ouviu? Você nunca ouviu esse ditado: "Não morda a mão que a alimenta"? – E ela está me encarando com seus olhos cinzentos, o reflexo de uma das luzes fluorescentes na lente de seus óculos retangulares.

– Não – minto, deixando meu cabelo cair na frente do meu rosto, de forma que não posso vê-la. "*O que os olhos não veem o coração não sente*." Esse eu conheço. – Nunca.

– Estou vendo que começamos bem – diz Louise Flores, com um horrível sorriso sarcástico, e pressiona o botão vermelho do gravador. E então: – Mas não quero falar da sra. Wood. Ainda não. Quero voltar ao começo. Voltar a Omaha – acrescenta, mas sei muito bem que Omaha não é o começo.

– O que vai acontecer com ela? – pergunto, ignorando-a. Eu não queria machucá-la, digo para mim mesma, juro por Deus, não queria.

– O que vai acontecer com quem? – questiona ela, apesar de saber muito bem de quem eu estou falando.

– A sra. Wood – respondo de forma seca.

Ela recosta, encaixando-se aos ângulos da cadeira.

– Você se importa mesmo, de verdade? Ou isso é só um jeito de perder tempo? – Ela me encara com um olhar vigilante, o mesmo olhar que Joseph costumava me dar. – Eu não tenho nenhuma pressa, sabe – acrescenta, cruzando os braços na frente do corpo, na frente de uma blusa muito branca. – Tenho todo o tempo do mundo. – Mas há certa urgência em sua voz, sugerindo que ela não tem todo o tempo do mundo.

– O que vai acontecer com ela? – pergunto novamente. – Com Heidi.

Imagino o calor daquela casa agradável, a cama macia, enquanto a bebê e eu nos deitamos juntas debaixo de um cobertor marrom, suave como o pelo de um coelhinho. Havia fotos nas paredes, lá naquela casa, fotos da família, eles três abraçados, sorrindo. Felizes. Era sempre quente lá, um tipo diferente de calor, um calor que você sente de dentro para fora, não de fora para dentro. Há muito tempo eu não me sentia assim, desde Mami, na verdade. Heidi foi a pessoa mais parecida com Mami que conheci nestes oito anos. Ela era gentil.

A mulher dá um risinho afetado, seus olhos cinzentos frios e sem vida, mas seus lábios finos se comprimem em um sorriso falso.

– Como diz o ditado, "nenhuma boa ação fica impune" – diz ela, e eu imagino a sra. Woods, em um uniforme laranja como eu, aquele sorriso gentil arrancado de seu rosto.

HEIDI

A garota fica ali, na Halstead, junto da entrada do restaurante, espiando pelo vidro. Sem certeza de que quer entrar. Ela veio até aqui e, ainda assim, não se decidiu. Olho pela janela e a bebê chora, ainda, embora não desconsolada. Parece mais uma manha. Ela enrolou a bebê em minha capa de chuva, e a mantém deitada horizontalmente junto da barriga da melhor maneira que pode acomodá-la com a maleta de couro em uma das mãos. Boa garota, penso. Ela estava ouvindo. Ela põe uma das mãos na porta e, por um instante, não temo mais que não apareça; repentinamente, temo que ela entre. Meu coração acelera e todo um novo problema me vem à mente: o que vou dizer a ela, agora que está aqui?

Um jovem com pressa passa por ela e quase a empurra para entrar no Stella's. Ela vacila, afastando-se da porta, e temo que tenha mudado de ideia. Esse jovem com seu ar esnobe, com gel em excesso engordurando seu cabelo, fez a garota mudar de ideia. Ele entra no ambiente aquecido do restaurante e segura a porta para a garota indecisa. Ela o olha, e então volta seus olhos pela Halstead, tentando decidir. Ficar ou partir. Ficar ou partir. Após um momento de hesitação, ele pergunta, bruscamente, o que escuto parcialmente acima do clamor de um restaurante lotado, louças tinindo e múltiplas vozes:

– Você vem ou não? – A expressão dele deixa claro que pode soltar a porta no rosto dela e da bebê.

Engulo em seco e espero pela resposta dela. Ficar ou partir. Ficar ou partir.

Ela decide que vai ficar.

A garota entra no restaurante e a *hostess* com olhos âmbares a avalia. O casaco verde-oliva e o jeans rasgado, o cheiro de mofo que exala, típico de quem vive nas ruas, a bebê, encantada de repente pelas luzes no teto, o calor do restaurante, o barulho que a distrai, mas que, de alguma maneira, também a acalma.

– Mesa para um? – pergunta sem entusiasmo para a garota, e rapidamente eu levanto da minha cabine de canto e aceno.

– Ela está comigo – articulo, e então, finalmente, a *hostess* faz a conexão: meus braços descobertos, um casaco quente, cor de creme, envolvendo a bebê. A garçonete aponta na minha direção. A garota abre caminho entre mesas laminadas, passa por corpos obesos que se derramam das banquetas, por garçons carregando bandejas cheias de comida.

– Você veio – digo quando ela para ao lado da mesa. A bebê se vira com o som da minha voz. É a primeira vez que a vejo tão de perto, abaixo das luzes que pendem do teto. A bebê dá um sorriso desdentado, solta um arrulho, como uma pomba.

– Eu encontrei isso... – diz a garota, puxando do bolso um cartão verde familiar, que reconheço instantaneamente como o meu cartão da biblioteca – no seu casaco.

– Ah! – digo, sem me preocupar em esconder a minha surpresa. Que tolo dar o meu casaco sem checar os bolsos, e eu me lembro de tê-lo enfiado em um bolso a caminho da biblioteca municipal no outro dia, com um suspense de ficção científica em minhas mãos. Ela veio devolver o meu cartão. – Obrigada – digo. Eu o pego da mão esticada dela, sentindo a vontade irresistível de tocar a bebê. De acariciar seu rosto fofo ou varrer os poucos fios suaves de seu cabelo claro. – Você jantará comigo – digo. – Viro o cartão em minhas mãos e, então, o enfio dentro da bolsa acolchoada.

Ela não responde. Fica ali, parada ao lado mesa, os olhos – desconfiados, exaustos – voltados para baixo, para longe de mim.

– Que diferença faz para você? – questiona, sem me encarar. Suas mãos estão sujas.

– Só quero ajudar.

Ela põe a maleta no chão, entre seus pés, e ajeita a bebê instável em seu colo. A bebê, como costumam fazer sem avisar, está se agitando, possivelmente com fome, não mais interessada nas luzes do teto.

– "Não é o que o mundo reserva para você. É o que você traz para ele" – ela quase sussurra e, atônita, eu a encaro, até ela dizer: – *Anne de Green Gables*.

Anne de Green Gables. Ela está citando *Anne de Green Gables*. É claro, penso, lembrando-me dela, com a bebê no chão da biblioteca no outro dia, lendo alto o clássico de L. M. Montgomery. O que me faz imaginar que outros clássicos infantis ela lê. *O vento nos salgueiros? O jardim secreto*?

– Qual é o seu nome? – pergunto. Ela não me diz seu nome. Não a princípio, pelo menos. – Eu me chamo Heidi – digo, optando por começar. Parece ser a coisa certa a fazer. *Eu*, lembro a mim mesma, sou a adulta. – Heidi Wood. Eu tenho uma filha. Zoe. Ela tem doze anos.

Mencionar Zoe deve ajudar. Ela se senta após um momento, arrumando a bebê contra seu peito. Ela e a bebê escorregam de forma desajeitada pelo assento e ela puxa uma mamadeira com restos de fórmula do bolso do casaco e a enche com água gelada da mesa. Ela põe a mamadeira na boca da criança. A água é muito gelada, sem os nutrientes da fórmula ou do leite materno. A bebê esquiva por um momento e, então, aceita. Não é a primeira vez que é alimentada apenas com água. Qualquer coisa para encher o vazio em sua barriga.

– Willow.

– Esse é o seu nome? – pergunto e ela hesita, então acena. Wil-low.

Chris e eu escolhíamos nomes porque gostávamos. As alternativas – Juliet, Sophia, Alexis – seriam, acreditávamos, usadas com o tempo. Para os meninos, pensamos em Zach, para combinar com Zoe, e é claro que Chris jogou o seu próprio nome no chapéu. Nós falamos, muitas vezes, sobre como trocaríamos nosso apartamento velho por uma casa grande mais ao norte, em Lakeview ou a oeste, em Roscoe Village, deixando a nossa casa atual, onde a hipoteca seria um pouco menor, ainda que as viagens para a escola e o trabalho fossem bem maiores. Eu me peguei procurando por beliches brancos de madeira quando escolhemos o berço de Zoe; já podia ver camas cobertas por edredons floridos, estantes fofas em formato de casa de bonecas e uma porção de brinquedos espalhados pelo chão. Pensei em ensinar as crianças em casa como alternativa à cara escola privada que Zoe frequenta agora, uma opção muito mais prática do que os quarenta mil dólares que gastaríamos por ano pagando a escola de cada um de nossos filhos imaginários.

O médico usou a palavra *histerectomia*. Eu fiquei deitada na cama durante a noite quando deveria estar dormindo, considerando essa palavra, o que significava. Para o doutor, para Chris, era um termo, um procedimento médico. Para mim, era carnificina, pura e simples. A aniquilação de Juliet e Zach, Sophia e Alexis. O fim do meu sonho de camas com lindos edredons e aulas em casa.

Mas, é claro, àquela altura, Juliet já havia partido, um simples procedimento médico, que era tudo, menos simples. Não havia maneira de saber se o bebê que eu carregava era ou não uma garota – foi o que o doutor disse, o que Chris tornou a afirmar de novo e de novo, que *não havia como saber* – e ainda assim eu sabia, eu sabia com certeza que Juliet tinha sido descartada como lixo hospitalar, junto com meu útero, meu colo do útero, partes da minha vagina.

Eu me flagro, ainda, empilhando roupas de bebê que encontrei em boutiques na cidade – macacões lavanda de verão e roupinhas com estampas de animais – escondidas em caixas que rotulo "Heidi: Trabalho" de propósito e guardo no armário do nosso quarto, sabendo muito bem que Chris jamais reconheceria o que pensava serem estatísticas austeras de alfabetização e livros de faculdade sobre supletivos.

– É um nome bonito – digo. – E o seu bebê?

– Ruby – diz a moça, indecisa.

– Adorável – digo, e é mesmo. – Quantos meses?

Há uma pausa, e então ela diz, como se não tivesse certeza:

– Quatro meses.

– Já viram o cardápio? – questiona a garçonete ruiva, surgindo do nada. A garota, Willow, assusta-se e olha para mim, para que eu responda. O cardápio permanece na frente dela, intocado.

– Eu acho que precisamos de mais um tempo – digo, mas sugiro um chocolate quente para Willow, que treme de frio do outro lado da mesa de vinil. Ponho as mãos ao redor da minha caneca, agora mais fria, mas ainda retendo algum calor do café que a garçonete agora repõe pela terceira vez.

– Chantili? – pergunta a mulher, e Willow olha para mim em busca de aprovação. Engraçado, penso, como naquela fração de segundo ela vira uma criança, apenas com a menção do chantili. Ela me parece uma ilusão de ótica, como o famoso vaso de Edgar Rubin: dependendo de como se olha, uma das duas cenas aparece, dois perfis, dispostos face a face, ou o vaso disposto entre eles. A imagem muda bem diante de seus olhos. Perfis, vaso. Mulher forte e independente com um bebê; garotinha desamparada com uma queda por chocolate quente e chantili.

– É claro – manifesto, talvez com entusiasmo demais. Momentos depois, a garçonete volta com a bebida celestial, uma caneca aquecida e um pires, com um monte de espuma, branca como neve, no topo, salpicado com raspas de chocolate. Willow alcança uma colher e mergulha a ponta no chantili, e lambe, saboreando, como se não provasse chocolate quente há anos.

Como é que alguém como ela acaba nas ruas? Vivendo sozinha, sem ter quem cuide dela, sem um guardião. Claro que fazer essa pergunta parece totalmente inapropriado, uma maneira eficaz de fazê-la correr de mim. Eu observo enquanto ela aprecia o chantili, e então se entusiasma, inclinando-se, colherada após colherada, até terminar, até derramar pelos cantos da boca, enquanto a bebê a observa com olhos famintos, não mais encantada pela água gelada, mas por essa substância branca borbulhante que goteja da boca da mãe.

Ela ergue a caneca até seus lábios e bebe rápido demais, recuando com a língua queimada. Com minha colher, eu tiro um cubo de gelo de uma jarra de água e o mergulho no chocolate quente.

– Aí está – digo. – Isso vai acelerar as coisas – ela hesita, então prova de novo, e dessa vez não queima sua língua.

Há uma contusão meio oculta acima do olho esquerdo. Uma cor ocre, como se estivesse sarando. As unhas, quando pega o cardápio e decide o que vai comer, são longas e quebradas com uma abundância de sujeira encravada entre elas e a pele. Há quatro furos em cada orelha, incluindo a cartilagem no topo, que ostenta um alargador. Percorrendo o comprimento do lóbulo da orelha há um par de asas de prata, uma cruz gótica e lábios vermelho-rubi, nessa ordem. Os lábios vermelhos estão faltando na orelha esquerda. Eu os imagino na calçada imunda da cidade abaixo da estação Fullerton, sendo esmagados por pedestres, ou no meio da rua, sendo atropelados por táxis. A franja pende na frente de seus olhos. Quando quer me encarar, ela a afasta, mas então a deixa encobrir os olhos outra vez, como um véu. A pele, nas mãos dela, no rosto, é rachada e vermelha, criando fissuras na derme, as mãos cheias de sangue seco. Os lábios estão rachados. A bebê, Ruby, também tem indícios de eczema, crostas e manchas vermelhas pela pele que já deve ter sido macia. Eu alcanço minha bolsa e apanho uma loção hidratante e, deslizando-a pela mesa, digo:

– Minhas mãos ficam ressecadas no inverno. O vento frio. Isso ajuda – e ela aceita a embalagem de loção, acrescento: – Para Ruby, também, para o rosto dela. – A garota põe a franja de lado, assente e, sem hesitar, aplica a loção no rosto da criança. Ruby encolhe-se com o frio da loção, os olhos azuis reservados observando a mãe com curiosidade misturada a certo ressentimento.

– Quantos anos você tem? – pergunto, e sei que a resposta imediata, premeditada, é uma mentira.

– Dezoito – responde, sem olhar para mim. Todas as outras perguntas que fiz foram recebidas com hesitação. É a forma imediata como ela responde que me dá a certeza de que é uma mentira. Isso e a ingenuidade dos olhos quando a ilusão de ótica mostra a outra face, e ela é novamente uma garotinha. Uma garotinha desamparada como Zoe.

Crianças se tornam legalmente adultos quando completam dezoito anos. Viram seres independentes. Os pais perdem os direitos sobre seus filhos; também deixam de ter a responsabilidade financeira. Há muitas coisas que alguém de dezoito anos pode fazer e que alguém de dezessete não pode, como viver só pelas ruas da cidade. Se Willow só tem dezessete, ou quinze ou dezesseis anos, então certas perguntas devem ser feitas: onde estão os pais dela e por que não vive com eles? Ela fugiu? Sua situação é resultado de algum tipo de abandono? Meus olhos se voltam para o hematoma e me pergunto se sofreu abuso infantil. Se ela tinha dezessete anos, poderia ser forçada a voltar para casa, se tal casa existir, ou forçada a entrar no sistema de adoção.

Mas eu deixo essas suspeitas caírem no esquecimento e levo em conta a palavra da garota: ela tem dezoito anos.

Há abrigos especiais para mulheres e crianças.

– Há abrigos específicos para mulheres e crianças. Eu não trabalho em abrigos. Trabalho com mulheres jovens, como você. Mulheres de outros países. Refugiadas. Eu as ajudo, às vezes, a se estabelecerem.

A garçonete volta para anotar o pedido. Eu peço rabanadas e Willow diz que quer o mesmo. Eu percebo então que ela pediria qualquer coisa que eu pedisse. Ela não quer parecer impertinente, pedir um hambúrguer enorme enquanto eu como uma salada, ou café da manhã se eu pedisse jantar. A garçonete retira os cardápios da mesa e desaparece atrás de uma porta oscilante de alumínio.

– Há abrigos holísticos alternativos por aí. Oferecem um porto seguro, assistência médica, psicológica, educação. Há assistentes sociais para ajudá-la a se levantar. Ajudá-la a montar um currículo, encontrar uma creche para Ruby. Eu posso fazer algumas ligações – ofereço, mas vejo que os olhos dela estão fixos em um homem idoso em outra mesa, sozinho, cortando educadamente um sanduíche natural ao meio.

– Não preciso de nenhuma ajuda – diz, aborrecida. Então, silencia.

– Tudo bem – concordo, sabendo que se eu insistir no assunto, ela vai pegar a bebê, a maleta de couro e sair dali. – Tudo bem – repito, mais baixo agora. Uma concessão. Eu paro de me intrometer e ela fica. Então ela fica, e devora o jantar praticamente em silêncio e eu observo a bebê lentamente ficando letárgica e relaxando para dormir no colo da garota. Observo enquanto ela despedaça a torrada com o lado do garfo e inunda cada pedaço em uma piscina de xarope de bordo antes de mergulhá-los em sua boca voraz. Eu como devagar, vendo o xarope escorrer pelo seu queixo, e como ela o limpa com a manga do casaco verde-oliva.

Qual foi a última vez que teve uma refeição decente?

Essa é apenas uma de um número infinito de perguntas que tenho. Quantos anos tem, *de verdade*? De onde ela é? Como virou sem-teto? Há quanto tempo vive sozinha nas ruas? Onde está o pai de Ruby? Como conseguiu o hematoma? Com que frequência visita a biblioteca? Ela sempre frequenta os corredores ou apenas quando tem vontade? Eu quase mencionei a bibliotecária com o sorriso bondoso – um comentário proposital que nos levasse a uma conversa leve – mas paro a tempo. É claro que a garota não faz ideia de que a vi na biblioteca, que eu demorei no corredor ao lado espiando enquanto lia em voz alta *Anne de Green Gables*.

E então, comemos em silêncio. No lugar da conversa fiada, há sons que acompanham a refeição: mastigação e deglutição, mais xarope de bordo jorrando da garrafa de plástico, um garfo caindo no chão. Ela se abaixa e o pega, e o mergulha na torrada como uma vítima de tortura a quem a comida foi negada por dias. Semanas. Mais.

Quando a refeição acaba, ela coloca as mãos na maleta e se levanta da mesa.

– Você vai embora? – pergunto. Há surpresa em minha voz. Eu ouço. Ela ouve.

– Sim – responde. Ruby acorda brevemente pelo movimento e, então, volta para o Reino dos Sonhos.

– Mas espere – digo, e há aquele desespero que senti na rua: a garota se afastando, e eu, sem conseguir impedi-la. Eu me debato para pegar a minha bolsa e encontrar uma única nota de vinte dólares, não o suficiente para cobrir os gastos do jantar. Preciso esperar que a garçonete traga a conta, vou ter de pagar a refeição com cartão de crédito. – Deixe-me levá-la à farmácia – imploro. – Compraremos algumas coisas para você. Fórmula – digo. – Fraldas. – Hidrocortisona para o rosto inflamado. Barras de cereal para Willow. Creme antiassaduras. Pasta de dentes.

Escova de dente. Xampu. Escova de cabelo. Vitaminas. Garrafas de água mineral. Luvas. Uma sombrinha – e então aquilo soa como uma tolice, mesmo em minha mente, pois ela não poderia carregar todas essas coisas pelas ruas da cidade.

Ela olha a nota de vinte na minha carteira aberta e eu a tiro dali, sem pensar duas vezes, e entrego a ela.

– Vá à farmácia – digo. – Compre o que precisa. Para você. Para a bebê. – Ela hesita por um breve segundo e, então, arranca a nota da minha mão. Ela acena, o que acho que significa sim e obrigada. – Espere – digo, antes que ela fuja. Sem pensar, ponho uma das mãos no casaco de *nylon* e a faço parar antes que se vá. O *nylon* parece estranho ao meu toque, exótico. Quando os olhos azuis gelados viram para mim, eu recolho a mão com pressa, e imploro: – Por favor. Espere. Apenas um segundo – enquanto desenterro um cartão de visitas da minha bolsa. Um cartão preto simples com o meu nome e números de telefone – celular e trabalho – em letras brancas, em fonte Comic Sans, fácil de ler. Eu o coloco na mão dela. – No caso de... – começo, mas um garçom passa por nós com pressa, uma bandeja cheia de comida empoleirada na palma de uma das mãos acima da cabeça, e cantarola:

– Com licença, senhoras – e a garota se afasta dele, afasta-se de mim, e lentamente some de nossa vista, como um buquê de rosas amarelas, murchando e sumindo aos poucos.

E lá eu fico, sozinha, no meio do Stella's, pensando: *por favor. Espere*. Embora agora a garota tenha desaparecido do restaurante e a garçonete ruiva, apática à minha aflição, venha até mim e me entregue o recibo.

Eu faço o longo caminho até minha casa, anestesiada pelo frio, pela névoa fina no ar. Sigo pelo longo caminho, parando no sebo em Lincoln para pegar uma cópia de *Anne de Green Gables*.

Pago dois dólares pelo livro porque há páginas caindo, tesouros avulsos esquecidos enfiados dentro das páginas envelhecidas: um marcador com passamanaria, uma fotografia antiga de uma menina com meias brancas na altura dos joelhos e seu avô em calças azuis xadrez. Há uma inscrição no livro e uma data: "Para Mamãe 1989".

Encontro meu vizinho Graham no corredor enquanto subo, a ponto de largar uma garrafa vazia de vinho no dispensário de lixo.

– Isso é reciclável – lembro a ele, ouvindo o tom incômodo da minha voz que deixa Chris com raiva.

Mas Graham apenas ri. Ele deixou a porta do apartamento escancarada, uma loira, rainha da beleza, no sofá com uma taça fresca de Chablis. Trocamos um olhar e eu forço um sorriso, que ela não devolve.

– Pego pela polícia da reciclagem, outra vez – diz ele, retirando a garrafa do dispensário. Há cestos de lixo reciclável na entrada do prédio, uma caminhada longa para alguém que não pensa muito sobre o meio ambiente. Mas eu penso. Eu me impeço antes de lembrar a Graham que leva em torno de um milhão de anos para uma garrafa de vidro se decompor.

Sinto uma necessidade esmagadora de contar para *alguém* sobre minha noite no Stella's, sabendo que Chris não vai ouvir. Nem mesmo Jennifer vai – ela é racional demais, lado esquerdo do cérebro demais para esse tipo de insanidade. Eu preciso de alguém que seja governado pelo lado direito como eu, alguém guiado por sentimentos e emoções, pela imaginação e crenças, alguém inspirado pela fantasia.

Alguém como Graham.

Mas da porta aberta do apartamento, escuto sons de guitarra acústica no estéreo, a rainha da beleza chamando-o pelo nome. Ele enfia a garrafa vazia embaixo do braço e me diz que precisa ir.

– É claro – digo, e o observo enquanto fecha a porta e acabo face a face com uma guirlanda de corniso, ouvindo o ronronado dos dois.

Dentro da minha casa, esqueço o meu filme e me enfio na cama com *Anne de Green Gables*. Quando Chris finalmente chega de sua viagem, escondo o livro rapidamente embaixo da cama, onde apenas as gatas e montes de poeira habitam, e finjo estar dormindo.

Ele rasteja na cama ao meu lado e me dá um beijo longo e lento, embora os lábios estejam saturados da imagem de Cassidy Knudsen.

WILLOW

Minha Mami era a mulher mais linda do mundo. Longas tranças negras, um rosto fino com bochechas cheias, sobrancelhas em um arco perfeito e os olhos mais azuis que eu já vi. *Eu amo você como um esquilo ama nozes*, ela me dizia, ou *eu amo você como um rato ama queijo*. Nós passávamos dias inteiros competindo para ver quem pensava na frase mais boba: *eu amo você como um menino gordo ama bolo*. E morríamos de rir. Era nossa brincadeira.

Morávamos em uma casa no interior de Nebraska, em um vilarejo perto de Ogallala, Mami e Papi, Lily e eu. Ogallala veio muito antes de Omaha, do mesmo jeito que Mami e Papi vieram muito antes de Joseph e Miriam. Para ser precisa, era um mundo completamente diferente, era uma *eu* completamente diferente.

Mami sempre costumava me falar sobre o dia em que ela e Papi se casaram. Contou que, quando finalmente disseram o "sim", já estava grávida de mim, o que não era problema nenhum nem para ela nem para Papi, mas a mãe e o pai dela não gostaram nada daquilo. No fim, eles também não gostavam muito de Papi, então um dia, quando Mami tinha dezenove anos, ela e Papi pegaram o carro e foram até uma capela na estrada para Des Moines. Lily dormia seu sono da tarde. Eu tinha oito anos. Mami me contou sobre a capela, sobre como ela caminhou até o altar em um vestido fino, sem alças, que ia até o tornozelo e era branco como a neve; ela me contou de seu véu, ela disse que era um *voillet,* e eu a imaginei dançando de branco rumo ao altar. Ela me contou do homem que os casou, chamado Reverendo Love, e mesmo naquela idade, aos oito anos, eu tive dificuldade de acreditar que aquele era o verdadeiro nome dele. Reverendo Love. Eu me lembro do modo como Mami dizia seu nome, naquele dia em que sentamos nos degraus na frente de nossa casa pré-fabricada, olhando para alguns meninos jogando bola no jardim, algumas casas abaixo naquela mesma rua monótona de sempre, do modo como ela repetia o nome, alongando a palavra *love,* até que nós duas caímos na gargalhada.

Mas ela disse que Papi estava lindo de morrer, de camisa social e gravata, com um blazer que ele tinha conseguido emprestado de um amigo. Eu tive dificuldade em imaginar meu Papi vestido assim, acho que nunca vi meu pai de camisa social e gravata em toda a minha vida. Não havia nenhuma foto do casamento, porque Mami e Papi não tinham uma câmera naquele tempo, mas tinham um papel que dizia que eram casados, e isso era mais importante para eles do que fotos. Mami me mostrou aquele papel. Certidão de Casamento, dizia, e lá, no pé da folha, as palavras "Reverendo Love".

E daí, seis meses depois, eu nasci. Mami me contou sobre aquele dia, o dia em que eu cheguei. Ela me disse que demorei para sair de dentro dela, como não tive nenhuma pressa. Ela me contou como Papi me pegou no colo e me abraçou, como se ele achasse que eu fosse quebrar. Eu não conheci meus avós, nem naquele dia nem nunca. A mami e o papi de Mami não queriam saber de nós e a mami e o papi de Papi, bem, eles estavam mortos. Nós os visitávamos de vez em quando, no cemitério da Fifth Street, e colocávamos dentes-de-leão amarelados em um jazigo onde estava escrito Ernest e Evelyn Dalloway.

Minha Mami tinha sido convencida por sua própria mami de que ela era Audrey Hepburn' e por essa razão ela se chamava Holly, como a personagem Holly Golightly. Mami sempre fazia um coque no cabelo e ficava andando pela casa com uma piteira como a de Bonequinha de Luxo, apesar de ela não fumar. Alguns dias, vestia uns vestidos antigos de saia rodada e bolinhas e passava a tarde plagiando frases de Audrey Hepburn, fingindo que eram dela, e eu só me sentava e ficava admirando aquilo.

Nunca achei estranho que Papi quisesse se casar com ela. Eu nunca vi alguém tão bonita quanto Mami.

Eu perguntava sempre à Mami como tinha conhecido meu Papi. Era uma história que ela não se cansava de repetir. Ela me contava como ela conheceu Papi na cidade, em um bar onde ele trabalhava, sobre como um idiota qualquer começou a se engraçar com ela e como Papi não gostou nada daquilo, não gostou do modo como o homem falava com ela, não gostou do homem continuar segurando a mão dela, mesmo depois de ela dizer que não estava interessada. Meu cavaleiro de armadura brilhante, ela afirmava. Mami sempre disse que casar com Papi foi a melhor decisão que tinha tomado em toda a sua vida, apesar de o casamento ter feito com que seus próprios pais simplesmente desaparecem da vida dela. Puff, ela dizia, mexendo as mãos como um mágico fazendo algo desaparecer, num passe de mágica.

Como trabalhava como caminhoneiro, Papi quase nunca estava em casa. Ele era um CLD, que significava "caminhoneiro de longas distâncias". Ele passava a vida viajando de um oceano a outro, rebocando carga ou produtos perigosos pelo país. Nós morríamos de saudade quando ele estava fora, especialmente Mami, mas quando ele voltava era uma festa, cobria Mami de beijos molhados e a tocava em lugares que a faziam corar. Ela se arrumava toda para esperá-lo, ajeitando o cabelo e pintando os lábios com batom cor de amora. Ele sempre trazia alguma coisa para mim e para Lily, algo que ele comprava em Vermont ou na Georgia ou por onde quer que tivesse passado – um chaveiro ou um cartão-postal, uma Estátua da Liberdade em miniatura. Quando Papi estava em casa era como uma manhã do Natal, como férias de verão. E ele trazia coisas para Mami também, mas essas ele não mostrava para ela, não até que eu e Lily estivéssemos na cama, mas eu os ouvia de noite, quando achavam que eu já estava dormindo; eu os ouvia em seu quarto, rindo.

Nós não tínhamos muito dinheiro, lá naquela casa na periferia de Ogallala, mas Mami, ela amava fazer compras. Claro que nós não tínhamos dinheiro para comprar as coisas que ela queria, então ela pegava Lily e eu e nós íamos a lojas caras só para ela experimentar os vestidos e se olhar com eles no espelho. Essa era uma das coisas que nós fazíamos quando Papi estava viajando, mas Mami dizia: "Nunca conte para Papi", porque ela não queria que ele se sentisse mal. Mas Mami falava bastante sobre *um dia*. *Um dia* ela teria seu próprio salão, em vez de cortar cabelos naquele banheiro que era meu e de Lily. *Um dia* nós íamos ter uma casa maior, uma que não fosse pré-fabricada. *Um dia* ela ia nos levar a um lugar chamado Magnificent Mile, uma região incrível em uma cidade chamada Chicago. Mami falava como se o lugar fosse um conto de fadas, e eu não tinha certeza se a Magnificent Mile era real ou não. Mas Mami tinha certeza. Ela falava de lojas com nomes como Gucci ou Prada e do que ela compraria nessas lojas se pudesse. *Um dia*. Tinha uma lista daquelas coisas, de coisas que ela queria ver antes de morrer. A Torre Eiffel, a sepultura de Audrey Hepburn em uma cidadezinha da Suíça, a Magnificent Mile. Nós não tínhamos muito. Apesar de ter apenas oito anos, eu sabia disso, mas nunca desejava ter mais. Eu era feliz naquela casa pré-fabricada na periferia de Ogallala, e apesar de Mami falar o tempo todo sobre os seus "*um dia*", eu não queria que absolutamente nada mudasse. Mami costumava dizer: "Nós não temos muito, mas pelo menos temos uns aos outros".

E então, um dia, nem isso nós tínhamos mais.

CHRIS

Heidi tem esta necessidade de fazer tudo certo. Ela recicla o que pode. Latas e garrafas, o jornal, baterias, restos de papel-alumínio. Devolve os cabides para a lavanderia; dá bronca em mim quando volto do supermercado para casa com uma sacola plástica em vez de ter me lembrado de levar uma sacola reutilizável de casa. Ouço as palavras dela, assombrando-me em meus sonhos, seu tom metálico papagaiando: "Isso é reciclável", nos momentos vagos, tento colocar um envelope ou um papel amassado no lixo não reciclável. Nosso leite vem em garrafas de vidro, que são reutilizáveis e muito caras.

Em nossa casa, aranhas intrusas nunca são mortas, em vez disso são recolocadas na varanda ou, em caso de clima inclemente, vão para o porão, onde podem se reproduzir entre caixas de papelão e bicicletas sem uso. Esmagá-las com o sapato ou mandá-las descarga abaixo seria inumano.

É por isso que temos duas gatas. Porque ela as encontrou, quando ainda eram filhotes, debaixo da lixeira atrás do prédio. O que restava da mãe delas jazia em um emaranhado de sangue, servindo como alimento para cães de rua. Um dia, Heidi as levou para nosso apartamento, cada uma delas pesando meio ou um quilo, sujas, cobertas de merda e lixo, com os ossos à mostra sobre o que restava de pelos, e declarou:

– Ficaremos com elas. – E era assim com a maioria das coisas em nosso casamento, ela não perguntava. Informava-me. *Ficaremos com elas.*

Eu as chamei de One e Two, por que Odette e Sabine (sim, eram fêmeas; eu era, de fato, o único Tom nesta casa de Rainhas), como Heidi sugeriu, soava claramente idiota. Gatos selvagens não merecem nomes humanos, disse a ela. Sobretudo nomes franceses chiques. One era tricolor, *chatte d'Espagne,* como diz Heidi. A Two era toda preta, com pelo longo e olhos brilhantes. Azar. O demônio. A criatura me odeia.

E, então, não foi surpresa, em uma manhã de sábado, quando saí da cama e lá estava ela, no meio da nossa sala de estar, com seu olhar mais triste de "gatinha órfã". Tinha acabado de desligar o telefone e estava falando sobre a pobre garota da estação Fullerton. Era quase dez da manhã, mas pela escuridão do lado de fora da janela, você poderia ter pensado que eram cinco ou seis horas. O que eu tinha em mente para o dia, depois de uma viagem exaustiva para São Francisco, era sentar na poltrona reclinável de couro, assistir a jogos profissionais de basquete por horas. Mas havia Heidi, acordada desde o amanhecer, com certeza, tendo bebido muita cafeína. Estava de roupão e chinelo, apertando seu celular na palma da mão, e eu *soube* que havia mais nessa história do que ela estava deixando escapar. Não era apenas sobre a garota sem-teto que tinha visto. Deveria haver centenas de milhares de pessoas na mesma situação em Chicago. Heidi os notava, não me entenda mal. Ela atentava-se a cada um deles. Mas eles não a faziam perder o sono à noite.

– Foi por isso que Deus fez os abrigos para as pessoas sem-teto – digo. Está chovendo. De novo. Os canais de televisão estavam com repórteres nas estradas e avenidas debaixo d'água. Perigoso e impenetrável, dizem. Até mesmo as avenidas expressas – partes da Eisenhower e Kennedy – estão fechadas. Ao que parece, entramos em estado de emergência. As câmeras de notícias param em uma placa amarela de rua: FAÇA O RETORNO, NÃO SE AFOGUE, diz. Palavras de ordem. Uma repórter, pingando água e com um poncho dourado, está no Loop, sendo golpeada pela chuva (como se *ver* a chuva pela televisão, em vez de escutar como bombardeava as janelas e telhados da nossa casa, desse uma ideia melhor do que estava acontecendo), avisando que mesmo poucos centímetros de água poderiam levar um carro embora.

– Se você não precisa sair esta manhã – diz ela, dando um olhar preocupado, que significava que ela, na verdade, não dava a mínima para a nossa segurança – , então fique em casa.

– Ela não *fica* em abrigos para sem-teto – diz Heidi, de um jeito experiente, e só então compreendo. Heidi não apenas *viu* essa garota. Houve uma troca. Uma conversa.

O que ela me disse até agora, ou o que consegui arrancar dela, é que ela viu uma jovem sem-teto ao lado da estação Fullerton, implorando por trocados. Uma jovem com um bebê. Levantei-me da cama e fui para a sala de estar – minha mente se fixa em uma única coisa: na televisão – para descobrir que ela acabara de sair de um telefonema para seu celular, e quando lhe perguntei com quem estava falando, ela respondeu:

– Com ninguém.

Mas eu podia dizer que era mentira. Ficou claro para mim que era *alguém* que importava para Heidi. Mas ela não queria que eu soubesse. Isso que acontecia com homens que viajam o tempo todo, pensei. As esposas os traem. Elas se levantam da cama e a primeira coisa que fazem pela manhã é entrar em conversas clandestinas com seus amantes, enquanto os maridos estão colocando em dia o sono muito necessário. Espiei minha mulher: olhos culpados, frenéticos, de repente não tão puros quanto sabia que Heidi era, e perguntei.

– Você estava falando com um homem?

Penso em Heidi, na noite anterior, no modo como ela se afastou de mim na cama. *Ele esteve aqui?*, perguntei-me. *Antes de mim?* Só cheguei em casa depois das onze da noite, para descobrir que Zoe não estava em casa e que Heidi já estava dormindo, e eu me lembrei de quando Zoe era menor, o modo como ela e Heidi faziam faixas de boas-vindas para mim, decoradas com adesivos, desenhos, fotografias ou qualquer outra coisinha que elas conseguissem encontrar para enfeitá-las, para quando eu chegasse em casa, e agora, cinco ou seis anos depois: nada. Apenas as gatas estavam esperando por mim ao lado da porta, seus gritos irritantes não eram boas-vindas calorosas, em vez disso, eram um ultimato: *alimente-nos, ou então...* As minúsculas tigelas de aço inoxidável que Heidi nunca se esquecia de encher quando estavam vazias.

– Heidi – pergunto de novo, minha voz indicando que estou perdendo a paciência. – Você estava falando com um *homem*?

– Não, não – responde ela imediatamente, sem hesitar. Heidi ri, nervosa, e eu não consigo dizer se está mentindo ou se minha sugestão colocava seu segredinho sujo em perspectiva. Algum caso encoberto, ou...

– Então *quem* era? – exijo saber. – Quem era ao telefone? – pergunto de novo.

No começo, Heidi ficou em silêncio. Ponderando se me contava ou não. Eu estava prestes a ficar irritado, e então, de má vontade, ela me conta sobre a garota. A garota com um bebê.

– Você conversou com ela? – pergunto, sentindo meu coração desacelerar, minha pressão arterial baixar.

– Ela acabou de ligar – respondeu Heidi. Seu rosto está corado: ou é sintoma da overdose de cafeína ou ela está com vergonha.

Meu queixo cai.

– Ela tem seu *número de telefone*?

Heidi está tomada pela culpa. Desconfortável. Ela não responde de imediato. E então, de modo tímido, diz:

– Eu lhe dei meu cartão. No jantar. Na noite passada.

Isso, penso, está ficando estranho. Encaro a mulher diante de mim consternado – os cabelos castanhos bagunçados, os olhos maníacos e cafeinados – e me pergunto o que ela fez com minha mulher. Heidi é uma sonhadora, sim. Uma visionária, uma otimista. Mas sempre houve uma dose de realidade misturada a isso.

Exceto que por esta vez, ao que parece, não há.

– Jantar? – pergunto, mas então balanço a cabeça, reformulando a pergunta para chegar aos detalhes mais pertinentes: – Por que ela telefonou para você?

Estava olhando diretamente para os olhos enlouquecidos de Heidi e desejando que tivesse sido outro cara ao telefone.

Heidi marchou até a cafeteira, como se ela pudesse consumir mais cafeína. Ela pega a caneca personalizada que Zoe e eu demos a ela no Dia das Mães, há alguns anos, de cerâmica preta, decorada com algumas fotografias de Zoe, que a lava-louças começou a desgastar. Ela enche de creme de avelã e penso: *açúcar também. Perfeito. Tudo o que Heidi precisa.*

– Ruby chorou a noite toda – responde ela. – A noite toda. Willow estava em uma crise de verdade. Pareceu exausta. É cólica. Tenho certeza. Lembra-se de quando Zoe era bebê e tinha cólica? O choro que durava a noite toda. Estou mesmo preocupada com ela, Chris. Com as duas. Aquele choro persistente. O tipo de coisa que leva à depressão pós-parto. À síndrome do bebê sacudido.

E, na verdade, consigo pensar em apenas uma coisa a dizer.

– Willow? É esse o nome dela? E Ruby?

Heidi responde que é.

– As pessoas não recebem nomes como Willow, Heidi. Willow, ou salgueiro, é nome para árvores. E Ruby... – Deixo o resto da frase de lado, pois Heidi está me encarando como se eu fosse o diabo encarnado, parado no meio de nossa sala de estar, usando uma cueca samba-canção xadrez e nada mais. Passo por Heidi e entro na cozinha para pegar minha própria xícara de café. Talvez, então, isso tudo faça sentido. Talvez, depois de um café, eu venha a me dar conta de que tudo isso não passa de um mal-entendido, a explicação perdida em algum lugar do meu cérebro cansado e lento. Sem pressa, encho a xícara diante dos balcões de granito, tomando meu café, esperando que o estimulante desperte meus neurônios.

Mas, quando volto da cozinha, Heidi está parada do lado de fora da porta de entrada, vestindo uma enorme capa laranja sobre seu roupão.

– Para onde você está indo? – pergunto, perplexo pela capa, o roupão, o cabelo bagunçado. Ela tira os chinelos e enfia os pés em um par de galochas que estavam diante da porta.

– Disse a ela que eu iria encontrá-la.

– Encontrá-la *onde*?

– Na estação Fullerton.

– Por quê?

– Para ver se ela está bem.

– Heidi – digo com meu tom de voz mais racional e direto. – Você está de pijama. – E ela olha para o roupão lilás de lã, a calça floral de algodão.

– Certo – diz ela e corre para o banheiro, trocando a calça floral por uma calça jeans. Ela não perde tempo tirando o roupão.

Isso é um completo absurdo, penso. Eu poderia dizer a ela, fazer uma lista de motivos ou um gráfico em barras para ela se dar conta, de modo bem visível, o quanto isso era uma absoluta insanidade. Em um eixo, eu listaria todas as anomalias da situação: o fetiche de Heidi por pessoas sem-teto, a falta de discrição ao dar à garota seu cartão profissional, o ridículo daquele roupão lilás e da capa laranja, a chuva; no outro eixo eu mostraria os valores dessas anormalidades, a roupa em muito ultrapassada pelo cartão profissional, por exemplo.

Mas tudo isso iria me jogar em terreno pedregoso.

Assim, observei, pelo canto do olho, da minha poltrona reclinável de couro, enquanto ela pegava sua bolsa e um guarda-chuva no armário da entrada e desaparecia pela porta, cantarolando:

– Eu o vejo mais tarde.

Minha resposta letárgica:

– Tchau.

As gatas saltaram para o peitoril da janela, como sempre fazem, para vê-la sair pela entrada principal do prédio e descer a rua.

Faço ovos mexidos para mim. Esqueço-me de colocar a caixa dos ovos no lixo reciclável. Aqueço fatias macias de bacon no micro-ondas (isso parece completamente errado de se fazer na ausência de Heidi: comer carne em nossa casa pseudovegerariana), e como na frente da televisão: os shows antes do jogo no canal ESPN que, em algum momento, vão se transformar em jogos da NBA. Durante os intervalos comerciais, troco para a CNBC, porque nunca posso ficar muito longe das notícias de Wall Street. É a parte do meu cérebro que nunca dorme. Aquela consumida pela ideia de dinheiro. Dinheiro, dinheiro, dinheiro.

Os raios caem; os trovões ressoam. O prédio todo estremece. Penso em Heidi na rua com esse tempo e espero que ela termine o que precisa fazer e corra logo para casa.

E então, outro trovão e outro raio.

Rezo a Deus para que a energia elétrica não caia antes do jogo.

Cerca de uma hora depois, Zoe é trazida para casa por Taylor e sua mãe. Ainda estou de cueca samba-canção quando Zoe as deixa entrar, e lá, pairando junto da porta, boquiabertas, pingando como um bando de cães molhados, encarando-me, na minha cueca samba-canção, com todo o pelo do meu peito à mostra. Meu cabelo está oleoso, bagunçado, e um cheiro de homem velho está grudado em mim.

– Zoe – digo, pulando da poltrona, quase cuspindo meu café ao mesmo tempo.

– Papai. – A mortificação fica evidente nos olhos de Zoe. Seu pai, seminu, na mesma sala que sua melhor amiga. Passo um cobertor de pele falsa ao redor de mim mesmo e tento fazer piada.

– Eu não sabia quando você estaria em casa – digo. Mas é claro que essa não é uma boa desculpa. Pelo menos, não para Zoe.

Essa, tenho certeza, é a primeira das muitas vezes que humilharei minha filha. Assisto a Zoe pegar Taylor pela mão e juntas desaparecerem pelo corredor. Ouço a porta do quarto dela bater e imagino as palavras de Zoe: *meu pai é um perdedor*.

– Heidi está em casa, Chris? – indaga Jennifer, olhando para qualquer coisa que não fosse eu.

– Não – respondo. Pergunto-me se Jennifer sabe sobre a garota. A garota com um bebê. É provável. Quando se trata da vida de Heidi, Jennifer sabe quase tudo. Aperto ainda mais o cobertor e penso no que Heidi conta a ela sobre *mim*. Tenho absoluta certeza de que, quando estou sendo um canalha, Jennifer é a primeira a saber. Sobre minha colega de trabalho gostosa ou a respeito do fato de eu estar viajando *de novo*.

– Você sabe quando ela estará em casa?

– Não.

Vejo Jennifer mexer na alça de sua bolsa. Ela poderia ser uma mulher bonita se tirasse os jalecos e colocasse algumas roupas de verdade para variar. A mulher trabalha em um hospital, e tenho quase certeza que as únicas roupas penduradas em seu guarda-roupa são jalecos de todas as cores do arco-íris e tamancos. Tamancos médicos. Parecem confortáveis, darei esse bônus a ela, e ainda assim, o que aconteceu com o jeans? Um moletom? Calças de ioga?

– Alguma coisa em que eu possa ajudar? – pergunto, mas é uma oferta idiota. Jennifer, uma mulher divorciada amarga, me odeia só porque sou um homem. Um folgado, nada menos, zanzando pela casa de cueca, no meio do dia.

Ela balança a cabeça.

– Só coisa de garotas – responde e, então, completa: – De qualquer forma, obrigada.

E depois ela vai atrás de Taylor, e quando elas vão embora, Zoe se vira para mim, encarando-me com seu olhar de desaprovação adolescente.

– Sério, papai. *Samba-canção?* São onze horas. – E se retira para seu quarto, batendo a porta.

Ótimo, penso. *Perfeito.* Heidi perseguindo garotas sem-teto, mas sou eu o esquisito.

HEIDI

Não sei se ela bebe café ou não, mas eu lhe trouxe um café *mocca* mesmo assim, coberto com uma boa quantidade de creme, a escolha perfeita para alguém que está tendo um dia ruim. Pego um bolinho de canela e uma fatia de torta de frutas vermelhas e café, para o caso de ela não gostar de canela ou de bolinhos. E então disparo pelas ruas quietas da manhã de sábado, com os cotovelos erguidos, em uma posição defensiva, pronta para atacar qualquer pessoa que entrar no meu caminho.

Está chovendo, o céu de abril parece escuro e triste. As ruas estão cheias de poças, cuja água os táxis espirram para todos os lados. Os faróis dos carros estão acesos e, embora passe das dez da manhã, as luzes automáticas das ruas ainda precisam registrar que a noite tinha se transformado em dia. Meu guarda-chuva está aberto, mantendo meu cabelo seco, embora a metade inferior do meu corpo esteja ensopada pelas poças, pela água espirrada pelos pneus dos carros que passam. A chuva cai como cascatas do céu e cantarolo para mim mesma: *está chovendo cântaros. Está chovendo canivetes. Quando chove, transborda.*

Ela está exatamente onde disse que estaria. Andando de um lado para o outro da Fullerton, embalando uma Ruby desolada, que gritava a plenos pulmões. Ensopada. Os espectadores – um punhado de corredores com roupas a prova d'água – contornavam a cena, seguindo na direção da Fullerton para arriscar a vida no tráfego que se aproximava, em vez de ajudar Willow, a jovem que parecia ter envelhecido trinta anos em uma única noite, ostentando a expressão de uma mulher de meia-idade: rugas dramáticas, bolsas sob os olhos. O branco de seus olhos estava vermelho, os vasos sanguíneos da esclera, inchados. Ela tropeça em uma rachadura na calçada, joga Ruby sobre um ombro, acariciando suas costas de um modo que beira o indelicado, *Shhh... shhhh,* diz, mas as palavras não são gentis, não acalmam. O que ela quer dizer é *cale a boca. Cale a boca. Cale a boca.*

A garota chacoalha a bebê com raiva, como eu me lembro de *não querer fazer,* quando Zoe era um bebê, quando seu choro me mantinha acordada a noite toda e isso era tudo que eu podia fazer para *não perder* o controle. Não sei muito sobre depressão pós-parto, pessoalmente, mas a mídia é rápida em divulgar histórias sensacionalistas de mulheres instáveis e perturbadas impulsionadas por seus pensamentos invasivos e não solicitados que tomam suas mentes: pensamentos sobre machucarem seus bebês, de apunhalá-los ou de afogá-los ou de arremessá-los do alto de uma escada. Pensamentos sobre irem com suas minivans até o fundo de um lago com seus filhos presos pelos cintos de segurança no banco de trás. Sei que há mulheres que, temendo serem capazes de ferir seus bebês, abandonam seus recém-nascidos, em um esforço para evitar danos físicos. Eu diria a Willow para *não* deixar Ruby nos degraus de uma igreja ou em um abrigo, para *não* mandá-la calar a boca, quando sei que isso é exatamente o que ela quer fazer. Os corredores olham e franzem a testa – *o que essa garota está fazendo com aquele bebê?* Mas o que vejo é uma garota tenaz, com mais problemas do que metade das mulheres adultas que conheço. Sem minha mãe para reclamar ao telefone, sem Chris para roubar uma Zoe histérica dos meus braços quando eu já tinha o bastante para um dia, não tenho certeza do que eu teria feito, como teria sobrevivido àquele primeiro ano de maternidade (embora agora, conhecendo as perplexidades de uma garota de doze anos, a infância não pareça tão ruim).

– Eu lhe trouxe café – digo, aproximando-me dela por trás e assustando-a. Como se o café fosse consertar alguma coisa de verdade, livrá-la da vida nas ruas, prover alguma nutrição para seu corpo magro.

Ela está completamente exausta, seu corpo, pesado, suas pernas, à beira de um colapso. Sei, sem ela ter me dito, que esteve andando para cima e para baixo na Fullerton, desde o meio da noite, qualquer esforço de acalmar Ruby, inútil. Seu corpo está com sono, embora seus olhos estejam furiosos: agressivos e prontos para atacar. Há uma perda de coordenação, uma irritação enérgica no modo como ela arranca o copo da minha mão, na maneira como se deixa cair no chão e devora tanto o bolinho de canela quanto a torta de frutas vermelhas *e* café em questão de segundos.

– Ela esteve chorando a noite toda – diz ela, entre mordidas, com migalhas escapando dos cantos de sua boca e caindo no concreto, onde ela os apanha e os joga boca adentro de novo. Ela se enfia, junto com Ruby, sob um toldo azul-índigo, na escadaria de uma pequena loja eclética, com sinos de vento e pássaros de cerâmica na vitrine da frente. A loja está aberta, a silhueta de uma mulher nos observa pela vitrine, de longe.

– Quando foi a última vez que ela comeu? – pergunto, mas Willow balança sua cabeça, delirante.

– Não sei. Ela não vai comer. Continuou empurrando a mamadeira. Gritando.

– Ela não vai aceitar a mamadeira? – pergunto.

Ela balança a cabeça. Tira a tampa do café *mocca* e começa a lamber o creme. Como um cão, lambendo a tigela de água, no chão.

– Willow – digo. Ela não olha para mim. Há um cheiro de apodrecido vindo dela: sua roupa tem sido ensopada pela chuva – úmida e suja – há dias, talvez semanas, de odor corporal. Um fedor atroz escapa da fralda de Ruby. Espio a rua e me pergunto: onde Willow vai para usar o banheiro? Os empregados dos restaurantes e bares locais a expulsariam como um gato de rua, um *selvagem*. Tenho visto placas nas vitrines: banheiros não abertos ao público. Penso no parque, a alguns quarteirões de distância, e penso se há algum banheiro público, um trocador, alguma coisa para ela usar?

– Willow – digo de novo, dessa vez, sentando-me na calçada ao lado dela. Observa-me de perto, com cautela e foge um pouco, recuperando seu quase um metro de espaço pessoal. Mas ela agarra o café, as migalhas microscópicas dos bolos que ficam no saco de papel encharcado, para o caso de eu ter a audácia de roubar da mão dela.

– Willow – digo mais uma vez –, você me deixaria segurar Ruby? – por fim forçando as palavras para fora da minha boca. Oh, como eu queria segurar aquele bebê em meus braços, sentir seu peso! Lembro-me do maravilhoso cheiro de bebê de Zoe: uma mistura de leite e talco, azedo e desagradável, ainda que completamente delicioso, melancólico, nostálgico. O que espero de Willow é um *não* firme, então sou surpreendida pela facilidade com que ela me passa a criança histérica. Não é instantâneo, não. Não de qualquer modo. Ela me examina de cima a baixo: quem é essa mulher e o que ela quer? Mas depois, talvez, alguns versos literários pulam em sua mente, algum provérbio sobre fé e confiança e, como diria J. M. Barrie em *Peter Pan*, pó de fada. Ela passa a criança para minhas mãos, grata por estar livre dos seis quilos ou algo assim do peso que a travou a noite toda, fazendo-a se sentir ensopada, coberta de neve. O corpo de Willow relaxa, seus ossos se afundam na calçada fria, seus músculos se distendem contra a porta de vidro.

E em meus braços, Ruby se acalma. Isso não tem nada a ver comigo, mas, sim, com uma mudança de posição, novos olhos para ver, um sorriso.

Largo o guarda-chuva e me levanto, protegida, até certo ponto, pelo toldo, e em meus braços, embalo-a, para a frente e para trás, em um ritmo suave. Meus pensamentos viajam até o quarto de bebê de Zoe, com lençóis adamascados em um tom pálido de púrpura, a cadeira de balanço onde eu me sentaria por horas a fio, embalando a pequenina em meus braços, até muito tempo depois de ela ter pegado no sono.

A fralda de Ruby, sozinha, deve pesar mais de quatro quilos. Ela a ensopou diversas vezes, com urina e diarreia escorrendo na parte de trás de seu pagão e no meu casaco. Seu macacão, que costumava ser branco, com as palavras *Irmã caçula* bordadas com linha pastel, estava coberto de vômito e cuspe, algumas marcas leitosas, outras, amarelo berrante. Ela está quente ao toque, sua testa irradia calor, seu rosto brilha. Está com febre.

– Ruby tem uma irmã? – pergunto, tentando, com as costas da minha mão, determinar a temperatura da bebê. Trinta e oito. Trinta e nove graus. Não quero alarmar Willow, então tento ser dissimulada, ficar de conversa, assim ela não percebe que pressiono meus lábios contra a testa da bebê. Trinta e nove e meio?

– Hein? – reage Willow, ficando confusa e eu aponto o macacão, para o "I" cor de lavanda, o "R" salmão, o "M" azul claro, e assim por diante.

Um ciclista passa pela rua – as rodas da bicicleta espirram água das poças –, os olhos de Willow se viram para observá-lo: o moletom vermelho e a bermuda preta de ciclista, um capacete cinza, uma mochila, os músculos da panturrilha deixando os meus com vergonha. O modo como a água se espalha sob os pneus. – Eu comprei isso em um brechó – responde ela, sem olhar para mim e eu digo:

– Claro. – Claro que sim, penso. Onde a irmã estaria?

Passo o dedo pelo rosto de Ruby, sentindo a pele macia, de querubim, olhando para aqueles olhos inocentes e etéreos. A bebê agarra meu dedo com sua mão gordinha e pequena, os ossos e veias encobertos por camadas e mais camadas de gordurinha de bebê, a única época na vida de alguém em que *gordura* é uma coisa adorável e sublime. Ela leva um dedo à boca e o suga, como vingança.

– Acho que ela pode estar com fome – digo, esperançosa.

– Não. Eu tentei. Ela não vai comer – Willow responde.

– Eu poderia tentar – digo, oferecendo-me, completando: – Sei que você está cansada –, digo com cuidado, para não usurpar de seu papel como mãe. A última coisa que desejo fazer no mundo é ofender Willow. Mas sei que bebês podem ser mais confusos do que meninas pré-adolescentes, mais desconcertantes do que política estrangeira e álgebra. Eles querem uma mamadeira, não querem. Choram por nenhuma razão. O bebê que devora ervilhas em um dia não tocará nelas no dia seguinte. – Qualquer coisa que você ache melhor – digo.

– Que seja – diz ela, dando de ombros, indiferente. Ela me passa a única mamadeira que tem, cheia com algo em torno de noventa a cento e vinte mililitros de fórmula, feita nas primeiras horas da manhã. Está talhada, e ainda que eu saiba que Willow pretende que eu coloque essa mamadeira, essa fórmula na boca ávida de Ruby, não consigo. Minha hesitação faz a bebê gritar.

– Willow – digo, um pouco mais alto que o som histérico que Ruby faz.

Ela toma um gole do café e se esquiva do calor.

– Hein?

– Talvez eu pudesse lavar essa mamadeira? Começar de novo, com uma fórmula fresca?

A fórmula para alimentação de bebês é bastante cara. Eu me lembro. Costumava me encolher cada vez que Zoe não tomava todo o conteúdo de uma mamadeira. Quando ela nasceu, eu era fiel à crença da amamentação. Nos primeiros sete meses de sua vida, confiei somente no leite materno. Planejava fazer isso por um ano. Mas então as coisas mudaram. A princípio, o médico e eu creditamos a dor ao parto. Continuamos como se tudo estivesse normal.

Mas estava longe disso.

Naquela época, eu estava grávida de novo, de Juliet, mas claro que não havia como eu saber, naquele estágio, se o bebê era menina.

Isso aconteceu menos de seis semanas depois da concepção de Juliet, o sangramento veio primeiro. Naquele ponto de sua vida, seu coração estava bombeando sangue e suas expressões faciais estavam se formando; braços e pernas estavam prestes a emergir dos pequenos botões de seu corpinho. Eu não sofri um aborto; não, isso, é claro, teria sido muito fácil, muito simples, ela simplesmente *morrer.*

Em vez disso, tomei a decisão de pôr um fim à vida de Juliet.

Willow me olha de um modo que é difícil entender. Cuidadoso e ambíguo, mas também muito cansado para se importar. Um grupo de garotas – com idade para irem à faculdade, com blusas de moletom e calças de lã – passam por nós, de braços dados, sob guarda-chuvas imensos e capuzes, rindo, relembrando coisas nebulosas e bêbadas da noite anterior. Ouço as palavras: *selva, suco, cor-de-rosa, calcinha, conta-gotas.* Olho para minha própria roupa e me lembro do roupão lilás.

– Tanto faz – diz ela de novo, seus olhos seguindo as garotas até que elas virem na esquina, suas risadas ainda audíveis na cidade sonolenta.

Assim, entrego a criança trêmula de volta para Willow e, liberando meu guarda-chuva, corro para a Walgreens mais próxima, onde pego uma garrafa d'água da prateleira e paracetamol em gotas. Alguma coisa para baixar a temperatura de Ruby.

Quando volto para a nossa pequena alcova, jogo a fórmula velha na rua, observando, enquanto o líquido escorre para o bueiro mais próximo, então lavo a mamadeira e começo a preparar uma nova. Willow me passa a cobiçada fórmula em pó, eu a misturo na garrafa e, quando ela volta Ruby para meus braços, coloco a mamadeira na boca esperançosa da bebê – cheia de confiança de que *isso* acalmará a criança histérica – mas ela a empurra com uma expressão de horror, como se eu tivesse colocado arsênico misturado à fórmula em sua boca.

E depois, ela começa a berrar.

– *Shhh...Shhh* – digo, implorando, embalando-a e lembro a mim mesma – já cansada, já frustrada – que Willow fez isso a noite toda. Inteira. Sozinha. No frio. Com fome. E imagino: com medo? Raios brilham não tão distantes e conto em minha cabeça: um. Dois. Três. O trovão ecoa, alto e furioso, cheio de ira. Willow estremece, procurando nos céus a fonte do barulho e vejo, na maneira como seus olhos dilatam, que ela está com medo. Medo de trovão, como uma criança.

– Está tudo bem – digo, em voz alta, para Willow e no mesmo instante sou transportada ao passado, para o quarto de Zoe, quando ela ainda não tinha ido para a escola, acomodando seu corpo em meus braços, enquanto ela colocava a cabeça contra meu corpo. – Tudo bem – digo a ela –, é apenas um trovão. Não vai machucá-la. Nem um pouco. – E a vejo me encarar, embora seus olhos azulados sejam impossíveis de ler.

Estou completamente ensopada, como Willow e Ruby, e a mulher da loja tem a audácia de bater na porta de vidro e nos dizer para irmos embora. *Sem vagabundagem,* diz seus lábios.

– E agora? – pergunto a mim mesma, em voz alta.

Willow responde mais para si mesma do que para mim: – Amanhã é um novo dia – diz ela –, sem nada de errado ainda.

– *Anne de Green Gables*? – pergunto e ela responde:

– Sim.

– Seu favorito? – indago, e sua resposta é afirmativa.

Movo-me com lentidão, para tirar Willow e sua maleta de couro da segurança do toldo e sair para a chuva.

– Comprei um exemplar de *Anne de Green Gables* – confesso. – A caminho de casa na noite passada. Nunca tinha lido. Sempre quis ler. Com minha filha, com Zoe. Mas ela cresceu muito rápido e não deu tempo – digo.

Foi como se eu tivesse piscado e a bebê para quem um dia li, de repente, estivesse muito velha para dividir um livro comigo, com sua mãe, porque então, o que suas amigas da escola pensariam? Seria embaraçoso se elas soubessem, era o que Zoe presumia.

Um pensamento cruza minha mente, como ocorre com frequência em momentos como esse: se eu tivesse de fazer tudo isso de novo, o que faria de diferente? Se Zoe pudesse ser um bebê de novo, uma criança, como eu seria diferente? Como ela seria? As coisas teriam sido diferentes com Juliet?

Mas é claro que as perguntas não têm qualquer efeito, já que não haveria mais filhos para Chris e para mim.

– Você e sua mãe liam *Anne de Green Gables*? – pergunto, imaginando se ela ainda me contemplaria com esse pedacinho de informação pessoal.

Hesitante, ela responde:

– Matthew.

– Matthew? – questiono, repetindo sua resposta, preocupada com sua confissão ter terminado ali, com aquela única palavra.

Mas para minha surpresa, ela continua, a franja escura envolve seus olhos, enquanto ela observa um melro caçar vermes na rua. O primeiro sinal de primavera. Havia botões de flores minúsculos nas árvores que se espalhavam pelas ruas da cidade, brotos de açafrão que emergiam de buracos no chão encharcado.

– Matthew, meu... – E ela hesita. Há uma hesitação clara, antes de ela completar – meu irmão. – E por fora, assinto, mas, por dentro, meu coração dispara. Uma peça do quebra-cabeça. Willow tem um irmão chamado Matthew. Ela tem um irmão, *afinal*. Um que lê *Anne de Green Gables*.

– Seu irmão lê *Anne de Green Gables*? – pergunto, tentando ignorar a peculiaridade do fato de Willow ler um livro como *Anne de Green Gables* com seu irmão, um livro que mãe e filha deveriam compartilhar. Quero lhe perguntar sobre sua mãe. Sobre o motivo de ela não ler o livro com sua mãe. Mas, em vez disso, fico em silêncio.

– Sim.

Vejo uma nostalgia quando ela menciona seu irmão. Matthew. Um tom de tristeza, um suspiro de lamento.

E então, o grito abissal de Ruby me lembra do paracetamol. Tateio com cuidado.

– Acho que Ruby está com febre – digo. – Comprei paracetamol na farmácia. Pode ajudar. – Passo a caixa do medicamento para Willow, para que ela possa ver que é, de verdade, paracetamol, que não estou tentando drogar sua filha.

Willow me olha com preocupação nos olhos e sua voz se transforma na de uma criança.

– Ela está doente? – pergunta e sua inocência fica evidente.

– Não sei.

Mas vejo que a bebê está uma confusão de baba e meleca. Willow me passa o remédio e eu leio as instruções sobre a dosagem. Ela segura Ruby, enquanto pingo o medicamento sabor cereja na boca da bebê e nós observamos Ruby silenciar, e depois fechar os lábios. O paracetamol é gostoso. E então esperamos e pensamos. Pensar e esperar. Esperar e pensar. Pensar e esperar.

O que farei quando e se Ruby parar de chorar? Dizer tchau e voltar para casa? Deixá-las aqui, na chuva?

Com a fralda ensopada com diarreia, com uma assadura vermelha e inchada, com bolhas se formando em sua genitália e bumbum (como imaginei que haveria, escondido sob a fralda). Apenas isso já me faria gritar.

– Quando foi a última vez que ela foi ao médico? – pergunto.

– Não sei – responde Willow.

– Você não sabe? – digo, surpresa.

– Eu não me *lembro* – responde, corrigindo-se.

– Poderíamos levá-la ao médico.

– Não.

– Eu poderia pagar. A conta. Remédio.

– Não.

– Então, um abrigo. Proteção do clima. Uma boa noite de sono.

– Não vou para abrigos – diz ela, de novo – como na noite anterior, no jantar – o tom de sua voz enfatizando a mensagem. Eu. Não. Vou. Para. Abrigos. Não posso culpá-la. Eu mesma pensaria muito antes de ir para um abrigo para sem-teto. Os abrigos podem ser lugares perigosos, repletos de homens e mulheres desesperados, transformados, pelas circunstâncias, em predadores violentos. Existem doenças transmissíveis em abrigos: tuberculose, hepatite e Aids e, algumas vezes, aos moradores de rua não é permitido levar suas coisas pessoais para lá. O que significava abandonar a maleta *vintage* de Willow e quaisquer tesouros que ela pudesse conter. Havia drogas nos abrigos, há pessoas que roubam os sapatos de seus pés, enquanto você dorme. Nos meses mais frios, as pessoas esperavam em fila por horas para assegurarem uma cama em um abrigo. E mesmo assim, poderia ou não ter vaga.

– Willow – digo. Há tanto que quero falar. O trem suspenso começa a estremecer nos trilhos acima de nós, afogando o som da minha voz. Hesito esperando o trem passar e, então, digo: – Você não pode ficar aqui para sempre. Há coisas das quais Ruby precisa. Coisas que *você* precisa.

Ela me olha com aqueles olhos semicerrados, sua pele opaca, restos de maquiagem para os olhos ressaltando as bolsas sob eles.

– Você acha que quero viver nas ruas? – pergunta. E então me diz: – Não tenho outro lugar para onde ir.

CHRIS

A porta da frente é aberta e lá estão elas, paradas como dois ratos afogados. Há um bebê nos braços de Heidi, um fedor pior do que o de cominho está vindo da garota. Esfrego os olhos, certo de que estou alucinando, certo de que *minha* Heidi nunca traria essa sem-teto para dentro de nossa casa, nosso lar onde nossa filha vive e respira. A garota está suja, destruída, uma moradora de rua. Não é muito mais velha do que Zoe. Não faz contato visual comigo, nem quando Heidi me diz que seu nome é Willow, ou quando eu digo de modo muito insípido (não quero parecer *tão* estúpido quando os produtores de algum programa vespertino vierem ao meu encontro me avisar de que estive participando de uma pegadinha) que meu nome é Chris.

Heidi anuncia:

– Ela ficará conosco nesta noite. – Simples assim. Como aqueles malditos gatinhos, e fico muito estupefato para dizer sim ou não, não que alguém tenha se incomodado em pedir minha opinião. Heidi introduz a garota em nossa casa e sugere que ela tire suas botas encharcadas e, quando ela o faz, um galão de água é derramado de dentro delas no chão. Sob aquelas botas, seus pés estão nus. Sem meias, seus pés estão macerados e cheios de bolhas. Estremeço e os olhos delas seguem os meus até os pés descalços. Sei que Heidi está pensando em como remediar os pés doentes da garota, mas eu só espero que o que é que ela tenha não seja contagioso.

Zoe aparece, vinda de seu quarto, a palavra "que..." cai de sua boca. Seu queixo também caiu. Acho que nossa filha não está bem familiarizada com a palavra começada com *p* que se segue, formando a pergunta, então eu quase a digo em voz alta por ela. *Que porra você está fazendo, Heidi*? Mas ela já está mostrando nossa casa à garota, apresentando-a para nossa filha, que encara, emudecida, aquela sem-teto e depois olha para mim, em busca de alguma explicação. Posso apenas dar de ombros.

Os olhos da garota se perdem na televisão, em algum jogo de basquete: Chicago Bulls *versus* Pistons, e me ouço perguntar – na falta de alguma coisa melhor para dizer:

– Você gosta de basquete?

E ela responde sem qualquer emoção:

– Não. – E ainda assim permanece encarando o aparelho, como se nunca tivesse visto nenhum aparelho elétrico em sua vida. Quando ela fala, sinto o cheiro de bactéria fermentando em sua boca: halitose. Pergunto-me quando teria sido a última vez que ela escovou os dentes. Eles devem estar cheios de "crostas". Há um cheiro desagradável vindo dela e quando vou para a janela e a abro com um estrépito, Heidi me lança um olhar maligno, ao qual respondo:

– O que foi? Está cheio aqui. – E espero que a chuva dê um intervalo suficiente para o ar limpar o fedor.

A garota está nervosa, como um gato enjaulado, seus olhos correm pela sala, procurando uma cama onde ela pudesse se esconder debaixo.

Não consigo descobrir o que é mais estranho nisso tudo: a desconhecida em nossa casa ou o modo como Heidi embala aquele bebê como se fosse dela, segurando o peso de sua cabeça com a palma da mão e balançando para a frente e para trás, de modo intuitivo. Olha para aquela criança com cobiça, um zumbido quase inaudível escapa dela, quando a televisão entra em um intervalo comercial e a sala é invadida por meio segundo de silêncio.

– Estou indo para meu quarto – diz Zoe, saindo pelo corredor e batendo a porta.

– Não se preocupe com ela – diz Heidi, desculpando-se com a garota –, Willow – e completa: – Ela está apenas... Ela tem só doze anos.

– Ela não gosta de mim – diz Willow.

Não, penso, *ela não gosta.*

Mas Heidi diz:

– Não é isso. Ela apenas... – Luta para encontrar uma resposta apropriada e chega a uma quase vazia. – Ela odeia tudo – diz, como se, de alguma forma, *tudo* não abrangesse essa estranha adição para nossa casa.

– Você pode ficar aqui – diz Heidi, enquanto conduz a garota pelo corredor e entra em *meu* escritório, onde temos um elegante sofá-cama de couro, para quando temos hóspedes convidados. O que não é a condição da garota. Assisto à cena do batente da porta, enquanto Heidi passa a bebê de volta para a garota, e então retira pilhas do meu trabalho do sofá e as coloca sobre a mesa com um golpe.

– Heidi – digo, mas ela me ignora, está muito ocupada retirando as almofadas do sofá e jogando-as no chão.

– O que você precisa – diz à garota, que permanece em pé, lutando para segurar a criança e uma maleta ensopada, tão confortável quanto eu naquele lugar – é de uma boa noite de sono. Uma refeição completa. Você gosta de frango? – pergunta e a garota assente, hesitante, mal sendo perceptível, antes de Heidi dizer. – Teremos frango *tetrazzini*. Ou melhor ainda, torta de frango. Uma comida quentinha. Você gosta de torta de frango?

E há apenas um pensamento passando pela minha cabeça: *pensei que éramos vegetarianos*. Onde Heidi esteve escondendo o frango este tempo todo?

Em sua pressa, Heidi jogou uma dúzia ou mais de planilhas do Excel e minha calculadora financeira cara no chão. Entro no escritório, perdendo minha paciência, e pego as planilhas uma a uma. A garota se aproxima e pega a calculadora do chão, passando os dedos pelos números e botões, antes de, nervosa, entregá-la para mim.

– Obrigado – digo em voz baixa e então: – Heidi – digo de novo, mas dessa vez, ela passa por mim – deixando a garota e eu sozinhos por vinte segundos – à procura de um jogo de lençóis de cambraia no armário de roupas de cama. Pego meu *laptop*, enquanto a garota me observa, desconecto a impressora da parede e os carrego, com grande dificuldade, para fora do escritório, tropeçando no fio da impressora ao fazer isso. Passo por Heidi na porta e grito:

– *Heidi* – e quando seus olhos castanhos se dignam a olhar para mim, digo, – Preciso falar com você. *Agora.* – E ela deixa os lençóis sobre o sofá-cama e me segue para fora do escritório – irritada como se fosse eu que estivesse sendo intempestivo e impulsivo.

– O que diabos você está pensando? – pergunto a ela assim que passamos pelo corredor estreito. – Trazer essa garota para nossa casa. – A impressora está pesada; eu perco o equilíbrio e bato contra a parede. Heidi não se oferece para me ajudar.

– Ela não tem para onde ir, Chris – diz ela, explicando, parada diante de mim com aquele roupão lilás horrendo, seu cabelo, alisado pela chuva. Seus olhos estão excitados, de algum modo estranho, parecido com os mesmos que encontrei quando voltei do trabalho, há doze anos, e lá estava ela, no meio da nossa sala de jantar, velas espalhadas por todos os lados, nua. Uma garrafa de vinho aberta estava sobre a mesa: um Château Saint-Pierre, e ela, com seu corpo impecável, estava sentada ao lado, com as pernas cruzadas, bebericando uma taça de vinho. As taças de dez dólares cada uma que guardávamos para ocasiões especiais.

– Por quanto tempo ela vai ficar? – pergunto.

Ela dá de ombros.

– Não sei.

– Um dia, uma semana? Por quanto tempo, Heidi? – insisto, aumentando o volume de minha voz. – O que é isso?

– A bebê está com febre.

– Então leve-a ao médico – digo.

Mas Heidi balança a cabeça, negando.

– Ela não quer ir – diz.

Passo com dificuldade pelo corredor, deixando meu agora itinerante escritório sobre a mesa da cozinha. Levanto as mãos, zangado.

– Quem diabos se importa com o que ela quer, Heidi? É uma garotinha. É muito provável que seja uma fugitiva. Estamos abrigando uma fugitiva. Você tem ideia do tipo de problema no qual podemos nos meter por abrigar uma fugitiva? – pergunto, enquanto encontro meu caderno de telefones em uma gaveta da cozinha e começo a procurar pelas páginas o número de emergências da polícia. Será que isso era uma emergência? Uma estranha em minha casa. Soava mais como invasão para mim.

– Ela tem dezoito anos – diz Heidi.

– Como você sabe que ela tem dezoito anos?

– Ela me disse – responde ela, de forma tola.

– Ela não tem dezoito anos – digo, assegurando minha esposa. – Você precisa reportá-la às autoridades – exijo.

– Não podemos fazer isso, Chris – diz ela, pegando o caderno pesado de minhas mãos. Ela o fecha com brusquidão, as páginas se amassam entre as capas. – Como você sabe que ela não sofreu abuso? Não foi molestada? Ainda que seja uma fugitiva, deve ter um bom motivo para sair de casa.

– Então telefone para o Departamento de Proteção à Criança. Deixe que eles cuidem disso. Não é problema seu.

Mas é claro que era. Toda criatura negligenciada, maltratada, esquecida, ignorada, abandonada, emaciada, abusada, nesta Terra de Deus, era problema de Heidi.

Essa, eu sabia sem um pingo de dúvida, era uma discussão que eu não podia vencer.

– Como você sabe que ela não irá nos matar? – digo, mudando o rumo da conversa. Uma boa pergunta, penso. Vejo-nos no noticiário da manhã: Família Morta em Apartamento no Lincoln Park.

E lá estava ela, *aquela garota*, parada à porta do escritório, observando-nos do corredor. Seus olhos, de um azul caprichoso, embora tingidos de vermelho e cansados. Seu cabelo caía em seu rosto, sua boca se recusava a sorrir. Um hematoma despontava em sua testa, como se testemunhasse a verdade do que Heidi disse.

– Eu poderia perguntar o mesmo sobre você – murmura, seus olhos vão da parede cor de areia até o teto de estuque, antes de ela dizer: – Quando estou com medo, confio em você.

Eu tenho cem por cento de certeza de que o apresentador do programa de pegadinha vai aparecer a qualquer momento, fazendo barulho, na porta da frente do meu apartamento, com um câmera a reboque, quando eu pergunto, de forma estúpida: – Em *mim*? – meu queixo quase caindo no chão.

– No *senhor* – responde a garota e Heidi me encara como se eu fosse um pagão ímpio.

Ela me encara e então dá meia-volta, passando pelo corredor.

– Por que você não toma um banho quente, Willow? Você pode descansar um pouco na banheira, enquanto eu cuido de Ruby. Será tão bom colocar roupas limpas. Algumas roupas secas. Eu aposto que você usa o mesmo tamanho que Zoe. Tenho certeza de que ela ficaria feliz em dividir com você.

Bobagem, penso. Zoe não quer dividir o mesmo oxigênio com essa garota, muito menos suas roupas. Zoe liga o som de seu quarto e a música de uma banda de garotos enche a nossa casa.

Assisto à cena, enquanto Heidi pega a criança das mãos de Willow e leva as duas para o banheiro.

Quando a porta se fecha, eu vasculho os armários em busca de um desinfetante.

WILLOW

Eu me lembro muito pouco de Mami hoje em dia. Não restaram fotos para eu relembrar de seus longos cabelos negros, sua pele morena, seus lindos olhos azuis. Joseph garantiu que fosse assim. Ele disse que eu não podia continuar vivendo no passado, disse isso em pé, lá naquele quarto que era meu, aquele com a colcha de retalhos, as janelas que não fechavam direito, então no inverno ele nunca esquentava, no verão era sempre quente, o velho papel de parede florido, descascando em todas as junções, em todos os cantos. Mas de vez em quando surgem na minha cabeça vislumbres. Imagens fugazes de Mami. Seu perfil no espelho do banheiro enquanto ela cortava o cabelo da sra. Dahl. O som dela rindo de alguma coisa na televisão. Tomando sol no quintal, deitada em uma velha cadeira de praia de plástico, enquanto eu, sentada ao seu lado na grama, sujava meus dedos cavando a terra, procurando minhocas. Na cozinha, seguindo uma receita de um velho livro de Julia Child que tínhamos pegado na biblioteca pública, e Mami, em pé lá, sua camisa branca coberta de mostarda Dijon derramada. Rindo.

Eu assisti enquanto Joseph rasgava todas as fotos que eu tinha de Mami, primeiro ao meio e depois em um milhão de pedacinhos, para que eu nunca mais conseguisse recompor a foto, ainda que tentasse. Ele me fez catar os pedaços do chão. Ele me fez descer as escadas e jogá-los na lata de lixo transbordante enquanto os garotos me olhavam, e então me mandou de volta para o meu quarto. Como se eu tivesse feito aquela bagunça.

– Eu não quero ouvir nenhuma palavra sobre isso. Você entendeu? – ordenou Joseph, do alto do seu metro e oitenta, com sua barba ruiva cerrada, com seus olhos sérios, ferozes. E ele acrescentou: – Peça perdão a Deus.

Como se amar Mami fosse um pecado.

Depois daquilo as lembranças que eu tinha de Mami se tornaram difusas, então eu nunca sabia se aquelas imagens eram verdadeiras ou não, e eu me pegava tentando adivinhar tudo – o som de sua risada, por exemplo, ou a sensação de seus dedos correndo por meus cabelos amarelos. Eu me deitava na minha cama, coberta com a colcha, e fazia força para encontrar alguma migalha de Mami que me ajudasse a atravessar a noite. A forma de seu nariz, se tinha ou não tinha sardas, o som de sua voz dizendo meu nome.

– Como seus pais morreram? – pergunta Louise Flores. Ela tira um casaco azul-marinho de seu corpo magro e o dobra exatamente ao meio, como um cartão de Natal, e então o coloca sobre a mesa, ao lado do gravador e do cronômetro.

– Eu tenho certeza de que você sabe a resposta, dona – respondo. Há um guarda no canto da sala, uma sentinela vigilante, apesar de ele fazer um esforço para fingir que não está aqui. Ela disse que eu não tinha que responder a suas perguntas, ainda não, pelo menos. Eu podia esperar pela sra. Amber Adler, ela disse, ou por meu advogado. Mas imaginei o desapontamento nos olhos da sra. Adler quando ela chegasse, e achei melhor começar a confessar logo. Antes de ela chegar.

– Que tal você me contar – disse a mulher de cabelos prateados, apesar de eu saber que a resposta estava lá no meio dos seus papéis. Sobre o velho Datsun Bluebird de Mami. Sobre o acidente, um capotamento, como alguém disse, na I-80, quase perto da saída de Ogallala, como as testemunhas disseram ter visto o carro ziguezaguear e girar. Como Papi perdeu o controle do carro, como então provavelmente virou demais para o outro lado, fazendo o carro rodopiar na pista. Eu imaginei a cena, o velho Bluebird de Mami dando cambalhotas na interestadual enquanto Mami e Papi se seguravam como podiam lá dentro.

Eu e Lily estávamos em casa naquela hora. Sozinhas. Nós nunca tivemos uma babá. Mami confiava em mim para tomar conta de Lily, mesmo eu tendo apenas oito anos. Eu era muito boa naquilo: trocar a fralda, colocá-la para dormir. Eu cortava maçãs e cenouras em pedacinhos bem pequenos, para ela não engasgar – como Mami tinha dito – e sempre me assegurava que a tranca da porta estava fechada, e nunca abria a porta para ninguém, nem mesmo para a sra. Grass, que morava na casa ao lado e que estava sempre tentando surrupiar nosso leite e nossos ovos. Lily e eu ficávamos deitadas na frente da televisão sempre que Mami e Papi saíam, assistindo a Vila Sésamo, porque Vila Sésamo era o programa de que ela mais gostava. Seu personagem favorito era o Senhor Funga-funga, o Funga, o grande mamute marrom que sempre a fazia rir. Ela se deitava no chão ao meu lado, no tapete verde peludo que eu achava parecido com o pelo do Senhor Funga, apontando para o mamute na televisão e rindo.

Não é que Mami nos deixasse sozinhas em casa muitas vezes. Mas havia momentos, ela dizia, em que "um adulto precisa fazer coisas de adulto". Foi o que ela me disse na manhã em que ela e Papi entraram no Bluebird e ela pôs a cabeça para fora da janela quando o carro estava saindo da garagem, seus longos cabelos negros esvoaçando com o vento, de forma que eu não podia ver seu rosto, apenas ouvia sua voz: "Tome conta de Lily direitinho", e alguma outra coisa sobre "amo você". Eu amo você como a abelha ama o mel. Eu amo você como a manteiga de amendoim ama a geleia. Eu amo você como o peixe ama a água.

Mami me disse para tomar conta de Lily direitinho. Essas foram suas últimas palavras para mim, a última imagem que tenho dela: sua cabeça enfiada para fora da janela escancarada do velho Datsun amassado, o vento escondendo seu rosto atrás de uma massa de cabelo preto. "Tome conta de Lily direitinho." E eu tentei fazer exatamente isso.

Mas então, de repente, Lily também se foi.

HEIDI

Damos banho na Ruby primeiro. Eu ajusto a água para que fique morna, mas não quente demais para a pele frágil da criança. Estou prestes a deixar o cômodo, para dar privacidade a Willow, quando ela se vira para mim e pergunta, com aqueles olhos esgotados, seu corpo debilitado, pronta para desabar, o tom da voz carregado com fadiga:

– Você vai me ajudar? *Por favor?*

E respondo:

– É claro – exultante em sentir a criança escorregadia em minhas mãos enquanto Willow joga punhados de água no corpo dela. Com a bebê em minhas mãos, eu me pego pensando em Juliet, sabendo que a perda de Juliet não era apenas a perda de um bebê; era sobre a perda de todos os bebês. Todos os bebês que eu deveria ter. Houve um tempo em que pensava em Juliet por horas e horas, sonhando com ela e como ela seria se tivesse chegado ao fim da gravidez. O cabelo dela seria ralo e esparso como o de Zoe quando ela saiu do meu útero ou seria preto e cheio como a mãe de Chris dizia que era o dele, infernizando sua vida com meses de azia como as histórias que as esposas de antigamente contavam?

Fazia um tempo desde que eu havia parado de pensar na pequena Juliet, deixado a imagem dela escapulir da minha cabeça. Mas lá estava ela, outra vez, tomando espaço na minha mente, lembrando-me dos bebês que nunca teria. *Juliet*, eu quase disse em voz alta. Onze anos, com uma fila de irmãozinhos seguindo-a, a cada dois anos como um relógio. Sophia e Alexis, e o bebê Zach.

E então Ruby dá um gritinho e volto ao presente, para o aqui e agora. Observo enquanto a água se infiltra nas mangas verdes do casaco de Willow, transformando o verde-oliva em negro. Eu ofereço ajuda para tirar o casaco antes de ela afundar os braços na água, mas ela nega. As mãos inexperientes tremem enquanto ensaboa a bebê com sabonete líquido de baunilha e acaricia a cabeça, os braços da criança e o traseiro. O traseiro de Ruby está tomado por assaduras vermelhas, como eu já sabia que estaria, assaduras que não se limitam à área genital, mas que aparecem também embaixo dos braços e nas dobras de pele em todos os lugares do corpo. Seu traseiro está infestado por uma infecção por fungos, uma crosta branca na periferia da ferida. Eu idealizo uma lista de compras na minha cabeça: creme de assaduras, enquanto o sabonete líquido escorre para os olhos da bebê e ela dá um grito: sabonete líquido Chega de Lágrimas. Willow não tem fraldas extras e então, quando o banho acaba, eu enrolo a bebê em uma pequena toalha azul-marinho, e a fecho com alfinetes. Adicionar à lista: fraldas e lenços.

Estou prestes a levar Ruby do banheiro, para dar privacidade para o banho de Willow, quando ela me para. Percebo que ela não quer que a bebê saia. Ela não confia em mim. Não ainda. E por que deveria, eu penso, quando sou uma estranha completa. Não fui eu quem não deixou a enfermeira tirar Zoe do meu quarto, quando havia ordens médicas para eu descansar?

Embora eu não queira nada mais do que preparar uma mamadeira fresca para Ruby, sentar com ela na sala até ela cair no sono, coloco uma segunda toalha no chão de porcelana e a bebê em cima, chupando seus adoráveis dedos dos pés.

Willow fecha a porta. Eu fico ali, no corredor, com a mão na parede, todo o fôlego sugado de mim como se um aspirador de pó penetrasse a fundo em meus pulmões.

Da cozinha, eu vejo Chris sentado à mesa, digitando furiosamente no *laptop*. A impressora está ligada na parede, um fio preto feio que se estica pela sala.

Um risco de segurança.

Mas eu não me atrevo a dizer. Os olhos dele encontram os meus e lembram-me mais uma vez de como ele discorda da minha decisão. Ele balança a cabeça, desapontado, e os olhos se viram para a tela de LCD, para os números microscópicos que preenchem as linhas das tabelas incompreensíveis. A música *pop* de Zoe impregna a casa, fazendo as paredes tremerem, as fotografias enquadradas nas paredes do vestíbulo de entrada dançarem. Eu observo as imagens de Zoe: sorrindo com dentes faltando, e então, anos depois, seu nariz corado por uma gripe. Dentes tortos, muito maiores do que o espaço que a natureza reservara para eles, seguidos de um aparelho. Zoe sempre adorou o dia da foto na escola católica, o único dia do ano em que os uniformes não eram obrigatórios. Quando ela era mais nova, eu podia dizer-lhe o que vestir para as fotos, e então investíamos em vestidos de cetim e suéteres de lã, com bandanas de flores ou pompons de tule no cabelo. Mas conforme os anos passaram e a adolescência alcançou aquela que um dia foi meu bebê, uma mudança repentina alterou as fotos, não mais inundadas com laços e babados, mas agora estampas de animais e blusas com frases, moletons com capuz e roupas escuras, cada peça de roupa tão retraída e temperamental quanto o indivíduo dentro delas.

Minhas juntas encontram descanso na porta do quarto de Zoe.

– O que foi? – resmunga ela de dentro do quarto. Quando eu entro, ela está sentada na cama com seu adorado caderno amarelo perto das mãos. O aquecedor está ligado, ajustado para vinte e três graus após um pedido recente de que não deixasse o quarto parecer uma fornalha ardente do inferno. Ainda assim, Zoe está enrolada em uma manta, amuada. Parte de seus braços está coberta por mangas avulsas, outro modismo recente que me deixa sem jeito. As de Zoe são pretas com lantejoulas, que um amigo lhe deu.

"Seus braços estão expostos, não está com frio?", perguntei desajeitada a ela no dia em que Zoe chegou segurando esse acessório nas mãos.

Os olhos de minha filha confirmaram o que ela já tinha certeza: sua mãe era uma idiota.

Mesmo eu poderia ouvir a covardia na minha voz, com medo da rejeição da minha filha de doze anos.

– Você tem algo que Willow poderia usar? Depois que ela sair do banho? – pergunto, pairando na porta como um gato assustado.

– Você *deve* estar brincando – responde Zoe, enquanto tateia pelo celular e começa a digitar às escondidas com o polegar direito. Eu só posso imaginar a palavra que está enviando para Taylor pelas torres de celular.

– Você não pode fazer isso – digo, saltando na cama de dossel para pegar o celular. Eu o tiro das mãos da minha filha, e vejo uma série de abreviações da qual não posso imaginar o sentido: J2LYK.

Zoe grita:

– Isso é meu!

Ela toma impulso na direção do telefone e tenta arrancá-lo de mim, mas eu a lembro:

– Não é. Seu pai e eu ainda pagamos a conta. – Permaneço firme ao lado da cama, segurando o celular atrás de mim. Esse era nosso acordo, afinal. Zoe poderia usar o celular contanto que Chris e eu pudéssemos ler as mensagens de texto em busca de algum perigo.

Mas o olhar no rosto lembra o de uma criança sendo esbofeteada.

– Dê para mim – ordena, olhando para mim com aqueles enormes olhos castanhos de desenho animado, os olhos desproporcionais que sempre parecem tristes. Ela estica a mão ansiosa, tinta azul rabiscada em um antebraço. Ah, como eu quero devolver o celular, para não a ver zangada! Eu vejo a indignação fervente da minha filha e sei que a cabeça dela está cheia de ódio. Ódio contra mim.

Quem disse que a maternidade é fácil?

Eu anseio pelos dias quando Zoe e eu balançávamos juntas na frente da janela aberta, na cadeira de balanço estofada esquecida há muito tempo, aquela com assento profundo do qual eu precisava lutar para sair e com antiquados braços acolchoados. Eu a balançava até ela cair no sono e, então, a embalava por horas, para a frente e para trás até a canção de ninar se esgotar e o Sol quente e branco cair atrás do horizonte.

Da janela do quarto de Zoe, eu vejo o horizonte da cidade perdido nas nuvens macias. Estando no quinto andar do nosso prédio, nossa vista é o céu acima do topo dos prédios vizinhos menores e fica voltada para o sul, em direção ao Loop. Foi a razão pela qual eu e Chris ficamos apaixonados pelo apartamento há catorze anos e decidimos comprá-lo. A vista. O Loop nas janelas com vista para o sul, um pedaço do lago Michigan ao leste. Não nos importamos em fazer uma oferta condizente com o preço pedido; pagamos o que pediram, aterrorizados que alguém o tirasse de nossas mãos famintas.

– Não podemos contar a ninguém sobre Willow – digo com calma. – Ainda não.

– Então eu devo *mentir* para a minha melhor amiga? – pergunta exasperada.

O que penso: *sim*.

Mas o que digo é uma fuga, uma cópia em carbono da primeira resposta.

– Não podemos contar a ninguém, Zoe. Ainda não.

– Por que não? Ela está no programa de proteção à testemunha ou algo assim? – pergunta ela como só alguém de doze anos pode fazer.

Mas eu desprezo essa interrogação e pergunto novamente:

– Você tem algo que ela possa usar depois que sair do banho?

Zoe se levanta da cama fazendo drama e vai até o armário, ressentida. Eu vejo por trás que suas calças estão muito largas nela, seu traseiro perdido no tecido.

– Ela não vai ficar por muito tempo – escuto-me dizer, e então: – Nós deveríamos levar você para comprar roupas novas. – Uma pobre tentativa de fazer as pazes.

E Zoe, abarrotada de sarcasmo e desgosto, fala sobre Willow:

– Ela é apenas uma das suas *clientes*.

– Não exatamente – digo, vendo como Zoe faria uma rápida conexão entre Willow e meus clientes, as histórias que levo para casa sobre o trabalho com os desabrigados, pessoas iletradas que atendo o dia todo. – Ela precisa da nossa ajuda, Zoe. – Eu sempre espero que possa apelar mais ao seu dever cívico do que ao de Chris. Quando Zoe era mais nova, nós atravessávamos a neve com dificuldade para entregar casacos usados para os desabrigados em um abrigo de mulheres e crianças; recolhíamos brinquedos e livros para os pacientes do hospital infantil, aqueles que sofriam com leucemia, linfoma e outros tipos de câncer que eu não poderia imaginar que uma criança tivesse. Eu lembrava Zoe sobre outros que eram muito menos afortunados e como era nossa obrigação ajudá-los.

Zoe arrancou um par de calças pink do armário e uma camiseta listrada, ameixa e cinza-claro. Enquanto ela as joga em minhas mãos que esperam, murmura:

– Não gosto dessas, de qualquer maneira – e me pego imaginando se ela esqueceu sobre os mais desafortunados, ou se sarcasmo e decepção é tudo o que tem para dar – São feias – diz.

– Isso é apenas temporário – murmuro, enquanto saio do quarto. No vestíbulo, Chris levanta os olhos do *laptop* e novamente balança a cabeça.

Eu coloco a roupa limpa no sofá-cama e fico no meu quarto até Willow emergir do banheiro cheio de vapor, enrolada em sua própria toalha azul-marinho, Ruby agarrada nas mãos molhadas dela. Ela caminha nas pontas dos pés até o escritório e, então, fecha a porta.

A fechadura trava.

Eu entro no banheiro e recolho uma pilha de roupas do chão, amontoando-as em uma cesta vazia com o sabão em pó, amaciante e removedor de manchas no topo.

Na cozinha, eu tiro uma bolsa de moedas de uma gaveta e digo a Chris que voltarei logo, antes de descer seis lances de escada para a lavanderia coletiva no porão. Antes de ir, Chris me olha e pergunta:

– E o que espera que faça com *ela*?

– Cinco minutos – digo –, isso é tudo. – Uma resposta inadequada para a pergunta, e então eu corro do cômodo antes que ele diga não.

Encontro a lavanderia vazia. É um espaço pequeno com um piso de tacos ultrapassado, cinco máquinas de lavar e um número igual de secadoras, cada uma comendo mais moedas do que o necessário para colocá-las em funcionamento. Eu estico o macacão que diz *Irmã caçula* de Ruby no tampo da máquina de lavar e encho as manchas com removedor, seguido pela manta de lã rosa que cheira a suor e esgoto. Alcanço a cesta e puxo a roupa de Willow da pilha: a jaqueta verde-oliva cujo zíper fecho antes de juntar os botões, um par de jeans que temo que vá deixar o suéter branco azul. Eu os separo para serem lavados em outra máquina. Então, pego uma camiseta que foi branca debaixo de um suéter.

E eu congelo.

Eu checo duas vezes, sem certeza de que é a luz fraca da lavanderia que me faz pensar ter visto sangue espalhado pela camiseta. Algo vermelho, disso tenho certeza, mas eu faço o melhor para me convencer de que as manchas são de *ketchup*, molho de churrasco. Suco de cerejas. Eu cheiro a camiseta em busca de indícios de molho de tomate, molho inglês, vinagre, mas eu não sinto nada além de suor. Suor e sangue. Meus olhos escaneiam outras peças de roupa uma segunda vez: o jeans desgastado, o suéter desfiado, o macacão de Ruby. Todos estão endurecidos com a própria sujeira, mas nenhum além da camiseta carrega a distinta cor carmim de sangue seco. Eu apalpo para pegar o removedor de manchas e começo a despejar todo o seu conteúdo, mas então me interrompo – repentinamente – sabendo que só há uma coisa que pode ser feita com sangue seco. Eu amasso a camiseta em uma bola discreta e, no caminho até o quinto andar do prédio, jogo-a no lixo.

Eu antevejo a camiseta com quaisquer segredos que pode conter, despencando por cinco andares até alcançar a lixeira ao lado da entrada de serviço.

Sobre isso, Chris nunca poderá saber.

WILLOW

Mami costumava dizer que tinha uma irmã, Annabeth, mas, se essa irmã existia, ela nunca apareceu para pedir a nossa guarda, minha e de Lily.

– Como foi que você acabou indo morar com Joseph e Miriam? – pergunta Louise Flores, a PEA, ou Promotora Estadual Assistente, ela me explicou quando eu perguntei. O relógio na parede diz que são duas e trinta e sete da tarde. Deito minha cabeça sobre a mesa fria de aço da sala de interrogatório e fecho os olhos.

– Claire – chama a mulher, resoluta, colocando a mão sobre meu braço para me chacoalhar. Bruscamente. Ela não vai tolerar isso, não vai tolerar as minhas "brincadeiras", diz ela. Eu puxo meus braços e os escondo, escondo os dois, sob a mesa, onde ela não pode alcançá-los.

– Eu estou com fome – digo. Não me lembro da última vez que comi, mas eu me lembro de remexer em uma lata de lixo algum tempo antes de os tiras me pegarem, de encontrar um cachorro-quente meio comido, frio e cheio de picles, pepino em conserva e mostarda, a mostarda grossa e densa como cola, marcas de batom no pão. Mas claro que não foi ali que a polícia me encontrou. Eles me encontraram exatamente na Michigan, olhando a vitrine da Gucci.

– Nós vamos comer quando terminarmos aqui – diz ela. Ela tem as mãos de uma velha, enrugadas e cheias de veias saltadas. Uma aliança de ouro afundada no dedo. Excesso de pele balançando no antebraço, no pescoço.

Ergo a cabeça da mesa e olho para ela, encaro aqueles olhos cinzentos atrás dos óculos retangulares e repito:

– Estou com fome. – E deito a cabeça de volta na mesa, fechando os olhos.

Há uma hesitação. E então ela diz ao homem sentado no canto da sala para buscar alguma coisa para eu comer. Ela joga algumas moedas na mesa de aço. Eu espero até que ele saia e digo:

– Eu também estou com sede.

Eu não vou erguer a cabeça até que a comida chegue, decido. Mas ela está novamente fazendo perguntas, perguntas que ignoro solenemente.

– Como foi que você acabou indo morar com Joseph e Miriam? – E:

– Fale-me sobre Joseph. Ele é professor universitário, não é?

Joseph é professor universitário. Era professor universitário. Por isso, quando ele e Miriam apareceram, dizendo serem meus primos em terceiro grau (ou coisa parecida) pelo lado de meu Papi, a assistente social encarregada do meu caso achou que eu tinha dado muita sorte. Joseph e Miriam viviam com seus dois filhos, Matthew e Isaac, numa casa em Elkhorn, Nebraska, que ficava ao lado de Omaha, a maior de todas as cidades de Nebraska, tão perto que as duas cidades praticamente se fundiam. A casa deles era boa, muito melhor do que nossa casa pré-fabricada em Ogallala, com dois andares, três quartos e janelas imensas com vista para as colinas em volta da casa. Nós morávamos perto de um parque e de um campo de beisebol, que nunca vi, mas ouvi falar deles, ouvi das crianças da vizinhança que eu via por aquelas janelas imensas, passeando de bicicleta pela rua e chamando uns aos outros, dizendo para alguém ir pegar o bastão porque eles estavam indo jogar beisebol.

Mas Joseph disse que eu não podia brincar com aquelas crianças. Eu não podia brincar e ponto.

Eu passava meus dias cuidando da casa, cuidando de Miriam, sentindo saudades de Mami e Papi. O resto do tempo eu ficava olhando as crianças pela janela, e inventando tantos "eu amo você como" quanto eu conseguia.

"Eu amo você como a canela ama o açúcar."

"Eu amo você como crianças amam brinquedos."

Quando Joseph e Miriam apareceram, Lily já tinha ido embora.

Lily ficou só três semanas no abrigo. Depois que Mami e Papi morreram, fomos mandadas a um abrigo para crianças órfãs. Órfãs. Era uma palavra que eu nunca tinha ouvido antes. Éramos oito crianças vivendo naquela casa com um monte de adultos que iam e vinham. Havia um casal, um homem e uma mulher que viviam conosco na casa, Tom e Anne, mas vários outros estavam sempre lá: as assistentes sociais encarregadas de cada caso, que pareciam ser diferentes para cada um de nós; um tutor; outro homem que parecia estar sempre querendo me deixar confusa. "Diga-me porque você está triste, Claire. Diga-me como você se sentiu quando sua mãe e seu pai morreram."

Em retrospecto, não era um lugar ruim. Mais tarde, depois de viver com Joseph e Miriam, o abrigo de órfãos parecia um palácio. Mas, para uma menina de oito anos que tinha acabado de se tornar uma *órfã*, era o pior lugar do mundo. Ninguém queria estar lá, eu não queria estar lá. Algumas crianças eram perversas. Outras choravam o tempo todo. As outras crianças ali tinham sido tiradas dos pais, entregues para adoção ou simplesmente rejeitadas e abandonadas. O fato de Mami e Papi terem morrido era, de alguma forma, uma coisa boa; mostrava que alguém tinha realmente nos amado, tinha realmente nos querido em suas vidas.

Lily foi adotada, o que deveria ser o único e principal objetivo de vida de uma órfã.

Órfã.

Um dia era só uma menininha em Ogallala, no dia seguinte eu era uma *órfã*. Havia muita coisa escondida naquela pequena palavra: o modo como as pessoas me olhavam, seus olhos cheios de pena, o modo como observavam minhas roupas baratas e curtas demais, roupas que alguma instituição de caridade tinha mandado para nós, doações de crianças que tinham crescido e perdido as roupas, roupas que não serviam em mim, também. E as pessoas me olhavam e diziam "oh", como quem diz "ah, isso explica tudo".

Isso explica meu olhar triste, meu temperamento explosivo, minha tendência de ficar sentada sozinha em um canto, chorando.

Paul e Lily (sim, isso mesmo, *Lily*) Zeeger adotaram Lily, *minha* Lily, a pequena Lily. A pequena e doce Lily, com seus cachos de cabelo preto, preto como o de Mami, as mãozinhas gordas que agarravam meu dedo, as bochechas redondas e o sorriso generoso. Aquela de quem eu devia tomar conta direitinho antes de Mami morrer. Eu fiquei atrás da porta escutando a conversa deles com a assistente social, a conversa de Paul e Lily com ela: a ironia daquele nome, *Lily*, se era ou não um sinal do destino.

– Mas claro – disse a Lily Grande, uma linda mulher loira usando joias de turquesa, como se ela estivesse falando de um cão –, nós precisamos mudar o nome dela. Não podemos as duas sermos chamadas de Lily. – E a assistente social concordou:

– Claro.

Eu dei um escândalo, aos berros, sobre como Mami tinha dado aquele nome a Lily e como eles não tinham nenhum direito de trocá-lo. Peguei Lily pela mão e corri, atravessei a casa e saí pela porta dos fundos, desesperada, procurando um esconderijo. Corri para o bosque, com Lily em meus braços; eles me pegaram facilmente. A mulher que vivia conosco, Anne, arrancou Lily dos meus braços, dizendo:

– É como deve ser.

E Tom me repreendeu:

– Você não quer que ela fique triste, quer?

Eu vi que Lily estava chorando, seus bracinhos gordos se estendendo para mim enquanto Anne a levava, levava-a embora, cada vez mais longe, mais longe, e Tom me segurava enquanto eu esperneava e chutava e acho que no fim consegui morder seu braço. Eu me lembro dele gritando, e então ele me soltou.

Eu corri para dentro de casa, procurando por todo lado por minha irmãzinha.

– Lily! Lily! – gritei, chorei, chamei seu nome tantas vezes que a palavra soava estranha dentro da minha cabeça. Eu invadi os quartos das outras crianças, entrei em banheiros ocupados.

E então eu vi, pela janela: a minivan prateada indo embora pela rua.

Aquela era a antepenúltima vez que eu veria minha irmã.

Eles mudaram o nome dela para Rose.

Eles não eram pessoas ruins. Eu entendi isso depois. Mas, quando você tem oito anos e acabou de perder seus pais, e então tiram sua irmã de você também, você odeia todo o mundo. E foi isso que eu fiz. Eu odiei todo o mundo. Eu odiei o mundo.

– Fale-me sobre Joseph – diz Louise Flores.

– Eu não quero falar sobre Joseph – respondo. Deito minha cabeça na mesa de lado, de modo que não consigo ver seus olhos, e pergunto: – Como foi que você nos achou? – arrancando a pele seca das minhas mãos, vendo o sangue escorrer.

– Como nós achamos vocês? – repete a mulher, e eu entrevejo sua boca entortar com o canto dos meus olhos. Ela não gosta de mim. Ela não gosta nem um pouco de mim. – Foi pura sorte – diz ela. *Sorte*, eu aposto, não era o meu caso. – Mas, se você está perguntado como achamos a bebê, bem, alguém nos deu uma dica.

– Uma dica? – pergunto, erguendo minha cabeça e vendo a satisfação encher seus olhos. *Além de sem sorte, você é meio burra também, não é?*, seus olhos me dizem.

– Sim, Claire, uma dica. Uma denúncia. Alguém ligou e... – ela começa a dizer, mas eu a interrompo:

– Quem ligou?

– Alguém – continua ela – que prefere permanecer anônimo.

– Mas por quê? – pergunto em voz alta, mas não preciso pensar muito ou por muito tempo para deduzir a resposta. Penso imediatamente em um homem. Ele nunca gostou de mim, disso tenho certeza. Eu os ouvi, logo ali, na sala ao lado. Brigando por minha causa quando eles acharam que eu não podia ouvir.

– Fale-me sobre Joseph – repete ela.

– Eu já disse. Não quero falar sobre Joseph.

– Que tal falar de Miriam, então. Fale-me sobre Miriam.

– Miriam é um duende – digo, deixando meu saquinho vazio de batatas fritas flutuar até o chão.

A mulher está séria.

– O que isso quer dizer? – pergunta. – Um duende?

– Um ser imaginário – respondo. É bem isso. Miriam em uma palavra. Eu não gostava de Miriam, de jeito nenhum. Mas sentia alguma pena dela. Ela era pequena, não tinha nem um metro e meio, com um cabelo acinzentado e oleoso e a pele cheia de protuberâncias, como o tronco de uma árvore velha. Ficava o tempo todo em seu quarto. Ela não deve ter dito mais que duas palavras para mim. Só falava com Joseph.

Mas não era assim que ela estava quando ela, Joseph, Matthew e Isaac vieram me buscar. Não, naquele dia Joseph a vestiu em um lindo vestido de algodão, de mangas curtas e decote em V, e um grande laço que a envolvia como um abraço; ele fez Matthew e Isaac vestirem camisas sociais e calças passadas. Até Joseph estava elegante, com uma camisa listrada, gravata e uma gentileza em seus olhos que eu nunca mais veria após aquele dia. Ele se assegurou de que Miriam tinha tomado seus remédios, de que tinha passado batom e a instruiu para sorrir o tempo todo. Deve ter sido isso, porque não me lembro de ter visto Miriam sorrir em qualquer outro dia. Alguma coisa impressionou a assistente social, que se convenceu de que morar com Joseph e Miriam seria maravilhoso para mim. "Abençoada" e "sortuda" foram as palavras que ela usou. As palavras certas seriam "amaldiçoada" e "condenada". A assistente social jurou que Joseph e Miriam tinham passado pelo processo de seleção e pelo treinamento de pais adotivos; eles também tinham seus próprios filhos. Eles agora eram pais adotivos licenciados e eram, para mim, foi isso que ela disse, "o casal perfeito".

Ninguém me perguntou se eu queria viver com Joseph e Miriam. Eu tinha nove anos. Ninguém dava a mínima para o que eu queria. Devia me sentir afortunada por estar indo para um lar adotivo, por não ter de viver no abrigo de órfãos para sempre. Joseph e Miriam eram ainda meus parentes distantes, o que também era muito bom. Supostamente. Mas era uma relação tão distante que era difícil entender nosso parentesco. Só que existiam documentos, a assistente social disse. Provas. E então ela sentou comigo, olhou bem nos meus olhos e disse:

– Você precisa entender, Claire. Você está ficando cada vez mais velha. Esta pode ser a sua única e última chance de ter uma família.

Mas eu tinha uma família. Mami, Papi e Lily. Eu não queria outra.

Lily foi escolhida em um instante porque tinha só dois anos. Casais inférteis, como Paul e Lily Zeeger, estavam sempre procurando exatamente por isso. Um bebê de colo, se possível, no máximo uma criança bem pequena se não fosse possível conseguir um bebê. A pequena Lily mal se lembrava de Mami e Papi. Em pouco tempo, ela não se lembraria mais deles. Ela passaria a acreditar que Paul e Lily eram seus pais.

Mas ninguém queria uma menina de nove anos e, com certeza, ninguém ia querer uma menina de dez ou onze anos também. Meu tempo estava acabando, ou pelo menos foi isso que disse a srta. Amber Adler, a assistente social encarregada do meu caso.

Apanhei as poucas coisas que tinham permitido que eu trouxesse, algumas roupas, uns livros, as fotos de Mami que Joseph iria rasgar depois.

– E Joseph. Ele é um duende também?

Eu pensei em Joseph. Aquele homem imenso, os olhos sinistros e penetrantes e o nariz pontudo, o cabelo cor de abóbora, sempre bem curto, ao estilo militar, e a barba cerrada, aquela imagem que não me deixava dormir quando eu deitava em minha cama, amedrontada, esperando ouvir o som dos passos indesejados que faziam ranger o piso de madeira do corredor que levava até a porta do meu quarto.

A barba cerrada arranhando meu rosto quando ele se deitava ao meu lado na cama.

– Não – respondi, olhando fixamente para a mulher de cabelos prateados. – Não, dona. Joseph é o demônio.

HEIDI

Não consigo parar de pensar naquilo, no sangue.

Quando passo pelo meu vizinho, Graham, no caminho de volta da lavanderia, estou inquieta, sem me dar conta do que ele me diz naquele tom sempre jovial e confiável.

– Você fica mais e mais bonita cada vez que ponho os olhos em você – e tenho que pedir a ele que repita.

– Como é? – digo e ele ri.

Sou lembrada do meu robe roxo e do cabelo bagunçado, do fato de que ainda preciso tomar banho. Eu posso sentir o corredor girando e tento me lembrar quando foi minha última refeição. Tremendo, apoio uma das mãos na parede e vejo Graham vindo até mim, sem nem notar que estava próximo demais. Ele está impecável como sempre, em um suéter com zíper, um par de jeans escuros e mocassim de couro.

Mas, de qualquer forma, acredito em Graham, embora eu saiba que pareço bastante desleixada, acredito quando os olhos dele param nos meus e me diz que estou bonita. Os olhos me examinam de cima a baixo como que para confirmar o que diz. Ele me agarra brincalhão, pela mão, e implora para que saia com ele nesta noite, para ter companhia em uma horrorosa festa de noivado no Cafe Spiaggia. Eu não posso imaginar Graham sem um par a reboque, alguma loira espetacular em um vestidinho preto e saltos de dez centímetros.

Minhas mãos tremem fora de controle, e vendo isso, Graham pergunta se estou me sentindo bem. Há essa vontade repentina de me dobrar no suéter de Graham, enterrar o rosto no tom cinzento e contar a ele sobre a garota. A bebê. O sangue. Os olhos dele demonstram preocupação, o espaço entre as sobrancelhas tão franzido que uma ruga corre verticalmente entre elas. Ele sustenta meu olhar, tentando ler com dificuldade o que não vou dizer, até que sou forçada a olhar para o lado.

Ele pode ver que algo não está bem, pode sentir que Heidi Wood, que sempre tem tudo sob controle, está se desfazendo.

– Estou bem – digo. – Eu me sinto bem.

Fisicamente, a verdade, mas emocionalmente, uma mentira. Eu não consigo tirar o sangue da cabeça, a visão da infecção por fungos devorando o traseiro da bebê, os olhos de Chris sugerindo que o que estou fazendo – ajudando essa pobre garota que precisa desesperadamente de ajuda – está errado. A imagem de Juliet bebê que voltou para mim após todos esses anos tão longe.

Graham não desiste tão fácil. Ele não desiste como outros fariam, aceitando as minhas palavras. Ele continua a me encarar até eu repetir, com um sorriso obrigatório dessa vez, que estou bem. E após algum tempo, ele cede.

– Então venha comigo – diz, enquanto puxa minha mão e sinto meus pés sendo arrastados pelo corredor atapetado. Eu dou risada. Graham sempre consegue me fazer rir.

– Eu quero – digo. – Você sabe que quero.

– Então venha. Por favor. Você sabe que odeio conversa fiada – ele alega, mas nada poderia estar mais longe da verdade.

– Estou de robe, Graham.

– Vamos parar em Tribeca. Encontrar algo suntuoso para usar.

– Eu não faço nada *suntuoso* há anos.

– Então algo bonito e prático – ele cede, mas sinto-me atraída pela sugestão de suntuosidade, a ideia de me mascarar pela cidade como o par de Graham. Eu me flagro imaginando, às vezes, por que é que Graham ainda é solteiro, e se ele é ou não, como insiste Chris, gay. Todas as mulheres deslumbrantes são apenas um disfarce, uma espécie de cobertor de segurança de algum tipo?

– Você sabe que eu não posso – digo, e os olhos ganham um tom desanimado antes de me dizer adeus e percorrer sozinho o corredor. Eu paro ao lado da minha porta, lutando com tudo, deixando o conto de fadas existir por apenas uma fração de segundo antes que a realidade jogue um balde de água fria: Graham e um suntuoso traje da Tribeca, jantar no Cafe Spiaggia. Eu nos braços de Graham, posando como seu par.

Lá dentro, Willow está sentada na ponta do sofá-cama, segurando a bebê. Ela está vestida com as roupas de Zoe, a toalha molhada devolvida ao gancho no banheiro.

– Minhas roupas – diz Willow, em pânico. – O que fez com as minhas roupas? Elas não... – a voz treme. Os olhos estão inquietos. Aquele jeito vacilante com que nina a bebê, mais sacudidelas do que um embalar.

– Estou lavando – interrompo, vendo o pânico crescer dentro dos olhos azuis inchados. – Haviam algumas manchas – digo, rapidamente e em tom baixo, para que Chris, à mesa da cozinha no final do corredor, não escute. Olho para ela, implorando para que explique, assim nunca precisarei perguntar diretamente sobre o sangue. Eu não quero que ela e a bebê vão embora, mas se a permanência de Willow for perigosa para Zoe, para a minha família, então não posso permitir. Se fosse pelo Chris, elas já estariam a caminho da porta.

Mas, em vez disso, olho para ela, solícita, implorando que explique.

– Explique o sangue. – Algo inocente, eu rezo por algo...

– Meu nariz – interrompe-me Willow, desorganizando meus pensamentos. – Meu nariz sangrou. – E ela olha para o chão, como as pessoas fazem quando estão nervosas ou, talvez, quando estão mentindo. – Não tinha com o que limpar – diz ela –, só a camiseta. – E eu penso no ar frio da primavera ressecando os tecidos nasais, fazendo-o sangrar.

– Um sangramento nasal? – pergunto, e ela acena com a cabeça, submissa. – Um sangramento nasal, então – digo –, está explicado. – E, com isso, deixo o cômodo.

WILLOW

Certa vez, Matthew me contou que muito antes de se casar com Miriam, seu pai queria ir para o seminário e se tornar um padre católico. Mas aí ele emprenhou Miriam e suas esperanças de sacerdócio se desmancharam no ar. Simples assim.

– Emprenhou? – perguntei a Matthew. Eu era jovem, tinha dez ou onze anos. Eu sabia o que era sexo; isso Joseph tinha me ensinado, apesar de ele não ter chegado a dar um nome ao que fazia quando vinha ao meu quarto durante a noite. O que eu não sabia era que o que Joseph fazia quando se deitava sobre mim, me esmagando contra a cama, sua mão molhada e escorregadia sobre minha boca para que eu não gritasse, era a mesma coisa que fazia bebês.

– Sim – respondeu ele, dando com os ombros. Matthew era seis anos mais velho do que eu e sabia coisas que eu não sabia. Muitas coisas. – Você sabe. Grávida.

– Oh – disse eu, ainda incerta sobre o que diabos "emprenhada" e "grávida" tinham a ver com Joseph não se tornar um padre.

Matthew revirou os olhos.

– Dã.

Mas tudo foi depois, bem depois.

No começo ambos, Matthew e Isaac, ignoravam-me solenemente. Joseph os proibiu. Proibiu-os de falar comigo. Proibiu-os de olhar para mim. Como eu, Isaac e Matthew não tinham permissão para fazer muita coisa. Não havia televisão, eles não podiam jogar bola ou andar de bicicleta com as crianças da vizinhança, não podiam ouvir música ou ler livros – exceto, claro, a Bíblia – e quando Matthew e Isaac traziam alguma coisa da escola para ler, Joseph tomava o texto deles e o chamava de "blasfêmia".

Mami e Papi não tinham nenhuma religião. Eles só falavam de Deus da forma que depois descobri ser *em vão*. Nós não íamos à igreja. Só havia um quadro de Jesus em nossa velha casa pré-fabricada, que Mami disse que tinha pertencido a seus pais, e que ficava na cozinha, a maior razão para ele estar lá era para cobrir um buraco na parede que eu tinha feito, acidentalmente, uma vez que eu e Papi estávamos jogando bola dentro de casa. O homem no quadro podia ser o presidente dos Estados Unidos, até onde eu sabia. Podia ter sido meu avô. Nós nunca mencionávamos o quadro. Ele simplesmente estava lá.

– Você está me dizendo que seu pai adotivo abusou sexualmente de você – diz a srta. Flores, mas seus olhos mostram que ela acha que é mentira. Que eu estou inventando. – Você alguma vez contou isso para a assistente social?

– Não, nunca.

– Por que não? Ela com certeza visitou vocês, não visitou? Levando cartas para você, cartas de Paul e Lily Zeeger.

Eu dou de ombros.

– Sim, visitou.

– Então por que você não disse isso a ela? – Desvio os olhos para uma janela alta demais na parede para que eu veja o que há do lado de fora. Só consigo ver um pedaço de céu azul, algumas nuvens fofas. Divago sobre o que há do outro lado: um estacionamento, carros, árvores.

A assistente social era legal. Eu não a odiava. Ela dirigia um carro acabado e carregava meio milhão de pastas, seus casos, em uma mochila Nike rasgada, tão pesada que a mulher, aos trinta ou talvez quarenta, andava curvada como aquelas velhinhas com osteoporose. Ela usava o carro como escritório, todos os seus arquivos ficavam guardados no banco de trás. Ela ia de um abrigo de órfãos para um lar adotivo, de volta a outro abrigo, encontrando-se com um número sempre crescente de crianças sob sua responsabilidade. Aparentemente, havia um escritório – em algum lugar –, mas eu acho que ela nunca ia lá. Ela era simpática, mas estava sempre afogada de trabalho (se ela me disse isso alguma vez? Ela me disse isso milhares de vezes) e metade das vezes que apareceu, ela achava que meu nome era Clarissa, uma ou duas vezes, Clarice. Ela falava rápido e andava ainda mais rápido. Ela queria ver *resultados*.

O dia que eu fui morar com Joseph e Miriam foi apenas mais uma tarefa riscada da sua imensa lista de tarefas.

– Sabe, Claire, eu li sua ficha. Eu sei que a assistente social visitou sua casa, a casa de Joseph e Miriam, e eu sei que esse suposto abuso sexual nunca foi discutido. O que *foi* discutido naquelas visitas – ela apanha na pasta a seus pés um dossiê bem grosso de folhas verdes e abre em uma página marcada com um papel adesivo amarelo – foi o seu humor errático, seu temperamento explosivo, sua recusa de seguir as regras, de fazer suas tarefas, de obedecer às ordens, sua resistência a qualquer autoridade, suas notas baixas na escola. – Ela fica sentada lá, quieta como um camundongo, seus olhos me encarando sobre a mesa entre nós, e então completa: – Suas fantasias.

Na primeira vez que Joseph veio para a minha cama, mal fazia um mês que eu morava naquela casa perto de Omaha. No começo ele só queria ver partes do meu corpo que eu achava que ele não tinha nenhum direito de ver, depois ele queria me tocar em lugares onde eu não queria ser tocada. Quando eu disse que não queria fazer aquilo, ele me falou com uma gentileza que durou só o tempo de eu me despir: – Vamos lá, Claire, eu sou seu papai agora. Não tem problema em deixar o papai ver. – E então ele olhava fixamente enquanto eu tirava o vestido por cima da cabeça.

Fazia muito tempo que eu não sentia tanto medo, acho que desde o dia em que Ivy Donne, no primeiro ano, desafiou-me a invocar a Loira do Banheiro. Naquele primeiro mês eu quase não vi Miriam sair de seu quarto. Miriam usava suas roupas de dormir o dia todo e a noite toda, as mesmas roupas bolorentas e imundas, e não tomava banho, até que seu fedor empesteasse a casa toda. Ela quase nunca falava comigo ou com os meninos, só falava com Joseph, em geral implorando perdão por alguma coisa que tinha feito. Ela se ajoelhava na frente dele, aos prantos, e beijava seus pés, implorando *Por favor, Joseph, me perdoe*, e ele a chutava de lado e continuava, dizendo que ela era patética, inútil, uma vagabunda. Certa vez, em um acesso de raiva, ele disse que Miriam merecia ser jogada pela janela e seu cadáver deixado ali para alimentar os cães de rua.

– Você tem algo a dizer sobre isso? – pergunta Louise Flores. Se tenho algum comentário sobre a minha delinquência.

Joseph disse que ninguém iria acreditar em mim. Que era a palavra dele contra a minha. Ninguém iria acreditar em mim se eu contasse o que ele fazia.

E, além disso, ele só estava fazendo o que um bom pai devia fazer.

– Não –, resmungo.

A mulher revira os olhos, fecha o dossiê e me diz:

– Esse *suposto* abuso sexual. Fale-me sobre ele.

Eu aprendi mais tarde, quando copiava a Bíblia, palavra por palavra até ficar com cãibras na mão, com os músculos ardendo e mal conseguindo segurar o lápis sem tremer, que era o castigo que Joseph me dava quando eu me comportava mal, sobre a princesa fenícia Jezebel, que tinha sido atirada pela janela por ter matado um profeta de Deus, seu sangue espirrando pela parede. Ela foi esmagada e seu corpo foi deixado para os cães; quando as pessoas voltaram, tudo o que restava dela eram seu crânio, seus pés e as palmas de suas mãos.

Enquanto Matthew e Isaac estavam na escola, eu e Miriam ficávamos sozinhas em casa. Se alguém porventura batesse à porta, nós não devíamos abrir. Nós devíamos ficar bem quietas, para que ninguém percebesse que estávamos em casa. Joseph me disse que, se eu alguma vez abrisse a porta, pessoas más poderiam entrar em casa, pessoas más que me machucariam muito. Então eu não abria a porta. A casa ficava às escuras, as cortinas sempre fechadas. Exceto no meu quarto, de onde eu espiava pela janela quando Matthew e Isaac saíam, e os via passar pelos garotos de bicicleta com suas bolas de beisebol e futebol e pelas menininhas que desenhavam com giz na calçada. Eles esperavam na esquina pelo grande ônibus amarelo que os levava para a escola. Eu espiava alguns garotos chamando Matthew e Isaac de nomes feios porque, naquela vizinhança, Matthew e

Isaac eram considerados esquisitos, pois não andavam de bicicleta e eram incapazes de chutar uma bola mesmo se sua vida dependesse disso. Eles não tinham amigos e, se alguma vez algum menino da vizinhança vinha chamá-los para brincar, Matthew e Isaac, como eu, precisavam ficar em completo silêncio, fingindo que não havia ninguém em casa. Com o tempo, ninguém mais veio chamá-los para brincar. Em vez disso, os outros meninos os xingavam no ponto do ônibus, empurravam-nos e derrubavam, jogavam bolas de neve na cabeça de Matthew e Isaac.

Eu acreditei em Joseph quando ele me disse, todas as noites quando vinha para a minha cama, e me ouvia soluçar de saudade de Mami e Papi, sentindo-me só, abandonada, assustada, que ele ia ser meu papai e ia cuidar bem de mim. Ele me disse que aquilo, aquilo que ele fazia quando deitava seu corpo suado ao meu lado sob a colcha de retalhos, era o que um verdadeiro pai deveria fazer.

Ele me disse que o último desejo de minha Mami e de meu Papi foi que eu fosse viver com ele e com Miriam. Que isso era o que eles queriam.

E ele me disse que se eu não fizesse o que ele mandava, ele mataria Lily.

"Vamos lá", dizia ele sempre que eu hesitava em me despir, "você não quer que alguma coisa aconteça a Lily, quer?".

Eu pensava em Lily o tempo todo. Eu pensava em Lily, lá fora, em algum lugar e me perguntava se aquilo era o desejo de Mami e Papi também: que Lily fosse viver com os Zeeger se eles morressem.

Mas eu não achava que aquilo era verdade.

Naquele tempo, Lily tinha três anos. Os únicos mami e papi que ela conhecia eram Paul e Lily Grande; ela não tinha nenhuma lembrança daquelas pessoas enterradas no cemitério de Ogallala, na Fifth Street, sob um carvalho que estava quase tão morto quanto eles, seus corpos apodrecendo em caixas idênticas de pinho. Eu sonhava com Mami e Papi lá, naquelas caixas, as caixas que eu vi sendo colocadas nas covas junto da srta. Amber Adler, antes de ela nos levar, Lily e eu, em seu carro todo amassado, para o abrigo de órfãos.

Eu sonhava com os braços sem carne de Mami e Papi tentando atravessar as caixas de pinho para dar as mãos.

CHRIS

Assisto à Heidi saltear o frango, as cenouras, as ervilhas e o aipo em uma frigideira na cozinha. Em uma panela, ela coloca manteiga e cebola, latas de caldo de frango. Dou graças aos céus por ser frango de verdade e não vegetariano. Ela coloca a mistura sobre uma massa de torta e coloca no forno. Tenta não olhar para mim. Quando cruzamos olhares, ela diz:

– Ela precisa de nossa ajuda. – Simples assim: seu novo lema, seu mantra.

Coloco meu *laptop* e impressora no chão, para que possamos comer à mesa da cozinha. Esforço-me na tentativa de ser dramático quanto a isso, assim Heidi pode ver o quanto a situação se tornou inconveniente. Ela ignora meu gemido, o baque pesado da impressora no chão de madeira, o "ah, merda", quando minhas pernas ficam presas aos fios e eu todo enrolado. Heidi ainda não tomou banho, ainda veste o roupão lilás, seu cabelo agora está preso em um coque bagunçado. Ela está de óculos.

Suas mãos tremem quando ela tira os pratos do armário. Zoe está em seu quarto, ainda ouvindo música, sem dúvida inventando todo tipo de cenários em sua mente nos quais seus pais desaparecem. Mal sabe ela que sua chance de se livrar de nós está do outro lado da parede do quarto, descansando por sugestão de sua mãe. De tempos em tempos, percebo o balbuciar da criança dopada de remédio para manter a febre sob controle.

– Você está tremendo – digo.

Ela franze a testa para mim e diz:

– Eu não comi nada o dia todo.

Mas imagino que há mais coisas que isso.

Na beirada do balcão está seu celular, junto ao de Zoe, que foi confiscado, ele toca e ela o pega, examina a tela antes de ignorar a chamada e devolvê-lo ao lugar.

– Quem era? – pergunto, inclinando-me para trás, devido ao peso da impressora.

– Ninguém – responde ela –, telemarketing.

Mas, quando ela vai chamar Zoe e aquela garota para jantar, eu dou uma espiada no celular e vejo que Jennifer telefonou pela segunda vez hoje. Duas chamadas perdidas, aponta o celular, de Jennifer Marcue. Duas mensagens na caixa-postal.

Sentamos à mesa, como uma grande família feliz. Heidi segura a bebê. A garota, Willow, Heidi me lembra com um chute forte em minha canela, quando erro seu nome, ao chamá-la de Wilma, escava a comida como se ela não comesse há uma semana. Ela não faz contato visual comigo, embora, a cada minuto, seus olhos pousem em Heidi, mas eu não tenho tal sorte. Ela fica longe de mim, um metro ou mais de distância, como se eu fosse portador de uma praga. Digo a mim mesmo que isso tem alguma coisa a ver com homens, mas talvez seja apenas comigo. Ela se assusta quando me mexo muito rápido, afastando minha cadeira e me levantando para pegar um copo de leite.

Heidi está olhando a bebê, o modo como seus olhos oscilam sob suas pálpebras translúcidas enquanto ela dorme. Um sorriso se forma em seus lábios e eu imagino o que sua vida seria se Heidi tivesse sido abençoada com a grande família de que sempre falou. Ela ansiava por uma família imensa, seis filhos, talvez mais. Nunca tive certeza de como me sentia sobre isso. Crianças, claro. Eu queria filhos. Mas cinco ou seis, como Heidi falava, não sabia. Claro que não importou o que eu sentia, porque nunca chegou a esse ponto. Antes de eu ficar muito preocupado com uma casa cheia de crianças, recebemos do médico o diagnóstico que mudaria para sempre nossa vida.

De repente, as crianças não eram mais o problema; era se minha mulher sobreviveria ou não.

Mas mesmo assim, imagino o que teria sido se Zoe não fosse filha única. As refeições em família teriam sido assim – tensas e artificiais – os únicos sons emitidos: os da comida raspando no prato e da mastigação – ou a hora do jantar teria sido cheia de conflitos, com piadinhas sobre quem bate, palavrões e crianças perseguindo umas às outras, em vez de se fecharem em si mesmas, isolando-se em silêncio, como a nossa única filha escolhe fazer? Esses estereótipos do filho único – de que eles são sozinhos, egoístas e mal-ajustados – todos parecem aplicáveis a Zoe, e vejo como, do canto de seu olho, Zoe espia a garota a seu lado, e me pergunto: o que *significa* essa expressão em seu rosto? Ódio? Inveja? Ou alguma coisa mais? Alguma coisa diferente?

Zoe, sentada à mesa, enrolada em seu cobertor cinzento, pois ela está sempre com frio, pega o recheio de sua torta com um garfo e então pergunta:

– O que é isto *mesmo*? – enquanto olha para o caldo que escorre em seu prato como água de uma represa.

– Torta de frango – responde Heidi, colocando um pedaço na boca. – Experimente. Vai gostar – diz. Observo-a segurar a bebê e comer, uma mulher hábil na arte da maternidade. Não faz tempo, ela fazia malabarismos com a bebê Zoe à mesa da cozinha.

Zoe diz que odeia ervilhas, e todos nós assistimos a ela separar as pilhas de cenoura e ervilha da de frango e aipo. Ela pega um pedaço da massa e o coloca na boca, sem mastigar, espera até dissolver.

– Aliás, que tipo de nome é Willow? – pergunto, quando a cozinha mergulha no silêncio. A televisão está ligada: em um resumo dos jogos de basquete do dia, mas como acontece sempre, durante o jantar, está no mudo. Vejo as pontuações passarem, *replays* de arremessos e *alley-oops*.

– Chris – diz Heidi, como se eu tivesse feito uma pergunta inapropriada, como o tamanho do sutiã ou a afiliação política. Ninguém pode me acusar de ser tímido. A ironia, é claro, é a prática de Heidi de me interrogar sobre meu dia e, ainda assim, permitir que essa estranha sente-se à mesa da nossa cozinha sem quaisquer informações fundamentais sobre ela, um sobrenome, se ela é ou não uma foragida.

– É só uma pergunta. Estou curioso, é isso. Nunca ouvi esse nome. Não em uma menina, de qualquer modo.

Talvez em uma árvore.

– É um nome bonito. Como a árvore do mesmo nome – responde Heidi –, graciosa e flexível.

– Há uma Willow em minha aula de geografia – diz Zoe, sua entrada na conversa nos surpreende. Quase tão inesperada quanto se Willow abrisse sua boca e dissesse alguma coisa. – Willow Toler. – E Zoe completa: – Os meninos a chamam de vadia. – E um silêncio toma o lugar. De novo. O único barulho vem da maldita gata preta, que ataca a parede de tijolos à vista, como se baratas vivessem dentro dela.

– Você tem um sobrenome, Willow? – pergunto e de novo Heidi me reprova.

– Chris!

– Sim, senhor – responde ela, tranquila. Há um tipo de simplicidade de acadiana nela, escondida sob aquele disfarce grosseiro. Algo que não consigo alcançar. Um toque em sua voz, ou talvez seja o fato de ela ter me chamado de *senhor*. Encaro-a, enquanto ela coloca garfadas de torta de frango em sua boca, muita comida a cada mordida. Ela quase lambe o prato e, sem perguntar se ela queria, Heidi lhe dá outra fatia. A garota come o recheio primeiro, deixando a massa para depois. Sua parte favorita. Aquela que Heidi tirou de uma caixa. Comprada em uma loja.

Ela não tem dezoito anos. Disso tenho certeza. Mas não sei quantos anos tem. Digo a mim mesmo que ela tem dezoito, porque assim, quando as autoridades aparecerem em nossa porta, posso alegar ignorância. *Mas, senhor, ela me disse que tinha dezoito anos.* Ela cheira melhor do que há algumas horas, limpa e vestindo uma roupa doada de Zoe. Mas ela ainda parece uma vagabunda, o delineado mal feito que aplicou depois do banho, a cor artificial de seu cabelo, as unhas roídas até a carne. Um furo ou dois nas orelhas, que parecem infeccionados. Olhos erráticos, tentando escapar de meu interrogatório. O machucado que se insinua por trás de seu manto de cabelo tingido.

– Importa-se de nos dizer?

– Chris. Por favor.

A garota murmura uma resposta por entre os dentes. Imagino palavras de natureza religiosa, *confiança* e *Deus*. Mas, quando peço para ela repetir, ela responde:

– Greer.

– O quê? – pergunto. Um alarme de carro dispara e o som entra pela nossa janela ainda aberta.

Ela repete, mais alto desta vez:

– Meu nome é Willow Greer.

Mais tarde, depois de termos passado pelo jantar e a louça ser lavada, escrevo seu nome no verso de uma receita que tiro de minha carteira. Assim não esquecerei.

Quando acordo, pela manhã, o dia está ensolarado. Depois de dias e mais dias de chuva, há alguma coisa perplexa a respeito do Sol. É brilhante. Muito brilhante.

Meu corpo todo endurece. Como se fosse de um homem velho. Mal consigo sentir meu quadril. Viro-me, deitando de costas, e bato a mão na beirada de metal da cama. Todos os tipos de palavrões percorrem minha mente, enquanto tento me lembrar o motivo de eu estar no chão, por que minha mão, agora dolorida, está perto o bastante para bater no estrado da cama. Estou sobre o tapete enrugado, não-tão-macio, que cobre o chão de nosso quarto, enrolado no saco de dormir vermelho de Zoe.

E então me lembro: dormi no chão pela minha própria insistência, para Zoe não ser deixada sozinha em seu quarto à noite. Não quando temos uma estranha em casa. Heidi disse que eu estava sendo ridículo e sugeriu que eu trocasse de lugar com Zoe. Eu disse não. Queria meu bando onde pudesse vê-lo. Todo ele. Até as gatas foram admitidas, mantidas em um quarto fechado, do outro lado do corredor, longe daquela garota, uma cadeira foi colocada sob a maçaneta da porta, para o caso de ela tentar invadir.

Rolo, fico de lado e vejo um ângulo da cama que nunca tinha visto antes: o lado de baixo. Há todas as coisas que se espera encontrar debaixo da cama: uma meia empoeirada, sem seu par há algum tempo, um coelhinho de pelúcia de Zoe que tinha sumido sem permissão, quando ela estava com onze anos, a tarraxa de um brinco feminino.

– O que há de errado? – pergunta Heidi, quando entro na cozinha. A casa está cheirando a panquecas e ovos, café fresco. Heidi está no fogão, com a bebê encaixada em seu quadril, virando as panquecas com a mão livre. A cena parece surpreendentemente natural, Heidi e aquela criança. Como se tivéssemos entrando em uma máquina do tempo ou coisa assim, e lá estava ela, segurando a bebê Zoe em seus braços.

A bebê está com sua corrente de ouro, uma sem a qual Heidi não sai de casa, enrolada em sua mão gordinha, puxando com força. Vejo a aliança de casamento do pai de Heidi balançar na ponta, a única coisa no mundo que Heidi quis quando ele morreu. Ela fez uma troca com sua mãe: ela poderia ficar com todas as outras coisas de valor sentimental, mas a aliança ficaria com Heidi. Ela procurou bastante por uma corrente com o mesmo tom dourado da aliança, de ouro vinte e quatro quilates, uma corrente que custou quase mil dólares. E agora, vejo a bebê puxá-la, a corrente pendendo de seu punho como se fosse a úvula da garganta de alguém.

– Nada – respondo, mentindo, enquanto pego uma caneca do armário e a encho com café. – Bom dia, Willow – digo à garota que está sentada sozinha à mesa, enfiando panquecas e ovos em sua boca, deixando um rastro de xarope na mesa de mogno que termina na camiseta listrada de Zoe.

Saio para comprar o jornal na banca da esquina de casa e, quando chego, pego minhas panquecas e as como do lado de fora, na insignificante varanda de madeira, um pouco inclinada. Não consigo ficar no mesmo cômodo que Heidi e aquela garota, o desconforto se espalha como se fosse fumaça de uma sopa de ervilhas. Do lado de fora, não faz mais do que dez graus. Olho para meus pés descalços, sobre as tábuas da varanda. Folheio o jornal, em busca da previsão do tempo para o dia e encontro a máxima: treze graus. Não consigo evitar e procuro por fotografias de garotas desaparecidas, bem como de adolescentes que fugiram, artigos sobre crianças procuradas por matar seus pais. Busco as palavras: *homicídio, esquartejamento, tortura*.

Na noite anterior, Heidi me mandou comprar suprimentos. Depois do jantar, andei até a farmácia, onde fiquei olhando, de um modo estúpido, para uma variedade de fraldas de bebês, no corredor vazio. Estou muito velho para comprar fraldas, pensei, enquanto pegava um pacote e o colocava debaixo do braço.

Em casa, observei Heidi quando ela colocou a bebê em nosso piso de madeira e removeu a toalha azul – agora recheada de merda fedida – de seu corpo, colocando-a de lado. A criança agitava as pernas, excitada por estar nua, enquanto Heidi limpava seu bumbum com um desses lenços umedecidos com cheirinho de talco, colocando os sujos junto da toalha, que depois descartou.

Quando ela levantou a bebê, engasguei com a visão da erupção cutânea, uma mancha vermelha fétida que cobria todo seu bumbum. Enquanto Heidi passava um creme, e depois outro, naquela criança, a garota olhava com interesse, como se ninguém tivesse lhe contado antes sobre trocar a fralda de um bebê, sobre como estar em contato com toda aquela merda e urina não poderia, quase que com certeza, fazer bem para sua pele. Seus olhos pareciam tristes, quando Heidi tirou um macacão branco e a calça com pés da embalagem plástica e vestiu a bebê cobrindo uma marca de nascimento do tamanho de uma bolacha-do-mar.

Quando terminou, Heidi passou a bebê para Willow, que a segurou de um jeito estranho, sem o conhecimento óbvio de Heidi, sem o natural instinto maternal, com os quais se esperava que as garotas tivessem sido abençoadas. Eu a observei manusear aquela criança como se fosse um saco de batatas, perguntando-me se a garotinha era filha dela *de verdade*.

Mas não ousei sugerir isso a Heidi, porque sabia o que ela iria dizer. Iria me lembrar de que eu era um cínico, um cético. *Claro que a criança é dela*, diria Heidi, como se tivesse um sexto sentido sobre isso, como se ela *soubesse*.

Sentamo-nos ao redor da televisão pelo que pareceu uma eternidade, infernal e estranha, por uma hora ou mais, em silêncio. E então, quando não consegui aguentar mais, desliguei a televisão e disse que era hora de dormir. O relógio da parede marcava oito e quarenta e seis da noite.

Não houve reclamações.

Antes de irmos para a cama, chamei Heidi de lado e disse:

– Uma noite só.

Eu a encaro enquanto ela dá de ombros e me diz:

– Veremos.

Pego o saco de dormir vermelho de Zoe de seu *closet* e coloco a cadeira sob a maçaneta de novo, ouvindo Zoe tagarelar sobre como era chata minha insistência sobre o saco de dormir. Sobre como eu estava sendo impossível. Sobre como ela esperava que suas amigas nunca descobrissem *isso,* nosso pequeno *ménage à trois*, foi o que ela disse.

Desde quando minha filha de doze anos conhece a expressão *ménage à trois*?

WILLOW

Joseph era professor de religião na universidade municipal. Ele lecionava sobre a Bíblia, principalmente sobre o Velho Testamento. Ele ensinava sobre um Deus que aniquilava o mundo com uma enchente, que fazia chover fogo e enxofre sobre vilas inteiras, matando todos os habitantes. Mulheres e crianças, bons e maus. Todo mundo. Eu não sabia o que era enxofre, mas ele me mostrou as figuras naqueles seus livros didáticos, figuras de fogo caindo dos céus e devorando as cidades de Sodoma e Gomorra, figuras da mulher de Ló se transformando em uma estátua de sal.

– Isto – disse-me ele com aquela voz sóbria, aquele rosto cavernoso que nunca sorria, aquela barba laranja-avermelhada, cerrada e repugnante. – é a ira de Deus. Você sabe o que significa "ira", não sabe, Claire? E quando eu disse que não sabia, nós olhamos juntos em um dicionário grande e pesado. *Raiva extrema*, dizia.

– Isto – disse Joseph, mostrando-me novamente as figuras de fogo e enxofre – é o que Deus faz quando está zangado.

Joseph me convenceu de que os trovões eram culpa minha, sinais de alguma coisa que eu tinha feito para irritar a Deus. Eu vivia com medo de trovões, raios e chuva. Quando o céu ficava escuro – como acontecia com frequência em Omaha no verão – em um daqueles dias quentes e úmidos de julho, quando as nuvens negras ameaçadoras avançavam para engolir a tranquilidade do céu azul, eu sabia que Deus estava vindo me pegar. Quando o vento começava a assoviar, as árvores se curvavam para tocar os pés ou mesmo se partiam ao meio, o lixo da lixeira na esquina voava pelos ares, eu caía no chão de joelhos, como Joseph havia me ensinado, e rezava, rezava e rezava, sem parar, pelo perdão de Deus.

O que eu havia feito de errado eu nunca soube. Os raios explosivos e os trovões ensurdecedores me imobilizavam, e uma ou duas vezes, provavelmente mais, mijei nas minhas calças ajoelhada ali, naquele meu quarto, rezando para Deus. Eu vigiava a janela em busca de sinais de fogo e enxofre caindo do céu. Eu vigiava por quanto tempo fosse necessário, até que a tempestade amainasse ou se fosse para Iowa ou Illinois, para punir algum outro pecador.

Joseph me contou sobre o inferno. O lugar para onde os pecadores vão. Um lugar de punição e tortura eternas, com demônios e dragões e o diabo em pessoa. Punição eterna. Lagos de fogo. Fornalha incandescente. Fogo inextinguível. Fogo, fogo, fogo. Eu vivia com medo de fogo.

Eu tentei ser uma boa menina. De verdade. Eu limpava toda a casa enquanto Joseph estava dando aula e Matthew e Isaac estavam na escola; eu fazia o jantar para Joseph e para os meninos, levava uma bandeja no quarto para Miriam, mas raramente ela comia por vontade própria, sem a necessidade de ameaças da parte de Joseph.

Miriam passava a maior parte do tempo de dois jeitos: ou ela ficava em uma espécie de transe, completamente acordada, mas paralisada, como uma estátua, ou ela ficava em pânico, se jogando aos pés de Joseph e implorando seu perdão. E havia dias em que ela ficava agitada, gritando com Joseph e os meninos para que eles parassem de ler sua mente. Ela gritava: "Parem, parem de ler minha mente". E também dizia: "Sai, sai, sai" e ela batia forte com a palma da mão na cabeça, como se os estivesse empurrando, Joseph, Isaac e Matthew, para fora de sua cabeça. Nesses dias Joseph a deixava trancada à chave, no quarto. Ele mantinha a chave consigo o tempo todo, mesmo quando ele saía, assim, quando estávamos só eu e Miriam, eu podia ouvi-la o dia inteiro gritando do quarto sobre como Joseph estava lendo sua mente e como ele estava colocando pensamentos dentro da sua cabeça.

Eu achava que Miriam era louca. Ela me dava medo. Não do mesmo jeito que Joseph me dava medo, mas de outro jeito, do jeito dela.

Eu fazia minhas tarefas, lavar a roupa, limpar a casa e tal, fazia jantar para esperar Joseph e os meninos. E eu cantava alto para abafar o som dos gritos de Miriam. Mas eu só cantava quando Joseph não estava por perto, porque Joseph jurava que Deus não aprovava o que quer que eu estivesse cantando, em geral alguma coisa de Patsy Cline, dos discos que Mami costumava tocar. "Blasfêmia", ele dizia. "Sacrilégio."

Mas Joseph nunca me trancava no quarto. Não naquela época, pelo menos. Joseph sabia que eu não ia fugir, porque tinha me falado, muitas e muitas vezes, sobre Lily. Como ele ia fazer coisas com ela se eu não me comportasse bem. Então eu sempre me comportava bem.

Mas, quando Miriam estava em seus dias de estátua, eu entrava no seu quarto e era como se ela não soubesse que eu estava ali. Seus olhos não me olhavam, não me seguiam enquanto eu a ajudava a sair da cama. Eles não piscavam. De quando em quando, eu trocava e lavava os lençóis da cama dela. E eu também ajudava Miriam a tomar banho, esfregava seu corpo com minhas mãos, porque Joseph disse que isso também era minha obrigação.

Eu fazia tudo o que Joseph mandava, quase sempre.

Uma vez, e apenas uma vez, eu disse não para Joseph quando ele se deitou ao meu lado na cama. Apenas uma vez que admiti que aquilo doía, aquilo que ele fazia comigo. Eu dobrei minhas pernas e as abracei com meus braços, pensando que talvez, apenas talvez, ele não conseguiria achar um jeito de entrar, e ele ficou em pé ao lado da cama e disse: "O olho de quem zomba de seu pai e nega obediência à sua mãe será arrancado pelos corvos do vale e devorado pelos abutres. Provérbios 30:17".

Imaginei aquela cena. Ser devorada por corvos e abutres. Minha carcaça destroçada por bicos e garras porque Deus estava zangado comigo. Porque eu estava impedindo meu pai de cumprir seu dever e sua obrigação.

E então eu abri minhas pernas e deixei ele me penetrar, e fiquei o mais imóvel que consegui, como Mami costumava dizer quando íamos ao médico tomar uma vacina.

"Fique bem parada e não vai doer tanto."

E eu fiquei lá, bem parada. Ainda assim, doeu.

Doeu ali, naquele momento. E continuou doendo até bem depois dele ir embora, depois dele me dizer como eu tinha sido uma boa menina, como ele estava orgulhoso de mim.

Eu pensei muito naquilo, sobre ser uma boa menina. Eu pensei o quanto custaria, quantas vezes Joseph precisaria voltar ao meu quarto, até que essa boa menina ficasse má.

CHRIS

Termino meu café da manhã e vou tomar uma chuveirada, certificando-me de escaldar o piso primeiro, para remover qualquer vestígio das feridas repugnantes dos pés daquela garota. Trinta minutos depois, Heidi para diante de mim, com as mãos nos quadris e pergunta:

– *Sério*? – Quando apareço na frente dela.

Com a maleta nas mãos, eu respondo: – Sim, *sério* – enquanto me despeço de Zoe e vou rumo à porta.

Puxo Heidi pela mão até o corredor, antes de sair. O cheiro do café da manhã preparado por ela enche o lugar. Um vizinho passa por nós, deve estar indo até a banca de jornal.

– Quero que você me telefone – digo, enquanto o elevador soa a distância e nosso vizinho desce para o térreo. – De hora em hora. Se você se atrasar um minuto, chamarei a polícia.

– Você está sendo irracional, Chris – diz ela.

– A cada hora, Heidi – repito. – Simples assim – digo, fazendo uma pergunta retórica. – O quanto você pode saber, de verdade, sobre uma pessoa?

E então, beijo-a no rosto e saio.

No trem, ouço conversas de jovens de vinte e poucos anos sobre bebedeiras na noite anterior, suas dores de cabeça persistentes, se vão ou não vomitar quando chegarem em casa.

Mais tarde, saboreando a solidão tranquila de meu escritório, tiro a receita de minha carteira e espio o nome em seu verso: Willow Greer. Espreguiço-me em uma cadeira executiva de couro, no terceiro andar de um arranha-céu no North Loop, e só então noto meu memorando de oferta – aquele que está sobre minha cabeça, o motivo de eu trabalhar nesta manhã ensolarada de domingo – é a coisa mais distante em minha mente. Analiso o folheto que estou montando, o que detalha as operações internas de alguma companhia que estamos vendendo – demonstrações financeiras, descrição de negócios, os trabalhos – e depois o tiro da cabeça.

Ligo o computador e digito Willow Greer.

Aperto o *Enter*.

Enquanto o computador está fazendo seu trabalho, pego-me olhando para um ponto em branco na parede, pensando que eu deveria ter parado no caminho e comprado café. Meu escritório não tem janelas, embora devesse ser grato por ter um escritório, e não uma baia vazia, sem teto, como muitos de nossos analistas. Vasculho as duas gavetas da mesa, em busca de duas moedas de vinte e cinco centavos, planejando uma ida até a máquina automática de guloseimas, assim que descobrir o mistério de Willow Greer. O telefone toca e eu atendo. A voz sarcástica de Heidi está do outro lado.

– Checagem das onze horas. – Dou uma olhada, com o canto do olho, para a tela do meu computador. Marca dez horas e cinquenta e nove minutos. Ao fundo, a bebê está gritando.

– Por que ela está chorando? – pergunto.

– A febre voltou – responde Heidi.

– Você lhe deu remédio?

– Estou só esperando fazer efeito.

– Tente uma compressa de água fria – digo – ou um banho morno. – Lembrando-me como isso deu certo algumas vezes com Zoe. Mas o que eu queria dizer mesmo era *Você merece* ou *Eu lhe disse*.

– Farei isso – diz Heidi.

Desligamos, não antes de eu lembrá-la:

– Uma hora. Eu espero outra ligação sua daqui a uma hora.

E depois, volto para o computador.

A primeira coisa que faço é procurar pela busca de imagens, esperando ver o rosto de Willow olhando diretamente para mim. Mas, em vez disso, encontro algumas celebridades ruivas com o mesmo nome. Uma moça morena aparece em várias páginas de redes sociais, mostrando seios muito indecentes pulando para fora de uma camiseta com decote canoa, com a barriga à mostra e uma calça de cintura bem baixa. Uma cidade chamada Willow no condado de Greer, em Oklahoma. Várias casas à venda em Greer, na Carolina do Sul. De acordo com a lista telefônica virtual, há seis pessoas vivendo nos Estados Unidos que se chamam Willow Greer. Não confunda com Stephen Greer, que vive em Willow Ridge Drive, em Cincinnati. Apenas quatro das seis Willow Greers estão na lista. Arranco uma folha de papel do suprimento da impressora e começo a anotar as informações. Willow Greer de Old Saybrook, Connecticut, tem entre quarenta a quarenta e quatro anos. Muito velha. Willow Greer de Billingsley, no Alabama, parece ter mais de sessenta e cinco anos. Ela poderia ter noventa. Anoto mesmo assim; talvez a sra. Greer de Billingsley, Alabama, seja avó da nossa Willow. Ou bisavó. As outras não aparecem em nenhuma faixa etária.

Anoto as informações esparsas que consigo encontrar e, então, me ocorre que: alguém precisa ter dezoito anos para aparecer na lista telefônica? Ou, o mais importante, ter casa própria?

Digito rapidamente Zoe Wood, Chicago, Illinois, e a busca não dá resultados.

Droga.

Estalo meus dedos, pensando por um instante. Onde mais eu encontraria Zoe on-line, que não fosse a lista? Rapidamente, passo os olhos por várias páginas de redes sociais com as quais estou familiarizado, que são poucas e distantes entre si. Facebook. Myspace. É provável que eu avançasse muito mais na minha investigação se eu deixasse minha filha de doze anos me ajudar, do mesmo modo que ela faz com meu celular, quando emperra. Penso em telefonar para ela, de modo furtivo, para seu celular, mas então me lembro de que o aparelho foi confiscado por Heidi, ficando ao lado do dela, sobre o balcão da cozinha. Merda.

Começo procurando por variações do nome Willow Greer. Tento Willow G., depois Willow Grier. Tento Willow, com um *l* apenas. Faço piada comigo mesmo quando tento tirar o segundo *w:* Willo. Nunca se sabe.

E então, encontro no Twitter uma conta no nome de W. Greer, com o *username* @LostWithoutU. Nada sei sobre o Twitter, mas acho os *tweets* sombrios e deprimentes, com todos os tipos de insinuações suicidas e alegações. Mas a fotografia de perfil dessa garota, *dessa* W. Greer, não mostra a que está vivendo em nossa casa. Essa menina é mais velha, tem mesmo dezoito ou dezenove anos, exibindo cortes em seu pulso e um sorriso perturbador. O último *tweet* foi publicado há duas semanas. Pergunto-me se ela fez isso, se tomou a decisão de se matar.

E como se matou.

– Olá, estranho.

Minimizo a tela o mais rápido que consigo, relaxo na cadeira, como se não tivesse acabado de ser pego fazendo algo errado. Perseguir uma pessoa on-line é crime? *Não é perseguir,* penso. Isso é pesquisa.

E, ainda assim, tenho certeza de que uma declaração de culpa está visível em meu rosto.

Cassidy Knudsen está parada na porta. Ela trocou a saia-lápis e o salto alto por uma roupa menos formal – e muito mais atraente, em minha opinião: calça jeans bem justa e um amplo suéter preto, que deixa a alça vermelha de um sutiã de renda à mostra. Ela puxa o suéter como se tivesse tentando consertar seu atrevimento, mas ele cai de novo. Ela o deixa quieto, cruza uma perna na frente da outra – seus tênis All Stars são, de alguma forma, muito mais atraentes do que seus saltos altos.

– Pensei que você trabalharia de casa neste fim de semana.

– Eu também – digo, enquanto pego a receita, as palavras *Willow Greer* em seu verso. Amasso-a. – Memorando de oferta – explico, brincando com aquela bola de papel. – As coisas estão um pouco caóticas em casa.

– Zoe? – pergunta, porque, é claro, quem não pensaria que uma menina de doze anos não seria a responsável pelo caos?

– Na verdade – respondo –, Heidi. – E Cassidy se desculpa, simpática, como se eu tivesse acabado de aludir a problemas no casamento. Uma expressão bastante preocupada surge em seu rosto: seu cabelo louro claro, seus olhos azul-acinzentados, sua pele de porcelana.

– Sinto muito em ouvir isso, Chris – diz, entrando no escritório e ocupando uma das cadeiras azul-petróleo, sem braços, que fica diante da minha mesa. – Quer conversar? – pergunta, enquanto cruza as pernas e se inclina para a frente, como só uma mulher consegue fazer. Os homens sentem um cheiro de melancolia e disparam na direção oposta; as mulheres mergulham, a necessidade de falar sobre isso alimenta suas almas.

– Apenas Heidi sendo Heidi – respondo, e me arrependo no mesmo instante por ter dito alguma coisa negativa sobre meu casamento. – O que não é uma coisa ruim – digo, com vergonha.

E Cassidy diz:

– Heidi é uma boa mulher.

– A melhor – digo, enquanto pensamentos sobre Cassidy Knudsen vestida com camisolas de cetim e *baby-dolls* com babados passam pela minha cabeça.

Casei-me com Heidi quando tinha vinte e cinco anos. Ela estava com vinte e três. Olhei para a nossa fotografia 10x15, do nosso casamento, presa em um quadro de avisos na parede. "Elegante", disse ela, na última vez que esteve em meu escritório, passando o dedo na fotografia. Eu dei de ombros e disse: "A moldura quebrou. Eu a derrubei da mesa em uma correria de última hora." E ela assentiu, sábia, compreendendo que minha carreira, como um todo, dependia de correrias de última hora.

Mas havia alguma coisa a ser dita sobre aquela fotografia, pensei; nossa moldura de vidro se estilhaçou e agora estamos aqui, perfurados por buracos microscópicos que um dia poderiam nos separar.

Esses buracos todos têm nomes: hipoteca, filha adolescente, falta de comunicação, previdência privada, câncer. Observei as unhas feitas de Cassidy – eram unhas longas e limpas, com pontas pintadas com a cor branca – acariciando uma luminária em minha mesa, uma daquelas luminárias antigas, do tipo Emeralite, em um tom de verde envelhecido; vejo-a acariciar a corrente, enrolá-la em seu dedo e puxá--la – e penso: *infidelidade*.

Não. Nunca. Não Heidi e eu.

Uma luz suave e amarelada enche o escritório. Um ótimo contraste com as luzes florescentes brancas do teto.

Estávamos namorando há poucos meses, quando pedi Heidi em casamento. Estar com ela era uma coisa que eu realmente queria, como o ar. Alguma coisa que eu sabia que desejava. Estava lá, no topo da minha lista de presentes a pedir para o Papai Noel naquele ano. Estava acostumado a ter o que queria. Nos meus formativos anos pré-adolescentes, vivi com a boca cheia de metal e de capacete. Costumava gemer e me queixar daqueles aparelhos dentários, o modo como eles perfuravam minhas gengivas e rasgavam o interior das minhas bochechas. "Você me agradecerá algum dia", minha mãe costumava dizer, tendo sofrido a vida inteira com dentes encavalados que ela odiava. E fiz isso. Eu a agradeci, sim. Depois de anos de ortodontia, fiquei com um sorriso que poderia atrair quase todo mundo para minha direção. Isso funcionou muito bem em festas de fraternidade, nas entrevistas, em jantares com cliente e, é claro, com as mulheres. Heidi costumava dizer que foi aquele sorriso que lhe chamou a atenção, quando nos conhecemos em algum baile de caridade. Foi no mês de dezembro, lembro-me muito bem, e ela estava usando vermelho. Eu tinha pagado quase duzentos dólares para ir naquele maldito baile, pelo encorajamento da minha empresa. "Retribuir é nosso lema deste ano". Supunha-se que faria bem para nossa empresa comprar duas mesas, dezesseis ou vinte lugares, a duzentos dólares cada um, mesmo que nenhum de nós soubesse que causa estávamos apoiando.

Não até eu estar na pista de dança com Heidi, mais tarde, naquela noite, aprendendo sobre os analfabetos em Chicago, dos quais nunca quis saber.

Eu estava acostumado a conseguir o que desejava. Antes de me casar com Heidi.

– Então, o que parece ser o problema, sr. Wood? – pergunta Cassidy. Ela se reclina em sua cadeira, passa aquelas unhas bem-feitas pelo cabelo. – Quer conversar sobre isso?

– Não. Melhor não – respondo, pensando que a última vez que Heidi concordou em fazer algo a meu pedido tinha sido colocar uma calça antes de sair atrás daquela garota sem-teto; a vez antes dessa, manteiga de amendoim crocante *versus* cremosa. As coisas que eram triviais.

Quando importava, eu perdia. Todas as vezes.

– *C'est la vie*? – pergunta Cassidy

Respondo repetindo:

– *C'est la vie*.

A tal vida.

E então olho em seus olhos azul-cinzentos e me lembro do modo como derrubei um *espresso* na minha camisa quadriculada, na primeira vez que ela entrou em nossa sala de conferência, vestindo um terno vermelho, com meia-calça, do jeito que apenas Cassidy Knudsen poderia usar, um par de sapatos pretos com, é claro, saltos de dez ou doze centímetros, meu chefe – parecendo, de repente, baixo e impotente – apresentando-a como "a nova garota na cidade" e olhando para seu bumbum, quando ela se sentou em uma cadeira vazia ao meu lado. Ela apanhou um guardanapo que tinha sido deixado ali, no jantar da noite anterior, e começou a secar minha camisa, de um jeito que só Cassidy Knudsen faria.

"Ela é tipo uma mulher fatal, não é?", Heidi tinha perguntado naquele dia, no jardim botânico, na primeira vez que elas se viram, no verão anterior, em um piquenique da empresa, enquanto assistia a Cassidy se afastar, seus quadris indo de um lado para outro, como uma bola de demolição, de alguma forma desligados do resto de seu corpo.

"O que é uma mulher fatal?", perguntou Zoe e Heidi apontou, com a cabeça, para a mulher que usava um vestido cereja, sem alças, e respondeu: "Ela".

Peguei as moedas em minha mesa e disse que iria até a máquina automática.

– Quer alguma coisa? – pergunto, na esperança de, ao retornar, encontrar o escritório vazio. Ela responde que não e me agradece, e saio, atravessando o corredor deserto até a máquina automática, em nossa inadequada cozinha de escritório. Escolho uma bebida cheia de cafeína, da qual preciso, e abro a lata, quando estou voltando para minha mesa.

Estou planejando meus próximos passos em minha aventura sobre "encontrar Willow Greer", quando piso no carpete em um tom dourado metálico que separa meu escritório do piso de cerâmica do corredor principal. Encontro Cassidy de joelhos, pegando uma dúzia ou mais de canetas que caíram. Aquele suéter preto e amplo quase toca o chão, expondo o restante do sutiã vermelho de renda que não pude ver antes: o corte baixo, a renda chantili, as taças estruturadas, uma curva delicada.

Ela está segurando meu telefone celular. Olho para o relógio de parede. Meio-dia e dois minutos, e meu coração afunda no peito.

– Heidi – diz Cassidy, passando o aparelho para mim. Está sorrindo. Mas não é um sorriso bom ou educado. – Para você. Espero que não se importe por eu ter atendido.

HEIDI

– O que é que esta mulher está fazendo atendendo seu telefone? – pergunto, em voz alta, quando a voz relutante de Chris diz olá, num tom cuidadoso, cheio de culpa e, ainda assim, estranhamente animado. Saio da sala de estar, onde Willow está sentada na ponta do sofá, dando tapinhas nas costas da bebê pressionada contra seu ombro, com uma toalha, arrotando, como eu lhe mostrei para fazer. E ainda assim vejo que o rosto da bebê está pressionado de um modo estranho contra a toalha, então me pergunto o quanto ela está respirando bem, seu corpo está inclinado em um ângulo que não parece seguro. Nem confortável.

– Olá, Heidi – diz Chris, uma tentativa artificial de permanecer calmo, tranquilo e composto. – Tudo bem?

Imagino *aquela* mulher sentada em seu escritório sem graça, em forma de caixa, ouvindo a nossa conversa. Imagino Chris checando o relógio, jogando alguma conversinha furada para cima de mim e fazendo um gesto para Cassidy Knudsen, para indicar minha pergunta – "Por que ela está atendendo seu telefone?" e "Por que você não me contou que iria para o escritório para trabalhar com ela e mais ninguém hoje? Com o Tom? Com Henry?" – foi demais. Sinto o sangue subir pelo meu pescoço, meu rosto ficando vermelho. Minhas orelhas queimam. Uma dor de cabeça começa a dar sinais. Pressiono a testa com dois dedos. Com força.

Aperto o botão de desligar, o que não é igual a bater o telefone no gancho. Fico na cozinha por um momento, com a respiração pesada, lembrando-me de todos os motivos pelos quais não gosto de Cassidy Knudsen. Ela é de tirar o fôlego. É esperta, astuta. Tem seios grandes, como se estivesse nas páginas de uma revista de moda, e não olhando para as planilhas insípidas de Chris durante o dia todo.

Mas o principal motivo para eu não gostar dela? É bastante simples, na verdade. Meu marido passa mais tempo com ela do que comigo. Voando para metrópoles movimentadas por todo o país, passando a noite em hotéis caros e sofisticados, com os quais Chris e eu só podemos sonhar em ir, jantares em restaurantes caros que guardamos para ocasiões especiais: nascimentos, aniversários e coisas assim, deixando as versões ordinárias para dias que estão longe de serem comuns.

Ouço sua voz estridente reverberar em minha cabeça, o "Olá, Heidi" muito animado, quando ela atendeu ao telefone. "Chris acabou de sair. Ele voltará em um segundo. Quer que eu peça a ele para lhe telefonar?", perguntou ela, mas eu respondi não. E fiz isso olhando para a hora no mostrador do micro-ondas, durante os quatro minutos a mais que demorou para meu marido pegar seu celular, todo esse tempo ouvindo Cassidy Knudsen mexer nas coisas da mesa de Chris, ouvindo um barulho e imaginando-a deixando cair o pote de lápis dele – de cerâmica pintada, feito por Zoe anos atrás – lápis e canetas se espalhando pelo chão.

– Ops – disse ela, rindo como uma adolescente escandalosa.

Imagino que, um dia, Cassidy Knudsen foi uma líder de torcida, uma daquelas garotas com saias de poliéster e miniblusas, derrubando seu lápis no chão diante do suposto professor pervertido de ciências, inclinando-se até o chão, deixando tudo à mostra para pegar o lápis e depois reclamando de um jogo desonesto.

Enquanto me refaço para voltar para Willow e Ruby, ouço um rangido da porta de um quarto, Zoe está saindo do seu esconderijo e indo para a sala de estar. Tudo está silencioso, mas então escuto a voz da minha filha, um pouco espinhosa e dura.

– Você já sentiu medo? – pergunta. Espreito da cozinha, pensando no que ela quer dizer.

– O quê? – pergunta Willow e eu imagino a garota, ainda vestindo a roupa de Zoe do dia anterior, agora suja com xarope e amassada pela noite de sono. Ela está sentada na ponta do sofá e, quando Ruby solta um arroto digno de um homem bêbado, ela ri.

Não há nada como um pequeno arroto para quebrar o gelo.

– Lá fora, quero dizer. – E imagino Zoe apontando o dedo para fora da janela, para o tumulto lá fora, na cidade: os táxis que sobem e descem pela rua, sirenes, buzinas, um mendigo tocando saxofone na esquina.

– Sim. Acho que sim – responde Willow, admitindo com inocência. – Não gosto de trovões. – E sou novamente atingida pela verdade de que essa garota sentada na minha sala de estar, com uma criança em seus braços, uma concha dura, como a de um molusco, protegendo tudo que é valioso e vulnerável dentro dela, é apenas uma criança. Que devora creme e panquecas, e tem medo de uma coisa tão inócua quanto trovão.

Perfis, vaso. Perfis, vaso.

Imagino a cidade vigorosa quando por fim adormece, durante a noite. Quando o Sol se põe em algum lugar sobre os subúrbios, e as luzes do Loop brilham. É impressionante, de verdade. Mas aqui, em nosso bairro, um quilômetro e meio ou três do centro da cidade, a noite significa escuridão total. Um breu iluminado, às vezes, pela luz da rua, que pode ou não funcionar. A hora do dia em que os zumbis saem para brincar, vagando pelos parques da cidade, nas alcovas escuras das lojas fechadas que cercam as ruas Clark e Fullerton. Viver em um bairro sofisticado não nos protege do crime. O jornal da manhã fala, com frequência, de ondas de crimes em Lakeview e Lincoln Park, de assaltos à noite, a respeito do aumento do número de crimes violentos. Escuta-se o tempo todo sobre mulheres sendo atacadas quando voltam para casa de ônibus, ou quando vão até suas casas, com sacolas de supermercado na mão. O bairro à noite – estranhamente escuro, silencioso –, deve ser um lugar terrível para se ficar. Horrível.

Vou para a sala de estar e encontro as meninas olhando uma para a outra de modo desajeitado; quando entro, Zoe se assusta e pergunta:

– O que você quer? – Como se eu não tivesse de estar em minha casa. Ela está envergonhada por eu a pegar conversando com Willow, quando não foi pedido a ela para fazer isso, envergonhada por ter demonstrado qualquer interesse na garota.

– Tenho uma coisa para lhes mostrar – respondo. – A vocês duas. E desapareço no corredor.

Demorou mais de uma hora para o remédio para febre fazer efeito em Ruby, para que a febre diminuísse. Durante esse tempo, ela ficou irritada e de mau humor, inconsolável, fosse nas mãos de Willow, ou nas minhas. Tentamos alimentá-la, embalá-la, enfiar a chupeta em sua boca escancarada, mas todos os nossos esforços foram em vão. E então, seguindo a sugestão de Chris, demos um banho morno nela, o que pareceu acalmá-la um pouco, e cobrimos seu bumbum com pomada hidratante, uma fralda limpa, assim como a roupa. Porque Chris só tinha comprado uma calça azul para fazer par com o macacão branco, peguei a caixa de roupas de bebê que estava no *closet* de nosso quarto – etiquetada erroneamente como "Heidi: Trabalho" – e levei para a sala de estar, onde eu e as garotas poderíamos escolher entre macacões com babados e pagãos com estampa animal, macacões com tutus, pijamas de lã e sapatilhas de bailarina de cetim próprias para pés tão pequenos.

– Shhh – digo a Zoe, quando coloco a caixa azul-índigo de lado –, não conte a seu pai sobre isso – digo a ela. Pelo canto do olho, vejo Willow pegar as roupas e tocar o tecido, mas, então, puxa sua mão rápido, como se tivesse com medo de quebrar alguma coisa ou sujá-la. Tenho essa visão repentina – uma imagem clarividente – onde algum adulto bate na mão da tímida Willow, afastando-a de alguma coisa que deseja. Ela se retrai, com os olhos baixos, sentindo-se magoada.

– Tudo bem – digo a ela, pegando a coisa mais luxuosa que consigo encontrar e colocando na mão dela, observando enquanto ela passa os dedos pela peça, como se nunca tivesse visto veludo cotelê. Ela leva a peça até o rosto, com cuidado, e a esfrega em sua pele, um par de macacões marrons com peitilhos floridos.

– O que é isso tudo? – pergunta Zoe, pegando um vestido de veludo, com uma saia de tafetá – tamanho dois – da caixa, e seu queixo cai quando ela vê o preço obsceno na etiqueta. – Noventa e quatro dólares? – Pergunta, olhando para os noventa centímetros de pano nunca usado, a cor azul-escuro, o laço gigante e, em algum lugar naquela caixa, havia uma meia-calça tão cara quanto, para combinar.

– E isso foi há dez anos – digo –, ou mais. – Lembrando-me daqueles dias em que eu perambulava pelas lojas chiques no Loop, durante meu horário de almoço, e comprava um macacão ali, um pagão aqui – imaginando o que diria para Chris, se ele algum dia perguntasse sobre aquele débito exorbitante em nosso cartão de crédito, que tinha comprado um presente para uma colega grávida do trabalho ou da época da faculdade, pronta para dar à luz seu quarto filho.

– Eram... meus? – pergunta ela, pegando uma calcinha floral que acompanha um vestido de verão. Segura diante de si e eu penso, *como explicar isso?* Tudo que consigo dizer é sim e deixo por isso mesmo. Mas então, é claro, há as roupas que estão ainda com as etiquetas de preço, uma prova de que nunca tinham sido usadas.

– É meu passatempo – digo. – Como colecionar tampas de garrafas ou cartões sobre esporte. – As garotas me olham como se eu tivesse acabado de descer de uma espaçonave vinda de Marte. – É difícil resistir a eles – digo, explicando-me –, quando são tão lindos. – Pego um par de botas de pelúcia e mostro a elas, como prova.

– Mas... – diz Zoe, herdeira da racionalidade de Chris –, eu nunca usei – diz. – Para quem eram?

Olho para Zoe e Willow, seus olhos me encarando inquisitivos. *Policial bom, policial mau*, penso. Descubro que é impossível olhar para os grandes olhos castanhos de Zoe – cínicos e exigentes ao mesmo tempo – e admitir que eram para Juliet, que mesmo depois que o médico disse que eu não poderia mais ter filhos, continuei ansiando por crianças, a criar um mundo imaginário onde Zoe e Juliet existiam, brincando com conjuntos Tinkertoy ou Little People no chão da sala de estar, minha barriga bem redonda, abrigando a criança número três. Recuso-me a admitir que a ideia de um filho único fez com que eu me sentisse amarga e fria, a casa – que eu sempre imaginei cheia de crianças – vazia, mesmo quando Zoe estava lá. Mesmo com Chris. Minha família, nós três, pareceu, de repente, insuficiente. Não tão boa. Havia um buraco. Que preenchi com Juliet, com ambições e expectativas e uma caixa cheia de roupas que ela usaria um dia.

No fundo do meu coração, eu me convenci de que ela chegaria um dia. Só que esse dia não tinha chegado ainda.

Mas interrompo a racionalidade de Zoe e sugiro:

– Que tal vermos se conseguimos achar alguma roupa para Ruby usar?

E nós três começamos a remexer a caixa com um propósito renovado, ainda que ver as roupinhas – sentir o cheiro delas: uma mistura do cheiro das lojas caras e de otimismo –, me faça lembrar do buraco escancarado dentro do meu ventre.

Ou do lugar onde meu útero costumava ficar.

Separamos o macacão marrom, um macacão branco com detalhes. Observo Willow despir a bebê e então tentar forçar o macacão branco pela cabeça maleável de Ruby. A criança começa a chorar. Ela protesta no chão, chutando, desafiando. Willow se move com hesitação, seus gestos são apreensivos. Olha para o macacão, a gola que parece muito pequena para a cabeça redonda de Ruby, e então tenta forçá-lo, esquecendo-se por completo de deixar um buraco para o nariz, para passá-lo com rapidez, para que a bebê pudesse respirar.

– Deixe-me fazer isso – digo a ela, as palavras saindo mais rudes do que pretendi. Sinto os olhos de Zoe sobre mim, embora me recuse a fazer contato visual com ela. Troco de lugar com Willow e, esticando o elástico do macacão, passo-o pela cabeça de Ruby, sem hesitar. Fecho-o na virilha, sento-a e fecho a parte de trás. – Pronto – digo, enquanto Ruby brinca com a corrente de ouro no meu pescoço, seus olhos acesos como pisca-pisca na árvore de Natal. – Você gosta disso? – pergunto, tomando seus olhos brilhantes e seu sorriso amplo, babado e sem dentes, como um sim.

Coloco a aliança de ouro do meu pai na palma de sua mão e observo quando seus pequenos dedos gordinhos começam a apertá-la.

– Isso era do meu pai – digo, e então me concentro na tarefa que tenho, colocando o macacão marrom sobre o outro, um par de meias de renda em seus pezinhos rápidos. Ruby geme de prazer e eu pressiono o meu rosto contra o dela e digo: – Cuti, cuti, cuti. – O tipo de bobagem sem sentido que os bebês adoram. Esqueci-me por completo que Willow e Zoe ainda estão na sala, vendo quando eu sopro as partes expostas da pele de Ruby: a parte de dentro de seus braços, sua nuca; ignoro a expressão horrorizada da minha filha pré-adolescente, enquanto falo com fluência a língua dos bebês, o tipo de habilidade da qual, como andar de bicicleta, ninguém se esquece.

– Cuti, cuti, cuti – digo, e só então Zoe se levanta, de modo inesperado, e diz:

– Por Deus! Chega de papo de bebê. – Sua voz estridente, em um falsete que apenas uma garota adolescente consegue alcançar, antes de sair pelo corredor e bater a porta de seu quarto.

WILLOW

– Qual era a doença de Miriam? Ela era esquizofrênica?

Eu balanço a cabeça.

– Eu não sei.

Do lado de fora da pequena janela gradeada, lá no alto da parede de concreto, o céu está mudando de cor: vermelho e laranja estão rapidamente substituindo o azul. A sentinela no canto da sala boceja, um bocejo artificial, longo e exagerado. Louise Flores olha fixamente para ele e pergunta:

– Nós estamos entediando você?

E ele rapidamente se põe em posição de sentido: queixo para cima, peito para fora, ombros levantados, barriga para dentro.

– Não, senhora – responde ele, e a mulher magricela não tira os olhos dele até que começo a me sentir envergonhada.

O que havia de errado com Miriam eu não sabia, mas fosse o que fosse, eu tinha certeza de que era culpa de Joseph.

– Você disse que às vezes Miriam tomava remédios – pergunta a srta. Flores, e eu concordo com a cabeça, sim. – Que tipo de remédios?

– Umas pílulas brancas pequenas – digo. – Alguma vezes, umas outras também. Conto a ela que as pílulas faziam Miriam parecer melhor, faziam ela se sentir melhor e sair da cama durante algum tempo, mas, se continuasse tomando o remédio por muito tempo, ele acabava pondo ela de cama novamente.

Mas Miriam estava sempre cansada. Quer estivesse ou não tomando as pílulas.

– Joseph alguma vez a levou a um médico?

– Não, dona. Miriam não saía.

– Ela não saía de casa?

– Não, dona. Nunca.

– Por que Miriam não tomava os remédios o tempo todo?

– Joseph dizia que, se Deus quisesse que ela ficasse boa, Ele a faria ficar boa.

– Mas às vezes Joseph dava a ela os remédios?

– Sim, dona. Quando a srta. Amber Adler vinha nos visitar.

– A assistente social?

– Sim, dona.

– Onde Joseph conseguia as pílulas, se ele não a levava ao médico?

– No armário de remédios. No banheiro.

– Sim, Claire, mas como as pílulas chegavam lá, se não havia um médico? Você precisa de uma receita para comprar esse tipo de remédio. Em uma farmácia.

Eu digo que não sei. Joseph me dizia para ir buscá-los, pequenos saquinhos plásticos – ela me interrompe:

– Saquinhos plásticos? – pergunta ela, e eu digo que sim, e ela anota alguma coisa naquele bloco de notas ao lado da palavra "f-a-n-á-t-i-c-o", que fazia meia hora que eu estava lendo de cabeça para baixo e ainda não sabia o que queria dizer. Ele pegava algumas pílulas e forçava Miriam a tomar. Algumas vezes ele abria a boca de Miriam à força enquanto eu jogava as pílulas lá dentro, e nós esperávamos até ela engolir. Miriam não gostava das pílulas.

Mas uma ou duas vezes por ano, Joseph fazia Miriam tomar as pílulas por algum tempo. Ela saía do quarto e tomava banho sozinha, nós abríamos todas as janelas e era minha função tirar aquele fedor medonho de Miriam da casa, antes que a srta. Amber Adler chegasse em seu carro amassado carregando sua mochila Nike grande demais. Ele pegava sua caixa de ferramentas e começava a consertar coisas pela casa e a pintar as manchas que tinham aparecido aqui e ali. Era só quando Amber Adler vinha nos visitar que as lâmpadas queimadas eram trocadas e as dobradiças das portas lubrificadas.

Joseph sempre me dava um vestido novo, ao contrário dos trapos mofados que normalmente trazia para mim, em grandes sacos de lixo brancos, como se tivesse achado no lixo de alguém. Uma vez ele até me trouxe um par de sapatos de couro legítimo, muito grandes para meus pés, mas ele me mandou usá-los mesmo assim, para que a srta. Adler visse.

A assistente social trazia cartas de Paul e Lily Zeeger. Ela disse que podia dar meu novo endereço para os Zeeger, mas depois que Joseph rasgou as fotos de Mami, eu disse não, obrigado, era melhor assim, ela podia trazer as cartas quando viesse me visitar. Lily Zeeger escrevia lindas cartas sobre minha irmãzinha, Rose (Lily), com o nome Lily sempre entre parênteses, para o caso de eu não saber de quem ela estava falando. Ela contou que Rose (Lily) estava ficando cada dia maior e que, pelas fotos que tinha visto, Rose (Lily) estava ficando muito parecida com Mami, que era uma mulher sensacional, deslumbrante, belíssima (como se muitos elogios pudessem anular o fato de ela estar morta). Ela disse que Rose (Lily) estava aprendendo o alfabeto e já sabia contar até dez, e que ela podia cantar tão bem quanto as mariquitas amarelas que, de acordo com a Lily Grande, viviam em torno da casa deles no Colorado. Havia fotos com as cartas, de uma pequena casa de madeira no meio de um bosque, com uma montanha ao fundo e um cão pequeno, como um cocker spaniel ou coisa parecida, correndo em volta das pernas da minha Lily. E lá estava ela, a Lily Pequena, com seu cabelo preto encaracolado, preto como o de Mami, cabelo que tinha crescido e estava preso com marias-chiquinhas, e ela estava usando um vestidinho amarelo brilhante com pregas e um laço quase do tamanho de sua cabeça. E ela estava sorrindo. Paul Zeeger estava em pé na varanda, usando uma camisa e uma gravata desamarrada, olhando para Lily, e eu imaginei que a foto tinha sido tirada por Lily Grande, já que ela não aparecia. Até o cão parecia feliz. A carta dizia que Rose (Lily) estava tendo aulas de balé e adorava treinar suas piruetas e *relevés* para Paul e Lily e amava seu *collant* e seu *tutu* cor de cereja. E que no outono Rose (Lily) ia começar a pré-escola em uma escola Montessori da cidade.

– O que é uma escola Montessori? – perguntei para a srta. Amber Adler, que me olhou sorrindo e respondeu:

– É uma coisa boa – enquanto segurava minha mão.

Eu perguntei por qual motivo Paul e Lily Zeeger não tinham seus próprios filhos. Por que eles precisavam da *minha* Lily? Ela respondeu que algumas vezes as coisas simplesmente aconteciam como aconteciam. Um deles não podia ter filhos. Era assim que era. E eu pensei em Joseph dizendo que, se Deus quisesse que Miriam ficasse boa, Ele a faria ficar boa, e pensei que se Deus quisesse que Paul e Lily tivessem filhos, Ele teria dado filhos para eles. Filhos deles. Não a minha Lily. Lily era minha.

Eu pensava muito na casa de madeira onde Lily vivia agora. Eu pensava nas árvores tão altas e nas montanhas e no cão. Eu pensava em como eu ia gostar de ir até lá, até aquela casa no bosque, e rever minha Lily. E eu imaginava se algum dia eu conseguiria ir.

Lily Grande disse que eu podia escrever para Rose (Lily) se eu quisesse e que ela leria minhas cartas para ela. Então eu escrevi. Contei sobre as tulipas em nosso jardim (que não existiam) e sobre o que eu estava aprendendo na escola (não existia escola). A única leitura que havia em nossa casa era a leitura da Bíblia; a única escrita era quando Joseph me fazia copiar passagens do *Deuteronômio* ou do *Levítico,* palavra por palavra. Os boletins que Joseph enviava à assistente social – aqueles que mostravam minhas notas baixas – eram falsificados, fotocópias dos boletins de Matthew ou Isaac, alteradas para mostrar meu nome, notas baixas em matemática e ciências, comentários dos professores detalhando meu desprezo por figuras de autoridade, meu comportamento ruim.

– Você não gosta da escola? – Perguntava-me a assistente social.

– Gosto, sim – respondia eu.

– Qual sua matéria favorita?

Eu não sabia muito sobre as matérias, então respondia que gostava de matemática.

– Mas, Claire, seu boletim diz que você vai repetir de ano em matemática.

E eu dava nos ombros e dizia que era difícil, e ela então me lembrava, como sempre fazia, da minha sorte por ter Joseph e Miriam em minha vida. Como outros pais adotivos não eram tão flexíveis e compreensivos.

– Você precisa se esforçar mais – dizia ela para mim, e para Joseph e Miriam ela sugeria que contratassem um professor particular.

Em minhas cartas, eu contei a Lily Pequena sobre como era viver na cidade grande – Omaha – e descrevi os prédios; apesar de eu nunca ter visto os prédios, eu suspeitava que eles estavam lá. Esse lugar, Omaha, era muito diferente de Ogallala. Eu podia dizer, pelos cheiros, pelos sons, pelas crianças do outro lado da janela. Mami costumava falar sobre Omaha quando eu era pequena. Sobre as pessoas e os prédios, os museus e os zoológicos. Em minhas cartas, eu contava a Lily sobre meus irmãos (que eu mal conhecia). Eu contava sobre as amigas que eu tinha feito na escola (não havia amigas) e sobre como meus professores eram maravilhosos (não havia professores).

Nas respostas de Lily Grande, ela me contou sobre o presente de aniversário de quatro anos de Rose (Lily): uma bicicleta nova, verde e rosa, com rodinhas de apoio e bandeirolas, uma cestinha branca de vime e um selim em forma de banana. Havia fotos. Lily Pequena de capacete na bicicleta com Paul Zeeger empurrando. O pequeno cocker spaniel correndo atrás deles. Ela me contou sobre os planos de férias na Califórnia, para ver o mar. Ela disse que essa seria a primeira vez que Rose (Lily) veria o oceano e se perguntava: eu já tinha visto o oceano? Eles iam comprar um novo maiô e uma nova saída de banho para a viagem. Na próxima vez que a assistente social apareceu, havia desenhos da própria Lily, do mar e dos peixes e borrões na areia que poderiam ou não ser conchas. E um Sol amarelo brilhante com raios que saíam da página. Nas costas da folha, Lily Grande tinha escrito, com sua letra perfeita: Rose (Lily), quatro anos.

Eles não eram más pessoas.

Depois eu entendi isso.

Mas saber disso em minha cabeça e em meu coração eram duas coisas completamente diferentes.

HEIDI

Pela manhã, Zoe – com relutância – oferece outra roupa para Willow vestir. Desta vez, calça *legging* preta que está muito curta para Zoe – e mais curta ainda para Willow – e um suéter com manchas de tinta na frente, utilizado nas aulas de arte da escola, no ano passado.

– Zoe, por favor – digo –, isso está péssimo.

– Tudo bem – diz ela, pegando um cardigã extra da escola do cabide e enfiando nas mãos de Willow –, toma.

As garotas tomam o café da manhã – tigelas de Frosted Flakes encharcados – e depois Zoe desaparece, para tomar banho e se vestir. Ruby, em meu colo, parece estar dormindo, finalmente, depois de ficar acordada e agitada desde antes das cinco horas da manhã, e com febre desde as primeiras horas da madrugada. Porque bebês infelizes precisam ser embalados quando estão chateados – e nós, é claro, não temos uma cadeira de balanço – eu a pressionei contra meu peito e me movi para a frente e para trás, imitando o movimento das ondas, até que ela começou a se acalmar e os músculos das minhas costas começaram a queimar. Mas não me importei. Havia alguma coisa gratificante nisso, uma sensação bastante satisfatória quando Ruby começou a ficar cansada e, devagar, fechou os olhos.

Foi quando eu me sentei na cadeira de couro, imersa, por completo, nas pálpebras de Ruby que tremulavam em seu sono, no modo como seus dedinhos se fechavam ao redor do meu dedão, recusando-se a soltá-lo. Perdida totalmente nos dedinhos de seu pé esquerdo, quando ela tirou a meia de renda, deixando que caísse no chão de madeira. Completamente siderada pelas mechas de cabelo que emergiam de sua cabeça, a maciez de seu couro cabeludo, a pele branca.

Tão absorta, na verdade, que perco por completo a noção do tempo, esqueço-me de levar Zoe para a escola, de que preciso trabalhar.

Sem eu perceber, Zoe para, diante da porta de entrada, com sua mochila em um de seus ombros. Está com seu casaco, meio fechado, e um guarda-chuva preso em seu pulso.

– Está pronta para ir? – pergunta, e eu olho para minha roupa, para o robe, os chinelos de pelo de ovelha ainda aquecendo meus pés.

– Mamãe! – diz Zoe, em voz alta dessa vez, tendo acabado de ver que ainda estou de pijama. Não faço esforço para me mexer, com medo de acordar Ruby. Sinto minha boca se abrir, um *Shhh* sair dela, para que assim a voz de Zoe não tire a bebê de seu sono.

Minha filha, zangada, faz uma careta, seus olhos vindo do relógio de parede para mim, impacientes. Sua postura se desmonta, os ombros caem para a frente, suas costas se arqueiam. Sua mochila cai de seu ombro até a curva do cotovelo, antes de ela a recolocar no lugar e soltar um suspiro.

– Eu não vou trabalhar – digo em voz baixa, sem rodeios. – Você vai precisar ir sozinha para a escola – digo, esperando que ela dê pulos de alegria, pois ela vem implorando por isso há anos. Ir para a escola sozinha, como sua melhor amiga Taylor é autorizada a ir.

Mas, em vez de alegria, ela demonstra surpresa.

– O que você quer dizer com "não vou trabalhar hoje"? Você *sempre* vai ao trabalho – diz ela, com desdém.

Um fato verdadeiro, pois as vezes em que faltei no trabalho por motivo de doença – mesmo quando Zoe, mais nova, ficou gripada – foram poucas e espaçadas. Com frequência, era a Chris que eu implorava para ficar em casa ou, quando ele não podia, a seus pais, que moravam em um bairro a oeste. Ou, em horas de desespero, a Graham.

Mas o peso do corpo de Ruby, dormindo em meu colo, lembrou-me de que eu não poderia sair.

Meu dedo preso em sua mão gordinha me assegurava de que eu não poderia sair.

– Tenho muitas férias acumuladas – digo apressada, e depois a lembro de seu lanche, que a esperava no balcão da cozinha: aipo coberto por queijo cremoso e salpicado de uvas-passas, já que agora ela estava controlando o peso. Pergunto-me se eu controlava o peso quando tinha doze anos, imaginando que isso tenha aparecido mais tarde, também, aos dezesseis ou dezessete anos, talvez.

Ela pega o lanche, fazendo barulho ao amassar o papel. Ruby fica tensa em meu colo e abre seus olhos devagar, esticando os braços sobre a cabeça, antes de voltar a cair no sono.

– Tenha um bom-dia – digo em voz baixa a Zoe, antes que ela saia.

– Tanto faz – responde evasiva, antes de desaparecer pelo corredor, deixando a porta aberta.

Tenho esperança de que Zoe se lembrará de manter a existência de Willow em segredo, que ela se lembrará de não mencionar nossa convidada para seus colegas de escola, para seus professores. Abrigar uma fugitiva por mais de quarenta e oito horas é considerado crime, uma contravenção punida com até um ano de prisão, anos de condicional, uma multa pesada.

Mas saber disso e crer nisso são duas coisas diferentes. Acho difícil de acreditar que poderia ser pega ou que a polícia me puniria, quando o que estou fazendo é ajudar essa garota. Pergunto-me onde estava a polícia quando alguém bateu tão forte em Willow que deixou aquele hematoma ocre na testa, ou quando algum homem lascivo se deitou sobre seu corpo. Ela estava sozinha quando Ruby nasceu, enfiada em algum beco escuro, à noite, debaixo de escadas de incêndio enferrujadas e ar-condicionado pingando, ao lado de lixeiras infestadas de ratos, encostada em algum muro coberto de grafites, os sons da cidade encobrindo seus gritos.

Há uma imagem que carrego, essa de Willow, agachada em um beco escuro, dando à luz. Enquanto me sento nesta cadeira de couro, com Ruby dormindo em meu colo – Willow olha pela janela, em silêncio, observando pedestres que vêm e vão – volto quatro meses em minha cabeça: março, fevereiro, janeiro, dezembro. Ruby teria nascido em algum dia de dezembro. Completo minha imagem: a neve semiderretida e suja; o frio cortante, congelando o sangue que fluía durante o nascimento do bebê.

Na minha imaginação, Willow é substituída por Zoe: uma filha, a filha de alguém.

Onde estava sua mãe?

Por que sua mãe não estava lá para protegê-la desse destino horrível?

Observo Willow, o cabelo que cai em seu rosto, cobrindo os olhos que, devagar, estão colocando o sono em dia, a pele que começa a se suavizar, longe do ar gelado da primavera. Ela não é alta, tem cerca de quinze centímetros a menos do que eu, então consigo ver o topo de sua cabeça, o lugar onde as raízes castanho-claro começam a nascer, interrompidas pelo ruivo artificial.

Estendo a mão e, sem pensar, toco seus furos infectados na orelha, a pele vermelha e com crostas, o lóbulo começando a inchar. Ela se encolhe ao meu toque, como se eu tivesse lhe batido com as costas de minha mão.

– Desculpe-me – digo, retirando a mão. – Sinto muito. Eu não... – Minha voz falha. Eu me recomponho e tento de novo. – Deveríamos dar uma olhada nisso. Um pouco de pomada pode resolver.

Depois de algum tempo, Willow me pede, apreensiva, para lhe emprestar minha cópia de *Anne de Green Gables*, e é claro que assinto, vendo-a ir para o escritório de Chris para ler. Observo-a, quando carrega a cópia gasta pressionada contra seu peito, e me pergunto qual o significado que o livro tem para ela, sua narrativa está impressa em sua memória, como um texto bíblico. Poderia perguntar a ela, poderia perguntar a Willow sobre o livro, mas a imagino se fechando como um tatu-bola – ou como a palha do milho – diante de minhas perguntas e se escondendo dentro de sua armadura.

Levanto-me da poltrona de couro e sento-me à mesa da cozinha, com meu *laptop* e uma caneca de café, e Ruby, enrolada em um cobertor e no meu colo. Abro uma página de busca e digito: *abuso infantil*.

Descubro que mais de mil crianças morrem por ano, em nosso país, vítimas de abuso ou negligência por parte de seus cuidadores. Mais de três milhões de abusos infantis são comunicados a cada ano por professores, autoridades locais, amigos da família, vizinhos ou por onipresentes telefonemas anônimos que o serviço de proteção à criança recebe. O abuso infantil pode resultar em danos físicos: hematomas e fraturas, suturas, danos à medula, ao cérebro, pescoço, queimaduras de segundo e terceiro graus. Com relação ao estado emocional, o abuso também é prejudicial, levando à depressão até as vítimas mais jovens, isolamento, comportamento antissocial, desordens alimentares, tentativas de suicídio, atividades sexuais ilícitas. E – enquanto meus olhos leem as palavras, minha mente forma a imagem de Willow, grávida de Ruby, que crescia dentro de seu útero – "gravidez na adolescência". Vítimas de abusos são mais propensas ao uso de álcool e outras drogas, a participar de atividades criminosas, a receber menos educação formal, quando comparadas às crianças que não sofreram abuso.

Quem é o pai dessa criança?, pergunto-me, enquanto pego uma segunda xícara de café, deixando cair creme no balcão.

Um amante? Um namorado? Um professor sádico da escola, que tirou vantagem de sua posição de poder para seduzir uma estudante ou talvez a tentou com seu sorriso fácil e comportamento acessível? Ou ainda seu próprio pai? Um vizinho? Um irmão?

E então me lembro: Matthew. Seu irmão Matthew. Que lê *Anne de Green Gables*.

Matthew é o pai daquela criança?

O som dos passos de Willow chega até mim, do outro lado da sala, e eu fecho o *laptop,* assim ela não pode ver as palavras exibidas, de modo aleatório, pela tela: "agressão", "molestar", "abuso sexual". Levanto-me, respirando com dificuldade, com as mãos nos quadris, em uma impressão exagerada de relaxamento; quando ela me pede para ligar a televisão, eu respondo sim, é claro, contanto que ela mantenha o volume baixo. Observo quando ela senta na poltrona de couro e liga a televisão, em *Vila Sésamo,* o tipo de programa infantil a que Zoe não assistia desde seus quatro ou cinco anos. Acho isso estranho, bem estranho, de fato; e não estou certa do que fazer a respeito.

Mas então, de uma forma ou de outra, minha preocupação com Willow começa a diminuir e volto minha atenção para Ruby, a busca *on-line* sobre abuso infantil se transforma em uma expedição por lojas à procura de cadeiras de balanço, pensando menos no hematoma ocre na cabeça de Willow e mais nas necessidades da bebê, em ficar diante da janela enorme, com Ruby em meus braços, vendo a chuva cair por horas.

CHRIS

Uma noite se transforma em duas.

Depois duas noites se transformam em três.

Não tenho muita certeza de como isso acontece. Chego do trabalho pronto e motivado para dizer a Heidi que é hora de a garota ir embora. Arquiteto um plano em minha cabeça, sobre como dou a ela cinquenta dólares – não, cem dólares –, o bastante para ela se virar por um tempo.

Eu mapearei os abrigos para sem-teto dentro dos limites da cidade, assim Heidi consegue ver que estou tentando.

Eu a levarei pessoalmente. De táxi. Certificando-me de que ela entre no abrigo. E de que eles aceitam bebês.

Repasso as palavras em minha cabeça, o que direi a Heidi. Faço uma lista enumerada no caminho entre meu trabalho e minha casa, rabiscando garranchos devido ao balanço do trem. Quando saio da estação Fullerton, refino as palavras em minha cabeça. Seremos generosos. Daremos o bastante a ela. Nós nos certificaremos de que ela tenha tudo de que precisa.

Olharei nos olhos castanhos e encantadores de Heidi e a farei entender que é desse jeito que tem de ser. Terei tato e serei delicado, usarei Zoe como justificativa. "Zoe pode pensar que você se importa mais com as necessidades de Willow do que com as dela."

Então, ela verá. Se eu jogar Zoe contra Willow, Heidi verá.

Mas como dizem, os melhores planos dos ratos e dos homens costumam dar errado.

Não estou a um quarteirão de casa, quando um trovão explode na noite até então calma, quando a chuva – gelada e grossa – começa a cair do céu. Uma faixa de nuvens cobre a cidade, como se fosse uma parede de concreto. Começo a correr, ciente de que a temperatura começou a cair, os dez graus do dia se transformam em um grau negativo à noite.

Que tipo de monstro eu seria se mandasse aquela garota embora debaixo de uma chuva dessas? É isso que Heidi diria, penso, enquanto subo os degraus para nosso apartamento, sacudindo os pingos de chuva do meu casaco e do meu cabelo.

Quando entro, encontro a garota no sofá, a gata preta do mal está em seu colo. Heidi e Zoe estão na cozinha, discutindo probabilidade. De eventos simples. Probabilidade de eventos sobrepostos.

Qual a probabilidade de outra noite chuvosa durante o mês de abril mais úmido já registrado?

Heidi não foi ao trabalho dois dias seguidos. Dois dias. Fui eu quem, dias atrás, tinha proibido que ela deixasse aquela garota sozinha em nossa casa, enquanto meus olhos passavam por arquivos de documentos pessoais, caixas de joias a vários eletrônicos, apontando todas as coisas que ela era capaz de roubar. Heidi tinha olhado para a televisão de quarenta polegadas presa à parede, imaginando a garota descendo a Fullerton com aquilo nas mãos e perguntou: "Sério, Chris?", deixando claro o quanto eu poderia ser pessimista. E eu tinha dito: "Não seja tão ingênua".

Mas ela usou isso a seu favor, como uma desculpa para não ir trabalhar e ficar em casa, em vez de chutar aquela garota para fora, como eu tinha esperado que fizesse. Ela disse que não poderia deixar Willow sozinha por medo de ela roubar alguma coisa, a televisão de quarenta polegadas ou a aliança de casamento de seu pai.

A bebê está no chão, parece estar dormindo. Há um homem do tempo na televisão, falando sobre as tempestades que passaram pela cidade, durante a noite, do tipo que causam tornados, resultando em danos generalizados. "Se você mora nas cidades de Dixon ou Eldena, vá para um abrigo agora." As tempestades estão vindo do centro de Illinois, do

Iowa, luzes vermelhas e laranja piscam no radar Doppler que o homem do tempo dispara na tela da televisão.

– Chovendo de novo? – pergunta Heidi, enquanto penduro minha capa ensopada em um gancho ao lado da porta e tiro meus sapatos, sua voz encobre o som estrondoso da chuva. Respondo que sim.

– Acabou de começar – digo. – Também está esfriando. – O som dos trovões ressoa no céu, fazendo o edifício e tudo que há dentro dele estremecer.

– Talvez seja uma nevasca – diz Heidi sobre a tempestade, seus olhos estão fixos em Willow, que, do outro lado da sala, fazendo carinho na gata, está olhando sem interesse para as janelas escuras. Um raio dispara no céu e ela se assusta, correndo para as almofadas do sofá, como se tivesse tentando se esconder.

Beijo Heidi e Zoe no rosto e pego meu jantar, deixado em um prato sobre o balcão coberto com um papel-toalha, e o reaqueço no micro-ondas. Dou uma espiada e vejo costeletas de porco.

Talvez a vinda dessa garota não tenha sido tão ruim, afinal de contas.

O ar frio se alastra por nossa casa, entrando pelos vãos das janelas de ventilação. Do lado de fora, o vento uiva e as árvores balançam. Heidi se levanta, atravessa a sala e liga a lareira a gás para aquecer o ambiente.

Então vejo, pelo canto dos olhos, uma expressão de medo tomar conta de Willow, quando ela se levanta e a gata preta cai de seu colo. Seus olhos estão fixos naquela lareira. O fogo brilha alaranjado nas brasas artificiais. As chamas, como elas dançam dramáticas atrás da tela de malha, convencendo as gatas, atraindo-as, as duas, para o calor do fogo. Elas se espalham diante da lareira, sem tomar conhecimento do medo de Willow.

– Fogo – diz ela, sua voz sai trêmula e vencida. Está apontando. Para a lareira preta, com suas grades pretas, colocada contra a parede branca, rodeada por cantos e esconderijos que abrigam as bugigangas de Heidi: seus globos de neve e vasos, uma coleção de potes antigos. – Fogo – diz ela de novo e eu me lembro dos homens das cavernas recém-descobrindo o fogo. Seus olhos estão vidrados, como bolinhas de gude; seu rosto ficou pálido.

É uma reação rápida, quando Heidi desliga a lareira.

As chamas desaparecem. As brasas de gás voltam para seu estado pintado à mão, enegrecido.

– Willow – diz ela, a voz tão trêmula quanto a da garota, quando ela disse *fogo*. Mas há uma tranquilidade na voz de Heidi que a da garota não possui. Uma ponta de razão. O restante de nós na sala fica em silêncio. As gatas encaram a lareira, que esfria.

– Tudo bem, Willow – diz Heidi –, é só uma lareira. É seguro. Muito seguro. – E seus olhos encontram os meus, implorando para saber o que diabos tinha acabado de acontecer. Dou de ombros, enquanto Willow volta a se sentar no sofá, tirando a imagem do fogo de sua cabeça.

Como o meu jantar e me despeço, dizendo que vou para o quarto dar um telefonema. De trabalho, digo, assim não serei interrompido.

Mas de modo algum é um telefonema de trabalho.

Estive fazendo minha própria investigação sobre Willow Greer, caindo em um beco sem saída depois do outro. Ampliei minha busca, instalando um alerta no Google. Em cada segundo livre, estou no meu *laptop* pesquisando sobre essa garota. Vou no site do Centro Nacional de Crianças Desaparecidas e Exploradas, e pesquiso sobre alertas ativos. Até mesmo assinei para receber esses alertas por e-mail e agora sou notificado toda vez que uma esposa ou marido foge com seu próprio filho ou filha. Mas até agora nada.

Depois de descobrir a conta @LostWithoutU, no Twitter, ligada a W. Greer, perdi mais tempo do que admitirei um dia lendo as postagens sombrias da menina, as ameaças de autodestruição, olhando para as fotografias que ela coloca na rede, seus braços retalhados, ou assim escreve ela, por um tipo de lâmina de barbear afiada. Autoflagelo. Há respostas de todos os tipos de desordeiros, suas fotografias de feridas autoinflingidas tentando vencer um ao outro, palavras duras e vermelhas, cinzeladas na pele: "gorda", "dor" e "vadia". Havia desafios feitos em resposta às ameaças suicidas de @LostWithoutU: "Faça isso, eu a desafio".

Havia mais fotografias também, de suas várias tatuagens: vários símbolos de ocultismo em um ombro e em uma perna, algum tipo de borboleta com as asas nas cores preto e amarelo, abertas sobre a palma da mão. Um close de seu rosto aqui e ali, escondido atrás do cabelo ruivo e desgrenhado, um par de brincos de cruz, muito parecido com aqueles que nossa Willow usava. Um par de asas de anjo.

Poderia ser uma coincidência? Olhei com atenção para aqueles brincos e pensei: é quase certeza que não.

Poderia a nossa Willow Greer ser a mesma garota, com uma fotografia de perfil que não era dela mesma? Talvez. Vasculho outras fotos de perfil: um cão, um gato, a Marilyn Monroe. Não há nenhuma lei que diz que sua fotografia tem de ser sua mesmo. Por um capricho, crio minha própria conta no Twitter, @MoneyMan3. Subo uma fotografia que eu encontro on-line de algum modelo com olhos azuis, uma vasta cabeleira loura, sem camisa e com o abdômen definido.

Um homem pode sonhar.

Mando um *tweet* para @LostWithoutU.

"Isso machuca?", pergunto sobre as linhas paralelas em sua pele.

E então dou meu telefonema.

Tenho um antigo colega que faz alguns trabalhos como investigador particular pela cidade, mais em casos de esposas traídas. Martin Miller. Ele tem as melhores histórias para contar, histórias das mulheres da alta classe entrando escondidas em hotéis esfarrapados. Seu site afirma que ele encontra amantes perdidos, namorados do ensino médio, adolescentes fujões. Talvez ele possa ajudar.

Quando Martin atende a ligação, eu lhe conto o que está acontecendo conosco. Ele promete ser bem discreto.

A última coisa de que preciso é que Heidi descubra que contratei um investigador particular. Ou que essa informação caia em mãos erradas. Se ele a entregar para as autoridades... *Não*, penso. Olho seu site com bastante atenção de novo. *Máxima discrição*, diz ali. E, além disso, eu conheço esse cara.

Então, como se explica eu saber sobre as mulheres de alta classe e hotéis esfarrapados? *Não*, penso, tirando aquela ideia da minha cabeça. Ouço a risada dele sobre isso, em algum bar mal frequentado, na Logan Square. Há cerca de cinco anos, talvez mais. Estávamos bêbados.

Conheço esse cara.

Mais tarde, naquela noite, enquanto estou deitado no saco de dormir vermelho, no chão, penso naquela garota, a expressão em seu rosto, quando ela viu a lareira. Como uma adolescente pode ficar aterrorizada devido a um raio? Ou ao fogo?

Zoe não sente medo dessas coisas desde que tinha oito anos.

Quase lamento por ela. Quase.

Mas, de novo, ser solícito não faz parte de minha natureza. E sim da natureza de Heidi.

HEIDI

Willow se acomoda em nossa casa aos poucos, como o bater da água na rocha, um movimento natural que as quebra em pedaços cada vez menores. Em seixos. Ela revela pouco sobre si mesma, quase nada, e mesmo isso se torna lugar-comum. Paro de perguntar, paro de pedir informação sobre ela, sua família, seu passado, sabendo que as respostas serão esparsas e incompletas.

Há um irmão. Chamado Matthew. Isso é tudo que sei.

No pouco tempo em que está conosco, cada um de nós lida com ela do seu jeito. Chris, de um modo sintético, sua empatia fabricada e forçada. Ele a tolera, embora, a cada dia, eu seja atacada com perguntas sobre quantos dias mais ela ficará. "Uma noite? Duas?", pergunta ele. Ao que eu respondo que não sei. Ele balança a cabeça para mim e diz: "Heidi. Isso está saindo de controle, de verdade". E eu o faço ver que em todos os dias que ela passou conosco não fez uma única coisa prejudicial: nossa vida permanece intacta, os eletrônicos ainda precisam ser roubados de casa, enquanto nós dormimos. "Ela é inofensiva", digo a ele. Mas ele não tem tanta certeza.

E, no entanto, de tempos em tempos, minha mente recua até a camiseta ensanguentada, jogada no lixo e que agora está em algum aterro em Dolton. Imagino se pertence mesmo a Willow ou não, como ela disse que pertencia, um efeito do ar gelado da primavera, ou se talvez... Mas me interrompo, recusando-me a considerar outras opções. Vejo aquelas manchas de sangue nas horas mais estranhas: quando estou tomando banho, fazendo o jantar. Nos momentos silenciosos em que meus pensamentos vagam para distante de mim, longe do trabalho cotidiano e se concentram no sangue.

Pego-me pensando sobre a bebê, sobre Ruby, o tempo todo, quando não estou pensando no sangue. Segurar Ruby e ouvi-la chorar, isso me lembra de todas aquelas crianças imaginárias que um dia desejei ter. Aquelas que eu deveria ter. Sonho, noite após noite, com bebês: vivos, mortos, com feições de querubins, com suas asas angelicais. Sonho com Juliet. Sonho com embriões e fetos e mamadeiras e sapatinhos. Sonho que estou dando à luz a noite toda e sonho com sangue, na minha camisola, escorrendo por minhas pernas, vermelho e grosso, coagulando em minhas calcinhas. As mesmas que antes eram brancas como a camisola.

Acordo em pânico, transpirando, enquanto Chris e Zoe nem se mexem.

Zoe encara Willow como faz com a maioria das coisas em sua vida: com hostilidade. Há dias em que ela encara a garota do outro lado da sala, com um sentimento nos olhos parecido com aversão. Resmunga sobre dividir suas roupas ou não ser autorizada a assistir a algum programa brega na televisão. Ela se recusa a segurar Ruby, nem por meio segundo, quando Willow está no banheiro e eu, ocupada com outra coisa. Ela se recusa a dar mamadeira para a bebê e, quando Ruby chora, o que ela faz com frequência, um choro agudo e persistente, Zoe faz careta e sai da sala.

Faço refeições de três pratos, grata por ter alguém ali que come tudo. Faço saladas e sopas, lasanha e frango *tetrazzini*, observando Willow devorar sua comida, prato por prato, enquanto Zoe olha desconsolada para a comida, perguntando coisas como "O que é isso mesmo?" e "Pensei que fôssemos vegetarianos", de um jeito que só pré-adolescentes conseguem fazer, com sua voz em falsete, chorosa e estridente. Assisto a Zoe picar as folhas de alface de sua salada, como um coelho, grata por Willow, do outro lado da mesa, ser completamente voraz, e não permitir que boa comida vá para o lixo.

À tarde, quando Zoe está na escola e chego em casa do trabalho, fico olhando Willow. Para o jeito com que lida com Ruby, desajeitada e inepta, até que eu tire a criança de seus braços e lhe diga:

– Aqui, deixe comigo. Você poderia fazer uma pausa – para não a insultar. Não sei o que ela acha disso, do modo como tiro a bebê de seus braços. Não tenho toda a certeza de que me importo com o que acha. Pressiono os lábios na testa de Ruby e sussurro:

– Vamos lá, docinho – enquanto a balanço para cima e para baixo, esforçando-me para fazê-la rir.

Eu me sento na nova cadeira de balanço, comprada na internet e entregue hoje pela manhã, uma compra que Chris ainda precisa saber. Eu paguei um valor a mais, quase cem dólares, por uma entrega rápida, contudo não mencionarei esse detalhe para ele. Encosto minhas costas, acomodo a bebê e começo a balançar. Murmuro canções de ninar da Patsy Cline, as mesmas que um dia minha mãe cantou para mim, o que parece chamar a atenção de Willow, embora ela se esforce para fingir que não se importa.

Observo a garota pelo canto do meu olho, perguntando-me, infeliz, quando e se ela vai querer que a bebê volte para ela, quando se cansará de assistir aos *Muppets* na televisão ou quando vai desejar ir para o escritório com minha cópia de *Anne de Green Gables* e com Ruby. Meus braços se apertam, automaticamente, ao redor da criança, como um cinto de segurança em um acidente de automóvel.

Willow está conosco há menos de uma semana e tudo que sei é seu primeiro nome, caso esse, como Chris aponta, seja mesmo seu nome verdadeiro. E que tem um irmão. Matthew.

Ela não oferece coisa alguma sobre si mesma, e eu não faço perguntas, certa de que qualquer interrogatório irá assustá-la e ela irá embora, levando consigo Ruby. Minha mente compensa a falta de informação, inventando todos os tipos de narrativas que trouxeram Willow e seu bebê para nossa vida, contos sobre tornados de primavera varrendo o meio-oeste e a levando de sua casa, histórias sobre ela fugindo para escapar de algum caçador que deve retornar ao castelo com seu coração. De tempos em tempos, ela começa a dizer alguma coisa, apenas uma única palavra, mas então para de repente e reclama de esquecimento.

Ela é séria. Não ri. Pode muito bem ser uma idosa, com toda a bagagem que carrega em seus olhos e seu comportamento submisso. Ela é quieta, calada, sentada no sofá, olhando fixamente para a televisão. Assiste a desenhos, quase sempre episódios de *Vila Sésamo,* babando em frente à televisão, até Chris, Zoe ou eu interrompermos seu devaneio.

Come rápido, com paixão, como se tivesse sido privada de comida caseira grande parte de sua vida e, à noite, quando eu passo pelo corredor, depois de cada uma de nós ir para um canto, espero que a porta se feche, como faz todas as noites, para que a tranca assegure que ninguém entrará em seu quarto, esperando nas sombras, enquanto ela dorme.

Eu a ouço algumas vezes, no meio da noite. Ouço-a murmurar inconsciente uma única frase, enquanto dorme. "Venha comigo". Vez após outra, "venha comigo", sua voz aumentando, às vezes até que as palavras beirem à desolação, uma tentativa de persuasão ao estilo faça-ou-morra.

"Venha comigo. Venha comigo."

Mas com quem ela está falando, eu me pergunto, e para onde ela quer que eles vão?

Ela limpa sua bagunça, levando seus pratos para a pia, onde os lava e os enxuga, embora eu tenha pedido para não fazer isso.

– Por favor – peço. – Deixe-os aí. Vou encher a lava-louças. – Mas ela lava mesmo assim, como se sentisse que deve fazer isso, checando duas – ou mesmo três vezes – se há restos de alimentos incrustrados nos pratos ou deixados nos dentes do garfo, como se um simples descuido fosse acarretar em bronca, e eu a imagino, Willow, curvada sobre uma cadeira recebendo o número prescrito de chibatadas por deixar comida no prato e depois um soco na cabeça, que ocasionou aquele hematoma ocre.

Ruby e eu balançamos na cadeira de balanço, Willow está sentada no sofá em silêncio. A bebê ri em meus braços, com a chupeta na boca, incapaz de chorar, embora ela não deseje mais nada além de soltar o choro a plenos pulmões. Vejo sua agitação em seus olhos, que estão derrotados por outra febre.

Umedeço um pano e pressiono em sua cabeça e continuo a murmurar canções de ninar, com a esperança de que a tranquilize.

Então, Willow se vira em minha direção – sua voz, naquele momento quase silencioso, assusta-me – ela me pergunta com sua voz tímida e submissa:

– O que aconteceu para você não ter mais bebês, se gosta tanto deles?

E eu senti o ar da sala ficar muito espesso e difícil de respirar.

Eu poderia mentir. Poderia me esquivar da pergunta também. Ninguém tinha me perguntado tal coisa antes. Nem mesmo Zoe. Minha memória retrocede onze anos. Para o começo do fim, ou como pareceu na época. Zoe tinha menos de um ano, uma criatura fofa quando não estava no meio de uma crise de cólica, do tipo que fazia com que os vizinhos viessem à nossa porta ver o que poderiam fazer para silenciar a criança, para que assim pudessem dormir. Ela estava com apenas cinco, talvez seis meses, quando descobri que estava grávida, que carregava Juliet em meu ventre. Não estávamos tentando ter outro filho, Chris e eu, mas também não estávamos tomando precaução. Fiquei exultante quando descobri que estava grávida, certa de que esse seria apenas o começo da enorme família que um dia desejei ter.

Como Chris se sentiu a respeito, não sei com certeza. "É muito cedo", disse ele no dia que lhe contei, parada diante da porta do banheiro com um teste de gravidez positivo na mão. "Já temos um bebê."

Mas depois ele sorriu. E houve um abraço. E então conversas sobre aquelas poucas semanas: que nome daríamos ao bebê, se ele e Zoe poderiam dividir um quarto.

O que percebi primeiro foi o sangue, uma secreção aquosa que ficou vermelha com o tempo. E então apareceu a dor. Eu tive certeza de que estava tendo um aborto, quando avistei o sangue ali, na minha calcinha, mas o médico me assegurou que o bebê estava bem.

A biópsia confirmou: câncer cervical em estágio 1B.

O médico recomendou uma histerectomia radical, o que significava primeiro livrar meu útero de Juliet.

"É um procedimento simples", disse o médico, tranquilizando a Chris e a mim. Li na internet que eles dilatariam meu colo do útero e, então, raspariam o conteúdo do meu útero, limpando-o, e eu imaginei Juliet como a polpa de uma abóbora sendo raspada com uma colher.

"Não", eu disse, "absolutamente não", mas de algum modo Chris me convenceu de que um aborto era o que precisávamos fazer. "Se a gravidez estivesse no fim", disse ele, repetindo as palavras do médico, e "se o câncer não estivesse tão avançado". E então: "Não consigo criar Zoe sozinho, se alguma coisa acontecer a você", completou. E eu pensei em Chris e Zoe sozinhos e em mim morta, em uma cova. Se o câncer não estivesse tão avançado, poderíamos atrasar o tratamento para depois do parto. Mas não era esse o caso. Era a vida da criança ou a minha e eu escolhi a mim, uma decisão que me perseguiria pelo resto da vida.

O médico e Chris me corrigiam cada vez que eu dizia "bebê". Eles a chamavam de feto. "Não há como saber", tinha dito o médico antes de descartar minha Juliet no lixo hospitalar, "se é menina ou menino". "Os órgãos reprodutivos não se desenvolvem até o terceiro mês de gravidez."

Eu sabia.

Olhei para os panfletos que o médico me passou em seu consultório, com raiva por eu ter ficado tão ocupada com o trabalho e com Zoe e ter esquecido os exames preventivos regulares, que perdi minha própria consulta de revisão de seis meses do pós-parto, porque eu não podia ser incomodada. O câncer cervical, diziam os panfletos, poderia ser detectado mais cedo, com os exames preventivos, uma coisa que falhei em fazer. Estava com raiva porque não me encaixava em nenhum dos fatores de risco: não fumava, não era imunodeficiente e, até onde sabia, não tive contato com portadores de HPV.

Eu era a exceção. O caso raro. O um em um milhão.

Não era para isso acontecer comigo.

O médico cortou meu útero. E enquanto ele mexia dentro de mim, pensou, para o inferno, e retirou minhas trompas e meus ovários também. O colo do útero, parte da vagina e também linfonodos.

Levou quase seis semanas para eu me recuperar. Fisicamente. Emocionalmente, eu nunca me recuperaria.

O que eu não tinha esperado eram as crises de calor que vinham do nada. As ondas repentinas e intensas de calor que se espalhavam por meu corpo. A rosácea que cobriu minha pele. Meu coração batendo sem controle, a necessidade de me sentar e recuperar o fôlego, como via as mulheres mais velhas – idosas – fazendo com frequência. Os suores noturnos que me mantinham acordada quando eu não conseguia ser acordada por minha filha. A insônia que deu lugar ao mau humor e à irritação. As brasas ardendo por anos, depois de as crises de calor terem passado.

Eu estava passando pela menopausa. E ainda não tinha trinta anos.

Percebi que meu metabolismo começou a desacelerar também, centímetros se acumulando na minha outrora cintura delgada. Chris diz não ter percebido, mas tenho quase certeza de que percebeu. Notei quando minhas calças pularam do tamanho trinta e seis para o trinta e oito, quando comecei a olhar mulheres como Cassidy Knudsen – jovens, magras e *férteis* – com um sentimento de inveja, o monstro de olhos verdes. De inveja. Elas eram generosas, frutíferas, produtivas.

E eu era estéril. Seca e desolada, incapaz de gerar.

Envelhecendo o tempo todo, muito rápido para uma mulher da minha idade.

"Pense assim", tinha dito Chris, em um esforço para me agradar, "você nunca mais vai precisar se preocupar com sua menstruação". Dizendo aquela palavra "menstruação" um tanto enojado e, ainda assim, eu senti saudade. O que eu não daria para ir a uma farmácia comprar um pacote de absorventes. Para experimentar aquele fluxo mensal, um lembrete da vida dentro de mim. A antecipação de uma vida dentro de mim.

Mas aquela vida tinha morrido.

– Câncer – digo, forçando aquela palavra monstruosa a sair. – Câncer cervical. Precisaram remover meu útero – digo, imaginando se Willow entende o que isso significa.

Ela senta no sofá, olhando para a televisão. Beto e Ênio, personagens de *Vila Sésamo*, estão na tela com seu amado patinho de borracha. Ênio começa a cantar.

Sua voz é suave, como um tom pálido de cor-de-rosa. Um tom pastel. Sutil.

– Mas você queria mais bebês? – pergunta.

– Sim – respondo, sentindo-me derrotada pelo buraco em meu coração. Aquele onde Juliet costumava morar. – Muito.

Chris disse que adotaríamos mais crianças. *Todos os órfãos do mundo. Cada um deles.* Mas depois de dar à luz minha própria carne, eu não queria aquelas crianças. Queria as minhas. Adoção não era mais uma opção viável; eu não conseguia me imaginar criando uma criança que não era minha. Sentia-me traída, enganada. Meu coração estava fechado.

– Você é uma boa mami – diz Willow e, então, seus olhos são tragados pelo relâmpago lá fora, o estrondo do trovão encobre a cidade, como um crescimento canceroso, e ela diz mais para si mesma do que para mim: – Minha Mami era boa.

– Conte-me sobre sua mãe.

E ela conta. Hesitante.

Conta sobre seu cabelo preto.

Sobre seus olhos azuis.

Diz para mim o nome dela. Holly.

Ela me conta que sua mãe arrumava o próprio cabelo. No banheiro. Corte, permanentes e penteados. Diz que ela gostava de cozinhar, mas não era muito boa. Queimava as coisas ou as servia ainda cruas; a carne do frango, quando ela mordia, ainda estava rosada. Ela gostava de escutar música. Country. Dolly Parton, Loretta Lynn. Patsy Cline.

Não está olhando para mim, quando fala, e sim para *Os Muppets,* na tela da televisão. Para o Garibaldo e o Elmo, para o Monstro do Biscoito. Olha fixamente para suas cores brilhantes, para suas excentricidades.

– Onde está sua mãe? – pergunto, mas ela me ignora.

Conto a ela sobre meu pai e, quando faço isso, minha mão vai, como que por instinto, até a aliança que pende de uma corrente de ouro em meu pescoço. À menção de Patsy Cline, sua voz se volta para mim, tocando como uma trilha sonora em minha mente. A morte de Patsy Cline impressionou demais minha mãe em seus anos de adolescência, tanto que canções como "Walkin'after midnight"* se tornaram parte de minha infância, bem como as imagens de meus pais dançando pelo

* "Walkin'after midnight", Alan Block, Donn Hecht; Decca, 1957. (N.E.)

carpete marrom acobreado de nossa sala de estar, de mãos dadas e rostos colados.

– Essa aliança – pergunta Willow, apontando a joia. – É dele?

Eu respondo que sim, é.

E, então, por alguma razão, eu lhe conto sobre a busca alucinada em que Chris e eu embarcamos para encontrar a corrente de ouro que combinava com o tom da aliança. Perto não era o bastante para mim, não era o suficiente para meu pai. Chris encomendou uma corrente especial, uma compra que lhe custou perto de mil dólares.

"Poderíamos comprar uma televisão com esse tanto de dinheiro. Um novo computador", disse ele. "Economizar para umas férias."

Mas eu disse não. Precisava ter a corrente.

"Esta aliança", disse a Chris, naquele dia, parada na Wabash, no meio do Jewelers Row, as lágrimas encharcando meus olhos cansados, "é tudo que sobrou do meu pai. O resto se foi".

Não conto a Willow como caí em um estado de depressão profunda depois que meu pai morreu, depois de lutar contra o câncer de pulmão, do tipo que se espalha por pequenas células do pulmão, ou seja, do tipo que faz metástase no cérebro, no fígado e nos ossos, antes mesmo de ele saber que tinha câncer. Não conto a ela sobre como ele recusou tratamento. Que ele continuou fumando. Marlboro Reds. Meio pacote por dia. Não conto a ela que minha mãe o enterrou junto com uma cartela de Marlboro Reds e com um isqueiro verde neon para que ele usasse na outra vida.

Conto a ela sobre o dia glorioso de outono em que enterramos meu pai no cemitério ao lado da igreja, sob a árvore de bordo, que ficou alaranjada do dia para a noite. Conto a ela sobre como os carregadores do caixão caminharam para fora da igreja, subindo um morro lamacento até o cemitério. Tinha chovido na noite anterior e o chão estava molhado. Conto a ela sobre como minha mãe e eu o seguimos. Como eu segurei minha mãe para que ela não escorregasse, pois já estava enterrando um dos meus pais e não aguentaria perdê-la. Conto a ela sobre como vimos seu caixão sendo baixado e depois colocamos rosas sobre ele. Rosas lilases. Porque tinha sido um buquê delas que minha mãe carregou quando eles se casaram.

É então que ela me olha com aqueles olhos cansados e diz – da forma como alguém diz que odeia terroristas ou nazistas, como se eles fossem, de verdade, uma abominação para toda a humanidade e não apenas como as pessoas dizem que odeiam o cheiro de pipoca queimada ou ver mulheres com quadris imensos:

– Odeio rosas – e eu faço um esforço para não tomar aquilo como uma ofensa, lembrando a mim mesma: *a cada um, seu cada qual*, e ainda assim parece uma resposta estranha e terrível à minha confissão.

E então ela diz, depois de um tempo em silêncio tão longo que eu tenho certeza de que nossas revelações estão suspensas.

– Minha Mami está morta.

E aquela palavra – morta – sai sem compromisso, como se ela não tivesse certeza de que a mãe estava morta, ou do que a palavra significava para ela na verdade. Como alguém diz que sua mãe estava morta, como dizer "fichinha" ou "moleza". Uma gíria. O tipo de palavra ou frase que não tem sentido lógico.

"Minha mami está morta."

– Como? – pergunto, mas ela não vai responder.

Em vez disso, ela se retrai, fechando-se em sua concha. Seus olhos permanecem fixos na televisão, embora fiquem vidrados e inexpressivos, como se ela tivesse tomado a dura decisão de não chorar. Chamo de novo:

– Willow? – Mas ela ignora por completo, como se desconhecesse minha voz, o modo como meus olhos estão fixos nela, em seus cabelos rebeldes e em seus lábios emplastados de protetor labial, desesperados para responderem à minha pergunta.

E a resposta não vem.

E então, depois de um tempo – quando ela se cansa de ficar com os olhos fixos na televisão, talvez – pega a bebê dos meus braços e deixa a sala.

CHRIS

Eu estou descendo os degraus, dois de cada vez, para a plataforma do trem suspenso, quando meu celular toca. Henry. Eu paro no meio da escada e volto ao nível da rua, onde me apoio na grade que cerca a entrada para o metrô. A rua está cheia de carros e pedestres voltando para casa do trabalho. Ainda não escureceu, um daqueles raros dias em que eu saio do escritório no horário. Um ônibus está retendo o tráfego na rua; algum suburbano ou turista tenta ultrapassá-lo e quase mata meia dúzia de pedestres no processo. Freios guincham. Uma buzina soa. Alguém grita:

– Babaca! – E mostra o dedo do meio em riste para o motorista.

Eu protejo meus olhos do Sol poente com as costas da mão e digo para o telefone:

– Eu não quero nem ouvir. – É difícil ouvir Henry em meio à comoção da cidade, mas eu distingo o som de sua risada, alta e desagradável, como unhas arranhando um quadro-negro.

– Oi para você também, Wood – diz Henry, e eu o vejo sentado na privada com o telefone na mão. Suas calças estão abaixadas até o joelho. No seu colo há uma revista aberta. *Playboy*. – Dê um beijo de adeus em sua linda esposa. Nós viajamos amanhã cedo.

– O que aconteceu agora? – pergunto, e ele diz:

– Visitas aos clientes. Denver via Nova York.

– Bosta – digo. Não que isso seja uma completa surpresa. Nós estamos preparando o circo para essa viagem há semanas. Ainda assim, Heidi vai ficar puta.

A viagem de trem para casa é tranquila. Eu desembarco do trem na estação Fullerton e desço as escadas até a rua. Há um mendigo encostado na cerca de ferro fundido ao lado da banca de jornal, seus olhos fechados como se estivesse em sono profundo. Ao seu lado há um saco de lixo preto, completamente cheio com todas as suas posses terrenas. Ele treme enquanto dorme sob o frio de dez graus.

Meu primeiro pensamento: aquelas suas pernas imensas, longas e desajeitadas, perdidas dentro de um par de calças azuis de hospital, estão no meu caminho. Como as outras pessoas andando naquela calçada, eu passo sobre ele com passos exagerados. Mas daí algo me faz parar e me virar, olhar para suas bochechas e orelhas vermelhas, para o modo como sua mão está sobre o saco de lixo, para o caso de alguém tentar roubá-lo enquanto ele dorme. Eu tiro minha carteira do bolso traseiro e procuro algum dinheiro, tentando expulsar o som da voz de Heidi da minha cabeça. Eu coloco uma nota de dez dólares ao lado do homem, torcendo para o vento não a levar antes que ele abra os olhos.

Mas, com a minha sorte, não me espantaria se o vento levasse embora minha boa ação.

Quando eu chego ao apartamento, a TV está ligada. *Vila Sésamo*. Heidi está com a bebê sobre o estômago na frente da TV, ensinando para Willow a grande arte da barriga, na esperança de que os grandes monstros peludos distraiam a bebê o suficiente para que ela esqueça o quanto odeia ficar sobre o estômago de Heidi, debatendo-se como um peixe fora da água.

Zoe está na cozinha, olhando para o celular sobre o balcão. Ela dá um pulo quando eu tropeço porta adentro, como se tivesse sido pega em flagrante fazendo algo errado. Ela se afasta devagar, um passo de cada vez, antes que Heidi perceba que ela está próxima do telefone.

Heidi me cumprimenta com: – Eu achava que você ia chegar mais cedo. – Ela mal afasta os olhos da criança, a quem inunda com todo o tipo de conversa estridente de bebê e caretas exageradas. Mas, para mim, nada.

São quase sete da noite.

– Posso falar com você, Heidi? – pergunto, enquanto penduro meu casaco no gancho perto da porta. Seus olhos cruzam os meus quando ela levanta a bebê do chão e a entrega para a garota, que a pega de forma tão desajeitada que por um momento acho que a bebê vai cair. Mas aí o mamute idiota de lã está na TV, o Senhor Funga-funga, e a garota fixa o olhar na tela, hipnotizada, e me ocorre que Zoe não assiste a *Vila Sésamo* desde os dois anos, mais ou menos.

Heidi me acompanha até o quarto, seus passos leves como se flutuasse sobre as tábuas de madeira do piso. Os meus, pelo contrário, são pesados, espancando o chão como se eu precisasse provar alguma coisa. As gatas fogem para evitar que eu pise no rabo delas e se escondem sob a cama. Eu tiro minha camisa branca de trabalhar e coloco um suéter branco e marrom-avermelhado – da minha faculdade, claro, *Avante, Phoenix, avante*! Conto a ela sobre a viagem. Sobre como eu vou passar um ou dois dias em Nova York e depois mais alguns dias em Denver. Que eu vou partir pela manhã.

Eu estou esperando alguma comoção – dedos em riste e olhos se revirando –, algum comentário desabonador sobre Cassidy Knudsen, um interrogatório sobre se "aquela vadia" vai ou não me acompanhar nessa viagem…

Entretanto, não acontece nada disso. Heidi fica calada por um instante e então simplesmente dá de ombros e diz:

– Está bem – e vai até buscar o cesto de roupa passada na área de serviço, para garantir que eu tenha várias cuecas limpas para minha viagem.

Eu devia estar preocupado. Eu sei. Mas não levar uma bronca como um garoto de dez anos é puro êxtase.

Eu faço as malas. Esquento um pedaço de pizza para jantar enquanto Heidi junta moedas e vai levar a roupa lavada para secar. Zoe está em seu quarto, estudando ciências da terra, ou pelo menos é isso que ela diz. Mas, quando eu olho, ela está na cama, com aquele bloco de notas amarelo no colo. O bloco onde ela registra seus pensamentos íntimos, sobre como seu pai é um estúpido, sua mãe uma louca. Ou talvez ela escreva sobre Austin ou Willow naquele bloco. Como eu poderia saber? Talvez, quem sabe, ela seja uma poeta enrustida, preenchendo as páginas com quadrinhas e odes.

Na sala, além de mim e Willow, não há nada senão ar parado.

E barulhos de bebê: arrulhos e gritos e resmungos e tal.

Eu me pego olhando para as mãos dela, em busca de alguma evidência de uma tatuagem, a borboleta com asas pretas e amarelas. Eu fico pensando: se ela mandou remover a tatuagem, será que ficaria uma cicatriz? Pele desbotada? Restos da tatuagem?

Mas não vejo nada em suas mãos, nadinha. Porém, existem aqueles brincos, exatamente os mesmos brincos que aparecem no perfil do Twitter. Como pode ser?

Eu me certifico de que Willow não está olhando e checo minha conta do Twitter discretamente, para ver se @LostWithoutU chegou a responder à minha mensagem. Sem sorte. Mas tenho oito novos seguidores, algo que me deixa bastante orgulhoso.

Como Willow responderia, eu penso, se ela não tem acesso a um computador? Teria ela acesso a um computador? Penso naquela mala velha e suja que ela trouxe para a nossa casa, a mala jogada em um canto do meu escritório, seu couro rachado e enrugado, perdendo a forma. Haveria um *laptop* lá dentro, algum smartphone com Wi-Fi, dos quais ela poderia responder a mensagens? Mas eu nunca a vi perto da mala, nunca ouvi um toque ou alerta vindo da mala.

A garota já se atrapalha o suficiente com o controle remoto. Acho difícil acreditar que ela tenha um computador ou um smartphone. Mas tenho dúvidas. Tanto o meu telefone quanto o de Heidi têm senha de acesso; não haveria como ela usá-los durante a noite.

A garota está inerte, com o olhar fixo na TV. Eu troquei de canal, para o noticiário. Um resumo dos jogos de beisebol do dia. É o primeiro dia da temporada. Eu tenho certeza de que ela não dá a mínima para beisebol, mas ela assiste à TV para não precisar falar comigo. Ela está sentada bem longe, o mais longe possível, abraçada ao braço do sofá do outro lado da sala, apesar de eu estar sentado na mesa da cozinha, há uns bons três metros dali. Ela bebe um copo de água e eu noto como sua mão e o copo tremem, ondas se formando na superfície da água.

– Afinal, de onde você é? – pergunto. Eu odeio silêncio. Mas, além disso, me dou conta novamente de que eu sou o único nesta casa tentando descobrir quem é esta garota. E esta oportunidade – dois minutos a sós com Willow, com a possibilidade de fazer perguntas sem ser interrompido pelos olhos vigilantes e pelas regras de Heidi – pode ser a única chance de descobrir quem ela é.

Ela me encara. Não de forma agressiva. Na verdade, é exatamente o contrário. Dócil. Tímida.

Mas ela não diz nada.

– Você não quer me contar? – pergunto.

Ela demora a responder. Mas, então, ela balança a cabeça, um movimento tão sutil que, se eu tivesse piscado, não teria notado.

– Não, senhor – sussurra ela. Eu gosto que ela me chame de senhor.

– E por que não? – pergunto. Eu ouço sua resposta, tentando localizar algum sotaque, mas não consigo nada. Ela fala como um habitante padrão do meio-oeste americano. Como eu. O inglês americano padrão.

Willow fala cautelosamente, sua voz tão baixa que eu tenho que me inclinar para ouvi-la sobre o balbuciar da bebê.

– Você pode me obrigar a voltar para casa.

E eu pergunto, pisando em ovos:

– Há uma razão para você não querer voltar para casa?

As notícias eclodem na TV, os jogos do primeiro dia da temporada dando lugar às manchetes do dia. Um assalto acompanhado de esfaqueamentos em South Ashland imediatamente chama a atenção da garota.

Eu agarro o controle remoto e mudo de canal bem quando os cadáveres, em sacos pretos, são retirados da casa em macas. Agora estamos vendo um canal de televendas.

– Willow – repito, na esperança de que a enunciação exata do seu nome me dê alguns pontos extras – Há uma razão para você não querer voltar para casa, Willow?

– Sim, senhor – ela admite, brincando com a franja de renda na lateral de uma almofada. Ela não olha para mim.

– E por que não?

– É só que... – ela está gaguejando. – ...Só que... é que...

Quando eu começo a achar que ela nunca vai completar o pensamento, ela diz:

– Eu não gosto muito de lá, só isso.

Uma resposta perfeitamente inadequada.

– Por que não? – tento escavar mais um pouco. Não obtenho resposta, então pergunto novamente – Willow? – desta vez com uma voz mais irritada. Eu estou perdendo a paciência.

Heidi vai voltar logo.

Um muro invisível se ergue em torno da garota. Ela não lida bem com impaciência. Ela precisa ser paparicada antes. Como sementes de flores que precisam ficar submersas na água por uma noite antes do plantio, para permitir uma germinação mais rápida. Ela não vai se abrir até que nós penetremos aquela carapaça externa.

Eu abaixo minha voz e tento ser cativante. Eu sorrio e volto à carga:

– Alguém fez alguma coisa ruim com você? – digo, mudando a pergunta, minha voz tão reconfortante quanto possível. Eu não sou conhecido por minha compaixão. Mas eu tento.

Seus olhos se erguem para encontrar os meus. Olhos azuis que parecem carregar excesso de bagagem para alguém da idade dela, os vasos sanguíneos inchados, a pele flácida em volta dos olhos, o sangue empoçado sob a pele formando círculos escuros. Eu estou na ponta da cadeira. Esperando. Desesperado para ouvir o que ela tem a dizer. Ela abre a boca para falar. Para me contar.

– Está tudo bem – digo. – Você pode me contar.

Mas, nesse instante, ouço o barulho da chave de Heidi girando na fechadura e silenciosamente desejo que ela volte para a lavanderia, mas em vão. Willow dá um pulo com o barulho, morta de medo do som metálico e inofensivo da chave. Eu vejo o medo invadir seus olhos, enquanto o copo escapa da sua mão, caindo no chão a seus pés. O vidro não se quebra, graças ao tapete felpudo, mas a água se espalha. Para todo lado. Ela se agacha e começa a limpar a bagunça freneticamente, a enxugar a água com a camiseta, olhando o tempo todo para Heidi e para mim, como se ela temesse ser punida por essa pequena bobagem.

Em meio à respiração ofegante, ela murmura uma litania incompreensível a respeito de pecados e perdão.

Chaves. Chaves em uma fechadura. Estar presa?

Eu anoto mentalmente essa pista.

Eu não sou uma pessoa compreensiva, mas por um instante eu sinto um pouco de pena daquela garota, arrastando-se pelo chão, implorando pela misericórdia dos deuses.

– Querida, por favor – pede Heidi, pegando uma toalha na gaveta da cozinha e correndo para o lado de Willow –, por favor, não se preocupe com isso.

Eu faço a minha parte, agachando-me para pegar o copo do chão.

Mas vejo o terror nos olhos da garota e entendo que eu não posso desfazer o que foi feito.

Nós dormimos, Heidi, Zoe, as gatas e eu, trancados no quarto. Bem cedo na manhã seguinte, antes de partir – o Sol ainda esfregando os olhos e se preparando para começar o dia – acordo e relembro Heidi que é assim que deve ser todas as noites enquanto eu estiver fora, ela e Zoe juntas no nosso quarto, e a porta trancada.

Eu estou fora de casa às cinco horas, levando minha mala e minha pasta, descendo as escadas até o táxi que me levará ao aeroporto O'Hare.

A garota e seu bebê estão dormindo quando eu saio, sua porta fechada e quase com certeza também trancada, minha cadeira do escritório possivelmente apoiada contra a maçaneta, uma medida de segurança adicional para o caso de nós tentarmos forçar a porta e entrar no quarto enquanto ela dorme.

O Sol está começando a nascer, pintando o céu de dourado. Enquanto o taxista, atento ao seu rádio intercomunicador e cercado pelo aroma de pinho que envolve todo o carro, acelera pela I-90, abro minha pasta no banco ao meu lado. Apanho um bloco e uma caneta, para trabalhar um pouco durante a corrida. Em um dia calmo são pelo menos trinta minutos de carro até O'Hare e, a julgar pelo volume de carros na interestadual a esta hora, eu suponho que não será um dia calmo.

Ao abrir a pasta eu o vejo, um bilhete, escrito em um papel adesivo roxo, a resposta para a pergunta que ficou sem resposta na noite anterior.

Um bilhete que me deixa sem ar.

Escrito com uma letra que eu nunca vi.

Uma inscrição simples: "Sim".

WILLOW

Louise Flores quer saber mais sobre Matthew e Isaac, meus irmãos adotivos, se você quiser chamá-los assim. A palavra "irmão" implica algum laço familiar, e não havia nenhum. Não com Joseph. Não com Miriam ou Isaac.

Mas Matthew. Com Matthew era diferente.

Sentada lá naquela sala modesta, naquela mesa, Louise F-l-o-r-e-s à minha frente, eu penso em Matthew, alto, como seu pai, mas com cabelos da cor de brownie, a cor dos brownies de chocolate de Mami, e olhos castanhos também escuros. Eu imaginava que os de Miriam também eram assim, há muito tempo, antes de ficarem cinza. Isaac, por outro lado, era igual a Joseph: o cabelo cor de cenoura e pelos alaranjados nos braços, nas pernas, no queixo.

– O que tem eles? – pergunto.

– Você se dava bem com eles? Eles participavam deste suposto abuso sexual junto com Joseph? Ou eles também eram vítimas? Como era o relacionamento deles com a mãe catatônica?

– Catatônica? – pergunto.

– Sim. Em estado de torpor. Não responsiva. – Ela diz que, pela minha descrição, Miriam sofria de uma doença chamada esquizofrenia catatônica. – Se o que você está dizendo for verdade.

Como sempre, ela insinua que não é.

Um duende, eu penso. Um ser imaginário. Imagino Miriam parada no canto do seu quarto, sentada na poltrona de vime, olhando fixamente para o nada, enquanto no quarto ao lado seu marido fazia o que bem entendia.

Uma das paredes do meu quarto era colada ao quarto de Matthew e Isaac, e durante o primeiro ano aquela foi nossa única relação. Nós não comíamos juntos. Quando nos cruzávamos dentro de casa, olhávamos para o lado ou para baixo. Matthew e Isaac precisaram dividir um quarto quando Joseph e Miriam me trouxeram para morar com eles, e eu não sabia se eles gostavam disso ou não, porque ninguém conversava muito naquela casa. Matthew e Isaac passavam a maior parte do dia na escola, e, quando eles estavam em casa, ficavam em seu quarto, fazendo as lições de casa e lendo a Bíblia. Joseph não permitia nenhum contato comigo e sempre lembrava Matthew e Isaac que: "Má companhia arruína a boa moral" no momento em que qualquer um deles olhava para mim.

Sobre isso, Isaac nunca mudou, apenas ficou mais e mais parecido com Joseph com o passar do tempo, um lemingue pronto para se jogar de um penhasco se seu pai pedisse. Mas Matthew era diferente.

Eu me lembro daquela noite, a primeira vez que nós realmente falamos um com o outro. Eu tinha dez anos. Eu vivia naquela casa há quase um ano e, naquele período, Joseph tinha me visitado umas vinte vezes ou mais. Eu estava deitada na cama, bem depois da meia-noite, sem conseguir dormir, como acontecia quase sempre. Eu estava pensando em Mami e Papi e recitando tantos "Eu amo você como" quanto eu conseguia inventar. E então ouvi passos do lado de fora, movendo-se pelo piso de madeira até a porta do meu quarto. Eu segurei a respiração, esperando que Joseph entrasse e deitasse seu corpo pegajoso na cama, ao meu lado. Eu comecei a tremer, como sempre acontecia quando os passos de Joseph retumbavam no corredor. Só aquilo disparava um monte de coisas: meu coração começava a bater como se fosse pular para fora do meu peito, minhas mãos começavam a suar, eu toda começava a suar, minha visão ficava nublada, meus ouvidos zumbiam.

Então a porta se abriu e ali, na penumbra, eu vi um perfil muito diferente daquele que estava acostumada a ver. E a voz era diferente, mais macia, mais suave, tão assustada quanto eu.

– Você sabia que as baratas podem viver sem a cabeça por uma semana? – perguntou ele. E então eu o reconheci pelo som da sua voz abafada: Matthew.

– Elas podem? – sussurrei, sentando na cama, apoiada nos meus cotovelos no quarto quase completamente escuro, a única luz vinda de um poste na rua que acendia e apagava, acendia e apagava. A. Noite. Toda.

– Sim – disse ele. – Algumas conseguem viver até um mês. Elas morrem por falta de água.

– Oh.

E nós ficamos lá, no mais absoluto silêncio, por um minuto ou um pouco mais, e então ele fechou a porta e foi para seu quarto.

No dia seguinte, eu achei um livro escondido sob o colchão da cama, preso entre a colcha e o estrado: *Um livro de insetos e aranhas para crianças*. Eu sabia que tinha sido ele. Quando Joseph saiu para trabalhar e Matthew e Isaac desapareceram na esquina, indo para o ponto de ônibus junto com as outras crianças, aquelas crianças que os provocavam e os xingavam, eu sentei na minha cama e devorei o livro.

Mami me mandava para a escola em Ogallala, e aquela escola tinha me ensinado a ler, e Mami costumava me fazer ler para ela toda noite antes de dormir, ler de tudo, de suas revistas de moda, os livros de receita de Julia Child até a correspondência. Eu sabia ler bem. Eu acabei o livro de Matthew no mesmo dia e, então, coloquei-o de volta em seu quarto, sob sua cama, antes que ele ou Isaac ou Joseph voltassem para casa. Eu aprendi tudo o que pude sobre o percevejo e o louva-a-deus, as cigarras e as mariposas. Eu aprendi que as moscas vivem de trinta a sessenta dias, que as abelhas-rainha hibernam sob a terra no inverno, que as cigarras periódicas só aparecem a cada treze ou dezessete anos.

Alguns dias depois, um novo livro chegou: *Anêmonas marinhas*. E li sobre como elas se pareciam com flores, mas na verdade não eram flores. Ao contrário, elas eram predadoras dos mares. Elas não envelheciam como outras plantas e animais. Elas tinham a capacidade de viver para sempre, de serem *imortais*, o livro dizia. Aquele livro me ensinou como as anêmonas marinhas injetavam veneno em suas presas, e como o veneno paralisava a presa para que a anêmona marinha pudesse levar os peixes, os camarões, o plâncton, até sua boca carnívora.

Eu não gostei nem um pouco daquelas anêmonas marinhas: tão bonitas e etéreas, mas assassinas. Matadoras escondidas em corpos delicados e celestiais. Não parecia justo. Era um truque, uma armadilha, uma ilusão.

Alguns dias depois: *Rochas e minerais*. E então outro livro, e outro. Quase toda semana, Matthew colocava um novo livro da biblioteca da escola sob meu colchão: *A menina e o porquinho*, *O diário de Anne Frank*, *From the mixed-up files of mrs. Basil E. Frankweil*, que eu lia nos momentos em que eu não estava limpando a casa ou dando banho em Miriam ou fazendo sanduíches de salada de atum para o jantar.

De vez em quando, Matthew parava na porta do meu quarto no meio da noite, a caminho do banheiro ou da cozinha para pegar um copo de água. Eu aprendi a reconhecer quais passos eram de Matthew e quais eram de Joseph. Os passos de Matthew eram leves e delicados quando ele vinha pelo corredor, então se tornavam hesitantes quando se aproximavam do meu quarto, como se eles não soubessem se deviam ou não parar na minha porta. Os passos de Joseph, por outro lado, já tinham tomado uma decisão. Eles iam para o meu quarto e atravessariam a porta branca sem pensar duas vezes e sem hesitar nem por um momento.

Matthew abria a porta com cuidado, para que ela não rangesse, enquanto Joseph a abria de uma vez, sem se importar se o barulho ia acordar alguém da casa. Matthew ficava por alguns segundos, no máximo, e me dava alguma informação inútil na qual eu não estava nem um pouco interessada e, possivelmente, nem ele. Eu acabei entendendo que o importante não era a informação, e sim o contato: um pacto, um vínculo.

Eu não estava sozinha.

Uma noite: "Você sabia que o crocodilo não consegue colocar a língua para fora?" Em outra: "Você sabia que nada rima com nuvem?" e eu respondi que não, eu não sabia, e passei o resto da noite insone, tentando me lembrar de alguma palavra que rimasse com nuvem, para poder dizer para ele da próxima vez que viesse a meu quarto. Chuvem. Truvem. Muvem.

Não consegui me lembrar de nada.

"Você sabia que Vênus é o planeta mais quente? A temperatura na superfície pode chegar a quatrocentos e cinquenta graus Celsius. Isso dá mais do que oitocentos graus Fahrenheit."

E eu fiquei só olhando para ele, porque na verdade eu não sabia muito sobre Celsius ou Fahrenheit e, para ser honesta, eu já estava começando a esquecer de Vênus também. Fazia muito tempo que eu tinha ido à escola pela última vez, lá em Ogallala, e aprendido sobre os planetas e o clima e essas coisas. No dia seguinte havia um novo livro: um livro sobre astronomia.

Uma noite Matthew veio ao meu quarto e disse: "Você sabia que meus pais ganham quase vinte dólares por dia para cuidarem de você?"

"O quê?", perguntei. Eu nunca tinha ouvido falar disso. "De quem?"

Então me perguntei se aquele valor estava vindo de algum dinheiro que Mami e Papi tivessem guardado ou se a minha assistente social pagava essa taxa pra eles.

Mas, na penumbra, Matthew balançou a cabeça e disse: "Do bom e velho estado de Nebraska. É dali que vem o dinheiro".

Ele estava em pé na porta, usando a calça xadrez com a qual ele dormia todas as noites e uma camiseta branca lisa manchada de amarelo na frente, uns dez centímetros menor que seu número.

"Lily também?", perguntei, imaginando se Paul e Lily Zeeger estavam ganhando vinte dólares por dia para cuidar de Lily.

Mas Matthew disse que não.

"Não quando você é adotada. Os Zeeger precisaram pagar por Lily. Uns dez mil dólares ou coisa assim."

"Como é?" – disse sem acreditar. Dez mil dólares era muito dinheiro. Os Zeeger compraram minha Lily como você compra uma roupa na loja. Eu não sabia como me sentir a esse respeito, se eu devia me sentir bem por eles terem gasto tanto dinheiro para ficarem com a minha Lily ou se eu deveria me sentir mal porque a compraram como qualquer outro produto do supermercado. Roupas. Manteiga de amendoim. Inseticida.

Eu imaginava que se, algum dia, eu tivesse mais do que dez mil dólares, talvez eu pudesse comprar minha Lily de volta. Ou, quem sabe, os Zeeger gostariam de devolvê-la, como uma roupa que não serve direito. Talvez algum dia Lily estivesse à venda de novo e eu poderia arranjar um jeito de comprá-la para mim.

Mas o que me pareceu mais errado foi que Joseph e Miriam estavam sendo pagos para ficar comigo. Eles não tinham me comprado como os Zeeger tinham comprado Lily.

"Como você sabe disso?", – perguntei a Matthew.

Ele deu nos ombros, fazendo *dã*.

"Eu simplesmente sei."

E então ele fechou a porta e foi embora.

– Por que você não fugiu? – pergunta a srta. Flores. A essa altura, o homem no canto da sala, o vigia, estava prestando atenção e eu sei que ele estava se perguntando exatamente a mesma coisa. Por que eu não tentei fugir? Eu dou uma olhada para ele, seus olhos castanhos me escrutinando por trás de um uniforme da Marinha que parece algo que seu pai deveria estar usando, não ele. Ele é um garoto, não um homem.

– E então – dizem eles, aqueles olhos, – por que você não fugiu?

– Eu tinha medo – respondi. – Tinha medo de ficar e medo de ir embora. Deus ia ficar irritado comigo se eu desobedecesse a Joseph. Foi isso que ele me disse. Foi nisso que ele me fez acreditar.

Eu não sabia que podia ir embora. Não naquele tempo, pelo menos. Não que houvesse algum lugar para onde eu pudesse ir, mas, se eu fugisse, Joseph iria fazer alguma coisa para machucar Lily – ele me disse isso um milhão de vezes – e se por alguma razão ele não fizesse nada, Deus ia mandar seus trovões e seus abutres atrás de mim, e eu não ia ter nenhuma chance. Ele ia me transformar em uma estátua de sal ou me afogar com um dilúvio.

– Eu era uma criança – lembro a ela. Antes de ir viver com Joseph e Miriam, eu acreditava em Papai Noel, na Fada do Dente, no Coelhinho da Páscoa. Isto é, até que eu perdi um canino e o coloquei sob meu travesseiro na cama e esperei a noite toda por uma das moedas de ouro brilhantes que a Fada do Dente costumava deixar para mim em Ogallala.

Mas ela não veio.

Eu tentei me convencer de que ela não tinha conseguido me encontrar, lá naquela casa em Omaha, e que ela estava voando em círculos sobre Ogallala tentando me achar.

E aí eu comecei a pensar sobre as coisas lá na nossa casa pré-fabricada da Canyon Drive. Eu fiquei imaginando se outra família tinha se mudado para aquela casa, para a minha casa, e se outra garotinha estava dormindo na minha cama. A cama com a colcha rosa-choque – coberta de bolinhas laranja – e as cortinas azuis rendadas que Mami tinha feito com tecido que encontrou em uma liquidação, e que não combinava com nada. Eu imaginei se aquela garotinha estava abraçando o meu gato roxo de pelúcia favorito, debaixo da minha colcha rosa-choque, lendo em voz alta o meu livro favorito de figuras com sua mami e acordando de manhã e achando a minha moeda de ouro brilhante debaixo do meu travesseiro macio.

Eu falei disso para Matthew, uma noite quando ele passou no meu quarto. Falei sobre como a Fada do Dente não tinha conseguido me encontrar. Como eu ainda estava guardando aquele dente canino brilhante. Como eu não sabia o que fazer, como fazer para ele chegar até a Fada do Dente, para que ela pudesse usá-lo para construir seu castelo branco reluzente no Reino das Fadas.

– Reino das Fadas? – sussurrou ele. E eu contei a ele sobre como a Fada do Dente usava todos os milhões de dentes que ela recolhia para construir um castelo cintilante e uma vila para ela e para suas amigas fadas. E elas chamavam aquele lugar de Reino das Fadas.

Ele só ficou olhando para mim, com um ar estúpido, como se ele não soubesse o que dizer. E então: ele meio que gaguejou:

– Não existe uma Fada do Dente, Claire – disse ele. Ficamos em silêncio por muito tempo. E então: – Jogue o dente fora.

E da mesma forma que no dia em que Mami e Papi morreram, uma pequena parte de mim morreu ali também.

Eu estava muito assustada para perguntar sobre Papai Noel e sobre o Coelhinho da Páscoa. Mas, quando o Natal chegou e passou, e eu não ganhei nenhum presente, eu sabia a razão. E não era porque eu tinha sido uma menina má naquele ano.

Dias depois, Matthew deixou outro livro sob meu colchão: um livro de contos de fadas. *Cachinhos dourados* e *Os três porquinhos*, *Rumpelstiltskin*.

Mas o que mais me interessou foi a história do Flautista de Hamelim, o conto sobre um homem engraçado que tocava a flauta e atraiu as crianças para fora da cidade. E elas nunca mais foram vistas. Eu visualizava Joseph, vestido como um bobo da corte medieval igual às figuras do livro, com uma camisa colorida e uma calça de malha, tocando sua flauta pelas ruas de Ogallala para atrair as crianças para longe de suas casas. Crianças como eu.

Eu não tinha certeza do que me dava mais medo vivendo com Joseph e Miriam. Se Joseph, com seus olhos de águia e seu nariz pontudo, ou se o Deus vingativo sobre quem Joseph falava ou das coisas que ele disse que faria com minha Lily caso eu me comportasse mal, como ele ia raptá-la e esfolá-la viva. Ele me disse como ele ia fazer isso também, e sobre como ele ia pendurá-la pelos pés e cortar sua carótida e sua jugular com a faca, para que ela sangrasse até morrer. E então, com movimentos lentos e deliberados, ele passava seus dedos frios pelo meu pescoço, para que eu entendesse exatamente o que ele estava dizendo. Ele usava palavras como *tendões* e *corpúsculos*, palavras que eu não conhecia, mas que me assustavam mesmo assim.

É engraçado como pensar sobre o Deus de Joseph e sobre as coisas que Joseph faria com Lily se eu fosse má, de alguma forma, fazia com que eu me sentisse segura dentro daquela casa, olhando para os meninos com suas bicicletas e para as meninas com seus lápis de cor, crianças iguais a mim que não sabiam o que acontecia dentro daquela casa. Para eles nós éramos apenas os esquisitos do quarteirão, que era como Mami costumava chamar a sra. Waters, nossa vizinha viúva que andava pela rua conversando com seu marido morto como se estivesse falando pelo telefone. Eu pensava naquelas crianças do outro lado da janela, as crianças com bicicletas e lápis de cor, e suas mamis e seus papis dizendo a eles para nunca brincarem com Matthew e Isaac porque eles eram estranhos.

Para não falarem com Joseph, porque ele era um esquisitão e, depois, quando tudo veio à tona, foram aquelas mesmas mamis e aqueles mesmos papis que disseram à polícia que eles sempre acharam que alguma coisa acontecia dentro da nossa casa, que eles sentiam que alguma coisa estava errada. Alguma coisa que eles não conseguiam saber exatamente o que era.

Mas eles não fizeram coisa alguma a respeito.

HEIDI

Levanto-me da cama assim que Chris sai, em silêncio para não acordar Zoe. Ao meu lado, ela dorme como um recém-nascido, de costas, com os braços levantados acima da cabeça: em posição de estrela-do-mar, a luz do Sol nascente cobre seu rosto com uma tonalidade dourada. Observo-a dormir, sua petulância e ousadia deixadas de lado por um tempo, sua expressão relaxada, seus lábios flertando com um sorriso. Pergunto-me com o que está sonhando quando ela solta um suspiro e se vira de lado, ocupando o lugar aquecido no lençol cor de marfim de onde acabei de me levantar. Pego o edredom na ponta da cama e coloco sobre seus ombros, fechando as cortinas para impedir que os raios de sol atinjam seus olhos.

Vou para o corredor, fecho a porta e caminho até a porta do escritório, apoio a mão na maçaneta de níquel polido. Pressiono o ouvido contra a porta e procuro ouvir sinais de movimento, mas não há nenhum. As batidas de meu coração estão altas e rápidas. Minha mão começa a suar.

Sou oprimida com uma necessidade súbita, uma necessidade humana básica, como comida, abrigo e vestimenta.

Preciso segurar aquela criança em meus braços.

Não há nenhum pensamento lógico quando coloco minha mão suada na maçaneta de níquel polido, apenas um ato instintivo, um comportamento inato.

Sei que não deveria fazer isso, mas ainda assim, faço; viro a maçaneta com cuidado, em silêncio, e me surpreendo por encontrá-la destrancada. Um presságio.

Elas estavam deitadas lado a lado no sofá-cama, Willow e a bebê, um cobertor verde cobrindo seus corpos. Willow está de costas para Ruby, com um travesseiro sobre a cabeça, como se estivesse tentando se isolar dos choros do meio da madrugada e dos arrulhos, ou talvez do barulho causado pelo banho matinal de Chris, antes de ele partir para Nova York. Willow tem a respiração pesada, evidência de um sono profundo. Atravesso o escritório na ponta dos pés, amaldiçoando uma gata que me segue e depois corre para baixo do sofá-cama procurando um lugar para se esconder. As cortinas estão fechadas, mantendo o mundo exterior do lado de fora, pequenas faixas de luz entram furtivas, através da fresta entre elas, a luz brilhante do começo da manhã, em tons de cor-de-rosa e dourado.

Em seu sono profundo, Willow não percebe como piso de leve no carpete e, na minha mente, imagino uma cena sem ela e o sofá-cama.

Apenas uma linda bebê em um berço, esperando alguém chegar.

Ruby está bem acordada, quando eu finalmente me ajusto à escuridão do escritório e consigo vê-la com clareza. Olha admirada o teto branco, e, quando me vê, sorri. Começa a balançar as pernas de excitação, movendo bastante os braços. Coloco minhas mãos sob o peso de seu corpo e a levanto do sofá-cama. Willow solta um suspiro sonolento, mas não abre os olhos.

Pressiono aquele bebê contra meu peito, colo os lábios em sua cabeça, e juntas saímos do escritório.

Acomodo-me na cadeira de balanço com Ruby.

– Muito bem – digo em voz alta, balançando com ela em meu colo.

Conto seus dedos das mãos e dos pés. Passo a mão sobre sua cabeça sedosa e solto um suspiro na sala silenciosa, cujo único barulho vem do tique-taque do relógio de madeira na parede, com seu acabamento branco gasto e os numerais romanos quase invisíveis, à luz do Sol nascente. Do lado de fora, o Sol começa seu percurso de subida sobre o lago Michigan, lançando nas fachadas do lado leste dos edifícios luzes douradas. Há nuvens no céu, pedaços de algodão, em tons prateados e cor-de-rosa pálido, que se concentram em suas bordas. Um bando de pássaros voa pelo céu, pardais, suponho, e uma pomba preta pousa no beiral da varanda, olhando pela janela, encarando-me. Olha para a bebê e para mim. Seus olhos vidrados estão fixos em nós, a pequena cabeça se inclina de um lado para o outro, em uma indagação que apenas ela sabe qual é. A rua abaixo está em silêncio, quebrado de vez em quando pelos pedestres mais adiantados indo para o trabalho ou saindo para correr. Um ônibus municipal passa pela rua, rápido, não se incomoda em parar nos pontos de ônibus vazios; os táxis voam sem parar.

Pressiono meus pés descalços contra as tábuas de madeira do chão e forço a cadeira para a frente e para trás, em um movimento contínuo, ciente de que Ruby pressiona seu rosto contra meu pijama de lã, procurando por algum alimento, algum mamilo para se alimentar, como uma leitoazinha faminta abrindo caminho até a teta de sua mãe para reclamar seu leite.

Eu era uma defensora ferrenha de amamentar Zoe enquanto ainda podia. Chris e eu nunca conversamos de verdade sobre isso; era uma coisa que planejei fazer. E Chris não iria discutir; amamentar Zoe significava que não haveria necessidade de ele se levantar para alimentá-la durante a madrugada, nem bebê o acordando no meio da noite. Ele poderia dormir a noite toda, enquanto Zoe e eu ficávamos sentadas em uma cadeira de balanço no quarto dela por horas a fio.

Havia muitos benefícios na amamentação, desde financeiros até a capacidade de aumentar o sistema imunológico de Zoe, embora Chris, nauseado, arregalasse os olhos para mim toda vez que eu dava de mamar. Mas, para mim, também era uma conveniência. Era muito mais pertinente colocar Zoe no seio e deixá-la se alimentar até ficar saciada. Não havia necessidade de preparar mamadeiras, lavá-las e, mais importante do que tudo, eu sentia uma intimidade com minha filha recém-nascida, uma sensação de ser essencial a ela que eu não sentia há muitos anos agora. Ela precisava de mim. Como precisava que eu a embalasse na cadeira de balanço, trocasse sua fralda, mas diferente dessas coisas – amamentar – era a única coisa que somente eu poderia fornecer a ela. Somente eu poderia lhe dar.

Planejei amamentá-la até que completasse um ano e então começaria a desmamá-la.

Mas, quando adoeci e cuidar da minha própria saúde se tornou uma prioridade, meus planos mudaram. Amamentar Zoe foi rapidamente deixado de lado e ela foi forçada a se acostumar com a mamadeira de leite artificial, uma coisa da qual ela não gostou muito. Havia uma parte de mim com quase certeza de que ela, minha bebê, ressentia-se comigo pela mudança repentina, pelo fato de eu nunca ter pedido sua opinião antes de enfiar um bico de silicone em sua boca. Ela berrava quando eu fazia isso, recusando-se a aceitar o objeto desconhecido, a tomar o leite estranho. Com o tempo, ela aprendeu e se adaptou, é claro, por tentativa e erro; meia dúzia de mamadeiras e bicos diferentes, meia dúzia de marcas de leite artificial até que encontramos uma que ela consumiria, uma que não irritasse seu estômago, que ela não recusaria.

Mas Willow – penso, completamente consciente do modo como Ruby se enrola nas pregas da camisa do meu pijama – nunca a vi amamentar.

Então, por que a bebê está explorando a parte de cima do meu pijama, procurando um mamilo, seu pequeno corpo se agitando porque ela não conseguia chegar até meu seio?

Mas não tenho tempo de pensar nisso, de chegar a uma lista de cenários sensatos, como ingurgitamento ou oferta inadequada de leite, porque lá estava ela, Willow, parada diante de mim, na sala. Seu cabelo comprido cobre todo seu rosto, de modo que tudo que consigo ver são seus olhos – mal-humorados e desconfiados, que caem sobre mim como meteoros do céu. Olhos que me fazem questionar, de repente, o quanto essa garota é virtuosa, confiável.

E de novo, penso no sangue na camiseta.

– Você pegou a bebê. Você pegou Ruby do meu quarto – diz ela.

– Sim. Peguei – digo com tranquilidade e então penso rápido em alguma desculpa. – Ela estava chorando – explico, mentindo. A mentira é instantânea, espontânea, uma coisa muito fácil de fazer. – Não quis que ela a acordasse – digo. – De qualquer forma, eu já tinha levantado para fazer café, quando a ouvi chorar.

– Ela está com fome – diz Willow para mim, seu tom de voz é suave, ela observa enquanto vejo a bebê procurar alguma coisa pelo meu peito.

– Sim – digo. – Eu estava prestes a fazer sua mamadeira.

Mas Willow diz, com uma firmeza com a qual, tenho certeza, nunca a vi falar antes: – Eu farei. – E seus olhos pousam na cafeteira, ainda com restos do café de ontem, agora viscoso e frio.

– Você ainda não tomou seu café – diz ela, e digo a mim mesma que ela está apenas sendo solícita, fazendo sua parte. Tento me convencer de que não há uma pontada em sua voz, enquanto ela pega Ruby do meu colo, de um modo desajeitado. De repente, sinto como se alguma coisa tivesse sido tirada de mim, alguma coisa minha.

Talvez Willow não seja tão inocente e imatura quanto me levou a acreditar. Ela pegou Ruby e agora está em pé na minha cozinha, com a criança apoiada no quadril, segurando-a de mau jeito, enquanto tenta preparar uma mamadeira, enquanto a bebê se mexe furiosa em seus braços, seus olhos brilhando, cheios de lágrimas. Ruby olha para mim, esticando os braços – tenho certeza disso – enquanto permaneço na cadeira de balanço, incapaz de me levantar e fazer meu café, porque não consigo pensar em nada além de desejar que Ruby voltasse para mim. Minha pressão arterial está subindo, o suor brota em minhas axilas, gruda no pijama de lã. De repente, não consigo respirar, incapaz de encontrar oxigênio o bastante para encher meus pulmões.

Ruby está olhando para mim, seus olhos estão parados, embora todo o resto de seu corpo esteja se debatendo. Ela chuta Willow, puxa, enlouquecida, os seus cabelos em tons de sépia. Sua pele ficou vermelha como uma beterraba e, diante da lentidão de Willow, ela começa a berrar. Willow mal se dá conta do abuso e, ainda assim, fica mais desajeitada, derruba a mamadeira cheia de leite artificial no chão, o pó branco começa a entrar nas rachaduras do chão. E eu poderia ajudar. Poderia, mas estou paralisada, como uma estátua, meu corpo parece colado na cadeira de balanço, meus olhos estão fixos nos de Ruby.

Uma porta se abre no corredor, seguida pelo som da voz de Zoe, meio dormindo e aborrecida, a criança que um dia grudava em meu seio, precisando de mim e só de mim. Agora, ela não queria nada comigo.

– Ninguém dorme nesta casa? – pergunta, ressentida, sem olhar para Willow ou para mim, quando aparece na sala.

– Bom dia – consigo dizer, ainda sem fôlego, enquanto Zoe segue ainda com sono, passa pelo corredor, as mechas de seu cabelo castanho-avermelhado em um completo estado de anarquia e desordem.

Zoe não responde. Ela se joga no sofá e liga a televisão na MTV, o equivalente à cafeína para pré-adolescentes.

– E bom dia para você também – murmuro para mim mesma, sarcástica, meus olhos encarando a bebê com desejo, ansiando por outra chance para fazer o certo.

WILLOW

A srta. Flores quer saber mais sobre Matthew. Só falar sobre Matthew de alguma forma me faz sorrir. Eu não digo nada, mas srta. Flores vê aquele sorriso e me diz:

– Você gosta de Matthew, não gosta? – e de repente o sorriso desaparece.

– Matthew é meu amigo – digo.

E conto a ela sobre Matthew passando pelo meu quarto à noite, sobre como ele deixava livros sob meu colchão, para que eu não me tornasse uma idiota como Miriam.

Mas isso foi antes.

Matthew era seis anos mais velho que eu. Ele tinha quinze anos quando fui morar naquela casa em Omaha. Eu tinha nove. Não demorou muito até que ele terminasse o ensino médio e, quando eu tinha doze ou treze anos, talvez catorze, ele foi embora de casa. Um dia, quando Joseph estava no trabalho, ele pegou suas coisas e decidiu ir embora. Mas ele não foi para muito longe.

Em vez de ir para a universidade, como seus colegas estavam fazendo – Matthew não podia pagar a universidade –, ele foi trabalhar em um posto de gasolina próximo e, por algum tempo, em vez de me trazer livros, como ele fazia quando estava na escola, ele trazia barras de chocolate e pacotes de batata frita, o tipo de comida que Joseph jurava que era criação do diabo.

Eu não sabia onde Matthew dormia. Ele não falava muito sobre isso. Algumas vezes ele dizia que morava em um prédio alto de tijolos, com ar-condicionado e uma televisão imensa, mas eu sabia que ele estava mentindo. Em outros dias ele falava em descer o rio Missouri em uma barca. Ele só não queria que eu me preocupasse com ele, só isso. Mas, claro, qualquer coisa era melhor que viver ali, naquela casa, com Joseph e Miriam, com Isaac, cujos olhos começavam a transparecer aquela mesma sede que eu via nos olhos de Joseph quando ele vinha para o meu quarto.

Ainda assim, algumas vezes Matthew ia até a casa em Omaha, quando Isaac estava na escola e Joseph no trabalho, e Miriam, claro, estava em seu quarto, indiferente ao mundo ao seu redor. Ele me dizia que talvez entrasse para o exército, que estava ganhando mais dinheiro do que eu imaginava, trabalhando naquele posto de gasolina ali perto.

Mas até eu conseguia ver como seus olhos pareciam cansados, como algumas vezes ele fedia como se não tomasse banho há dias, como suas roupas sempre fediam, como às vezes ele cochilava na minha cama enquanto eu lavava sua camisa ou seu jeans, ou vasculhava os armários, procurando algo para ele comer. De vez em quando ele procurava dinheiro pela casa, um dólar aqui e ali, algumas moedas esquecidas em algum lugar, e ele guardava tudo o que achava. Eu acabei acreditando que Matthew estava vivendo só com aquele dinheiro, com o dinheiro que ele conseguia roubar de Joseph. Certa vez ele achou uma nota de vinte dólares no bolso de um casaco velho, que Joseph não usava mais, e eu vi em seus olhos: parecia que ele tinha encontrado ouro.

Matthew queria que eu saísse daquela casa. Eu sabia que ele queria. Ele só não sabia como, só isso. Um dia, ele jurava, quando ele tivesse mais dinheiro. Como Mami, Matthew estava começando a falar mais e mais sobre *um dia*. Um dia ele teria dinheiro o bastante. Um dia ele me levaria para muito longe dali.

Eu pensava em Joseph e Miriam sendo pagos para me criar e desejava que, em vez deles, Matthew pudesse me criar.

Mas aquilo era a criança em mim falando, a pessoa real sabia que isso jamais aconteceria.

Eu via que alguma coisa em Matthew estava mudando. Ele passou a falar sobre coisas maiores do que baratas e Vênus. Ele passou a falar sobre me tirar daquela casa, levar-me para longe de Joseph. Sobre gente sem-teto vivendo nas ruas da cidade.

Matthew continuou me trazendo livros, agora da biblioteca pública. Eu fantasiava sobre aquela biblioteca, sobre o fato de alguém poder ler centenas de milhares de livros de graça, sem precisar de dinheiro. Matthew me falou muitas vezes sobre ela, sobre os quatro andares só de livros, e eu imaginava quanto tempo eu demoraria para ler todos eles. Matthew me trazia um ou dois livros quando vinha me visitar, e eu ficava com eles até a visita seguinte, e quando eu terminava de limpar a casa e lavar as roupas, e depois de tirar o lixo, eu deitava em minha cama e lia página após página do que quer que Matthew tivesse trazido.

Às vezes Matthew e eu nos empoleirávamos juntos na beira da minha cama, ele parecendo grande demais para aquele quarto, como um homem crescido tentando entrar em uma casa de bonecas, e então nós líamos juntos. Eu podia ver que Matthew estava deixando de ser aquele garoto que costumava vir a meu quarto e me falar coisas bobas sobre Vênus e insetos. Ele estava encorpando, não era mais um magricela, agora era um homem. Sua voz estava mais grave, seus olhos mais pesados que aqueles que eu tinha conhecido, naqueles dias em que ele e Isaac voltavam a pé da escola olhando fixamente para a calçada, tentando ignorar os socos que recebiam dos outros garotos.

Sentia alguma coisa mudando em mim também; eu, de alguma forma, me sentia diferente perto de Matthew. Nervosa, como da primeira vez em que ele veio ao meu quarto e eu não sabia o que ele ia fazer. Matthew olhava para mim como ninguém jamais tinha olhado. Ele falava comigo como ninguém jamais tinha falado, exceto Mami e Papi. Nós líamos uns livros juntos – meu favorito era *Anne de Green Gables*, que devo ter pedido a Matthew para pegar na biblioteca umas cem vezes – e quando aparecia uma palavra difícil, que eu não conseguia pronunciar, Matthew me ajudava, sem nunca me olhar com se eu fosse burra.

Eu aprendi muito naqueles livros, sobre ciência, sobre a natureza, sobre como instabilidades no ar causam tempestades elétricas, sobre como, em certas partes do mundo, ocorrem tempestades elétricas todos os dias. Sobre como raios e relâmpagos eram *na verdade* benéficos para as pessoas e para as plantas, e não algo a ser temido.

Eu comecei a me perguntar se Joseph estava errado, sobre o fogo e o enxofre e todas aquelas coisas. Eu comecei a pensar que, quando as tempestades atravessavam os céus e faziam tremer nossa pequena casa em Omaha, talvez não fosse Deus vindo atrás de mim porque estava irritado.

Eram só tempestades.

Mas eu não me atrevia a dizer isso a Joseph.

Um dia, Matthew chegou com queimaduras nos braços e nas mãos, a pele em carne viva, vermelha, cheia de bolhas. Eu podia ver que estava doendo, pelo modo como ele segurava uma das mãos com a outra, um de seus antebraços envolvido por uma bandagem. Ele chegou em silêncio, como se não soubesse se devia me deixar ver seus ferimentos. Dei um pulo quando o vi e corri para a cozinha para pegar uma bolsa de gelo.

Ele me contou que tinha havido um incêndio no abrigo onde ele estava morando. Quando perguntei onde era, ele disse que era um abrigo para sem-teto. Eu me lembrei de Mami, juntando nossas roupas velhas para os sem-teto, mas fora isso aquela palavra não significava muito para mim. Eu pensei em Matthew usando as roupas velhas de alguém, dormindo sobre os lençóis velhos de alguém, e aquilo me deixou triste.

Eu sabia que Matthew não estava mentindo sobre o abrigo para sem-teto porque ele falou olhando para mim, mas, quando ele falava sobre descer o Mississipi em uma barca, ele olhava para o papel de parede descascado do meu quarto e para a tinta antiga escondida embaixo dele.

Ele tinha um saco, cheio até a boca, com tudo o que possuía. Mas ele falou só do abrigo. Como estava sempre lotado. Como não havia camas para todos, como algumas noites ele tinha que dormir no chão. Como ele mantinha seus pertences enfiados sob a cama, na esperança de ter a sorte de eles estarem todos ali pela manhã. Ele me contou sobre as fileiras de camas idênticas, com colchões finos e lençóis diferentes das fronhas, alguns rasgados e manchados, outros novos em folha. "Doados", disse Matthew, "porque eles não eram bons o bastante para o resto do mundo". E eu podia ver em seus olhos que era assim que ele se sentia: que não era bom o bastante para o resto do mundo, e eu queria dizer que aquilo não era verdade.

Ele me disse que havia outras pessoas lá, viciados em drogas e bêbados, e que as pessoas que cuidavam do abrigo pouco se importavam. Ele me falou que, para conseguir lençóis limpos ou um prato de comida, às vezes ele precisava fazer coisas que não queria fazer.

"Como o quê?", perguntei.

"Você não ia querer saber", disse ele.

E então ele me contou o que tinha acontecido lá, no abrigo, como ele tinha se queimado. Ele não me contou porque eu perguntei, eu não perguntei. Eu também não tinha certeza se queria saber.

Ele me falou de um incêndio. "Talvez algum fio elétrico desencapado", disse, mas provavelmente um incêndio proposital. Eu perguntei como assim – *proposital* – e ele disse que algumas pessoas estavam irritadas porque não havia vagas no abrigo, então eles colocaram fogo no lugar, matando duas pessoas, um homem e seu filho de dez anos. As saídas de incêndio estavam bloqueadas por camas e por outras coisas, então só havia uma saída.

Eu olhei bem para aquelas queimaduras, a pele vermelha e inchada em suas mãos. Imaginei um prédio consumido pelo fogo, da forma como Matthew descreveu, as paredes negras e carbonizadas, tudo dentro transformado em cinzas. Aquela imagem me fez pensar naquele lugar sobre o qual Joseph tinha me falado, o lugar para onde os pecadores vão. O inferno. Um lugar de castigo e tortura eternos, com diabos e dragões e o próprio demônio. Castigo eterno. Lagos de fogo. Fornalha ardente. Fogo inextinguível. Fogo, fogo, fogo.

E, naquele momento, eu decidi que nunca entraria em um abrigo para sem-teto. Sem sequer me importar que eu nem sabia o que um abrigo para sem-teto era de verdade.

– Para onde Matthew foi depois de deixar aquele abrigo? – pergunta a srta. Flores, sua voz me arrancando de meu devaneio. Eu estou pensando em Matthew e em certa complexidade que havia nascido em seu olhar, uma complexidade da qual eu gostava, um marrom ainda mais marrom, mas quente, como a cobertura de chocolate quente que Mami colocava em nossos *sundaes*.

Era isso que eu pensava dos olhos de Matthew: quentes e doces como cobertura de chocolate, abundantes e deliciosos.

– Claire – diz ela. – Você está me ouvindo?

Mas, antes que eu possa responder, um telefone toca e a srta. Flores mergulha sua mão na bolsa até o fundo e o retira de lá. Ela olha para a tela, e suas sobrancelhas se enrugam como passas.

Ela afasta sua cadeira da mesa bruscamente, fazendo-me dar um pulo.

– Pare aqui – diz ela. – Vamos falar sobre Matthew daqui a pouco. E ao se dirigir para o homem no canto da sala: – Cuide dela. Eu volto logo – e então ela sai daquela sala fria, seus saltos ecoando no chão de concreto.

Quando ela se vai, a porta fechada por outro guarda que, então, a segue para fora do meu campo de visão, o homem no canto da sala sussurra para mim:

– Se eu fosse você, eu os teria matado também.

HEIDI

Pela manhã, há uma batida na porta.

Zoe está em seu quarto, preparando-se para a escola, penteando o cabelo e coisas assim. Willow está no banheiro. Eu passo, a caminho da porta da frente, a batida me tirando do quarto principal, onde eu estava parcialmente vestida, com uma calça de *tweed* e uma camiseta de alcinha, um cardigã foi deixado sobre minha cama, abandonado. Meu cabelo está molhado, secando mais rápido do que eu gostaria.

Com a bebê no colo, vejo, quando passo, que Willow deixou a porta do banheiro entreaberta. Vislumbro seu reflexo no espelho do banheiro, e ela olha para sua própria imagem. Seu cabelo, como o meu, ainda está molhado do banho, o que molha a camiseta de Zoe. Lá está o delineador preto passado em um único olho. Ela se inclina para mais perto do espelho, a fim de maquiar o outro olho, mas hesita e puxa para baixo a camiseta *tie-dye* de Zoe, até chegar na pele macia ao redor de seu seio. Fico sem ar, desejando que Ruby permaneça em silêncio. Willow passa seus dedos em uma lesão, bem ali, na sua pele branca e leitosa, tão perto da aureola do seio que posso ver onde o pigmento muda de cor. É instintivo quando me inclino, desesperada para olhar melhor, o que parece ser marcas de dentes, a impressão dos incisivos e caninos, dentes pressionados o bastante para deixar uma marca. O suficiente para deixar a pele desfigurada para sempre.

Então, batem de novo à porta e eu me assusto, movendo-me com rapidez pelo corredor, para que Willow não tenha a chance de ver minha boca e a expressão de surpresa que faço diante da visão de sua cicatriz. Para que assim ela não me visse.

Graham está parado diante da porta. Nas mãos, traz duas canecas de café, decoradas com um esboço do horizonte de Chicago. Ao ver a bebê, ele passa por mim e coloca as canecas na mesa da cozinha.

– Então é a ela que devo agradecer pelo tumulto nas últimas noites – diz ele. – Você não me contou que tinha companhia. – E ele se senta, puxando uma segunda cadeira com o pé, convidando-me para me juntar a ele na mesa da minha própria cozinha.

– Onde está Chris? – pergunta ele, passando os olhos pela bagunça que está minha casa, as coisas de bebê ocupando mais espaço do que seria justo: mamadeiras enfileiradas sobre a pia da cozinha, pilhas de fraldas e pacotes de lenços umedecidos no chão da sala de estar, um cesto de roupa suja transbordando, encostado na porta da frente, alguma coisa que cheira a fezes, para meu choque, saindo da lata de lixo. – Já saiu para o trabalho hoje? – pergunta ele, esforçando-se para não torcer o nariz com o cheiro atroz. Já eram quase sete horas.

– Ele está em Nova York – respondo, sentando-me na cadeira ao seu lado, sentindo o aroma paradisíaco de seu perfume, um cheiro terroso de *patchouli*, misturado com o cheiro intoxicante de café. Pressiono a caneca em meus lábios e respiro fundo.

Graham está magro como sempre, seu cabelo louro está espetado com perfeição, seu corpo está coberto com um suéter justo e jeans. Ele diz que está acordado desde as cinco da manhã, o que acontece na maior parte dos dias. Durante o horário comercial, Graham trabalha como *freelancer*, escrevendo para websites, revistas e, algumas vezes, para o jornal.

Mas as primeiras horas da manhã são reservadas para sua verdadeira paixão: escrever ficção. Ele tem trabalhado em um romance há muitos anos, seu bebê, a menina de seus olhos, que ele espera poder um dia colocar na prateleira de alguma livraria *indie* local. Li pedaços, aqui e ali, uma honra conseguida depois de três ou quatro taças de vinho, depois de implorar e suplicar, depois de muitos elogios e adulação. Era bom.

Quer dizer, o que eu li do livro. Contratei Graham para reescrever o texto do meu website sem fins lucrativos, para auxiliar com um panfleto e para ajudar a escrever nosso apelo anual. Graham e eu passamos muitas madrugadas juntos, trabalhando na petição anual da ONG por doações – na companhia de uma garrafa ou duas, do meu, agora preferido, vinho Riesling – enquanto Chris e Zoe estavam na porta ao lado. Eu voltava tarde, bêbada, tonta e não percebendo ciúmes em Chris, como certamente eu sentiria se fosse ele a chegar daquela maneira em casa.

"O que há para se sentir ciúmes?", perguntou Chris, quando eu o pressionei sobre o assunto, uma coisa que eu nunca teria feito sóbria. E então, as palavras que me machucaram mais: "Não acredito que você faça o tipo de Graham", e eu me lembro de sua expressão de satisfação. A gratificação de dizer aquelas palavras em voz alta.

Passei dias, meses e anos me perguntando o que aquelas palavras significavam. Não ser o tipo de Graham, como não ser o tipo de mulher estonteante que frequentava a cama dele, que fazia as paredes que separavam nossos apartamentos balançarem de vez em quando, fazendo os enfeites frágeis chegarem até a beirada de uma prateleira. Era isso que Chris estava dizendo? Que eu não era boa o bastante para Graham? Que eu era a mulher que envelhecia na porta ao lado, aquela cujo cabelo castanho estava sendo invadido pelos fios grisalhos, com a pele tomada por rugas. Eu era a amiga. A confidente. A camarada. Mas nunca poderia ser nada mais que isso.

Ou talvez, tudo que Chris quis dizer era que mulheres não faziam o tipo de Graham, que ele preferia homens.

Eu nunca saberia. Mas agora, sentada do outro lado da mesa e me perguntando se, em alguma outra vida, em um universo paralelo, Graham alguma vez poderia ter me visto como alguma coisa mais do que a senhora da porta ao lado.

Mas, por dentro, só consigo pensar em Willow, no banheiro, correndo seus dedos por seu peito desfigurado. Marcas de dentes. Marcas de dentes humanos.

E então, ela aparece, como se tivesse sido conjurada por minha mente, e para ali no corredor, Graham vira seus olhos em sua direção e dá o mais enfeitiçador dos sorrisos e, sendo educado, diz oi. Willow não diz nada. Consigo ver seus pés começarem a vacilar, mas então ela deve ter sido tocada por aquele sorriso: caloroso, acolhedor, bondoso, e ela sorri em resposta.

Deve ser quase impossível ver o sorriso de Graham e não se iluminar.

– Willow – digo –, este é Graham. O vizinho ao lado.

E Graham pergunta:

– Como você está?

– Bem – responde ela. – Ela está acordada? – pergunta, indicando a bebê e eu respondo que sim, que ela está.

Willow pergunta se tem mais pasta de dente e eu lhe respondo para pegar no armário de roupa de casa, no fim do corredor. Ela vai até lá e, meio segundo depois, Graham olha para mim, com os olhos arregalados de curiosidade, como se eu tivesse acabado de lhe dar a ideia central para seu próximo romance.

– Conte tudo – diz ele, seu cérebro trabalha rápido e faz a ligação entre a bebê em meu colo e a adolescente que procura pasta de dente no armário.

Sentamos no trem suspenso de Chicago, lado a lado, e quando partimos, para o norte desta vez, a bebê começa a ficar hipnotizada pelo balançar do vagão, pelo brilho da luz do Sol, pelos prédios que passam tão rápido que suas cores e formas começam a ficar borradas, os tijolos vermelhos pareciam sangue pingando no concreto armado e nas estruturas de aço. Sento-me tão próxima de Willow que nossas pernas se tocam e, quando isso ocorre, ela se afasta por instinto, embora não tenha para onde ir no vagão lotado. Willow descobre que a proximidade de outras pessoas pode ser desconfortável, quase dolorosa, pelo modo como ela faz caretas e recua, como se ficar ou se sentar perto de alguém fosse tão doloroso quanto um tapa no rosto. Ela preferiria estar a, pelo menos, um braço de distância, literalmente, naquele espaço interpessoal onde ela não pode tocar e, talvez o mais importante, não ser tocada.

Ela não gosta de ser tocada. Encolhe-se ao mais leve toque da mão. Evita contato visual o máximo que consegue.

Esse é o comportamento de alguém que foi maltratado, pergunto-me, espiando pelo canto do olho seu cabelo irregular, que ela usa como disfarce para seu rosto, ou de alguém que maltratou os outros? São os olhos escuros e sombrios – e o modo como ela olha para Chris, Zoe e eu – um efeito de abuso ou uma indicação de seu próprio comportamento desonroso? Eu vejo quando outras pessoas observam a garota ao meu lado, aquela com um bebê em seu colo, cujos olhos vagam pelo espaço, com sua mente teletransportada para algum reino distante deste trem lotado, enquanto eu, em segredo, acaricio os dedos do pé da bebê, com um único dedo, assim Willow não perceberá que estou fazendo isso.

As pessoas estão vendo alguma coisa que não consegui ver?

Estão atormentados com algum pensamento – alguma reserva – que nunca passou por minha cabeça? Ou talvez tenha passado por minha mente, essa reserva quanto à Willow e eu tenha escolhido ignorá-la, como escolhi ignorar o sangue na camiseta, aceitar suas palavras como verdadeiras e não considerar que poderia haver mais a ser dito. "Um sangramento nasal", foi o que ela disse.

E, ainda assim, no tempo em que tem estado conosco, seu nariz ainda não sangrou.

Vamos de trem até uma clínica de atendimento de emergência em Lakeview. A bebê ainda tem febre, que espera os piores momentos para mostrar sua cara horrível. O remédio a fazia baixar, sim, mas era uma melhora temporária; ainda precisávamos descobrir a causa da temperatura alta, o desconforto que deixava a criança sentindo-se mal por horas a fio.

O pediatra de Zoe estava fora de questão; eu sabia disso.

Havia o risco de haver perguntas. Mas uma clínica de emergência, onde eu poderia pagar – era melhor. Muito melhor, na verdade.

Saímos do trem e andamos um quarteirão ou dois até a clínica, um edifício em uma esquina movimentada, na junção de duas ruas, muito barulhentas a esta hora do dia: carros passavam e suas buzinas enchiam o lugar, cavaletes e fitas isolavam partes da calçada que a chuva de abril tinha transformado em lagos. As pessoas iam para a rua, a fim de contornar esses obstáculos, entrando no tráfego, assim algum motorista era obrigado a buzinar.

Willow levava a bebê enfiada em seu casaco verde-oliva, um lembrete do dia em que as vi pela primeira vez, zanzando pela estação Fullerton, na chuva. Ofereço-me para levar a bebê, mas Willow olha para mim e recusa.

– Não, obrigada. – Mas tudo que escuto é não. Uma negação, uma rejeição. Sinto meu rosto queimar de vergonha.

Então, espero até que chegamos ao vestíbulo, Willow e eu, aquele espaço silencioso entre portas de vidro, para tomar a bebê de suas mãos – tão de repente, que ela não tem tempo de reagir – é incapaz de fazer isso, porque os olhos que estão do outro lado da porta podem ver – e digo a ela:

– Diremos que ela é minha. É mais fácil de acreditar desse jeito. Poucas perguntas. – E passo pela segunda porta de vidro e entro no saguão da clínica, sem esperar pela resposta dela.

Willow fica para trás, um passo ou dois, olhando para mim, com seus olhos azuis gelados, queimando minhas costas.

WILLOW

– Eu nunca tinha saído da casa – digo. – Aquela foi a primeira vez.

Eu conto à srta. Flores como Matthew apareceu depois que Joseph e Isaac tinham saído, como ele trouxe um par velho de tênis, com um cadarço que ele precisou me ajudar a amarrar, como ele me disse para calçá-los porque eu não podia ir descalça no lugar onde estávamos indo.

Eu não sabia onde ele tinha conseguido o tênis. Não perguntei. Também não perguntei onde ele tinha conseguido o agasalho cor de tangerinas com capuz que ele me ajudou a vestir.

"Aonde nós vamos?", perguntei, a primeira vez de três outras.

"Você vai ver", respondeu ele, e nós saímos direto pela porta daquela casa de Omaha.

– Você está dizendo que não tinha saído daquela casa em o quê, seis anos? – pergunta a srta. Flores, como se duvidasse. Ela afunda o saquinho de chá em uma xícara de água fumegante, mexendo para cima e para baixo, para cima e para baixo como um ioiô, porque ela não tem paciência para esperar o surgimento da infusão.

Mami adorava chá. Chá verde. Eu sinto o aroma do chá da srta. Flores e imediatamente me lembro de Mami, de como ela jurava que o chá verde prevenia o câncer e as doenças do coração e a velhice.

Pena que ele não prevenia Bluebirds de darem cambalhotas na estrada.

– Sim, dona – respondo, fazendo força para ignorar os olhos cinzentos da srta. Flores me chamando de mentirosa. – Foi a primeira vez que fui a qualquer lugar – digo –, a não ser o quintal. – E mesmo isso era raro.

– Você não achou que talvez fosse uma má ideia? – pergunta a srta. Flores.

Meu pensamento volta ao dia em que Matthew e eu saímos da casa de Omaha. Eu conto para a srta. Flores que o ar estava frio. Era outono. As nuvens no céu estavam grossas e pesadas.

Eu ainda consigo ver, aquele primeiro dia que Matthew me levou para passear.

– Sim, dona.

– Você disse isso a Matthew? Disse a ele que era uma má ideia?

– Não, dona.

Ela tira o saquinho de chá da xícara e o coloca sobre um guardanapo de papel.

– Bem, por que não, Claire? Se você sabia que era uma má ideia, então por que você não disso isso a Matthew? – pergunta ela, e eu sinto meus ombros se levantarem e descerem.

Eu me lembro de andar bem junto a Matthew, aterrorizada por estar do lado de fora. Aterrorizada pela forma como as árvores balançavam ao vento. Aterrorizada pelos carros que passavam zunindo, carros que eu só tinha visto da janela do meu quarto. Eu não entrava em um carro há seis anos, desde o dia em que Joseph e Miriam me trouxeram para a casa deles. Para mim, carros eram coisas ruins. Carros foram a causa da morte de Mami e Papi. Carros foram a razão de eu acabar lá, na casa de Joseph e Miriam.

Eu me lembro que Matthew me segurou pela manga e que nós atravessamos a rua. Eu olhei para trás, para ver a casa pelo lado de fora, uma casa que era quase bonita, quase pitoresca. Não era a casa mais nova da rua, mas mesmo assim era charmosa, branca e brilhante com persianas pretas, circundada por uma trilha de pedras cinzentas. A porta da frente era vermelha.

Eu nunca tinha visto a casa daquele ângulo, de fora, do jardim frontal.

E então, por alguma razão, fiquei com medo.

E comecei a correr.

"Espere, espere", pediu Matthew, segurando-me pela roupa para que eu não corresse. Os tênis pareciam grandes e pesados. Como se eu estivesse arrastando um peso de cinco quilos em cada pé. Não estava acostumada a usar sapatos. Dentro de casa eu passava todo o tempo descalça. "Qual a pressa?", disse Matthew, e quando me virei ele pôde ver o pânico em meus olhos, o medo. Ele viu que eu tremia. "O que aconteceu, Claire? Alguma coisa errada?"

Disse a ele como estava assustada com os carros, as nuvens, as árvores desfolhadas balançando no vento frio de novembro. Com as crianças que espiavam por trás das cortinas das outras casas, as crianças com as bicicletas e os lápis de cor, e seus xingamentos: babaca, retardado.

Foi quando Matthew me pegou pela mão, coisa que ele nunca tinha feito antes. Fazia muito tempo que ninguém segurava minha mão, como Mami fazia quando eu era pequena. Era bom, a mão quente de Matthew na minha mão gelada.

Nós continuamos descendo o quarteirão e viramos a esquina, até uma placa azul engraçada.

"Esse é o nosso ponto", disse ele. Eu não sabia o que significava aquilo: *nosso ponto*. Mas eu fui até perto da placa com ele e nós paramos e esperamos por um longo tempo. Havia outras pessoas ali, andando em volta da placa. Todos esperando.

Matthew soltou minha mão para procurar moedas nos bolsos de sua calça e a brisa fria de novembro levantou meus cabelos. Um carro passou, uma música estranha tocando muito alto. De repente era difícil respirar, como se eu estivesse engasgando com o próprio ar. Parecia que todo mundo olhava para mim. *O que os olhos não veem o coração não sente,* repeti para mim mesma, e encostei em Matthew, tentando me esquecer do vento frio, da música alta, dos olhos inquisidores.

Um ônibus imenso – branco e azul com janelas escurecidas – chegou e parou bem na nossa frente. Matthew disse: "Este é o nosso ônibus". E nós subimos a escada junto com as outras pessoas. Vendo-me hesitar, Matthew falou: "Está tudo bem. Ninguém vai fazer mal a você" . E então ele colocou algumas moedas em uma máquina e me levou pelo corredor até um banco azul duro. Quando o ônibus partiu, achei que ia escorregar do banco e cair naquele chão sujo. Eu fiquei encarando o chão do ônibus, os restos de refrigerante derramado, os papéis de bala, a meleca saída do sapato de alguém.

"Aonde nós vamos?", – perguntei a Matthew uma, duas vezes, e ele respondeu: "Você vai ver", enquanto o ônibus balançava pela rua, jogando-me de um lado para outro naquele banco duro, parando a cada quadra para pegar mais e mais gente, até ter gente quase saindo pela janela.

Eu fiz o que normalmente fazia quando ficava assustada. Eu pensei em Mami, em seus cabelos pretos compridos e em seus olhos azuis. Eu pensei em Ogallala. Qualquer coisa que eu conseguisse lembrar. Naquele tempo, eu pouco me lembrava: coisas como andar pendurada no carrinho de supermercado na Safeway, olhando para uma lista de compras esquecida ali por alguém que tinha usado o carrinho antes de nós, a tinta azul espalhada pelo papel em letra de mão, que eu não conseguia ler – com Lily presa na cadeirinha. Eu lembrei quando mordi um pêssego maduro e eu e Mami rimos enquanto o suco da fruta escorria pelo meu queixo, lembrei-me de sentar sob o imenso carvalho que ocupava quase todo o quintal da nossa casa pré-fabricada e ler para Mami livros que eram só para adultos.

– Se você estava com tanto medo, por que não disse a Matthew que você não queria ir?

Eu pensei nisso por um ou dois minutos. Olhando Louise Flores mordiscar um *cookie*, eu pensei naquela pergunta. Eu estava assustada por um monte de razões. Estava assustada com as pessoas na rua, mas, mais que isso, estava com medo que Joseph descobrisse que nós tínhamos saído. Racionalmente, sabia que Joseph estava trabalhando e que Isaac estava na escola e iria depois para seu emprego de meio período, era o que ele normalmente fazia, mas eu não tinha certeza. E Miriam? Bem, Miriam mal percebia quando eu estava em casa, então ela mal iria perceber se eu não estivesse. Mas, ainda assim, eu estava com medo.

Mas então, por que eu não disse a Matthew que não queria ir? É simples. Eu *queria* ir. Estava aterrorizada, mas também estava empolgada. Fazia muito tempo que não saía de casa. Eu devia ter catorze ou quinze anos naquela época. Sair de casa era o meu terceiro maior desejo durante aqueles seis longos anos. O primeiro era que Mami e Papi voltassem à vida, o segundo era ter Lily de volta. Minha Lily. Eu confiava em Matthew como não tinha confiado em ninguém nos últimos seis anos, mais do que tinha confiado na srta. Amber Adler, quando viera à nossa casa em Ogallala com um policial, para contar para Lily e para mim que nossos pais estavam mortos, ajoelhada à minha frente no piso laminado, com o sorriso mais gentil do mundo em seu rosto, e prometendo cuidar de mim e de Lily e achar um bom lar para nós.

Eu nunca imaginei que ela estivesse mentindo. Em sua cabeça, ela fez exatamente o que disse que faria.

Mas Matthew era diferente. Se Matthew dissesse que estava tudo bem, então tudo estava bem. Se ele dissesse que ninguém ia me fazer mal, então ninguém ia me fazer mal. Isso não quer dizer que eu não estava aterrorizada quando nós descemos de um ônibus azul e branco e entramos em outro – e depois em outro ainda –, imaginando quantas lembranças de Mami eu conseguiria escavar (a sra. Dahl e seu gado, o gosto de Mami por sanduíches de banana com maionese ou a forma como ela comia mordendo primeiro a casca do pão na volta toda do sanduíche, guardando o recheio – as entranhas, ela dizia – para o final), porque pensar em Mami ajudava a desviar a atenção do fato de que eu estava morta de medo.

Eu amo você como as bananas amam a maionese, diria ela, e eu só balançava minha cabeça e ria, olhando Mami saltitar pela casa em seus vestidos pretos com os cabelos armados.

O ônibus passou por prédios que me lembraram os prédios de apartamentos de Ogallala, construções baixas de tijolinhos vermelhos espalhadas em um campo de grama amarela. Havia estacionamentos tão compridos quanto os prédios. Fios elétricos correndo nos postes ao longo da calçada, fazendo o ar em volta deles zunir. Nós passamos por favelas, com casas caindo aos pedaços, algumas lacradas por fora, carros depenados e pessoas mal-encaradas que circulavam por calçadas quebradas. Circulavam, apenas. Passamos por bandeiras americanas, tremulando no vento insistente, por gramados malcuidados, as faixas de terra aparecendo onde a grama tinha morrido, passamos por arbustos cheios de folhas mortas, marrons, caídas pelo chão, e por árvores, árvores nuas, desfolhadas, centenas de milhares delas.

Passamos por um estacionamento enorme cheio de pedaços de carros. Eu perguntei sobre aqueles carros, Matthew me contou que o local era um ferro-velho, e eu perguntei o que alguém faria com carros sem rodas ou portas.

"Eles usam as peças", disse ele, e eu fiquei pensando de que serviam rodas ou portas boas sem um carro. Eu me vi procurando o Bluebird de Mami e Papi, procurando o carro capotado, com o teto esmagado, os faróis quebrados, os espelhos pendurados nas portas por um fio, para-choques e para-lamas comprimidos até a metade de seu tamanho. Essa era uma imagem que eu tinha trazido comigo todos aqueles anos, uma foto na primeira página do jornal: *acidente na I-80 deixa dois mortos*. Os nomes de Mami e Papi não eram mencionados. Eles eram chamados de *vítimas*, uma palavra que eu sequer conhecia na época.

"Onde estamos indo", perguntei pela terceira e última vez.

Matthew sorriu quando disse: "Você vai ver".

– Onde Matthew a levou naquele dia? – pergunta Louise Flores. Eu penso em Matthew vivendo naquela casa comigo todos aqueles anos, todos aqueles anos em que Joseph me manteve presa dentro de casa. Eu me perguntava o que Matthew pensava sobre aquilo, ou talvez ele não refletia nada sobre aquilo, porque ele era um garoto e Joseph era seu pai e ele não achava estranho. Depois de tanto tempo, morar naquela casa com Joseph e Miriam tinha se tornado normal para mim. Eu tinha que olhar bem para dentro do meu coração para sentir que era errado viver engaiolada daquele jeito. Eu pensei que talvez acontecesse o mesmo com Matthew. Aquele era o jeito que as coisas funcionavam desde que ele era uma criança. Ele nunca viu Miriam andar pela casa. Ele nunca me viu sair de casa.

E, além disso, Joseph disse que ninguém acreditaria em mim. Ninguém. Era a palavra dele contra a minha. E eu era uma criança. Uma criança que ninguém queria – *ninguém* –, só ele e Miriam.

– Para onde ele levou você? – pergunta outra vez a srta. Flores, e eu respondo:

– Ao zoológico.

– Ao zoológico? – repete ela, como se preferisse ir a um milhão de outros lugares no mundo.

E eu digo:

– Sim, dona – com um sorriso do tamanho do Sol em meu rosto, porque não havia lugar no mundo que eu preferisse ao zoológico, exceto talvez estar junto com Mami e Papi.

O zoológico. Eu tinha estado em um pequeno zoológico antes, em Lincoln, mas nós nunca tínhamos ido a Omaha. Naquele dia nós vimos antílopes e guepardos, gorilas e rinocerontes. Nós andamos em um trenzinho, atravessamos um domo gigantesco que por dentro parecia um deserto, um deserto vivo, real. Matthew gastou comigo quase todo o dinheiro que tinha ali, naquele zoológico, comprou até pipoca para mim.

Adorei cada minuto, apesar de, na verdade, eu estar com medo das pessoas. Muita gente. Eu não conhecia muita gente naquele tempo. Tudo o que eu sabia se resumia às poucas pessoas na minha vida, e todas elas se distribuíam em três categorias: bons, maus e outros. Não era só porque durante anos eu não tinha saído daquela casa em Omaha. Eu também nunca tinha visto muita gente, só Joseph, Miriam, Isaac e Matthew e, de vez em quando, a cada seis ou sete meses, a srta. Amber Adler. Eu olhava para todo mundo que passava e me perguntava, sem parar, se eles eram bons ou maus.

Ou talvez eles fossem outros.

Mas Matthew me segurou pela mão o tempo todo; ele não me soltou. Eu me sentia segura com Matthew, como se ele pudesse me proteger, apesar de saber que, mais cedo ou mais tarde, eu teria que voltar para casa, voltar para a casa de Joseph e Miriam. Acabou sendo mais cedo em vez de mais tarde, porque Matthew disse que nós não podíamos correr o risco de Joseph chegar em casa antes de nós. Não podíamos deixar que ele percebesse que eu tinha saído.

Porque senão, Matthew disse, Joseph ficaria louco de raiva. Louco mesmo.

E imaginei o que ele poderia fazer.

Naquela noite, sonhei com antílopes. Uma manada de antílopes, correndo por uma savana africana. Livres e soltos como eu só podia sonhar em ser.

HEIDI

Estamos nos preparando para dormir, quando Willow entra no meu quarto e diz boa noite, sua voz apreensiva do modo que quase sempre é. Zoe está na minha cama, olhando cegamente para algum programa na televisão, e eu, por dentro, faço uma careta toda vez que alguém na tela diz as palavras *maldição* ou *inferno* ou um casal se beija de um jeito romântico, não muito certa de quando passamos do Disney Channel para este canal. Minha filha de doze anos tem idade suficiente para assistir a isso, para compreender as insinuações sexuais e o humor adulto que permeiam a tela da televisão?

Mas ela olha fixo para a tela, não ri junto com a claque, quando um homem escorrega em um estacionamento coberto de neve, indo ao chão e deixando a caixa de ovos que carregava voar de suas mãos.

Seu olhar se volta para Willow quando ela entra, um olhar gelado vindo de seus quentes olhos castanhos.

Ela procura pelo controle remoto e aumenta o volume, tentando abafar o som do boa-noite de Willow.

Zoe está chateada comigo, zangada por eu ter esquecido de buscá-la no treino de futebol, por ter ido à clínica com Willow e a bebê. Por ter de esperar por mais uma hora, talvez mais, com o treinador Sam, enquanto ele telefonava – e depois telefonava de novo – para meu celular para me lembrar de que minha filha estava esperando no Eckhart

Park, enquanto o Sol se punha em Chicago. Quando chegamos, suas companheiras de time já tinham ido embora e o treinador Sam tinha congelado e ficado impaciente, embora tenha fingido um sorriso e me dito que estava tudo bem, quando me desculpei pela enésima vez por meu atraso.

Ela não falou comigo quando chegamos em casa; não falou com Willow. Tomou banho e foi para a cama, dizendo que queria ficar sozinha. Isso, é claro, não me surpreendeu nem um pouco e pude ver em seus olhos vagos, em sua expressão mal-humorada, que ela me odiava, como odiava a maioria das coisas. Eu tinha entrado para aquela lista interminável, que incluía lição de casa de matemática, grãos e aquela professora substituta chata. A lista de coisas que ela odiava. Eu.

Mas a bebê, ela, por outro lado, era só sorrisos desdentados e sons melosos de bebê que enchiam o quarto como se fossem canções de ninar. Eu me agarrei a ela com avidez, não querendo dividi-la com ninguém. Preparei uma mamadeira quando ela começou a procurar meu seio em busca de leite, esgueirando-me até cozinha sem contar para Willow para onde eu estava indo, ou lhe perguntar se eu poderia alimentar a bebê, porque, se eu fizesse isso, ela poderia responder que ela mesma faria e então eu teria de abandonar a bebê, deixá-la a seus cuidados, e isso era uma coisa que descobri que simplesmente eu não conseguiria fazer. Então, embrenhei-me pela cozinha escura, alimentando Ruby e fazendo cócegas em seus pés de bebê, limpando as gotas de leite artificial que escapavam de sua boca com um pano, escorrendo pelo queixo dela como pequenos raios descendo do céu.

– É hora do remédio dela, dona – disse Willow, aparecendo de repente na cozinha, um raio em uma noite até então tranquila. Eu tinha sido pega, culpada, com a mão na massa, como dizem.

As palavras dela, por si mesmas, foram benignas, e ainda assim seus olhos me perfuravam, ali, na cozinha; ela não precisou falar nada para deixar claro que sabia que eu estava errada. Eu estava com medo de Willow, de repente, com medo de que ela me machucasse, medo de que machucasse a criança.

Sua imagem, de novo, fez uma mudança diante de meus olhos: a jovem impotente, com uma queda por chocolate, uma adolescente criminosa que conseguiu entrar furtivamente em minha casa.

Ela estava parada ali, na cozinha, com os braços abertos, esperando o retorno da bebê. Usava outra roupa velha de Zoe: calça jeans com um buraco no joelho, uma blusa de manga comprida cujas mangas Willow tinha cortado na altura dos cotovelos, deixando a pele de seus braços ouriçada com o frio, os pelos em pé. Havia meias em seus pés, com um buraco enorme sobre o dedão de um dos pés, e quando olho para aquele dedão, penso em como fui ingênua, trazendo Willow para minha casa.

E se Chris estivesse certo, afinal de contas, sobre Willow?

Eu não tinha parado para pensar no efeito que isso teria no bem-estar da minha própria família, pois estava muito preocupada com o bem-estar de Willow para considerar o de Zoe, considerar o de Chris.

E se Willow não fosse confiável?

Meus olhos correram para a gaveta onde guardamos o canivete suíço, escondido entre uma coleção de lixo – velas de aniversário, fósforos, lanternas que não funcionam – e eu fiquei, de repente, apavorada, perguntando-me quem é essa garota, quem ela é de verdade e por que ela está na minha casa.

Enquanto ela ficou ali, olhando para mim, não fez a pergunta mais óbvia: o que eu estava fazendo. Mas ela tomou a bebê de minhas mãos. Simples assim. Apenas tomou a criança, deixando-me impotente e sem fôlego. Fiquei na cozinha, ajudando Willow a dar o antibiótico para a bebê e, depois, fiquei ali, horrorizada, quando Willow se virou, com a bebê em seus braços. A criança que eu estava segurando, alimentando, e sem ela, sem Ruby, senti como se alguma coisa, de repente, estivesse faltando em minha vida. Vi quando Willow se sentou com as pernas cruzadas em meu sofá e deitou aquela bebê em seu colo, envolvendo-a no cobertor cor-de-rosa de lã, como uma lagarta em um casulo.

Quis chorar, olhando para aquela mamadeira vazia em minha mão, a vaga deixada em meus braços. Fiquei desejosa, consumida por uma necessidade apaixonada de segurar aquele bebê, meus pensamentos tomados pela imagem de Juliet, de Juliet sendo raspada de meu útero em uma curetagem. Ficou difícil de respirar, quase impossível, enquanto meus pensamentos se agitavam entre o desejo de segurar aquele bebê – Ruby – e uma ânsia por minha Juliet, minha Juliet que tinha sido descartada como lixo hospitalar.

Por quanto tempo isso continuou, não sei. Fiquei ali, na soleira entre a cozinha e a sala de estar, hiperventilando, o dióxido de carbono escapando do meu sangue a uma velocidade alarmante, tanto que meus lábios, dedos das mãos e dos pés começaram a formigar e eu me agarrei com força – tanto que minhas articulações ficaram brancas – ao granito do balcão para não desmaiar ou cair no chão, imaginando meu corpo convulsionando no piso de madeira, Willow e Zoe por perto, não fazendo nada, apenas assistindo a *Vila Sésamo* ou a algum outro programa na televisão, até que eu comecei a detestá-las – as duas – por esse desrespeito, por mais hipotético que fosse.

E agora estou no banho, em minha suíte, Zoe enfiada na cama, com um programa ridículo passando na televisão, quando Willow dá seu boa-noite. Ela foi até o quarto e ficou de pé, tímida, na porta do banheiro, vendo eu pendurar minha preciosa corrente de ouro, com a aliança de meu pai, em um gancho chique de parede, um pássaro filigranado, pintado de vermelho.

Não me viro em direção a Willow, quando murmuro:

– Boa noite. – E espero até ela sair do quarto para respirar. Visto uma camisola de cetim e tranco a porta do quarto, depois vou para a cama, ao lado de Zoe, guardando o canivete suíço debaixo do travesseiro.

Passo a noite inteira insone, revirando-me na cama, esforçando-me para não acordar Zoe. Zoe, que se vira de costas para mim, indo para a extremidade da cama para que nossos corpos não se toquem. Zoe, que costumava querer subir na cama com Chris e eu, que implorava para preencher aquele espaço entre os corpos protetores de mamãe e papai, agora tão afastada que pode cair da cama.

Quando finalmente durmo, meus sonhos são repletos de bebês. Bebês e sangue. Não são sonhos felizes, com querubins e bebês em forma de anjos gordinhos e de cabelos cacheados, como tive no passado, mas em vez disso, bebês ensanguentados, mortos, berços vazios. Corro de um quarto a outro, vestindo aquela camisola de cetim, procurando pela bebê Juliet, não a encontrando em lugar nenhum. Em meus sonhos, refaço meus passos, como se talvez, apenas talvez, eu a tivesse esquecido deitada no meio de um quarto, enrolada em seu cobertor de lã. Olho naqueles lugares onde as gatas gostam de se esconder: no *closet*, atrás da porta fechada de uma despensa, debaixo da cama. Ela não está em lugar nenhum.

E então, olho para a parte de baixo da minha camisola empapada em sangue. Como *catchup* em um pão de hambúrguer. Está na minha camisola, em minhas mãos e, quando observo o meu reflexo em um espelho – envelhecida, com dez anos ou mais do que tinha quando fui para a cama –, vejo sangue manchando meu cabelo castanho-avermelhado.

Acordo, suada, do pesadelo, certa de que – absolutamente certa – de que em algum lugar, a distância, ouço um bebê chorando.

Levanto-me da cama e atravesso o quarto nas pontas dos pés. O relógio digital marca duas horas e vinte e sete minutos. Encontro o corredor escuro, a não ser por uma luz fraca que vem do fogão da cozinha até o corredor. Está silencioso quando pressiono minha orelha contra a porta do escritório; não há som. Não há bebê chorando.

E, ainda assim, estava tão segura.

Pouso a mão sobre a maçaneta de níquel escovado.

Trancada.

Tento de novo, apenas para me certificar, meu coração começa a bater mais rápido em meu peito. Estou preocupada com alguma coisa estar errada do outro lado da porta, enquanto um milhão de pensamentos não solicitados passam por minha cabeça, tudo, desde Willow virando e esmagando a bebê até algum homem louco subindo pela escada de incêndio e fugindo com Ruby nos braços.

Preciso entrar naquele quarto. Preciso ter certeza de que ela está bem.

Eu poderia bater na porta e acordar Willow, fazê-la abrir a porta para que assim eu possa investigar a segurança das janelas, se a bebê está bem ou não. Poderia contar a ela que estava preocupada com a possibilidade de alguma coisa ter acontecido à bebê.

E se eu estiver certa, então meu pânico seria justificado. Mas se eu estiver errada...

Se eu estiver errada, as garotas – Willow e Zoe, ambas – pensarão que estou louca.

Corro pelo corredor, vou até a cozinha, até a gaveta onde guardamos todos os tipos de coisas, onde mantemos uma coleção de chaves – pois esse é o tipo de fechadura que só precisa ser destrancada com algum tipo de objeto afiado: um clipe de papel serviria, volto de novo para a porta do escritório, onde insiro a chave improvisada, giro em sentido horário e *voilà*!

A fechadura se abre com facilidade.

Viro a maçaneta com muito cuidado, não desejando acordar Willow. A porta se abre e eu a encontro lá, como fiz na noite anterior, de costas para a bebê, com um travesseiro sobre a cabeça. A criança parece dormir, respirando, graças a Deus. Ela tirou o cobertor verde de cima de seu corpinho, que está completamente exposto, então posso ver o movimento de seu peito e saber que ela está viva, não sufocada em sangue, como meus sonhos me persuadiram a acreditar.

Ela está dormindo, seus olhos e membros, completamente dormentes, inertes.

Quero pegá-la em meus braços e levá-la até a cadeira de balanço na sala de estar. Quero segurá-la enquanto dorme, bem na luz da manhã, olhando para a janela, quando os primeiros ônibus e táxis do dia aparecem na rua da cidade. Quero ver o Sol nascer com Ruby em meu colo, ver os tons de cor-de-rosa e dourado varrerem a escuridão do céu de abril.

E então há outros pensamentos que preenchem minha mente, pensamentos de levar a bebê para onde Willow não consiga me encontrar.

Olho fixamente para Ruby, meu corpo pressionado nas sombras do quarto, transformando-se em uma mera silhueta na parede, uma forma sem traços, iluminada pela luz da parede, pelo luar pálido que atravessa as cortinas acinzentadas, cortinas com dobras que sempre pareciam uma bagunça para mim, enrugadas, franzidas. Imagino a mim mesma como uma dessas silhuetas famosas, icônicas: Jane Austen ou Beethoven, ou aqueles adornos ordinários imitando a silhueta de uma garota com o corpo em forma de ampulheta e seios, sentada com as pernas estendidas e apoiando-se nas mãos, que adornava jamantas e caminhões dirigidos por caipiras.

Coloco as mãos na parede para me equilibrar; procurarei não respirar, assim não acordarei Willow, tentando estender o tempo entre as respirações, até eu ficar zonza e confusa.

Há um relógio neste cômodo também, os números digitais pulam de duas horas e vinte e um minutos para quatro horas e dezoito minutos, tudo em um piscar de olhos, enquanto fico ali, ao pé do sofá-cama, desejando cobrir a bebê e movê-la a uns trinta centímetros ou mais para longe do corpo de Willow, para eu não precisar me preocupar com ela sendo sufocada ou esmagada.

Desejando pegá-la e tirá-la deste quarto.

Mas não posso fazer isso.

Porque então Willow vai saber.

E, talvez, vá embora.

WILLOW

Aqui usamos macacões laranja com a palavra "juvenil" escrita nas costas. Dormimos em quartos com paredes de tijolos, duas em cada cela, em camas de metal, com grades grossas entre nós e o corredor de concreto por onde as guardas – mulheres tirânicas com corpos de homem – marcham a noite inteira. Nós comemos em um refeitório com longas mesas, em bandejas velhas de cores claras, com um alimento de cada grupo nutricional: carne, pão, frutas e vegetais, um copo de leite.

Não é tão ruim, não se comparado com procurar comida nas lixeiras e dormir na rua.

Minha companheira de cela é uma garota que me diz que seu nome é Diva. As guardas a chamam de Shelby. Ela tem os cabelos roxos, mas suas sobrancelhas são de um castanho normal. Ela canta. O tempo todo. A noite toda. As guardas e as outras prisioneiras dizem para ela calar a boca, enfiar uma meia na boca, fechar a matraca, gritando de lugares que nós não conseguimos ver. Eu pergunto por que ela está aqui, atrás das grades como eu, sentada no chão de concreto, porque ela jura que há uma armadilha em sua cama, mas sua única resposta é:

– Você não quer saber – e eu ficou só imaginando.

Ela tem quinze, talvez dezesseis anos, como eu. Eu posso ver os buracos nos lugares de onde ela foi obrigada a retirar os *piercings*: o lábio, o nariz, a cartilagem da orelha. Ela põe a língua para fora e me mostra o buraco onde havia um *piercing* e me conta como sua língua inchou até dobrar de tamanho quando ela fez o furo, como ela ficou dias sem poder falar. Como uma garota que ela conhecia tinha partido a língua em dois quando colocou um *piercing*. Ela diz que o bico de seu seio tinha um *piercing*, seu umbigo também. Ela começa a me contar do que tinha dentro das calças daquele macacão laranja, como a guarda ficou olhando quando ela foi forçada a retirar o longo *piercing* curvado do clitóris antes de ser jogada na cela, e resmunga baixinho:

– Sapatão da porra.

Eu me viro, envergonhada, e ela começa a cantar. Alguém diz para ela calar a boca. Ela canta mais alto, com uma voz aguda e desafinada, como o chiado de um trem de carga freando muito rápido.

A guarda me tira da cela. Ela me algema e me leva até onde Louise Flores me espera, na sala fria com uma mesa de metal. Hoje, quando eu entro, ela está em pé no canto da sala, olhando por uma janela. Ela está vestindo uma blusa cor de fumaça, de aparência áspera e calças pretas. Há uma xícara de chá na mesa, um copo de suco para mim.

– Bom dia, Claire – diz ela enquanto nos sentamos à mesa. Ela não sorri. O relógio na parede marca um pouco mais que dez da manhã.

A srta. Flores gesticula para a guarda retirar minhas algemas.

O vigia do dia anterior não está mais na sala. Desapareceu. Em seu lugar está uma mulher de meia-idade, seu cabelo cinza preso com um coque. Ela fica empoleirada onde duas paredes se encontram, com os braços cruzados, o coldre de uma arma saindo de uma cartucheira.

– Eu trouxe suco para você – diz a srta. Flores – e uma rosquinha – completa, colocando um saco de papel sobre a mesa.

Suborno.

Como quando Joseph, de vez em quando, trazia um biscoito de chocolate embrulhado em papel manteiga da cafeteria da universidade. Para que mais tarde eu tirasse sem nem piscar a camiseta velha e comprida que usava para dormir, enquanto ele tirava minhas calcinhas.

Ela coloca seus óculos na ponta do nariz e revisa as anotações do dia anterior. Saindo da casa de Omaha com Matthew. Pegando ônibus até o zoológico.

– O que aconteceu quando você chegou em casa naquela tarde? Do zoológico? – pergunta ela.

– Nada, dona – digo enquanto tiro uma rosquinha confeitada de chocolate do saquinho e a enfio na boca. – Eu cheguei em casa bem antes de Joseph – falo com a boca cheia. – Bem antes de Isaac. Miriam estava em seu quarto, sem nenhuma noção do tempo ou de qualquer outra coisa. Eu fiz o almoço e pus a roupa para lavar. Assim, mais tarde, quando disse a Joseph que tinha passado o dia lavando roupa, haveria prova: a roupa no varal. Ele nunca saberia que era mentira.

Ela me dá um guardanapo, apontando minha bochecha. Eu limpo os restos de chocolate e lambo meus dedos. Saboreio a saliva doce.

Eu conto como andar de ônibus com Matthew se tornou algo mais ou menos regular. Nós não fomos mais ao zoológico, só daquela vez, porque ir ao zoológico custava dinheiro e dinheiro era exatamente o que Matthew não tinha. Nós íamos a lugares onde não precisávamos de dinheiro. Nós fomos a parques, e Matthew me mostrou como usar o balanço, que tinha esquecido como era desde aqueles dias em Ogallala. Às vezes, só andávamos pelas ruas de Omaha, por entre os prédios altos e todas aquelas pessoas.

E então, um dia, Matthew me levou até a biblioteca. Eu me lembrei de como adorava ir à biblioteca com Mami. Eu adorava o cheiro e a vista de todos aqueles livros. Milhares de livros. Milhões de livros! Matthew me perguntou sobre o que eu queria aprender – qualquer coisa que eu quisesse – e eu pensei por algum tempo e então disse a Matthew que queria saber mais sobre os planetas. Ele assentiu e disse: "Certo. Astronomia, então". E eu o segui enquanto ele navegava por aqueles corredores como se fosse o dono da biblioteca, e Matthew me levou até um monte de livros de astronomia, como ele dizia, o Sol, a Lua, as estrelas. A biblioteca era silenciosa, nós estávamos sozinhos no corredor dos livros de astronomia, espremidos entre prateleiras altas como se fôssemos as únicas pessoas do mundo. Nós nos sentamos no chão e encostamos nas prateleiras, e eu comecei a retirar cada livro da estante e admirar as capas: o céu noturno negro todo coalhado de estrelas.

Crescendo sem mãe, havia coisas que eu queria saber, mas não tinha para quem perguntar. Coisas como por que, de vez em quando, meu corpo começava a sangrar e eu tinha de encher minhas calcinhas de papel higiênico para não estragar minhas calças. Como por que havia pelos crescendo em mim em lugares onde antes não tinha pelo algum e por que partes do meu corpo estavam ficando maiores sem nenhuma razão aparente. Não tinha nenhuma mulher na minha vida para quem eu podia fazer essas perguntas. Havia a assistente social, mas claro que eu não podia perguntar para ela, ela iria querer saber por que eu não estava conversando sobre aquilo com Miriam, porque todas as vezes que a srta. Amber Adler aparecia, Miriam estava tomando as pilulazinhas brancas e se portando de forma quase normal. Quase. Mas Miriam estava muito longe de ser normal.

Todas essas perguntas eram sobre as aparências, mas eu tinha perguntas mais íntimas também. Especialmente sobre Matthew e todo aquele estranho turbilhão de emoções que eu sentia quando ele estava por perto. Eu sentia a necessidade de estar perto dele e me sentia só quando ele não estava. Todos os dias eu esperava que ele aparecesse na porta assim que Joseph e Isaac saíam, e ficava triste nos dias em que ele não vinha.

Eu estava vendo coisas que nunca tinha visto antes quando Matthew vinha e me tirava de casa: lindas mulheres com cabelos ondulados, cabelos da cor de palha ou de canela ou de macarrão com queijo, seus rostos radiantes, mulheres em roupas maravilhosas: botas de couro altas com saltos, jeans colados ao corpo, calças de couro, sapatos verdes de bico fino e salto agulha, dezenas de pulseiras balançando em um braço, blusas com decotes cavados, casacos verdes, vinho ou azuis com furos por onde se via o sutiã. Mulheres e homens de mãos dadas, beijando-se. Fumando, falando ao telefone.

Eu tinha um sutiã, que Joseph tinha trazido no último saco de roupas: um sutiã com um fecho marrom que me deixava mortalmente aborrecida, pois o que eu queria eram saltos e pulseiras. Eu queria colocar uma blusa transparente sobre o meu único sutiã, para que Matthew o visse.

Quando Matthew e eu nos deitávamos lado a lado na minha cama, para ler o livro que ele tinha me trazido, nós ficávamos perto, nossos corpos se fundindo, nossas cabeças dividindo o mesmo travesseiro. Matthew envolvia meu corpo com o seu, sua cabeça virada na minha direção para que nós dois pudéssemos ver as letras microscópicas dos livros. Um dos meus preferidos era *Anne de Green Gables*, devo ter pedido a Matthew que pegasse na biblioteca um milhão de vezes, e apesar de eu saber que ele devia estar ficando enjoado daquele livro, ele nunca reclamou. Ele até disse que também gostava dele.

Mas, por mais que eu gostasse daquele livro, eu achava difícil prestar atenção em outra coisa que não fosse a mão de Matthew roçando a minha ao virar a página, seu jeans arranhando minha perna nua sob o cobertor, um ombro acidentalmente apertando meu seio quando ele se mexia na cama. Enquanto Matthew lia em voz alta sobre Anne Shirley e sobre os Cuthberts, eu me perdia ouvindo o tom de sua voz, sentindo seu cheiro – uma mistura de musgo e fumaça de cigarro – no formato das suas unhas, em como seria se ele enfiasse aquelas mãos queimadas sob minha blusa e tocasse meus seios.

Seria diferente de Joseph, isso eu sabia, diferente de Joseph, de quem eu carregava as marcas dos dentes em minha pele branca, como gado marcado.

Matthew e eu ficávamos muito tempo deitados assim, juntos na cama, até que Matthew sentava de repente e ia deitar do outro lado da cama.

Como se nós estivéssemos fazendo alguma coisa errada.

A srta. Amber Adler continuava nos visitando a cada seis ou sete meses. Nos dias que antecediam sua visita, Joseph, com minha ajuda, dava aquelas pílulas para Miriam. Como um relógio, Miriam começava a se sentir melhor e a sair da cama, e nós limpávamos a casa do fedor. Enquanto eu cuidava da faxina, Joseph me trazia um vestido novo, sentava-me na cozinha e cortava meus cabelos. Quando a assistente social chegava, em seu carro acabado e com sua mochila Nike grande demais, a casa tinha perfume de limão.

Miriam estaria agindo de forma mais ou menos normal, e o resumo falso de um livro qualquer, escrito por Joseph, com o meu nome na capa, estaria pregado com um ímã na geladeira.

"Você escreveu isso?", – perguntou a srta. Amber Adler, segurando a folha em suas lindas mãozinhas, e eu menti: "Sim, senhora".

Claro que eu nunca escrevi qualquer resumo de livro. Eu nunca fui à escola. Mas Joseph olhava para ela como se aquela fosse a verdade divina e dizia como minhas habilidades de leitura e escrita estavam melhorando, mas como ainda persistia o problema do "mau comportamento", e Amber Adler sentava comigo e me lembrava como eu era muito, "oh, afortunada" em ter uma família como Joseph e Miriam, e me dizia que eu tinha que me esforçar mais para melhorar minha conduta e "mostrar algum respeito".

A assistente social continuou trazendo cartas de Paul e Lily Zeeger e de minha pequena Lily. A Lily Grande me contou como Rose (Lily) estava crescendo e ficando tão grande. Como ela queria deixar seu cabelo preto ficar mais e mais comprido, como tinha recentemente deixado crescer uma franja. Como tinha tantas amigas: Peyton e Morgan e Faith. Como ela adorava a escola, e como ela era uma criança brilhante, e como sua matéria favorita era música. Ela me perguntava: eu tocava algum instrumento? Eu gostava de cantar? Ela me dizia que Rose (Lily) tinha um dom para a música. E se perguntava: era de família? E como Lily tinha aprendido a ler e escrever, ela também me mandava bilhetes, escritos numa folha de papel de carta decorada com um pássaro vermelho sobre um galho de árvore. O papel de carta tinha o nome dela escrito no topo: Rose Zeeger, e todo outono, junto com o bilhete, havia também uma nova foto tirada na escola. Minha Lily estava sempre feliz, sempre sorrindo, e naquelas fotos eu via como ela estava crescendo, ficando cada vez mais parecida com a nossa Mami. Quando eu me olhava no espelho, não via nenhum traço de Mami, mas os via na pequena Lily, naquelas fotos que Joseph me forçava a rasgar assim que a assistente social partia.

– Eu comecei a me sentir aliviada por Lily – digo para a srta. Flores.

– Por que aliviada? – pergunta ela.

– Porque Lily era feliz com os Zeeger. Ela era feliz de uma forma que ela nunca seria se tivesse ficado comigo.

Eu pensava em Joseph fazendo com Lily o que fazia comigo, e a mera ideia me fazia querer esmagar sua cabeça com a frigideira, o tipo de pensamento que começou a preencher minha mente à medida que eu crescia de uma criança de oito anos para uma garota de quinze, uma garota que tinha absoluta certeza de que Joseph não tinha o direito de vir ao meu quarto.

– Por que você não contou à assistente social sobre Joseph? – pergunta a srta. Flores, acrescentado – Se o que você diz é verdade – insinuando mais uma vez que não era.

Eu olho de lado, recuso-me a responder. Eu já respondi a essa pergunta antes.

– Claire – insiste a srta. Flores, seu tom seco.

E aí, quando eu não respondo, ela continua olhando para suas anotações e não para mim.

– Até onde eu consigo ver, Claire, você não fez nada para resolver a sua situação. Você poderia ter contado à srta. Adler o que você alega que Joseph fazia com você. Você poderia ter informado a ela. – Então olha de novo as anotações para ter certeza do que vai dizer. – Mas você não fez coisa alguma. Você decidiu resolver tudo sozinha.

Eu me recuso a responder. Eu deito a cabeça na mesa e fecho os olhos.

Ela bate a mão na mesa com força e eu dou um pulo; a guarda dá um pulo.

– Claire – ela grita.

Eu não vou levantar a cabeça. Não vou abrir os olhos. Eu imagino Mami segurando minha mão. "Fica parada, aí não vai doer tanto."

– Mocinha – diz ela –, é melhor você cooperar. Me ignorar não ajuda em nada. Você está muito encrencada. Mais encrencada do que você pode imaginar. Você é suspeita de dois assassinatos, além de...

Neste momento, ergo minha cabeça da mesa e olho para ela, olho bem dentro dos olhos cinzentos e para o cabelo cinzento de Louise Flores, a blusa áspera, as rugas em sua pele, os dentes grandes de cavalo. As paredes de tijolos cinza daquela salinha começam a se fechar sobre mim, o sol que entra por uma das janelas de repente bate em meus olhos. Uma dor de cabeça começa, sem aviso. Eu imagino um corpo, sangue, entranhas acidentalmente derrubadas pelo chão. A porta da frente aberta. Minhas pernas moles, como massinha de modelar. Uma voz me dizendo para ir embora. *Vá!*

E então eu penso: *dois?*

CHRIS

Aquele bebê está resmungando ao fundo quando eu finalmente consigo ligar para Heidi. Eu pergunto a ela se há algo errado, mas tudo que ela diz é:

– Esperando que o Tylenol faça efeito – e há uma vibração em sua voz, um efeito de onda, como se ela estivesse balançando a criança para cima e para baixo, para cima e para baixo, tentando corrigir o problema. Tentando fazer a bebê se calar.

– Febre? – pergunto, enquanto digito em meu *laptop* "os títulos oferecidos aqui são extremamente voláteis..." Eu mal ouço quando Heidi me conta que a febre não está tão alta – ela menciona algum número que eu não saberia repetir nem se minha vida dependesse disso – e continua falando, agora sobre uma consulta com uma médica em uma clínica em Lakeview.

– Departamento de proteção à criança – relembro a ela.

Um telefonema, simples e rápido, e todo o problema desapareceria.

Mas tudo que ela responde é:

– Agora não, Chris – e se cala.

Ela não quer ouvir minha ladainha sobre a garota e sobre como eu acho completamente insano que ela ainda esteja ali, em nossa casa, em um espaço pequeno demais para três, quanto mais para cinco. Ou sobre como essa palhaçada pode acabar nos mandando os dois para a cadeia.

"As ações estão sendo oferecidas sem qualquer..."

Ela me conta sobre a visita à médica de família na clínica de Lakeview. Como elas disseram que a criança era de Heidi para evitar qualquer pergunta embaraçosa, e eu refleti sobre aquilo, imaginando Heidi, naquela idade, com um bebê pequeno. Não é que Heidi fosse velha demais para ter um bebê, mas nós tínhamos ultrapassado aquela fase há tanto tempo, ultrapassado as fraldas e as mamadeiras e toda aquela porcaria.

Mas aparentemente não importava muito quem era a mãe do bebê, porque a única coisa que interessava à médica era a febre que não passava, enquanto elas ficaram lá, no consultório, desesperadas por um elixir, por alguma poção que curasse a criança.

Eu posso sentir, pela sua voz, que ela está cansada. Uma imagem me vem à cabeça: os cabelos de Heidi estão uma bagunça; ela provavelmente não tomou banho hoje. Seu cabelo provavelmente está pegajoso, como espaguete grudado, como sempre acontece com Heidi quando ela não consegue lavar os cabelos. Há bolsas sob seus olhos castanhos e abatidos, grandes bolsas gordas, inchadas e doloridas. Ela está atrapalhada, eu consigo perceber, no meio de nossa conversa uma lata de refrigerante escorrega do balcão e cai no chão.

Ouço o barulho do choque e imagino o líquido marrom e grudento escoando pelos vãos do piso de madeira.

– Merda – grita ela, Heidi, que nunca fala palavrão. Eu a vejo ficando de quatro no chão para limpar a bagunça com uma toalha de papel. Seus cabelos caem por cima dos olhos e ela os assopra de volta. Ela está um caco, precisando desesperadamente de um banho e de uma boa noite de sono. Seus olhos erráticos, um milhão de pensamentos gritando dentro de sua cabeça.

Essa situação está cobrando caro de minha mulher.

Heidi diz que passou bastante creme no traseiro da bebê nos últimos dias, então a doutora sequer mencionou as assaduras já sarando. Depois de descartar todas as outras causas para a febre, ela recolheu uma amostra de urina da bebê com um cateter e diagnosticou uma infecção do trato urinário.

– Como ela pegou uma coisa dessas? – pergunto a Heidi, contorcendo meu rosto com a imagem daquela sensação de ardência a cada vez que a bebê urinava, do cateter subindo pela uretra e entrando na sua pequena bexiga.

– Péssima higiene – responde Heidi como se fosse óbvio, e eu me lembro da bebê sentada naquelas fraldas sujas de merda por Deus sabe quanto tempo. As bactérias das fezes subindo para a bexiga e os rins. Supurando.

Agora a bebê está tomando antibióticos, e sua mãe recebeu ordens médicas para só limpá-la da frente para trás. A mesma coisa sobre a qual Heidi me atormentava quando Zoe ainda usava fraldas. Eu penso em Willow sentada no sofá neste instante, olhos fixos na TV, em transe, como costuma fazer. Ela não tem nem dezoito anos, me lembro, pensando em uma criança que ainda tem que ser lembrada de lavar as mãos. De comer os legumes. De arrumar sua cama. De limpar o traseiro de sua bebê da frente para trás.

Eu ainda estou esperando alguma notícia de Martin Miller, o detetive particular. Eu penso bastante em uma forma de acelerar o processo, em alguma informação que eu possa dar a ele, apesar de minhas buscas na internet terem dado em nada. Eu pensei em uma foto, mas tenho sérias dúvidas se Willow Greer me deixaria tirar uma foto sua, ou que Heidi concordaria com isso. Eu pensei naquela mala velha, marrom e gasta, aquela que ela esconde atrás do sofá-cama quando sai do quarto, como se pudéssemos esquecer que ela está ali. Pensei em vasculhar aquela mala, ver se encontro alguma coisa, alguma pista, uma carteira de motorista ou uma identidade, um celular com algum número para contato.

E daí Martin sugeriu impressões digitais, sugeriu que eu guardasse um copo ou o controle remoto, alguma coisa que ela tivesse tocado e que pudesse validar uma identidade de uma forma que ela não pudesse falsificar. Ele me mostrou como fazer, como preservar as impressões digitais de Willow Greer para que ele pudesse enviá-las para seu laboratório.

Mas tudo isso vai precisar esperar até depois da minha viagem.

E eu ainda não recebi nenhuma resposta de W. Greer no Twitter, o que me faz pensar que ela esteja morta. Que ela tenha ido em frente, como disse que iria, e acabado com a própria vida.

Ou talvez ela esteja escondida em algum apartamento de Chicago, querendo que o mundo *acredite* que ela está morta. Como diabos eu poderia saber? Mas, ainda assim, checo o Twitter todos os dias, só por desencargo de consciência.

– Ela ficou interessada na marca de nascença – me diz Heidi então, interrompendo meus pensamentos.

– Quem ficou interessada?

– A médica.

– Na marca de nascença da bebê? – pergunto, lembrando da mancha atrás da perna da bebê, espreitando-me, quando Heidi desenrolou nossa toalha azul de suas nádegas para secá-la.

– Sim – diz ela. – A médica disse que é uma malformação vascular, às vezes chamada de Mancha Vinho do Porto. – E eu imagino uma taça de Merlot derramada naquela perna. Heidi fala alguma coisa sobre marcas de nascença vasculares e sobre capilares se expandido e vaso sanguíneos dilatados sob a pele da bebê. E então ela me diz que, de acordo com a médica, nós podemos remover a marca. Com um tratamento a *laser*. Ela diz que isso é uma coisa que nós realmente precisamos pensar em fazer. Nós. Eu e ela. Como se estivéssemos discutindo sobre um bebê nosso.

Eu imagino minha esposa, falando ao telefone com seu cabelo de espaguete e seus olhos abatidos, declarando com uma expressão vazia no rosto:

– A médica disse que essas manchas podem ficar embaraçosas para as crianças depois que elas crescem um pouco. E que são mais fáceis de tratar em bebês, porque os vasos sanguíneos são menores.

Eu fico sem fala. Não consigo responder. Eu abro e fecho minha boca. E então, por falta de qualquer coisa melhor para dizer, pergunto:

– Como está Zoe?

– Bem – Heidi diz.

Eu não faço comentários sobre a marca de nascença.

Enquanto nossa conversa se desloca de marcas de nascença para o tempo, eu percebo como Heidi soa exausta, no limite, como um brinquedo de borracha que foi esticado demais e não consegue mais voltar a seu formato original. Eu quase sinto pena dela. Quase.

Mas daí minha mente divaga de volta para Heidi e eu em nossos dias antes dos bebês – antes de Zoe, antes do aborto que afetou Heidi muito mais do que ela é capaz de admitir – quando nós subíamos as escadas, dois degraus de cada vez, até o deque no teto do apartamento onde morávamos naquele tempo, para assistir à queima de fogos de artifício no Navy Pier aos sábados. Eu penso no modo como nós sentávamos juntos, na mesma cadeira de praia, bebendo da mesma garrafa de cerveja, olhando para o perfil da cidade contra o céu: o edifício John Hancock, as Torres Sears muito antes de serem renomeadas. Nós tínhamos tantas aspirações naquele tempo: viajar pelo mundo e ver coisas – a Grande Muralha da China, as Cavernas Azuis da Grécia –, competir juntos num triatlo. Planos que foram esquecidos assim que nós tivemos uma filha. Eu nunca quis que fôssemos um daqueles casais, um daqueles casais tão preocupados com suas ambições individuais e com seus filhos, que o casamento é jogado para escanteio, ignorado e negligenciado em nome de aspectos aparentemente mais importantes da vida.

O que eu queria de nosso casamento é que nós fôssemos uma equipe. Heidi e eu. Mas hoje em dia a sensação é a de que nós não somos senão oponentes, oponentes jogando em equipes rivais. Começo a me sentir mal por ela, no meio daquela confusão com a garota e a criança, completamente sozinha.

Mas, penso, levando em conta o cabelo de espaguete e os olhos abatidos, isso é culpa dela.

Ainda assim, não consigo tirar aquela nota da cabeça, o bilhete de uma palavra só que encontrei na minha pasta: "Sim". Eu o reli no aeroporto, no avião. Eu o olhei de novo quando nos registramos no hotel, um hotel de luxo no centro de Nova York. Eu o li mais uma vez quando Cassidy, Tom, Henry e eu nos separamos no saguão do hotel, e Cassidy disse "até mais", acenando com um dedo. Eu me sentei na cama branca e perfeitamente arrumada em meu quarto suntuoso – olhando para a paisagem pela janela: a vista aérea do prédio ao lado, distante não mais que três metros, nada além de tijolos e janelas –, tirei o bilhete do bolso e o segurei em minha mão. Eu me vi avaliando tudo sobre aquele bilhete: onde ela conseguiu o papel adesivo roxo, a letra tremida. Ela estava nervosa quando escreveu, estava com pressa ou foi atrapalhada pela criança? Ou sua letra é só feia, pior que a minha?

Eu me pergunto quando ela escreveu o bilhete: às dez da noite, logo depois de irmos para a cama e ela ouvir, através da porta fechada, a respiração de Zoe se transformar em um ronco, ou em algum momento durante a noite, obrigando-se a ir até minha pasta pela insônia, assolada por lembranças de ser machucada por alguém, lembranças que a fizeram ficar se debatendo e virando na cama a noite toda. Ou talvez bem cedo pela manhã, acordada pelo alarme de meu despertador, quando ela foi pé ante pé até minha pasta perto da porta de entrada, enquanto eu ligava o chuveiro e entrava debaixo d'água.

Quem poderia saber?

E agora, um dia depois, minhas reuniões do dia terminadas, um encontro com Tom, Henry e Cassidy no bar do hotel marcado para daqui a vinte minutos, eu considero se devo falar com Heidi sobre o bilhete. Mas que bem isso traria? Iria só fazer Heidi mergulhar de cabeça, isso é o que aconteceria. Uma prova de que a garota sofreu abuso – ou pelo menos uma alegação de abuso – seria o suficiente para que Heidi sugerisse que ficássemos com ela. Para sempre. Como as malditas gatas. Elas ficam.

Alguém bate à porta. Eu quase não ouço a batida antes que Heidi, pelo telefone, pergunte desconfiada:

– Quem está aí?

E eu minto:

– Serviço de quarto – porque me recuso a admitir que Cassidy se ofereceu para dar uma passada no meu quarto e revisar o memorando de oferta – o perfil e a especificação financeira de algum ativo que estávamos tentando vender – antes de irmos para o bar para o último drinque.

Eu levanto da cama e ando até a porta, contando a Heidi que eu pedi serviço de quarto. Que eu ia ficar aqui terminando o memorando de oferta que devia ter terminado no fim de semana passado. Que eu tinha pedido um sanduíche de peru e um *cheesecake* e que eu talvez até conseguisse assistir ao final do jogo do Cubs, se terminasse o memorando a tempo.

Eu abro a porta e encontro Cassidy do lado de fora, como esperado, um batom vermelho brilhante delineando seus lábios de forma que eu não consiga pensar em mais nada além daqueles lábios.

Eu levo um dedo à boca e faço o movimento de "shhh" para minha colega.

E então, em voz alta, para que Heidi ouça:

– Você trouxe o *catchup*? – E vejo Cassidy abafando o riso.

Eu vou direto para o inferno, penso, enquanto agradeço ao garçom inexistente e fecho a porta com alarde, e fico aliviado quando Heidi diz que vai me deixar desligar, para a minha comida não esfriar.

– Eu amo você – digo.

– Eu também.

Eu jogo meu telefone na cama.

Observo Cassidy atravessar o quarto com uma pose atrevida. Como se esse fosse o quarto dela. Não há nenhuma hesitação em seus movimentos, nenhuma parada na soleira da porta esperando um convite para entrar. Não com Cassidy.

Ela trocou de roupa. Só Cassidy trocaria um vestido por outro para ir tomar um último drinque, substituindo o *tailleur* formal preto por uma túnica grega, justa e sem mangas, da cor de ferrugem. Ela se senta em uma poltrona amarela baixa, lançando uma de suas longas pernas sobre a outra, e pergunta primeiro sobre o memorando de oferta e depois sobre Heidi.

– Ela está bem – digo, abrindo o memorando de oferta em meu *laptop* e passando-o para Cassidy, tomando muito cuidado para não tocá-la quando o computador troca de mãos. – Sim, ela está bem.

E aí peço licença e vou ao banheiro, antes que eu repita a mesma frase pela terceira vez, forçando meus olhos a olharem para os dela, e não para suas pernas ou seus lábios ou seus seios no vestido cor de ferrugem. Não são grandes. Mas não são pequenos também. São do tipo que vai bem com a figura ágil de Cassidy. Muita bagagem extra estragaria tudo. Ela seria desproporcional, penso em pé no banheiro enquanto examino os brindes do hotel sobre a pia negra – xampu, condicionador, loção pós-barba, sabonete – e abro um sabonete para lavar o rosto, jogando água fria na cara para parar de pensar nos peitos de Cassidy.

Ou em suas longas pernas.

Ou nos lábios. Lábios vermelhos. Da cor de pimenta-caiena.

Ela me chama do quarto e eu saio do banheiro, enxugando meu rosto com uma toalha. Eu ocupo a minha própria poltrona amarela baixa ao lado dela e nos acomodamos em volta da mesinha redonda.

Nós revisamos o memorando de oferta. Eu me concentro nas palavras "ações" e "ativos" e "por unidade", e não nas unhas pintadas das mãos que se movem pela tela do computador, ou no vestido cor de ferrugem, flutuando a alguns milímetros da minha perna.

Nós descemos após terminarmos, lado a lado no elevador. Cassidy se inclina para mais perto de mim, para tirar sarro de um homem que está descendo conosco, um homem com uma peruca mal arrumada, e ela alonga o pescoço e ri alto, suas unhas arranhando a pele de meu antebraço.

Eu imagino o que as pessoas pensam de nós: eu com uma aliança, ela sem.

Será que nos veem como colegas de trabalho em Nova York, em uma viagem de negócios ou como algo mais: eu o adúltero, ela a amante?

No bar do hotel eu me sento na cadeira de lateral de aço, de forma que Cassidy é obrigada a sentar no sofá baixo com Tom e Henry. Nós bebemos. Demais. Nós falamos. Fofocas. Fazemos piadas com colegas e clientes, algo muito fácil. Satirizar as esposas e daí alegar que era só uma brincadeira, quando a esposa de alguém presente vira o assunto da piada.

Heidi.

Cassidy toma um pequeno gole de um Manhattan, deixando marcas vermelho-rubi nas bordas do copo de coquetel, e diz:

– Notem, cavalheiros, que essa é a razão pela qual eu nunca vou me casar.

E eu me pergunto qual razão seria essa: ela se recusa a ser o assunto de alguma piada ou se recusa a fazer gracinhas com aquele a quem ela jurou seu amor nas horas boas e ruins. Na saúde e na doença. Até que a morte os separe.

Ou talvez ela não queira tomar parte em toda essa coisa de monogamia.

E daí, mais tarde, no banheiro, um Henry completamente bêbado me aborda com uma camisinha:

– Para o caso de você precisar mais tarde – diz ele, e solta uma gargalhada orgulhosa daquele senso de humor lascivo que é a marca registrada de Henry Tomlin.

– Acho que dificilmente eu e Heidi vamos precisar de contraceptivos – digo, mas eu pego a camisinha de qualquer forma, e guardo no bolso da calça, sem querer ser grosseiro e largá-la na pia do banheiro.

Henry chega mais perto, cheirando ao bom e velho Jack Daniel's, um retrocesso aos seus dias de caipira, e sussurra:

– Eu não estava falando de Heidi – e pisca para mim.

Nós perdemos a noção do tempo. Tom coloca outra rodada em sua conta, cerveja para mim e para ele, mais Jack Daniel's para Henry, um Alabama Slammer para Cassidy. Ela retira os pedaços de fruta do drinque – um gomo de laranja, uma cereja – e os come antes. O *barman* anuncia:

– Última rodada.

Eu me esqueci completamente de meu telefone, aquele que eu arremessei na cama, oculto sob as dobras dos lençóis brancos.

HEIDI

Zoe vai para a cama cedo, derrubada por uma dor de cabeça e pelo nariz entupido, características da volta da estação das alergias, a primavera, ou talvez seja apenas um resfriado. É impossível dizer, como é quase sempre o caso, nessa época do ano, quando o pólen das árvores está em seu ápice, mas a temporada de resfriados e gripes ainda não bateu em retirada. Então, dou os analgésicos e os anti-histamínicos, e Zoe desaba na cama, caindo de imediato em um sono induzido pelos remédios, enquanto beijo sua testa com cuidado, deixando a televisão ligada em meu quarto, assim o som de um *reality show* atravessa as paredes.

Willow e eu nos sentamos, na sala de estar – ela lendo em silêncio *Anne de Green Gables*, e eu em meu *laptop,* fingindo que trabalho, ainda que trabalho seja a coisa mais distante que ocupa minha mente no momento. Faz três dias que estive no escritório, três dias que qualquer coisa relacionada ao trabalho passou por minha cabeça.

Minha ausência foi sentida no trabalho, um buquê de rosas e lírios agora ocupava minha mesa da cozinha, com um cartão de "Fique boa logo". A cada manhã, eu preparava minha voz mais macabra e telefonava para Dana, a recepcionista, e dizia que não estava me sentindo bem, gripe, acredito, e culpava minha própria tolice por não ter tomado a vacina. Minha temperatura estava em quase trinta e nove graus, dependendo do dia, e meu corpo doía permanentemente, tudo, do cabelo até os dedos

dos pés. Eu me enrolava em cobertores e em camadas sobrepostas de roupas e, ainda assim, era assolada por calafrios, nunca ficava quente, rezando para que Zoe não ficasse doente também; sendo a boa mãe que eu sou, Zoe, é claro, tomou sua vacina.

Mas, ainda assim, digo, antes de ter um acesso de tosse que soa bem sincero, na verdade, em silêncio me elogiando pelas habilidades dramáticas que eu ignorava ter – a compressão do ar em meus pulmões, as secreções cheias de muco que saem de meu peito como lava quente do Mauna Loa –, nunca se sabe.

Nada disso, claro, é verdade.

Estou descobrindo que sou bem hábil na arte de mentir.

Olho ansiosa para a bebê dormindo no chão, esperando com impaciência pela primeira sugestão de movimento – um tremeluzir das pálpebras, um estremecimento da mão – que irá me tirar de minha cadeira e me colocar a seu lado, meio segundo antes de Willow, como crianças competitivas jogando futebol, ambas querendo ser a primeira a chegar na bola e ambas querendo ser a primeira a chutá-la.

Digito palavras sem sentido na tela do computador, uma prova de que estou trabalhando.

Meus olhos se movem de Ruby para Willow, para o *laptop*, e assim por diante, em um círculo sem fim, que me deixa tonta, aflita, com uma repentina sensação de vertigem.

Ouço quando, da parede que divide nossos apartamentos, a risada de Graham e de sua última conquista amorosa me alcançam, saudando-me, o tom da voz dela – sedutora e insincera – indicativo de um breve caso e nada mais. A especialidade de Graham. Vejo Willow tirar os olhos do livro, escutar o riso felino e o tom de voz estridente, e quando aqueles olhos azuis gélidos encontram os meus, atravessam meus orbes agitados, desvio o olhar com rapidez, pensando no hematoma ocre, perguntando-me o que seria necessário para uma pessoa como Willow estourar. Quantos maus-tratos e exploração alguém conseguiria aguentar antes de perder o autocontrole.

Não consigo olhar para ela, dentro daqueles olhos que me ameaçam. Em vez disso, encaro as paredes brancas, uma colagem fotográfica de Chris, Zoe e eu, em preto e branco, em molduras de madeira, as gatas em suas próprias molduras, com a palavra "família" esculpida em MDF, pintada a mão e pendurada entre as molduras.

Toco no bolso do meu robe lilás e sinto o canivete suíço dentro dele. Uma precaução. Lembro do aviso de Chris: "Quanto você pode saber, de verdade, sobre outra pessoa?".

E então a bebê começa a se mexer, suas pálpebras estremecem, bem como sua mão, mas Willow – não eu – com seus reflexos velozes alcança a bebê primeiro e a tira do chão, daquele jeito raquítico que ela faz, com seus braços trêmulos, segurando a bebê de forma insegura, então, por uma fração de segundo ou mais, tenho certeza de que Ruby cairá. Levanto-me e dou um passo para ampará-la quando cair, mas então os olhos de Willow me impedem, encarando-me presunçosos, divertindo-se bastante com minha aflição. *Rá!* Aqueles olhos zombam de mim e *eu ganhei de você*, como se ela soubesse o tempo todo que eu fiquei esperando. Esperando pacientemente para segurar a criança. Para segurar aquela linda bebê em meus braços quando ela acordasse.

Levo a mão à boca para abafar um grito que ameaça emergir das minhas entranhas.

– A senhora está bem? – pergunta-me ela, quando volto para a cadeira, enrolando Ruby no cobertor cor-de-rosa. E então, quando não respondo rápido o bastante, ela pergunta de novo. – Dona?

Tiro a mão da boca e aperto meu peito, onde está meu coração estilhaçado, e minto.

– Sim, estou bem. – Achando que mentir é tão fácil quanto emular aquele ar de serenidade que disfarça meu estado turbulento, as nuvens tempestuosas que aparecem antes da tempestade.

De repente, tomo conhecimento da TV do quarto, com o volume alto. O *reality show* tinha entrado em um intervalo comercial e, de repente, gritam conosco, repreendem-nos e nos admoestam a comprar algum tipo de amaciante que cheira a folhas de eucaliptos. Isso me enfurece; o som disso, alto e empático, pode acordar Zoe. Eu xingo alto, aquele maldito comercial, xingo a TV e o canal e o amaciante de eucalipto que nunca irei comprar. Saio marchando pelo corredor para desligar a TV, pressiono o botão com tanta veemência que a TV desliza cinco centímetros ou mais no console, arranhando a parede. Atrás de mim, na cama *queen size*, sob o edredom de matelassê, Zoe rola de lado, ainda segurando o controle da TV, embora esteja dormindo.

Ela dá um suspiro sonolento.

Meu coração começa a bater mais forte em meu peito, oprimido pela sensação de estar completamente fora de controle. Impotente. À beira de enlouquecer. Enquanto fico ali, em pé no quarto, olhando para a tela escura da TV, sinto-me tomada por uma repentina onda de náusea, minhas pernas amolecem e, por meio segundo, tenho certeza de que estou tendo um ataque cardíaco.

Entro no banheiro, quando a escuridão embaça meus olhos, como se um limpador de janelas tivesse espirrado em um painel sujo. Desmorono na borda da banheira e coloco a cabeça entre minhas pernas, forçando o sangue de volta para o meu cérebro.

E então abro a torneira para que Zoe, caso acorde de seu sono anestesiado, não me ouça chorar.

E é aí que eu vejo: o pássaro filigranado pintado de vermelho, o gancho chique e antigo na parede. Um buraco a mais, mal preenchido e pintado, um lembrete de que, quando Chris pendurou o gancho, ele o pendurou torto.

Comprei o gancho em um mercado de pulgas em Kane County, em uma viagem de carro que Jennifer e eu fizemos seis, talvez sete anos atrás, para fora da cidade e depois para St. Charles, que era a cidade mais próxima de nós, e que tem sido nosso destino de férias por anos. Enquanto Jennifer e eu procurávamos antiguidades e coisas colecionáveis das quais não precisávamos, as garotas, Zoe e Taylor, iam atrás, em um carrinho vermelho, ambas se entupindo de cachorros-quentes e pipocas para ficarem quietas e satisfeitas.

O gancho estava completamente vazio.

Tateio meu pescoço, mas ele também está vazio, como eu sabia, com certeza, que o encontraria, pois me lembro de pendurar a corrente – a corrente de outro com a aliança do meu pai nela, as palavras

"O começo do sempre" gravadas em sua parte de dentro – no pássaro filigranado, antes de beijar Zoe na testa para dar boa noite. Antes de eu sair do quarto – apagando as luzes – e voltar para a cozinha para lavar panelas e frigideiras que me esperavam no fogão. Antes de eu pegar o saco de lixo, que estava cheirando mal na lixeira e levá-lo pelo corredor, até o dispensário. Antes de eu me sentar diante do meu *laptop* e digitar palavras sem sentido na tela, em uma espera inútil até Ruby se mexer.

Ela tinha pegado a aliança de meu pai.

De repente, é como se ele tivesse morrido de novo, o meu pai. Sou teletransportada para a manhã em que minha mãe telefonou da casa deles em Cleveland. Meu pai estava doente há meses, então isso não deveria ter sido uma surpresa para mim, o fato de que meu pai estava morto. E ainda assim, aquela notícia, as palavras exatas saindo da boca de minha mãe, seu tom de voz noticioso, em vez de triste – "ele está morto" – derrubou-me completamente, deixou-me atônita. Por semanas continuei acreditando que isso era um erro, um mal-entendido, com certeza não poderia ser verdade. Houve um funeral e um enterro, é claro, e eu vi quando algum homem, parecido com meu pai – mas frio e com aparência de borracha, seus traços inertes e estranhos – foi baixado em uma cova, e então, como a filha obediente que eu era, joguei minhas rosas sobre o caixão, porque foram essas flores que minha mãe carregou, quando eles se casaram. Rosas lilases.

Embora eu acreditasse, no fundo do meu coração, que não era meu pai dentro daquela caixa.

Tentei telefonar para ele todos os dias, meu pai, preocupada quando ele não atendia seu celular. De tempos em tempos, minha mãe o atenderia e, em sua voz mais meiga e gentil, diria "Heidi, querida, você não pode ficar telefonando desse jeito", e quando eu continuei a telefonar, ela sugeriu a mim, a Chris, que eu visse alguém, alguém que poderia me ajudar a atravessar meu luto. Mas eu recusei.

Como recusei ver alguém – um conselheiro, um psiquiatra – quando o obstetra sugeriu que eu o fizesse, depois que ele matou Juliet, depois de ele ter se apropriado do meu útero.

Era quase dez da noite na cidade de Nova York. Telefonei para Chris de um celular enfiado em meu bolso, para contar a ele que Willow tinha me roubado, mas o celular dele tocou e tocou sem qualquer resposta.

Esperei dez minutos e então tentei de novo, sabendo que Chris é uma coruja, então, com certeza, ele está acordado, com certeza trabalhando em algum memorando de oferta no qual jurou que ia trabalhar.

Foi o que ele disse.

Quando, de novo, não há resposta, mando uma mensagem de texto. Telefone para mim. Imediatamente.

E continuei a esperar em vão por vinte minutos ou mais.

Então começo a ferver de raiva.

Procuro na internet o telefone do hotel em Manhattan e telefono para lá, pendido para a recepcionista me transferir para o quarto de Chris Wood. Sussurro para não acordar Zoe e ela me pede mais de uma vez que eu repita. Há uma pausa, quando uma mulher tenta fazer a transferência, mas então ela volta à linha e, desculpando-se, diz:

– Ninguém atendeu no quarto, senhora. Quer deixar uma mensagem?

Eu desligo o telefone.

Penso em telefonar de novo e pedir que me transfiram para o quarto de Cassidy Knudsen.

Considero pegar o último voo para Nova York, fazer uma aparição surpresa em seu hotel, desesperada para flagrar Chris e Cassidy flertando, rindo de alguma piada que o resto do mundo desconhece. Vejo Cassidy com seu roupão de hotel, Chris vestindo o dele, uma garrafa de champanhe entregue pelo serviço de quarto, e morangos. Sim, é claro, morangos.

A placa de NÃO PERTURBE pendurada na maçaneta.

Consigo sentir o sangue subindo por meu pescoço, fazendo minhas orelhas arderem. Minha pulsação faz tanto barulho que Zoe, adormecida, consegue ouvir com certeza. Meus batimentos cardíacos estão tão descontrolados que me deixam atordoada e coloco a cabeça entre as pernas de novo para recuperar o fôlego, tendo pensamentos diabólicos sobre *aquela* mulher, pensamentos sobre aviões com destino a Denver explodindo e despencando no chão.

– É hora do remédio de Ruby – ouço a voz tímida *daquela garota*, essa cleptomaníaca que roubou a aliança de meu pai de mim.

Quero gritar, mas, em vez disso, com um controle surpreendente digo:

– Você pegou a aliança de casamento do meu pai. Você pegou a aliança.

Penso em pegá-la pelo pescoço e a sacudi-la porque ela pegou a única coisa no mundo que era importante para mim. Mas permaneço na borda da banheira, passando a mão pelo robe de lã, pelo canivete suíço guardado em segurança no bolso, pensando em suas várias ferramentas, ou armas, caso prefira: um saca-rolhas, uma tesoura, um perfurador e, é claro, uma lâmina.

– O quê? – pergunta ela, fraca, magoada, como se fosse ela que tivesse sido prejudicada. Roubada. Saqueada. Sua voz é leve, quase inaudível, enquanto ela balança a cabeça desesperadamente, de modo frenético e responde, em um sussurro: – Não.

Mas seus olhos não olham nos meus e ela começou a mexer as mãos. Pisca sem parar, com rapidez, sua pele pálida começa a ficar vermelha. Sinais conhecidos de mentira. Levanto-me e, quando faço isso, ela recua, com rapidez, e sai do quarto, dizendo em voz baixa alguma coisa ou outra sobre Jesus e perdão e misericórdia.

Uma confissão.

– Onde está? – pergunto, seguindo-a até a sala de estar, meus passos são delicados, mas rápidos, um pouco mais do que os dela, assim eu logo cubro a distância entre nós. Atravesso a sala com meus chinelos de pele de ovelha e a viro, pegando-a pelo braço, assim ela é forçada a olhar para mim, forçada a manter contato visual, como só o melhor mentiroso consegue fazer. Ela se afasta com rapidez; eu invadi seu espaço. Coloca os braços atrás de si, assim não posso tocá-los de novo.

– Onde está a aliança de meu pai? – pergunto, exigindo uma resposta dessa vez, ciente de que a bebê está nos vendo do chão, mastigando uma meia de bolinhas que tirou de seu pé, seus dedinhos pairando no ar, completamente indiferente à tensão que está ao seu redor, tomando conta da sala, fazendo com que respirar fique difícil.

– Não estou com ela – responde Willow, uma mentira, sua voz está mole, como um verme ou uma sanguessuga. – Juro, dona, não estou com a aliança – diz ela, mas seus olhos permanecem mudos, intrigantes e, no lugar de uma jovem impenetrável e ingênua, que uma vez pensei que ela era, em vez disso, vejo alguém que é astuta, maliciosa. Habilidosa e dissimulada.

Ela foge do meu olhar, contorce-se desconfortavelmente em sua própria pele, como se, de repente, fosse a pele de um porco-espinho, coberta de espinhos.

Uma farsa.

Suas palavras saíram como um *staccato* – abruptas e cortadas, um derramamento de negações. "Não estou com ela" e "eu juro", suas mãos gesticulam sobre seu rosto, que fica vermelho.

Uma enrolação.

Ela zomba de mim com suas mentiras e seu desprezo, com os olhos ingênuos que são qualquer coisa, menos ingênuos. Ela sabia exatamente o que estava fazendo, desde o primeiro dia em que a vi na estação Fullerton, esperando sob a chuva.

Esperando que alguém como eu mordesse a isca.

– O que você fez com ela? – pergunto, enlouquecida. – O que você fez com a aliança?

– Não estou com ela – diz de novo –, não estou com a aliança. – Balançando a cabeça rapidamente, como um pêndulo.

Mas eu insisto.

– Está. Você a pegou. Do gancho do banheiro. Você pegou a aliança do meu pai.

– Dona – diz ela, implorando, e isso é quase patético, o tom de sua voz, de partir o coração, na verdade, se não fosse tamanha mentira. Ela recua um passo e eu a sigo, com rapidez, o movimento repentino, meu movimento abrupto fazendo-a tremular, um estremecimento vindo de algum lugar no fundo dela.

Procuro pelo canivete suíço no bolso do meu robe lilás, apertando-o com força, enquanto pronuncio uma única palavra.

– Vá.

Sinto tremer na minha mão, aquela faca. E penso comigo mesma: *Não me faça...*

Ela está balançando a cabeça com rapidez de um lado para outro, o cabelo em tom de sépia cai sobre seus olhos arregalados, seus lábios se abrem e murmuram apenas uma palavra: "Não". E então ela está me implorando para deixá-la ficar, implorando para que eu não a coloque para fora. Começou a chover, de novo, as gotas caem no parapeito da janela da sala, embora seja um chuvisco, não uma tempestade, ainda.

Contudo, não dá para dizer o que a noite trará.

– Vá – digo de novo. – Vá agora. Antes que eu chame a polícia. – E dou um passo até o celular, que está sobre o balcão da cozinha.

– Por favor, não faça isso – diz ela, implorando, e então –, por favor, não me faça ir embora. – E ela está olhando pela janela, para a chuva.

– Você pegou a aliança – digo, insistindo. – Dê-me a aliança.

– Por favor, dona – diz ela, e então: – Heidi. – Como se estivesse tentando me alcançar em um nível mais pessoal, contudo isso me atinge soando de modo inapropriado e presunçoso. A audácia de me lembrar de sua imprudência, de sua confiança excessiva; o resto é apenas um fingimento, um trabalho de ficção. Um disfarce patético para entrar em minha casa e me roubar. Pergunto-me o que mais ela roubou: a cerâmica polonesa, as pérolas de minha avó, o anel de formatura de Chris.

– Senhora Wood – corrijo.

– Não estou com a aliança, sra. Wood. Eu posso jurar. Não estou com a aliança.

– Então você a vendeu – digo. – Onde você a vendeu, Willow? Em uma loja de penhores?

Há uma em Lincoln Park, vejo-a, clara como o dia, uma vitrine de loja na Clark, com a placa: COMPRAMOS OURO. Penso em mim mesma, naquela tarde, deitando-me para uma soneca. Ela vendeu a aliança para a loja enquanto eu estava dormindo? Mas não, pendurei a corrente no gancho hoje à noite, antes de dar um beijo de boa-noite em Zoe e apagar as luzes, limpar a cozinha e me sentar diante de meu *laptop* para trabalhar. Ou não trabalhar. Fingir que trabalhava.

Ou talvez isso tenha sido na noite passada, penso, sentindo-me, de repente, perdida e confusa, sem saber que dia é ou qual caminho seguir.

Mas tenho certeza de que ela pegou a aliança.

– Quanto você conseguiu por ela? – pergunto e então, quando ela não responde, pergunto de novo. – Quanto você conseguiu pela aliança do meu pai? – Imagino quinhentos dólares, talvez mil. O tempo todo acariciando a borda lisa do canivete suíço, passando meu dedão pela lâmina até que ele, quase com certeza, sangra. Não sinto o sangue, mas o visualizo, uma gota, talvez duas, que se infiltra no robe lilás.

E então ela está pegando suas coisas pela casa – mamadeiras e o leite artificial; está pegando os jeans rasgados e as botas de amarrar, o casaco verde-oliva, a maleta *vintage* no escritório – e trazendo tudo para a porta de entrada, onde ela os deixa cair, virando-se para mim, sombria, o falso desespero foi trocado por uma expressão estoica em seus olhos.

Mas, quando ela vai pegar a bebê do chão, eu intercedo.

Só por cima do meu cadáver, é o que estou pensando, mas o que digo é:

– Você não pode cuidar dela. Sabe disso tão bem quanto eu. Ela teria morrido daquela infecção se não fosse por mim.

Uma infecção urinária não tratada poderia levar a uma sepsia.

Sem tratamento, uma pessoa pode morrer.

Mas essas não foram palavras minhas: essas vieram da médica na clínica, não vieram? Foi a médica que nos disse isso, querendo saber por quanto tempo a irritação persistente e a febre incontrolável da bebê estavam durando.

"Uma semana, talvez duas", tinha dito Willow, mas eu zombei de sua sinceridade e disse: "Apenas alguns dias, querida, não uma semana". Sabendo o que o médico teria pensado de nós, se tivéssemos deixado a infecção se alastrar por semanas, permitido que a febre durasse tanto tempo. Tinha revirado meus olhos para a médica, lá naquele consultório barato e comentei sobre Willow: "Ela tem uma péssima noção de tempo. Adolescentes, sabe? Um dia, uma semana, não faz diferença para eles". E a médica, talvez mãe de um pré-adolescente ou adolescente, concordou, assentindo.

Mentir, nestes dias, uma coisa tão fácil de fazer. Vem naturalmente, de forma automática, até eu não conseguir mais dizer o que é verdade, o que é ficção.

– Se você tentar levar Ruby com você – digo –, eu serei forçada a chamar a polícia. Criança em perigo de vida, além do roubo. Ela está mais segura aqui, comigo.

Ela precisa entender que a bebê está melhor comigo.

– Quando eu a conheci – digo, lembrando-a –, ela estava com febre. Feridas em seu bumbum e vários eczemas na pele. Não tomava banho há semanas e vocês estavam quase sem comida. Um milagre que ela não estivesse com hipotermia, esquelética ou morta – digo, aproximando-me da criança, sabendo muito bem que lutarei por ela se precisar, que puxarei a faca do meu bolso e alegarei autodefesa. Mas eu já posso ver, pela resignação nos olhos dela, que não precisarei lutar. A bebê, para ela, é um fardo, um peso. Os sentimentos viscerais – aquela necessidade inegável de segurar a bebê, a sensação de vagar sem propósito quando ela não está no meu colo – esses são meus. Todos meus. Esse desejo que brota nas pontas dos meus pés e sobe até minhas entranhas. Todo meu.

– Você não precisa de uma criança atrasando sua vida – digo, sabendo tão bem quanto ela que há alguém atrás dela. Quem é, eu mal tenho ideia, mas registro que ela sabe, o homem ou mulher que a deixou com aquele hematoma ocre na testa.

– Você tomará conta dela – diz, não como uma pergunta, mas como uma necessidade. – Preciso que você tome conta dela.

Digo que tomarei. Minha expressão se suaviza, pelo bem da bebê, e as palavras escorrem da minha boca como uma cachoeira.

– Ah, eu vou tomar, sim – afirmo, como que fazendo uma promessa. – Cuidarei dela muito bem – digo, como se fosse uma criança abençoada. – Mas não posso ficar com você em minha casa – digo depois, minha voz endurecendo quando traço uma linha tênue entre cuidar daquela bebê e precisar que Willow saia da minha casa –, não depois que você me roubou.

E ela protesta.

– Eu não roubei...

E eu a interrompo.

– Apenas vá embora.

Não quero ouvir isso, as mentiras e negações, quaisquer desculpas sobre precisar de dinheiro para isso ou aquilo, quando está claro que não estou acreditando em sua história. Ela pegou a aliança de meu pai, simples assim, e a vendeu em uma loja de penhores.

E agora ela precisa ir embora.

Ela não me diz adeus. Pergunta de novo:

– Você tomará conta dela? De Ruby? – mas as palavras saem sem emoção e não verdadeiras, pois são mera formalidade, ela deve assumir, certificar-se de que a criança está em boas mãos antes de ir embora. Mas há uma hesitação, no entanto, uma breve hesitação, quando ela olha para Ruby e é bem possível que seus olhos azuis tenham se enchido de lágrimas. Lágrimas falsas, digo a mim mesma, nada mais.

E então, ela se aproxima da bebê e acaricia sua cabeça; murmura um adeus antes de sair, secando aquelas lágrimas artificiais nas costas de sua manga.

– Irei tratá-la como se fosse minha própria filha – digo, como uma confissão, fechando e trancando a porta quando ela sai. Olho, pela janela da sala, para ter certeza de que ela foi embora, arrastando-se pelas ruas da cidade, sob a chuva gelada de abril. E então, viro-me para a bebezinha, completamente tomada por seu rosto gordinho, seu cabelo escuro, sua boca sem dente que assume a forma de um sorriso radiante, e penso: *minha. Toda minha.*

WILLOW

Em algum momento, sem nem perceber, eu fiz dezesseis anos.

E foi quando tudo aconteceu, em um período de mais ou menos três semanas.

Estávamos no final do inverno e eu estava impaciente pela primavera, mas, por alguma razão, a neve continuava a cair de um céu cinza e tenebroso. Eu morria de frio sempre que eu e Matthew pegávamos os ônibus na cidade; o agasalho e o tênis nunca eram suficientes. O ar frio do inverno soprava em todos os pontos de ônibus e como a maioria das minhas roupas eram vestidos e casacos de Joseph, minhas pernas estavam sempre desprotegidas.

À noite, dormindo naquela cama com uma colcha de retalhos fina e apenas uma camiseta grande para me manter aquecida, eu tremia, meu corpo todo ficava arrepiado, e os arrepios quadruplicavam quando Joseph tirava minha camiseta.

Eu pensava nas várias formas de matá-lo, se pudesse. Pensar em Mami e nos "eu amo você como" foi substituído por pensar em Joseph e em todas as maneiras de matá-lo. Empurrá-lo escada abaixo. Bater na sua cabeça com a frigideira. Colocar fogo na casa de Omaha quando ele estivesse dormindo.

Mas o que eu faria depois?

Eu odeio você como aracnofóbicos odeiam aranhas. Eu odeio você como gatos odeiam cães.

Em um dia parado de inverno, eu e Matthew pegamos o ônibus e fomos à biblioteca. Eu me lembro que estava ansiosa, porque naquele dia Matthew ia me ensinar a usar o computador. Eu nunca tinha usado um computador.

Nós ainda não tínhamos andado mais que um quarteirão quando Matthew perguntou se eu estava com frio e, quando eu respondi que sim, ele me abraçou pelo ombro e me puxou para perto. Naquele instante, foi como se não houvesse mais ninguém no ônibus, só Matthew e eu. Como se o resto do mundo tivesse desaparecido. O braço de Matthew era quente, forte, seguro.

Eu ergui a cabeça e olhei para ele, imaginando se aqueles olhos de chocolate poderiam me explicar o que estava acontecendo. Por que as minhas entranhas se dissolveram, por que minhas mãos ficaram grudentas. Matthew não disse nada, nem ele, nem seus olhos. Ele estava olhando pela janela como se não tivesse notado coisa alguma, mas fiquei me perguntando se ele não tinha sentido a mesma mudança que eu.

Nós chegamos na biblioteca e colocamos duas cadeiras na frente de um computador, e Matthew me mostrou um mundo que eu nunca tinha visto. Ele me mostrou algo chamado internet, onde eu podia procurar quaisquer coisas que quisesse saber sobre planetas ou animais selvagens ou aranhas; ele me mostrou jogos.

Havia música lá também, no computador. Nós colocamos os fones de ouvido da biblioteca, e Matthew pôs música para tocar, meio alto, mas eu gostei. Eu gostei do som do baixo bem ali, dentro do meu ouvido. Eu pensei em Mami. Nela rodopiando ao som de Patsy Cline.

Ir à biblioteca se tornou nosso programa regular. Era meu passeio favorito. A biblioteca era silenciosa e quente, apesar do mundo do lado de fora daquelas grandes portas de vidro ser frio e barulhento. O prédio era grande, tinha quatro andares ou mais, espremido entre prédios gigantescos. Às vezes eu gostava de ficar só passeando nos elevadores, para cima e para baixo, para cima e para baixo, mesmo quando nós não queríamos ir a nenhum lugar em particular. Nós conversávamos muito ali, eu e Matthew, e ele me falou uma, duas, mil vezes que ia me tirar daquela casa e me levar para longe de Joseph. Ele só tinha que descobrir como fazer, só isso. Eu tinha começado a pensar bastante no mundo fora de Omaha, e isso tornou minha vida com Joseph e Miriam ainda pior. O que eu mais queria era sair dali, fugir para o mais longe que pudesse, mas Matthew me disse para esperar. Ele ia arranjar um jeito de me tirar de lá; ele me disse para não me preocupar, então eu não me preocupei.

Mas o que eu realmente gostava na biblioteca era quando nos sentávamos em algum corredor vazio, só nós. Nós nos sentávamos no chão e esticávamos as pernas, encostados nas estantes altas. Nós folheávamos livros a esmo, procurando fatos aleatórios, e nos revezávamos lendo em voz alta coisas como: "Você sabia que um ovo fresco afunda, mas um ovo podre flutua?" ou "você sabia que oitenta e nove por cento do cérebro humano é feito de água?", como quando éramos crianças e Matthew passava pelo meu quarto durante a noite. Eu lia livros sobre Audrey Hepburn e Patsy Cline. Eu procurei coisas sobre aquele lugar onde Lily morava, o Colorado, e aprendi mais sobre as planícies do trigésimo oitavo estado e sobre a Divisória Continental. Eu aprendi mais sobre aquele lugar, Magnificent Mile, sobre o qual Mami costumava falar, e aprendi sobre Chicago, a Cidade dos Ventos, a Cidade de Ombros Largos.

"Você sabia que Arthur Rubloff inventou o nome Magnificent Mile em 1947?", perguntei, mas Matthew respondeu apenas: "O que é a Magnificent Mile?".

Então, um dia, nós estávamos sentados lá, em um daqueles corredores vazios, quando Matthew de repente procurou minha mão dentro do bolso canguru do agasalho laranja e a pegou com suas duas mãos. Matthew já tinha segurado minha mão antes, no ônibus, ou quando eu me assustava, mas dessa vez havia algo diferente, porque dessa vez eu podia ver que Matthew também estava assustado. Sua mão estava toda suada e quando ele pegou a minha, eu senti meu coração triplicar de tamanho dentro do meu peito, como se fosse explodir. Eu não sabia o que estava sentindo e queria muito perguntar para alguém, para qualquer um.

Mas, acima de tudo, eu queria perguntar para Mami.

Por um bom tempo nós fingimos que nada estava acontecendo, que nós não estávamos de mãos dadas. Continuamos a procurar fatos aleatórios nos livros com nossas mãos livres, enquanto as mãos que se seguravam agiam como se fossem seres independentes ou algo assim. Elas eram alguma outra coisa.

Mas isso não impediu meu coração de acelerar descontrolado e meu cérebro de ficar incapaz de entender quaisquer das palavras nos livros pesados da biblioteca.

E daí, de repente, Matthew estava sentado mais perto e eu não me lembrava disso ter acontecido. Eu não lembro de acontecer, mas de repente sua perna estava colada à minha, seu quadril tocava o meu, de repente um livro foi largado de lado e nós estávamos lendo o mesmo. Um livro sobre engenharia, seja lá o que for isso. Eu não conseguiria entender nada do que lia, mesmo se estivesse interessada, mas não estava, porque eu não conseguia pensar em nada, só na minha mão entre as mãos de Matthew, ou no som dele virando a cabeça na minha direção e dizendo meu nome suavemente.

"Claire."

Matthew disse meu nome em um sussurro. Eu mais senti o ar saindo de seus lábios do que realmente ouvi meu nome.

Eu me virei para olhá-lo e ele estava tão perto. Ele estava logo ali. Respirando em mim. Nossos narizes quase se tocando.

Eu não sabia o que devia fazer: me inclinar para mais perto ou me afastar para o outro lado. Mas eu sabia, do fundo do coração, o que eu queria fazer, então eu me inclinei em direção a Matthew e coloquei meus lábios sobre os dele, lábios grosseiros e secos, mas também macios e deliciosos, eu pensei, enquanto uma língua escorregava entre aqueles lábios e entrava na minha boca, e eu me senti derreter por dentro.

Então eu soube o que acontecia comigo: eu estava apaixonada por Matthew.

Sua língua desapareceu quase tão rápido quanto tinha aparecido, seus lábios se afastaram dos meus. Ele se afastou, mas não soltou minha mão, seus olhos vasculhando as páginas daquele livro de engenharia até que ele balbuciou, nervoso, alguns fatos idiotas sobre quilômetros e *watts* que eu não tinha ideia do que queriam dizer. Eu mal ouvia suas palavras. Eu mal conseguia parar de pensar em seus lábios, em sua língua e em sua mão.

No gosto dele.

No cheiro dele.

Depois daquilo, quando Matthew e eu íamos à biblioteca, nós não ficávamos tão concentrados nos livros e em achar naquelas páginas fatos desconexos para compartilhar com o outro. Nós nos esgueirávamos para qualquer corredor vazio que encontrávamos e lá, escondidos do mundo por aquelas estantes de livros muito altas, Matthew colava seus lábios nos meus e escorregava sua língua para dentro da minha boca. Algumas vezes, suas mãos seguravam as minhas, mas outras vezes elas se soltavam para tocar meu rosto, meus braços, meu peito, entre as minhas pernas, para entrar, frias e inseguras, sob aquele agasalho laranja e por dentro daquele único sutiã que Joseph tinha me dado.

CHRIS

Eu passo por Chicago a caminho de Denver, para uma reunião com um cliente em potencial. Reuniões presenciais são essenciais no mundo dos bancos de investimento; nós temos uma cota em nossa firma, de quantas reuniões precisamos participar a cada mês. Vinte. É isso que o nosso CEO diz. Vinte reuniões presenciais com os clientes. Não pode ser por Skype. Não pode ser por FaceTime. E mesmo estando mais de mil quilômetros distante, fazendo apresentações para convencer investidores em potencial a comprarem ações de um IPO de outro cliente, preciso comparecer ao escritório para uma reunião com um cliente, e depois alcançar Tom, Henry e Cassidy e o resto da tropa em Denver mais tarde no mesmo dia.

Pego o primeiro voo saindo do aeroporto de LaGuardia às seis da manhã, aterrissando em Chicago às sete horas e vinte e oito minutos, hora local. A reunião é às nove horas, eu mal tenho tempo de encontrar minha bagagem na esteira e pegar um táxi para o Loop.

Minha reunião com o cliente transcorre excepcionalmente bem. Isso é o que normalmente acontece. Aparentemente possuo algum encanto que desconheço, um rosto sensível que faz com que as pessoas queiram confiar em mim. É por isso que eu, em geral, conduzo as reuniões com clientes em potencial. Não tem nada a ver com um MBA impressionante ou com todos os anos de experiência acumulada. É só por causa do meu sorriso e meu jeito de menino bonito que minha mãe jurava que seria a minha perdição algum dia.

Estou em um voo vespertino saindo de O'Hare para a *Mile High City*; como chamam Denver por conta da sua altitude de uma milha – ou mil, seiscentos e dez metros – e não tenho tempo para passar em casa, tomar um banho, fazer a barba, trocar meu terno rançoso que já estou usando há quatro dias – e eu também consegui ficar sem meias e cuecas limpas, e esqueci de trazer a minha gravata da sorte, nesta interminável viagem até o inferno e de volta. Ligo para Heidi, sem nenhuma esperança de que ela se disponha a me fazer esse favor, mas ela faz, ela arruma uma sacola extra de roupas e se oferece para me encontrar em um restaurante de comida asiática para um almoço rápido.

Faz apenas umas quarenta e poucas horas que eu vi Heidi, e ainda assim há algo diferente nela, alguma coisa descontraída, alguma coisa que não combina com a Heidi que deixei há algumas manhãs, adormecida na cama, a Heidi que pensa demais e premedita tudo para a qual ela evoluiu em algum momento durante nossa jornada casamento adentro. Eu noto isso em seu jeito de andar, quando ela caminha alegremente pela Michigan Avenue, logo ali onde a Mag Mile cruza o rio Chicago, na Ponte da Michigan, parecendo ignorar completamente o tumulto da cidade. Há um gingado em seu andar, e ela está usando um vestido cor de pedra que apenas roça seu tornozelo, um vestido justo e chique, não exatamente o que eu estou acostumado a ver Heidi usando. Ela está estonteante. Mas aí, ela vem com a bebê amarrada à sua frente, em um daqueles *slings*, e quando eu pergunto "que diabos é isso?" ela me diz que se chama *Moby Wrap,* como se fosse a coisa mais normal do mundo, ela usando o bebê de outra pessoa como se fosse uma mochila.

– Onde está a mãe dela? – pergunto, procurando à esquerda e à direita, em cima e embaixo pela garota. – Você não a deixou em casa, deixou? – pergunto. – Sozinha? – Eu estou prestes a iniciar um longo libelo sobre aquela garota roubar minha enorme TV de plasma e sobre como não deveria nunca, em hipótese alguma, ser deixada sozinha em nossa casa.

Mas Heidi sorri gentilmente e diz que ela deixou a garota na biblioteca, a caminho de me encontrar para o almoço. Que a garota queria pegar alguns livros. *Beleza negra*, ela diz e *Uma dobra no tempo*, acrescentando:

– Os clássicos –, sabendo perfeitamente que a única coisa que eu lia quando garoto era o *Wall Street Journal*. Ela diz ter achado que eu preferiria que Willow não viesse almoçar conosco, uma afirmação contra a qual eu não tinha o que argumentar; eu só teria preferido que a criança tivesse ficado na biblioteca também.

Então, Heidi dá um passo em minha direção e me beija, um beijo por impulso, nem tão curto e muito doce, o tipo de coisa que a minha Heidi dificilmente faria, pelo menos não em público. Heidi é uma inimiga declarada das demonstrações públicas de afeto. Ela tem sido assim por anos, talvez desde sempre, franzindo a testa sempre que vê um casal se beijando em alguma esquina ou no ponto de ônibus, ainda que seja só um beijinho, aquele tipo de beijo *"tenha um bom-dia"* que casais normais trocam o tempo todo. Ela se aproxima mais, a bebê adormecida esmagada entre nós, acariciando meus braços com as mãos. Suas mãos estão quentes, vulneráveis de uma forma que Heidi raramente se permite. Seus lábios pressionam os meus com firmeza, decididos, e ela sussurra:

– Eu estava com saudade de você – e quando eu me afasto lentamente, eu sei que aquelas palavras, aquelas palavras simples, palavras preciosas, e o tom de desejo em sua voz, vão me acompanhar por todo o dia.

Almoçamos. Eu peço bolinhos de siri, Heidi pede frango *pad thai*. Eu falo sobre minha semana; ela me conta da dela. Eu me desculpo pela milionésima vez por ter perdido sua chamada noite passada, mas em vez da mensagem de voz agitada que deixou há apenas doze horas, desta vez Heidi responde com um dar nos ombros piedoso e diz que está tudo bem. O que eu conto a ela é que eu desmaiei na cama, exausto de tanto trabalho naquela semana. Eu digo que tomei uma ou duas cervejas – talvez três – no jantar, e não ouvi o telefone tocar.

Eu não conto a ela sobre as bebidas no bar do hotel; eu não conto a ela sobre Cassidy revisando o memorando de oferta no meu quarto de hotel. Isso não seria muito sensato; na verdade, seria completamente idiota. Eu não menciono a figura graciosa de Cassidy ou o formato de seus seios sob o vestido cor de ferrugem, apesar de eles não saírem da minha cabeça, como meninos mimados querendo doces.

– O que você queria me falar? – pergunto, e ela dá uma risada e diz:

– Eu nem me lembro mais – enquanto o garçom enche novamente nossos copos de água.

O sorriso de Heidi é complacente, a síntese da esposa submissa. Seu cabelo está limpo – o cabelo de espaguete se foi – e uma espécie de aroma almiscarado emana dela, algo que eu sequer reconheço mais na minha esposa. Eu não sabia nem que Heidi ainda tinha algum perfume. Ou talvez seja o xampu.

Suas palavras soam apreensivas quando ela diz:

– Você deve estar muito cansado, Chris. Está sempre viajando.

E eu admito que estou cansado. E aí ela me conta da bebê, de como o antibiótico está fazendo com que ela melhore. Ela está se sentindo melhor e dormindo melhor, o que, por sua vez, quer dizer que Heidi está dormindo. Eu noto que seus olhos parecem descansados, que ela encontrou tempo para tomar banho e se maquiar, não muito – um traço de *blush*, talvez um pouco de brilho nos lábios –, mas o suficiente para dar alguma cor à sua pele; ela não está assustadoramente branca.

Talvez fosse só isso que ela precisava, eu penso. Uma boa noite de sono.

– Quando eu voltar para casa – digo –, precisamos conversar sobre tudo isso. Toda essa situação com Willow.

E apesar de eu estar preparado para uma reação negativa – o desaparecimento da Heidi descontraída e sua substituição pela Heidi nervosa de sempre –, tal reação não vem.

Heidi diz apenas:

– Claro. Vamos conversar. Quando você voltar de Denver. Mas – acrescenta ela, acariciando minha mão livre – a que não está enfiando bolinhos fritos na boca como se eu não tivesse comido nada por uma semana – e depois entrelaçando os dedos com os meus e apertando minha mão suavemente –, eu tenho a sensação de que tudo vai ficar bem. Você vai ver. Tudo vai se resolver.

E eu me pego, de alguma forma, convencido de que tudo vai ficar bem.

Nós nos despedimos e trocamos de malas: eu levo meias e cuecas limpas, a minha gravata da sorte, Heidi leva consigo minha roupa suja, como uma esposa obediente dos anos 1950.

Eu observo enquanto ela se afasta pela rua, desviando para lá e para cá pela multidão de pedestres, andando na direção contrária à da biblioteca.

Eu dou uma olhada dentro da mala, para me certificar de que ela a trouxe, que ela trouxe minha calculadora financeira, porque eu expliquei que as do escritório eram horríveis, mencionando os dígitos microscópicos e as teclas quebradas como exemplos, apesar de Heidi não ter perguntado nada. Mas, na verdade, essa era a única coisa pequena que a esquiva Willow Greer tinha tocado dentro de minha casa – no primeiro dia, em meu escritório, quando ela se abaixou para pegar a calculadora do chão, sua mão trêmula passando por todas as teclas, deixando para trás uma identidade inconfundível que nem eu nem ela podíamos ver – a única coisa que eu podia racionalmente pedir que Heidi me trouxesse quando viesse almoçar comigo.

Eu não podia sugerir que ela trouxesse o controle remoto, mamadeiras ou a mala velha.

E agora eu precisava correr para encontrar com Martin Miller antes de embarcar no próximo avião.

WILLOW

Em uma de suas visitas marcadas, a srta. Adler trouxe uma carta dos Zeeger, como sempre, mas era uma carta completamente diferente das anteriores. Ela apareceu na varanda, limpando a neve de suas longas botas antes de entrar em casa. Entregou seu casaco a Joseph, que o colocou no braço de uma poltrona, e fomos todos para a cozinha onde, como sempre, sentamos em volta da mesa e uma Miriam completamente dopada nos serviu biscoitos e chá.

Essa carta, entretanto, não era sobre Lily e como ela estava indo bem na escola e como ela estava cada vez mais alta. Não, essa carta era completamente diferente. Essa carta congelou o sangue em minhas veias, deixou o ar da cozinha impossível de respirar. Eu segurei aquela carta em minhas mãos trêmulas e li alto – como Joseph me obrigava a fazer, para não ficar de fora – a história de como, dez meses atrás, a Lily Grande se descobriu, de repente, curiosamente, grávida, e como Rose (Lily) tinha se tornado uma irmã mais velha em dezembro. A carta transbordava detalhes sobre os olhos pálidos e o cabelo delicado da bebê, seu comportamento gentil, seus murmúrios musicais. Este, explicou a Lily Grande, sempre havia sido o sonho dela e de Paul: ter um bebê. Seu nome era Calla, como o da flor, Calla Lily, a metade de um todo, e a minha Lily – não mais Lily, agora Rose – foi excluída. Deixada de lado. Ela não era o bebê que Lily e Paul sempre sonharam ter.

– Mas como? – choraminguei. – Ela não era... Eu achei que... – Eu pus a carta sobre a mesa e engoli forte tentando vencer a ânsia que subia pela garganta. Eu não queria que Joseph me visse chorar nem Isaac, que estava ali em pé, de costas para a parede, um sorriso falso em seu rosto horroroso.

A assistente social era só sorrisos.

– É maravilhoso – disse ela. – Uma surpresa maravilhosa. Imagine, Rose, irmã de alguém! – como se Rose não tivesse tido uma irmã desde que nasceu. Minha irmã. Minha. – Algumas vezes – me explicou ela, com a voz de quem fala com uma criança ou algum tipo de idiota – acontece. Eu suponho que eles nunca foram inférteis de verdade, apenas – sua voz sumiu por uns instantes, antes de ela acrescentar – azarados.

Azarados por terem Lily Pequena na vida deles, em vez do bebê com o qual sempre sonharam.

Não havia qualquer menção à minha Lily nesta carta, além da informação de que agora ela era uma irmã mais velha. O resto da carta era só sobre os detalhes da vida de Calla: como ela dormia tranquila a noite toda, como dar à luz seu próprio bebê tinha sido uma experiência sublime para Lily. Com a carta havia uma foto: Lily Grande e Calla, a minha Lily pairando no fundo como uma personagem secundária. Seu cabelo estava desgrenhado, molho vermelho escorria por sua camiseta branca.

Mas Calla estava imaculada, em um *body* púrpura macio, com uma faixa azul e um laço na cabeça.

Não havia carta da minha Lily. Nenhuma foto do terceiro ano, nenhum papel de carta com o pássaro vermelho e a árvore, nenhum nome distorcido escrito na capa: *Rose Zeeger.*

Lily tinha sido substituída.

Aquilo me afligiu por vários dias. Eu ficava acordada à noite pensando no que aconteceria com a minha Lily. Será que os Zeeger iam negligenciá-la pelo resto da vida, agora que eles tinham um bebê de seu próprio sangue? Será que eles iam decidir que duas crianças eram demais e Lily seria enviada de volta para o abrigo de órfãos, para esperar por uma família adotiva tão horrível quanto a minha? Será que ela ficaria para sempre no abrigo, ou até completar dezoito anos e então ser posta no mundo para se virar sozinha, para viver como uma pária em alguma rua de Nebraska ou do Colorado? Eu ficava imaginando o que aconteceria. Pensei nos Zeeger ignorando Lily, forçando-a a usar aquela camiseta branca manchada pelo resto da vida. Aquele nome vinha me assombrar no meio da noite: *Calla. Calla.*

Eu odiava o nome. Eu a odiava.

Calla tinha arruinado a vida de minha Lily.

Os dias passaram. Eu passava minhas horas lendo e relendo aquela carta da Lily Grande, olhando aquela foto de Lily Grande com a bebê, a minha Lily tão distante no fundo que quase não aparecia.

Joseph me deixou ficar com essa foto, ao contrário de todas as outras. Na verdade, ele a grudou no papel de parede florido do meu quarto, para que eu não esquecesse que aquele bebê, aquela Calla, estava pilhando a infância feliz de minha Lily.

Mas o que eu podia fazer?

HEIDI

Eu passo a noite na cadeira de balanço, incapaz de tirar meus olhos da doce Ruby. Quando Zoe acorda e pergunta onde está Willow, seus olhos percorrem a porta fechada do escritório enquanto ela sai pelo corredor com um andar meio adormecido, respondo, em tom baixo:

– Ainda está dormindo. – Embora saiba muito bem que isso não é verdade.

Não penso nela. Não penso em Willow.

Zoe vai para a escola e o dia passa. Eu mal percebo. Além de um almoço rápido com Chris, a bebê e eu não saímos de casa. Passamos o dia na cadeira de balanço, meus movimentos calculados e ritmados, enquanto Ruby dorme em meu colo, profundamente, como uma recém-nascida. Penso em quase nada além da forma de seus olhos, faço pouco além de contar os pequenos cistos tão comuns em bebês, em seu nariz. Vejo, pela janela da sala, quando o Sol nasce e, momentos depois, começa a se pôr. Deslizando atrás dos arranha-céus imensos que pontilham o céu da cidade, manchando as nuvens com um tom escuro de cor-de-rosa, azul-marinho e cor-de-rosa pálido. Do lado de fora, as pessoas acordam, começam seus dias de trabalho; voltam para casa, um segundo depois, o dia termina. Café da manhã, almoço e jantar vão e vêm; meu celular toca, há o bipe do intercomunicador do prédio – alguma coisa ou alguém chama a minha atenção do primeiro andar – e ainda assim não me incomodo, não tiro meus olhos de Ruby, enquanto ela dorme e depois acorda, dorme e acorda, procurando por alimento nas dobras de um vestido justo quando quer comer e só então eu me levanto da cadeira de balanço e preparo uma mamadeira para ela. Quando a tarde dá lugar à noite, observo-a dormir, enquanto os raios do crepúsculo enchem o céu, linhas retas que caem de um Sol que se põe. Feixes de luz, os dedos de Deus.

Não me importo com o relógio, completamente alheia ao ponteiro de alumínio que gira ao redor de sua base, apontando para este numeral romano, depois aquele. Ouço os vizinhos no corredor, chegando do trabalho; sinto o cheiro de seus jantares se infiltrando em minha casa por debaixo da porta e através das paredes: *enchilladas* e frango assado, costeletas de porco. Meu celular toca e depois toca de novo, mas não me incomodo em me levantar da cadeira e atendê-lo, convencendo a mim mesma que é outra ligação de algum telemarketing, ou uma mensagem da diretora da escola de Zoe para falar sobre uma reunião futura na escola, o que não me preocupa, sendo somente para alunos dos últimos anos ou para estudantes com necessidades especiais.

E então, a porta da frente se escancara, de repente e com violência, e lá está Zoe, com seu shorts e camisa cor-de-rosa, calçando um par de chuteiras enlameadas. Usa caneleiras, suas meias, também cor-de-rosa, sobem até seus joelhos e também estão cheias de lama. Seu cabelo está trançado, um penteado que uma das mães do time de futebol Lucky Charms faz nas meninas em todos os jogos, preso com um elástico de cabelo feito em casa e que combina com os uniformes.

– Onde você estava? – pergunta, enquanto deixa sua mochila cair no chão com um baque. Ela olha para mim, parada ainda na porta aberta, e eu vejo quando, atrás dela, um vizinho passa segurando uma caixa de pizza, esforçando-se para ignorar o tom zangado na voz de Zoe. O cheiro da pizza chega até mim e percebo que estou faminta.

– Você perdeu meu jogo – diz ela, sem me dar a chance de responder com alguma mentira sua pergunta inicial. *Eu me esqueci* ou *Fiquei presa no trabalho e não pude sair.*

Em vez disso, tudo que consigo dizer é:

– Sinto muito. – Sei que as palavras soam fraudulentas, porque de fato são. Não sinto muito. Não por perdido o jogo de Zoe, pois, se tivesse ido, não teria passado esse tempo com Ruby em meus braços.

– Tentei telefonar para você – diz ela. Com as mãos nos quadris e fazendo beicinho. Ela olha para a cozinha e me encara de novo, ciente de que não comecei a preparar nada para o jantar, sabendo que está quase de noite, e que estou sentada na escuridão. Ela acende a luz sobre a mesa da cozinha e eu sou cegada por ela, até que meus olhos se ajustem à iluminação.

A bebê solta um gemido e eu arrulho:

– Pronto – perguntando-me se é a luz ou o tom grosseiro de Zoe que a perturba.

– Por que você não atendeu seu celular? – pergunta Zoe. – Tentei telefonar. Você perdeu o jogo. Inteiro – diz, gritando, e por um segundo imagino Zoe, no seu jogo, com o resto do time Lucky Charms, recusando-se a reconhecer a presença de sua mãe, como acontece em todos os jogos. O dilema é bem claro: ela não me quer lá e, ainda assim, não quer ser a única menina sem a mãe por perto.

Mas eu não lhe dou essa resposta. Não respondo à sua pergunta "por que você não atendeu seu celular?". Em vez disso, questiono:

– Como você veio para casa?

– Você me ouviu, mamãe? – pergunta ela, e eu percebo que não gosto do tom de sua voz. Esse tom amargo que ela usa comigo como se ela estivesse no comando e eu fosse a complacente.

– Sim, Zoe, eu a ouvi, mas também lhe fiz uma pergunta. Como você chegou em casa?

Há um estouro de raiva. Uma ida para a cozinha, a fim de vasculhar os armários em busca de alguma coisa para comer, batendo a porta de um e de outro:

– O técnico pagou um táxi. Ele não poderia ficar lá a noite toda, esperando, sabe? Como na outra noite. Ele tem uma vida. – Ela faz uma pausa, depois continua. – Você deve a ele catorze dólares. – Ela pega uma garrafa de água do refrigerador. – A sra. Marcue diz que esteve tentando ligar para você. Diz que você não retornou os telefonemas dela. – Depois, com um pacote de bolachas salgadas e a água, Zoe vai para o quarto. Já tinha se afastado, quando para diante da porta do escritório e pergunta: – Por que você não retornou os telefonemas dela?

– Estive ocupada, Zoe. Você sabe disso – respondo, sabendo que a mente pré-adolescente de Zoe não consegue entender o significado da minha resposta, como cuidar de um bebê poderia ser classificado como "ocupada". Ocupar-se é ficar desenhando no braço, mandando mensagens de texto para as amigas, ignorando o dever de casa e babando pelo lindo técnico Sam. "Ocupada" não compreende as horas intermináveis que são necessárias para criar uma criança.

– Bem, você vai telefonar para ela? – pergunta. Suas tranças pendem compridas, enrolando-se nas laterais de seu pescoço. Parece mais velha do que sua idade, doze anos, quando não está sorrindo e eu não consigo ver o aparelho dentário que me lembra que ela ainda é uma criança. Tomo conhecimento, pela primeira vez, da chegada repentina de seus seios. Eles estiveram sempre ali e eu simplesmente não notei? Ou ela se transformou em uma jovem mulher do dia para a noite?

– Sim – respondo –, é claro.

– Quando?

– Logo. Telefonarei logo para ela.

– Essa bebê não é sua, sabe – diz ela, do nada, percebendo o modo gentil com que seguro Ruby em meus braços, o jeito como acaricio sua cabeça.

– Por que você está dizendo tal coisa? – pergunto, magoada.

– É como se você pensasse que ela é sua ou coisa assim. É estranho. Onde está Willow? – indaga ela, seca, como se suas palavras não tivessem acabado de me cercar, caindo como um soco em meu estômago.

Respondo, com a voz cansada por seu comportamento abusivo, em um tom abafado para que Zoe acredite.

– Ela não estava se sentindo bem, foi para cama mais cedo. É essa epidemia de gripe.

Mas Zoe, talvez pensando em minhas ligações mentirosas para Dana, a recepcionista, faz uma careta e diz, com cinismo:

– Sim, certo. – E então vai para seu quarto, batendo a porta atrás de si.

E eu volto para Ruby, em meu colo, balançando-me na cadeira até que a escuridão preenche o céu, até que não tenha sobrado nada na janela para ver, além de um punhado de estrelas e as luzes dos edifícios, aqui, ali, em toda parte.

WILLOW

Eu e Matthew começamos a nos ver cada vez mais. Quase sempre íamos para a biblioteca, onde nos esgueirávamos para algum corredor para ler livros, algumas vezes, e para nos beijar. Nós tentávamos ir o mais cedo possível, logo depois de Joseph e Isaac terem saído daquela casa em Omaha, porque se esperássemos demais, estudantes barulhentos e desagradáveis estariam usando as mesas de estudo no final de cada corredor, mesmo no andar dos livros de engenharia, onde quase ninguém além de nós ia. Mas, quando chegávamos cedo, antes do meio-dia, a biblioteca estaria em quase completo silêncio, as crianças na escola, os adultos trabalhando, e nós podíamos ocupar aqueles corredores como se fôssemos os únicos seres vivos do mundo inteiro. Nem as bibliotecárias apareciam – como ninguém retirava os livros de engenharia, nunca havia livros para devolver para aquelas estantes. Apenas uma vez uma bibliotecária nos parou e perguntou, o tom da voz indicando mais curiosidade que desaprovação: "Hoje não teve escola?". E quando eu fiquei paralisada, meu coração esquecido de bater – com a certeza que ela me mandaria de volta para Joseph – foi Matthew quem respondeu, como se tivesse a resposta pronta há muito, muito tempo: "Nós somos educados em casa". A bibliotecária assentiu com a cabeça e disse: "Que bom", e foi embora. Eu nem sabia o que era aquilo, ser "educado em casa". Mas Matthew sabia.

E acabou ali. Ninguém nunca mais nos perguntou o que nós estávamos fazendo ali: duas crianças fora da escola no meio do dia.

Matthew me tocava de uma forma completamente diferente de Joseph. As mãos de Matthew eram atenciosas, as de Joseph não. As mãos de Matthew faziam movimentos vagarosos e suaves, as de Joseph não. Eu pensava nas mãos de Matthew como uma espécie de borracha, como se, ao me tocar, elas apagassem da minha memória a imagem das mãos de Joseph me tocando.

Matthew falava cada vez mais sobre me tirar daquela casa. Mas ele dizia que sabia que seu pai não me deixaria partir. E Matthew não tinha dinheiro nem para cuidar de si mesmo, imagine de mim. Matthew nunca me disse onde ele estava morando depois que saiu do abrigo para sem-teto. Não a verdade, pelo menos. Ele dizia que estava dormindo na casa de um conhecido ou que um amigo era dono de uma loja e tinha deixado que dormisse em uma cama na vitrine. Mas, quando falava essas coisas, ele olhava para o outro lado, como nas vezes em que ele dizia que ia descer o rio Mississipi de barca, aí eu sabia que ele estava mentindo. Matthew estava sempre com cara de cansado. Ele parecia estar envelhecendo. Sua pele estava curtida, como se ele estivesse dormindo pelas ruas. Eu não sabia o que pensar.

Mas, apesar disso, ele continuava falando em me tirar daquela casa. Ele falava sobre outros lugares, fora de Omaha, que desejava conhecer. As montanhas, a praia. Ele falava sobre economizar dinheiro. Ele falava sobre outras maneiras de conseguir dinheiro: roubar bolsas, assaltar bancos. Eu não acho que Matthew tinha essa índole, mas se aquilo podia me tirar da casa de Joseph e Miriam, então eu pensava, *tudo bem*. Desde que ninguém se ferisse.

"Quem sabe", ele dizia, e "um dia".

Algumas vezes Matthew queria me beijar ali, naquela casa em Omaha, no meu quarto. Algumas vezes ele queria deitar ao meu lado na cama, não para ler algum livro, mas por outras razões.

Eu não sabia o que Matthew sabia ou não sobre Joseph, sobre o que ele fazia quando vinha ao meu quarto. Eu tinha medo de contar a Matthew, medo que ele não acreditasse em mim. "É a minha palavra contra a sua", tinha dito Joseph. "Ninguém vai acreditar em você." E ele fazia questão de acrescentar que, "além disso, eu era uma criança que ninguém queria". Ninguém, só ele e Miriam.

Matthew e as visitas à biblioteca continuaram por todo o outono e inverno adentro. Por algumas semanas, talvez um mês, Joseph não foi trabalhar e ficou em casa. *Férias de inverno*, disse ele, e lá estava, o dia todo comigo dentro daquela casa e não havia como eu me encontrar com Matthew. Mas eu pensava nele. Eu pensava em suas mãos sobre meu corpo, em seus lábios sobre os meus, no modo como ele dizia meu nome. A neve descia grossa e pesada do céu, pintando a grama com uma camada de branco. Eu olhava aquela neve sem fim pela janela e pensava em bonecos de neve, em corridas de trenó e nas guerras de bolas de neve com Mami e Papi lá em Ogallala. Mas aqui a neve era só mais um motivo para ficar presa dentro de casa. Fazia frio dentro e fora daquela casa em Omaha, correntes de ar atravessando as janelas mal vedadas, o aquecedor regulado para no máximo vinte graus. Eu sentia frio o tempo todo.

Joseph voltou ao trabalho, e Matthew reapareceu. O inverno continuou por muito tempo e parecia que nunca ia terminar. O calendário dizia que era março, mas o tempo lá fora não parecia em nada com a primavera. Frio e cinzento, gelo pendurado nos telhados das casas vizinhas.

E então, um dia no início de março, Matthew veio me buscar para irmos à biblioteca, animado para me mostrar um novo programa que ele tinha descoberto no computador. Ele estava muito animado quando chegou naquele dia, há muito tempo eu não o via assim. O céu tinha cor de carvão, o ar que saía de nossa boca parecendo fumaça.

Mas o que eu e Matthew não sabíamos era que Joseph não estava se sentindo bem naquele dia. Nós não sabíamos, quando subimos naquele ônibus azul e fomos em direção ao centro da cidade, que Joseph estava dando aula na universidade municipal e começando a sentir uma dor de cabeça. E não sabíamos, quando colocamos nossas cadeiras juntas na frente do computador, que ele estava pensando em cancelar as aulas da tarde e ir mais cedo para casa, para descansar. Não havia como sabermos que, enquanto nós colocávamos moedas na máquina para comprarmos um saco de batatas fritas, ele estava guardando suas coisas na mochila preta, arrumando-se para sair, ou que quando, mais tarde, nós subimos para o corredor de engenharia para olhar os livros e nos beijarmos, Joseph já estava em seu carro, indo para casa.

A casa estava silenciosa quando entramos, o vento frio nos empurrando porta adentro. Matthew estava falando sobre sua mãe, sobre Miriam, sobre como, se algum dia ele se tornasse um vegetal como ela, ele ia querer que alguém simplesmente lhe desse um tiro, para acabar com seu sofrimento.

Eu estava atordoada, olhando fixo para ele com os olhos arregalados e a boca aberta, então não vi Joseph parado ao lado da poltrona de veludo, contemplando-nos com um olhar ferino e raivoso. Ele estava imóvel, como uma estátua. Matthew estancou de repente na soleira da porta, e isso me fez parar também, e me virar para ver Joseph, com a base de um abajur na mão, a cúpula caída no chão aos seus pés, tocando suas botas grandes e pesadas.

Eu mal consigo explicar o que aconteceu a seguir. Joseph nos perguntou, com uma voz estranhamente calma, onde tínhamos ido.

– Um passeio – respondeu Matthew, e Joseph não disse nada, dando voltas e voltas com o fio do abajur na mão, puxando um pouco para checar a tensão.

E daí Joseph quis saber onde eu tinha arranjado aquelas roupas, roupas que Matthew levava consigo, para que Joseph não as visse.

Fazia muito tempo que Joseph e Matthew não se viam. Joseph não tinha como saber que, enquanto ele trabalhava, Matthew ia e vinha àquela casa.

Joseph queria que eu respondesse, que eu dissesse a ele que tínhamos saído para passear, porque os lábios dos mentirosos, assim como os pensamentos dos imorais, eram abominações perante Deus. Ele queria que eu dissesse em voz alta. Queria que as palavras saíssem da minha boca.

E elas saíram.

E então ele olhou para o seu filho e disse:

– O que foi que eu ensinei a você, Matthew? As más companhias arruínam a boa moral. Não é o que eu sempre disse?

E então aconteceu. Joseph atravessando a sala, batendo em Matthew com a base do abajur, acertando repetidamente a cabeça dele. Ele gritava palavras que eu só tinha ouvido Mami murmurar baixinho.

Eu tentei parar Joseph, tentei fazê-lo parar de bater em Matthew, mas ele me empurrou com força para o chão frio e duro. Eu demorei um pouco para me recuperar, para levantar, mas antes que eu pudesse fazer qualquer coisa, Joseph tinha me jogado no chão de novo, e desta vez havia sangue saindo do meu nariz, um filete de sangue grosso, vermelho, gosmento.

Foi tudo muito rápido.

O som da base do abajur acertando um osso.

Um jorro de sangue escuro voando pelos ares, chocando-se com a parede cor de marfim.

Xingamentos expelidos por vozes ofegantes: "filho da puta", "veado", "caralho".

Qualquer objeto à mão usado como arma: o telefone, um vaso. O controle remoto da televisão. Vidro quebrando. Um grito. Mais sangue.

Eu, no chão, em posição fetal, sentindo o piso tremer como se estivesse em um terremoto.

E então Isaac estava lá também, vindo da escola ou do trabalho, eu presumi, e Isaac e Joseph estavam batendo tanto em Matthew que não sei como ele conseguiu se manter em pé. Eu estava gritando alto, "parem" e "deixem ele em paz". Mas ninguém me escutava. Matthew empunhou um candelabro e conseguiu acertar Isaac na cabeça, deixando-o imobilizado por um instante.

Isaac perdeu o equilíbrio e tropeçou, colocando a mão na cabeça.

Mas, quando Matthew ergueu novamente o candelabro, Joseph conseguiu arrancá-lo de sua mão.

Eu não sei quanto tempo aquilo durou. Trinta segundos? Trinta minutos? Pareceu durar para sempre.

E não havia nada que eu pudesse fazer.

– Foi legítima defesa, então? – pergunta Louise Flores – É isso que você está querendo dizer? – Ela arregaça as mangas da blusa áspera e se abana com uma folha de papel solta. Ela está suando. O dia lá fora deve estar quente, a primavera se tornando verão. Gotas de suor se formam na ponta de seu nariz, dentro das rugas de sua pele de uva-passa. Eu vejo o Sol através da única janela, atravessando a sala sombria e enchendo a escuridão de luz.

– Sim, srta. Flores – respondi –, claro.

Eu ainda posso ver Matthew quando fecho os olhos: o sangue misturado em seus cabelos castanho-escuros, correndo em diagonal por seu rosto. Ele parecia ter dez anos naquele dia, com Joseph e Isaac juntos contra ele. Eu odiei não poder fazer nada para acabar com aquilo, e odiei ainda mais por saber como Matthew estava se sentindo: impotente e fraco. Nossos olhares se cruzaram e eu vi que, mais que qualquer outra coisa, ele estava se sentindo envergonhado.

– Depois de algum tempo – admito para a srta. Flores – Matthew foi embora. Eu sei que ele não queria ir, sabe? Ele não queria me deixar ali naquela casa com eles. Mas ele não podia fazer nada.

Eu conto a ela como Matthew conseguiu se arrastar para fora e fugir naquela horrível tarde de março.

Eu ainda vejo Matthew quase engatinhando porta afora. Eu ouço Joseph e Isaac gargalhando.

Eu os ouço gritando e insultando Matthew enquanto ele se vai.

– Para onde? – pergunta ela. – Para onde Matthew foi?

– Eu não sei – digo. – Eu não sei.

Eu ainda vejo: seus olhos se desculpando para os meus antes de ele virar e sair pela porta. Joseph e Isaac rindo e zombando dele, provocando Matthew da porta.

Eles acharam que tinham vencido.

Eu sabia que aquilo não estava nem perto de terminar.

– E então o que aconteceu? Depois que Matthew foi embora?

Eu puxo o cabelo de lado e mostro a ela a cratera que Joseph fez quando ele arrebentou minha cabeça com aquela base de abajur. Ele esperou até que Matthew estivesse fora de vista – enquanto Isaac continuava na janela da frente, rindo e chamando Matthew de maricas – e virou-se para mim com o olhar mais maligno que já tinha visto na vida. Ele pegou a base do abajur do chão – ela era serrilhada dos dois lados – e me acertou do lado da cabeça com um golpe seco. Eu não me lembro de sentir muita dor, mas me lembro dos efeitos incapacitantes do golpe: o modo como meu corpo perdeu toda a sensibilidade, perdeu a habilidade de ficar em pé, o modo como eu desabei no chão e de Isaac lá, em pé, rindo. Eu me lembro da escuridão avançando sobre meus olhos, até que eu não pudesse mais enxergar, as vozes e palavras horrendas ao fundo ficando mais baixas até que tudo era silêncio.

Quando eu acordei, estava naquele meu quarto, na cama, em cima da colcha de retalhos, a porta trancada por fora.

CHRIS

Estou em meu quarto de hotel em Denver, lavando-me antes de ir para a cama, morto de cansaço.

Eu fiquei com o menor quarto do hotel, mas mesmo assim custa mais de duzentos dólares por noite. A vista da janela poderia ser de qualquer outra cidade, em outra noite qualquer. Para mim, elas todas parecem a mesma, grandes prédios, milhares de luzes.

Vesti minhas calças de pijama, azuis e listradas, um pouco quentes, e uma camiseta. Meu *laptop* está aberto sobre a cama.

O jornal do dia, o *Denver Post*, que eu comprei saindo do aeroporto, está esquecido em algum canto. O mais longe que cheguei foi no resumo do tempo na primeira página – frio – e no resultado da loteria.

Eu não ganhei.

Estou cansado, a exaustão estampada em meu rosto. Eu me olho no espelho e acho que estou parecendo mais velho. Que eu estou ficando mais velho. Que eu não consigo manter este ritmo por muito mais tempo. Eu estou pensando em outros empregos: professor universitário, talvez consultor de administração, enquanto escovo os dentes. Eu me vejo na frente de um auditório lotado, em pé, sobre um pódio, pontificando sobre o capitalismo global para um bando de crianças presunçosas que costumavam ser eu. Naquele tempo, eu estava hipnotizado pelo dinheiro. Dinheiro, dinheiro, dinheiro. Como professor eu ganharia uma fração do meu salário atual, mas Heidi e eu podíamos nos adaptar, eu penso, cuspindo a pasta na pia do banheiro.

Nós venderíamos o apartamento, talvez pudéssemos alugá-lo por algum tempo. Talvez Zoe pudesse ir para uma escola pública, apesar de saber que essa ideia não ia colar. Mas talvez. Porra, talvez pudéssemos nos mudar para o subúrbio, comprar uma casa com um jardim cercado, arrumar um cão. Nós iríamos trabalhar de trem. Viveríamos o sonho americano real.

Poderia funcionar.

Eu estou pensando em como seria estar em casa para o jantar, como seria deitar na cama ao lado de minha mulher, todas as noites. Eu estou lembrando de Heidi naquela tarde no restaurante de comida asiática, o modo como ela se aproximou de mim, pressionou seus lábios sobre os meus. O modo como ela colocou a mão na minha mão, o modo como ela enunciou as palavras "Você deve estar muito cansado, Chris", preocupada uma vez na vida *comigo*, seu marido, e não só com refugiados estrangeiros de algum lugar do mundo. Atenta às *minhas* necessidades e não apenas às de garotas sem-teto e gatos de rua.

Talvez algo estivesse mudando.

Eu sinto saudades de outros tempos: Heidi naquele jantar beneficente em seu vestido vermelho antigo, dançando comigo depois que todos tinham ido embora, depois que a iluminação suave tinha sido substituída pelas luzes normais e o pessoal da cozinha estava limpando o salão. Na época, ela era uma estudante universitária, e não tinha nada além um quarto no dormitório da faculdade em seu nome. Eu tinha acabado de me formar, e estava pagando um empréstimo estudantil do tamanho da dívida externa. Eu era muito pobre, e vivia em um estúdio em Roscoe Village, para onde nós fomos de táxi, e corremos escada acima até o apartamento, eu de frente, Heidi, graciosamente, subindo de costas, despindo-nos enquanto subíamos.

Nós nunca chegamos até a cama, caímos no chão logo atrás da porta.

Eu achava que pela manhã ela teria ido embora. Porque com certeza alguém tão maravilhosa, com aqueles lindos olhos castanhos, não iria querer ser vista com alguém como eu em plena luz do dia.

Mas eu estava errado.

Nós ficamos na cama metade do dia, assistindo pela janela aos pedestres que iam e vinham pela rua Belmont. Assistindo aos pedestres e ao programa *The price is right* na TV. Mais tarde, quando finalmente levantamos da cama e nos vestimos, Heidi com meu agasalho dos Bears por cima de seu vestido vermelho, saímos para comprar antiguidades e acabamos comprando uma velha torneira para barris de cerveja, porque era a única coisa que podíamos pagar.

Heidi ficou comigo por três dias. Usando minhas camisetas e minha cuecas, sobrevivendo de pedir ou ir buscar comida pronta. Eu ia para o trabalho pela manhã e quando voltava ela estava lá.

Ela era calma de tal modo que achei que ela sempre seria assim, mas isso foi muito antes de Zoe e do câncer e do peso quase insuportável da realidade. Eu penso naquele peso, em como ele a enfraquece. Eu penso em Heidi, importando-se mais com o resto do mundo e com as necessidades insaciáveis de todos as outras pessoas que com a sua própria família.

Eu estou em pé no banheiro daquele hotel em Denver, pensando comigo, *Eu estou com saudades de Heidi*, quando ouço uma batida na porta, um leve pam-pam-pam, e eu sei quem é antes mesmo de ver pelo olho mágico.

Eu abro a porta e lá está ela. Não Heidi, claro. Mas há um breve instante de *e se?* E se Heidi veio voando até Denver só para me ver, abandonando aquela garota e aquela bebê que consumiram nosso lar, engolindo minha mulher sem mastigar? E se ela combinou de Zoe ficar com Jennifer, pegou um voo para Denver e estava aqui, para passar a noite comigo?

Mas a cena que me espera é algo completamente diferente: Cassidy Knudsen adentrando meu quarto. Ela está usando uma *legging* preta e uma espécie de túnica com decote em V por cima, expondo a depressão entre seus seios, um vale, uma ravina fincada entre colinas vizinhas, a pele macia e pálida, pronta para ser conquistada. Ela tem um colar com um pingente, com uma longa corrente de cobre que dirige os olhos para baixo, para onde o encanto aguarda escondido sob a túnica no fim da corrente de cobre. A maquiagem em seu rosto é quase invisível, exceto pelo batom vermelho brilhante que parece ter se tornado permanente, uma regra. Ela caminha sobre saltos, saltos de dez centímetros, vermelhos, como o batom.

Ela entra, como sempre, sem esperar por um convite.

E lá estou eu, de pijamas e camiseta, ainda agarrado a minha escova de dente.

– Eu não estava esperando você... – digo. Minha voz desaparece e eu não sei direito o que dizer. Eu olho em volta do quarto e vejo minhas roupas do dia empilhadas no chão, e a calça listrada grudada em meu corpo como uma embalagem de plástico.

Ela não precisa dizer por que está aqui; eu sei o que ela veio fazer. Ela se move rapidamente, suas mãos sobre meu corpo, seus lábios nos meus, dizendo por entre os dentes:

– Eu nem consigo me lembrar desde quando eu queria fazer isso.

E eu digo:

– Cassidy.

Mas não sei se a palavra sai como uma objeção ou como um encorajamento. Eu tento me desvencilhar dela sem muito sucesso, me afastar, mas lá dentro minha mente grita para que eu deixe. Para que eu tire as lembranças esquecidas de outra Heidi da cabeça e deixe Cassidy fazer o que bem quiser, o que quer que ela tenha vindo fazer aqui.

E então ela está me tocando, mas suas mãos estão frias, diferentes das mãos de Heidi de inúmeras formas. Elas são ousadas e presunçosas, nem tentam conhecer o terreno antes de mergulhar de cabeça, toda força à frente. Ela está fazendo tudo errado, não é como Heidi faria, Heidi, que me toca de forma indulgente, carinhosa, e eu me pego pensando em Heidi, de repente, desesperadamente, ansiando por Heidi, desejando que fosse Heidi aqui neste quarto de hotel comigo.

Eu estou pensando no que Heidi diria se ela soubesse o que está acontecendo neste exato momento, como ela se sentiria. Heidi, que é íntegra, generosa além da conta; Heidi, que se recusa a esmagar uma aranha com um sapato.

– Pare – digo, empurrando-a para longe, gentilmente no início e então com mais força. – Pare, Cassidy – repito. – Eu não posso fazer isso. Não posso fazer isso com Heidi.

Eu quero Heidi. Estou com saudade de Heidi.

Estou com saudade de minha esposa.

Mas Cassidy está me encarando com uma expressão aborrecida em seu rosto, e diz:

– Você só pode estar brincando, Chris. – E não é que seus sentimentos estejam feridos ou que esteja envergonhada pela minha recusa. – *Heidi*? – ela pergunta. Ela me olha com uns olhos de filhote de cachorro, grandes e azuis, fazendo bico, dizendo o nome de minha mulher como se ela fosse inferior.

Não é que Cassidy não consiga acreditar que foi rejeitada. Ela não consegue acreditar que foi rejeitada por causa de Heidi.

Eu sinto saudade de Heidi e de sua bondade, de sua virtude. Eu tenho saudades de suas preocupações com gatos de rua, analfabetos e crianças em países cujo nome eu não consigo pronunciar. Azerbaijão e Quirguistão e Bahrein.

Eu não consigo ficar aqui, neste quarto, com Cassidy. Meu pulso bate tão forte que posso ouvi-lo. Minhas mãos estão úmidas, estou desequilibrado quando enfio os pés em um par de chinelos que esperavam perto da porta, a voz de Cassidy ao fundo chamando meu nome, rindo, dizendo "Não vá", me deixa tonto. Vertigem. Eu me apoio em uma parede com a mão para me recompor enquanto Cassidy continua a recitar meu nome, a se mostrar para mim como se isso pudesse me fazer mudar de ideia.

WILLOW

O que eu conto à srta. Flores é que Joseph me trazia comida duas vezes por dia, e duas vezes por dia recolhia os restos. Conto a ela que ele não me deixava sair nem para mijar. De tempos em tempos ele esvaziava a bacia que tinha me dado (mas o cheiro da minha urina nunca desaparecia), e toda noite ele vinha até meu quarto, destrancando e abrindo aquela porta e me mandando tirar a roupa.

Eu conto a ela que toda noite, depois que ele ia dormir, eu verificava aquela porta para ter certeza de que estava trancada.

Eu conto a ela que eu ficava lá, dia após dia, rezando para que ele um dia se esquecesse de trancar a porta.

Eu conto a ela que Matthew nunca voltou, que eu nunca mais o vi depois daquele dia em que ele fugiu mancando pela porta da frente.

Eu conto a ela que eu não via Isaac, mas ouvia sua voz, ecoando pela casa, e sabia que ele estava lá, movendo-se por um mundo que eu não podia mais ver.

Eu conto a ela que eu vi a neve derreter pela janela do meu quarto, deixando poças brilhantes nas calçadas e na rua esburacada.

Eu conto a ela que uma vez por dia eu podia sair do quarto, apenas para defecar. Eu conto a ela como Joseph ficava em pé no corredor e ficava olhando. Eu conto como uma vez eu não consegui chegar ao banheiro a tempo, e como Joseph me obrigou a ficar suja por dias, até que minha bunda estivesse coberta daquelas assaduras de bebê. Eu conto a ela como ele ria, como mais tarde eu ouvi Joseph e Isaac dizendo que eu tinha cagado nas calças.

Eu conto a ela como, uma noite, graças a Deus, depois que Joseph veio me visitar, ele se foi, mas se esqueceu de trancar a porta do quarto. Eu me sentei na cama, esperando pelo som horrível da chave metálica girando na fechadura, mas não houve som algum. Só o rangido do piso de madeira enquanto ele andava pela casa, o barulho dele entrando na cama, o assovio das molas do colchão quando ele deitou seu corpo imenso sobre elas. Eu esperei pelo menos uma hora, para ter certeza, antes de levantar da cama e atravessar o quarto, antes que eu aproximasse minha mão trêmula daquela alavanca de bronze e abrisse a porta.

Eu conto à srta. Flores como eu achei a faca na gaveta da cozinha, a maior de um jogo de cutelaria com doze facas, uma faca de chef, com pelo menos vinte centímetros de comprimento, ou mais. Eu conto a ela como eu fiquei parada um instante naquela cozinha escura, olhando para o brilho distante da Lua e pensando, apesar de não precisar pensar em nada, pois já tinha me decidido. A casa estava em silêncio, só se ouvia o barulho da fornalha e o som da água se movendo pelos canos.

Mas claro que eu não sei nada disso, porque naquela noite, antes de Matthew chegar, não coloquei os pés para fora de meu quarto.

Eu conto a ela como eu entrei no quarto na ponta dos pés e como eu fiquei olhando Joseph dormir. Como eu observei seu corpo demoníaco sobre aquela cama imensa, como eu escutei seu ronco. A srta. Flores agora está como louca, escrevendo tudo em seu bloco, para não perder nenhum detalhe. O modo como os olhos de Joseph se abriram quando eu me aproximei da cama, acordado pelo rangido do piso. Como ele se sentou na cama, com o olhar mais confuso que assustado, e balbuciou: "Como você conseguiu...", antes que eu enterrasse aquela faca de chef em seu peito. "Como você conseguiu sair de seu quarto?", era o que ele ia dizer. Mas eu não lhe dei nenhuma chance. Isso é o que digo a ela. Seus olhos, sua boca aberta e suas mãos tatearam em busca da faca antes que eu a tirasse e enfiasse novamente em seu peito. E de novo. Seis vezes, eles disseram. Foi o que eles me disseram quando me encontraram.

Mas claro que eu não poderia saber, pois naquela noite eu não pus os pés no quarto de Joseph e Miriam.

O que eu sabia, mas não disse à srta. Flores, é que uma pessoa com mais de dezoito anos seria julgada como adulta. Mas não alguém com dezesseis anos, alguém como eu, que nunca tivera qualquer problema com a lei. Eu não estaria tão encrencada quanto Matthew se eles soubessem, se soubessem a verdade. Eu sabia disso porque Papi tinha me dito, quando eu era criança e nós estávamos assistindo a um programa de notícias na televisão. Havia uma história sobre uma garota de dezesseis anos que tinha matado os pais. Papi disse que garotos às vezes conseguiam escapar sem punição, mas adultos iam para a cadeia, sem discussão. Isso se não fossem executados. Eu me lembro de perguntar a Papi: "O que é executado?". Ele não me respondeu, mas eu deduzi o que seria.

– E Miriam? – pergunta a srta. Flores.

– O que tem Miriam?

– Me conte o que aconteceu com Miriam.

– Ela não acordou – respondo.

Não que eu saiba se ela acordou ou não, já que não estava lá, naquele quarto. Eu insisto que ela continuava lá deitada, em sono profundo, enquanto eu enterrava aquela faca de chef no peito de Joseph repetidamente.

Mas a srta. Flores é metódica e determinada. Ela pousa a caneta na mesa e verifica novamente o gravador, para se assegurar que ele continua funcionando. Ela precisa gravar isso. Minha confissão. – Mas então por que você a matou também? – pergunta, e eu engasgo em minha própria saliva.

– Miriam? – quase pergunto em voz alta.

Mas então eu ouço a voz de Matthew em minha cabeça e lentamente, mais devagar do que uma tartaruga cansada, eu entendo.

"Se algum dia eu me tornar um vegetal como minha mãe, eu ia querer que alguém simplesmente me desse um tiro. Para acabar com meu sofrimento."

E foi isso mesmo que ele fez.

HEIDI

No começo da tarde, quando Ruby está dormindo, ando pelo apartamento recolhendo peças de roupas jogadas a esmo, aqui e ali: os macacões de Ruby disputando espaço com as almofadas do sofá, meias usadas de Zoe ao lado da porta de entrada. Coloco tudo em um cesto de roupa suja amontoada, seguindo para meu quarto, pegando um sutiã preso na maçaneta. Pego a maleta de Chris do chão, aquela que trocamos em um restaurante asiático na Michigan, e começo a separar seu conteúdo: camisas sociais desabotoadas, calça de trabalho embolada em um canto da maleta. Tiro a calça da mala, verificando os bolsos, procurando por tampas de canetas, moedas, o tipo de coisas aleatórias que costuma se materializar nos bolsos de Chris, quando lavo sua roupa. Tampas de garrafas, clipes de papel, um pacote cheio de lenços de viagem, que se desintegra em milhões de pedacinhos e...

Minha mão encosta em uma coisa que reconheço quase de imediato, mesmo antes de tirar o pequeno pacote azul brilhante do bolso, as palavras "seu prazer" me atingem. Despenco sobre a cama, deixando o cesto de roupas sujas cair. Algum tipo de som grave emerge de mim, um arquejo seco e desesperado por ar. Pressiono a mão – as duas, na verdade – na boca, para silenciar o grito que se forma dentro de mim, uma repentina e violenta tempestade que se forma dentro do meu corpo.

Olho para o pacote de preservativos, confirmando tudo que eu acreditava ser verdade.

Meu marido está tendo um caso com Cassidy Knudsen.

Imagino os dois naqueles hotéis caros em São Francisco, Nova York e agora Denver, seus corpos emaranhados sobre lençóis de algodão egípcio. Vejo os dois no escritório vazio de Chris, durante as horas vagas do trabalho, e eu, como uma estúpida, sendo enganada por outra história: trabalhando em um memorando de oferta ou escrevendo um prospecto, fazendo auditoria em uma companhia ou em outra.

Estes fardos – as longas horas de trabalho, as viagens intermináveis de negócios – serviram de álibis para ele, sua tentativa de esconder um caso secreto com outra mulher.

Minha cabeça gira, imaginando Chris, na cozinha, admitindo com humildade que Cassidy Knudsen se juntaria a ele em sua última viagem. Penso nos dois juntos, em seu quarto de hotel, rindo sobre como fiquei mordida ao saber que ela estaria lá. Imagino ambos tendo prazer com meu mal-estar e insegurança, meu ciúme.

"É uma viagem de negócios", Chris tinha dito. "Somente negócios."

Junto todas as peças em minha cabeça: o telefonema não atendido, o preservativo no bolso da calça de trabalho de Chris. Finalmente a prova que desejei por tanto tempo. Vou até a cômoda e pego, na primeira gaveta, várias coisas que espalho pela cama: um conjunto de lingerie – calcinha e sutiã de renda – em um tom rosado pálido.

Olho para essas coisas por muito tempo, sabendo o que precisaria ser feito para balancear o placar.

WILLOW

Claro que o que eu contei a Louise Flores não era a verdade.

Ela me fez escrever tudo, com minhas próprias palavras, em uma folha em branco do seu bloco de anotações. Ela andava pela sala, seus saltos batucando no chão de concreto, enquanto eu escrevia sobre a faca de chef e sobre os olhos esbugalhados de Joseph. Eu até inventei uma ou outra coisa sobre Miriam, sobre como ela estava dormindo quando entrei no quarto e como acabei com ela mesmo assim, só porque eu podia.

Ela me olha, balançando a cabeça, e diz:

– Você tem sorte de ser menor de idade, Claire. Você tem ideia do aconteceria se você fosse julgada como uma adulta?

Eu dou de ombros e respondo:

– Não existe pena de morte em Illinois.

Ela de repente para de andar e vira a cabeça para me olhar por sobre os ombros.

– Mas você não cometeu o crime em Illinois, Claire – diz ela. Você estava em Nebraska. Onde eu bem sei que assassinos podem ser condenados à morte por injeção letal.

Especialmente os maiores de idade e os que cometem crimes intencionais e premeditados. Tal como esperar alguém dormir antes de entrar em seu quarto com uma faca.

Eu não queria que Matthew tivesse problemas. Porque eu sabia que o que ele fez, fez por mim. Eu nunca parei de pensar em Matthew, nem por um momento, desde que parti. Eu pensava nele todos os dias, e à noite, quando eu me deitava na cama, pensava nele e chorava baixinho, para que a sra. Wood e o sr. Wood não me ouvissem. Eu me perguntava onde ele estava. E me perguntava se ele estava bem.

Após reunir tudo o que precisava, toda a minha grande confissão por escrito e gravada, ela diz à guarda para me levar de volta para minha cela, onde Diva está sentada no chão cantando e fazendo a percussão nas barras de nossa jaula com suas unhas vermelhas, enquanto alguém grita para que ela se cale. Eu ignoro seu interrogatório – "Onde você esteve o dia todo?" – e deito em minha cama, cobrindo-me inteira com o lençol branco e fino, da cabeça aos pés.

Fecho meus olhos e me lembro daquela noite, das coisas que não contei à srta. Flores.

HEIDI

Ao meu lado, sobre a cama, está um conjunto de lingerie de renda, em um tom cor-de-rosa pálido. Visto-o e vou até as portas abertas do *closet*, procurando dentro dele, lá no fundo. Encontro o que estou procurando, pendurado em um cabide de uma loja de departamentos, ainda coberto com a capa de plástico, com um nó na ponta. Nunca usado. Desfaço o nó e, com delicadeza, tiro a capa do vestido. Deixo-a cair no chão, lembrando-me do dia em que fiz a compra, cerca de sete meses atrás, o dia em que telefonei para a churrascaria preferida de Chris, em um antigo casarão de pedra remodelado, na Ontario Street, e reservei uma mesa em um canto mais calmo do salão, longe do bar, no mesmo lugar onde Chris me pediu em casamento. Tinha feito planos para Zoe ficar com Jennifer e Taylor, saído mais cedo do trabalho para fazer meu cabelo em um cabeleireiro, um coque lateral para combinar com o vestido novo e um par de sapatos pretos, de saltos de cinco centímetros.

Tiro o vestido de seu cabide, lembrando-me de como Chris tinha telefonado antes de eu ter uma chance de usá-lo, reclamando sobre alguma tarefa de última hora e, ao fundo, lá estava a voz dela – Cassidy – chamando *meu marido*, roubando-o da comemoração de nosso aniversário de casamento.

"Eu a recompensarei", disse ele, prometendo-me, seu desapontamento diluindo-se ao telefone, como se ele não se importasse nem um pouco. "Logo."

Passo os dedos pelo vestido, de crepe, com botões nas costas, todo preto. Passo-o pela minha cabeça, deixando-o deslizar por meu corpo, sobre a calcinha e o sutiã cor-de-rosa, e então olho para meu reflexo no espelho de corpo inteiro. Lembro-me daquela noite de outubro, a noite de nosso aniversário. Lembro-me de que foi Graham que apareceu, no lugar de Chris, atraído pelo som da televisão ligada, em uma noite que ele sabia que eu não deveria estar em casa. Ele parou na porta, com seu rosto simpático, sabendo, sem que eu precisasse lhe dizer, o que tinha acontecido: eu usando um robe, de chinelos, no lugar do vestido preto, com os cabelos presos em um coque lateral, *The price is right* passando na televisão. Comida congelada sendo aquecida no forno.

– Ele não a merece – disse ele, e isso foi tudo, e depois, voltando até os anos de faculdade, nós competíamos para ver quem bebia mais das adoradas *pales ales* de Chris, até que ficávamos bêbados e inchados e minhas lembranças de sair com meu marido obcecado pelo trabalho tinham ficado nebulosas e opacas. Eu desmaiava no sofá e acordava na manhã seguinte rodeada por garrafas de cerveja – mais de uma dúzia delas espalhadas pela mesa de centro e pelo chão – com um vaso de flores entre elas, uma fraca tentativa de Chris se desculpar.

Ele tinha saído antes de eu acordar.

Passo um delineador preto nos olhos, esfumando-o pelas pálpebras. Mancho meus lábios com um batom vinho, espalhando-o com o movimento dos lábios sendo pressionados um contra o outro e depois limpando o excesso com um lenço. Prendo meu cabelo em um coque bagunçado, no topo da cabeça, triste em comparação ao penteado de sessenta dólares, penso, procurando no fundo do *closet* os sapatos de salto. Coloco a meia-calça e calço os sapatos, parando diante do espelho.

Passo pela criança, que parece adormecida no cobertor cor-de-rosa, sobre o chão. Olho para ela por um tempinho, recusando-me a ficar mais para não me desviar de meus planos. Certifico-me de que ela está dormindo, de que não perceberá minha ausência e, então, saio para o corredor e fecho a porta com delicadeza.

Não paro para recuperar o fôlego; recuso-me a parar e pensar.

Graham abre a porta antes que eu bata uma segunda vez. Lá está ele, impecável e sorridente, de jeans e camiseta. Ele nota o vestido, o cabelo, a maquiagem exagerada, medindo-me da cabeça aos pés.

– *Oh-la-la!* – diz, enquanto eu começo a desabotoar meu vestido. Seu *laptop* está no sofá, entre as almofadas, abandonado; Nina Simone canta e enche a sala com sua música.

– O que você está...? – pergunta, levando-me para dentro e fechando a porta. Passo meu vestido por cima da minha cabeça, expondo a lingerie cor-de-rosa. Seus olhos são atraídos pela cor, pela renda, demorando-se tempo bastante para afirmar que a percepção de Chris sobre Graham está bem distante da verdade.

– Você não quer fazer isso – diz ele, mas eu falo que quero.

Vou em sua direção, aproximando-me do modelo, do ideal que Graham é, deixando suas mãos quentes percorrerem minha barriga, entrelaçarem-se nas minhas costas. E Graham, sendo o bom amigo que é, está feliz em corresponder. Mais do que feliz em me fazer este favor. Um ato de boa vontade. *Uma cortesia*, penso, enquanto ele me leva para além do sofá, colocando-me em uma cama desfeita.

WILLOW

Era tarde da noite. A casa estava quieta. Joseph já tinha vindo ao meu quarto e ido embora.

Eu fui acordada por um grito, um grito rouco e grave que me fez pular da cama.

Eu me lembro da Lua através da janela, uma luz incandescente na noite escura. Eu me lembro do silêncio que se seguiu ao grito, um silêncio tão grande que fiquei em dúvida se não tinha sido apenas um sonho. Eu fiquei deitada na cama, olhando para a Lua, tentando acalmar meu coração disparado, fazendo minha respiração voltar de onde quer que ela tenha ido quando ouvi o grito. As nuvens flutuavam lentamente perto da Lua, preguiçosas, e os braços nodosos das enormes árvores velhas eram apenas sombras na noite. Elas dançavam no ar, seus galhos se esticando para tocar uns aos outros, para bater as mãos.

E então eu ouvi: o ruído metálico da chave na fechadura, o giro frenético da maçaneta. O que eu esperava ver era Joseph, sua silhueta recortada na soleira da porta pelo brilho fraco de alguma luz no corredor. Mas, em vez disso, quem apareceu no quarto foi Matthew, seu olhar perturbado, sua mão trêmula segurando uma faca afiada que pintou de sangue minha cama enquanto ele dizia: "Venha, Claire. Levante-se".

E eu segurei sua mão estendida e deixei que ele me puxasse para fora da cama.

"Você precisa ir embora, Claire", ele me disse, puxando-me para perto e me apertando, em um abraço de urso. "Você precisa correr."

Então ele me deu algumas roupas: um casaco e um par de tênis, uma calça enorme, e me disse para me vestir. "Rápido", quase implorou, com sua voz trêmula.

"Por quê? Para onde vamos?", indaguei.

"Tem umas coisas, perto da porta da frente. Uma mala. Lá dentro tem tudo que você vai precisar."

E ele me pegou pela mão e me levou pelo corredor, através da casa que estava em quase completo silêncio, a porta do quarto de Joseph e Miriam fechada. Eu me encolhi quando passei por aquela porta, com medo do que estaria do outro lado.

Eu não conseguia saber o que era pior: o que estaria lá ou o que eu imaginava que estaria lá, apesar de não haver como saber ao certo.

"Mas e Joseph?", perguntei, apesar de no fundo saber, após ver o sangue na faca e a porta fechada do quarto, e pelo fato de Matthew e eu estarmos nos movendo escada abaixo sem nenhum cuidado especial – sem fazer nenhum esforço para evitar que as tábuas dos degraus rangessem – que Joseph estava morto.

O grito tinha sido de Joseph.

O sangue na faca era dele.

No pé da escada, Matthew apertou minha mão e puxou meu corpo para junto ao dele. Ele sussurrou no meu ouvido.

"Eu sei o que ele fez com você."

E eu senti minhas pernas amolecerem, sabendo que ele conhecia o meu segredo. Sabendo que ele conhecia o segredo de Joseph. De alguma forma, era uma carga a menos, o fato de eu não precisar mais carregar sozinha aquela bagagem. Eu imaginei todos aqueles anos, Joseph se enfiando em minha cama e Matthew do outro lado da parede, ouvindo. Eu me agarrei a Matthew ali no final da escada, sem querer ir embora, mas ele repetiu: "Você precisa ir, Claire. Você precisa ir *agora*", e soltou as minhas mãos de sua cintura.

"Mas para onde?", perguntei mais uma vez, minha voz ansiosa e assustada. Eu nunca tinha ficado sozinha em toda a minha vida.

"Tem um táxi lá fora. Esperando. Ele vai levar você até a rodoviária."

E só então eu notei as luzes do farol de um carro parado na entrada da garagem.

"Mas eu não quero ir", choraminguei, meus olhos buscando Matthew na escuridão. "Eu quero ficar com você." E eu me agarrei à cintura dele como se minhas mãos tivessem velcro, encontrando-se atrás de suas costas, e por um instante ele me deixou ficar, só por um instante, antes de soltar meus dedos e me empurrar para a frente. Eu chorava, aquele choro pesado que vem de alguma profundeza. "Vem comigo", implorei, forçando as palavras entre soluços e lágrimas. "Vem. Comigo."

Matthew era a única pessoa que eu tinha no mundo inteiro. Mami tinha me abandonado. Lily tinha me abandonado. E agora Matthew estava me abandonando também.

"Claire."

"Vem comigo", supliquei como a criança que eu era. Eu bati meu pé e cruzei os braços em volta do corpo, fiz um beiço. "Vem comigo, vem comigo." – E tentei puxar seu braço e arrastá-lo para a porta, em direção à porta da frente, que estava aberta, a janela ao lado quebrada, cacos de vidro chanfrado espalhados pelo chão.

Eu parei por um segundo e olhei aquilo.

Foi assim que Matthew tinha conseguido entrar.

"Você precisa ir, Claire." Matthew apertou um bolo de notas na minha mão, algum dinheiro, pegou a mala de couro e foi me arrastando para a porta pela mão. "Vá agora", disse, "antes que..." Mas ele não terminou a frase. "Vá de uma vez", disse ele, mas, ao mesmo tempo em que me mandou ir, puxou-me para mais perto e me envolveu em seus braços. Ele estava tremendo, suava frio. Ele não queria que eu fosse, tanto quanto eu não queria ir. Eu sabia. Mas ainda assim ele pôs a mala na minha mão e me empurrou – me empurrou mesmo – através da porta, enquanto eu tentava cuidadosamente evitar pisar nos cacos de vidro no chão.

Eu olhei para trás, apenas uma vez, e o vi parado na soleira da porta, a faca escondida atrás das costas, seu rosto uma mistura de ansiedade e melancolia. Ele também estava triste.

Eu me lembro de que a noite estava gelada, mas só meu cérebro notava, não o resto de mim. Eu sabia que estava frio – como se alguém tivesse me dito ou coisa parecida – mas eu não sentia o frio. Como se fosse sonâmbula ou estivesse sonhando. Eu podia me ouvir soluçar como se eu estivesse assistindo a mim mesma na televisão. Uma observadora, não uma participante. Eu não me lembro de dizer ao motorista – um homem pequeno e sombrio, apenas uma voz abafada e um par de olhos no retrovisor – para onde queria ir. Foi como se ele soubesse. Eu entrei no carro e ele acelerou rua abaixo, veloz e brusco, e eu me lembro de pensar que ele devia ter ouvido Matthew me apressando, porque ele dirigia muito rápido. Matthew deve ter dito a ele. Eu me agarrei à maçaneta da porta e me segurei nas curvas, imaginando se foi assim quando Mami tinha morrido, quando aquele Datsun Bluebird começou a dar cambalhotas na estrada.

O táxi me levou a um prédio baixo e cinzento, a palavra Greyhound escrita na fachada em grandes letras azuis. Ele ficava em alguma esquina da cidade, em uma rua praticamente deserta naquela hora da noite. Uma senhora idosa, com cabelos prateados e ralos, fumava do lado de fora do prédio, sua mão livre enterrada no bolso de seu casaco fino.

"Dezessete dólares", disse o motorista com uma voz entrecortada, arrancando-me de meus devaneios no banco de trás.

"Hã?", soltei quase como um sussurro.

Ele apontou para o maço de notas na minha mão trêmula e repetiu: "Dezessete dólares", e então eu o paguei com o dinheiro que Matthew tinha me dado e saí carregando a mala de couro, vigiando a velha enquanto entrava no prédio.

"Me dá um trocado?", pediu a senhora de cabelos ralos e prateados, mas eu dobrei as notas e fechei bem a mão, para que ela não visse o dinheiro.

Dentro do prédio eu fui primeiro até uma máquina automática e, depois de inserir um dólar, apertei o botão vermelho. A lata de refrigerante caiu rápido, mais rápido do que eu esperava, e eu a peguei e entrei em uma fileira de cadeiras vazias. Lá fora, olhando pela janela, ainda estava escuro, uma primeira impressão de luz se esgueirando do horizonte.

Um velho rabugento estava sentado na bilheteria, contando as notas de dinheiro do caixa e resmungando o tempo todo. Eu ouvia uma televisão, mas não conseguia vê-la, o som das notícias matinais, do trânsito, da previsão do tempo.

Eu não sabia o que estava fazendo ali. Eu não sabia o que devia fazer, para onde devia ir. Eu ainda não tinha me dado conta: Joseph estava morto. Havia lágrimas grudadas nas minhas bochechas, meus olhos estavam inchados e grandes de tanto chorar. Meu coração continuava disparado, em um galope constante que fazia minha cabeça girar. Escondidas sob o casaco, em uma camiseta branca, estavam as manchas do sangue que tinha espirrado em mim quando Matthew entrou correndo no meu quarto.

O sangue de Joseph.

Eu tinha certeza. Eu tentei pensar, colocar os detalhes em ordem: o vidro quebrado, a faca, o grito gutural que me acordou. Matthew aparecendo na porta, suas palavras: "Vá embora agora", "antes que...". Antes do quê? Eu fiquei pensando, sentada ali. Antes que a polícia chegue. Antes que Isaac apareça. Ainda não tinha me tocado: eu estava sozinha. Eu não pertencia mais a Joseph. Ele não viria mais ao meu quarto.

Eu não sei por quanto tempo fiquei sentada ali. Tomando golinhos de refrigerante, escutando a televisão. A rodoviária era quente e brilhante. Eu olhei por um tempo para uma luz fluorescente piscante no teto e observei quando um homem, usando uma calça jeans e uma camiseta esfarrapada, um boné dos Huskers na cabeça, entrou na estação. Eu achei que ele devia estar sentindo frio, só com aquela camiseta, mas ele não parecia sentir frio. Ele me olhou com o canto do olho, querendo fazer parecer que não estava me encarando. Mas eu sabia que estava. Ele carregava uma mochila cheia de coisas em uma das mãos, cheia demais para o zíper fechar totalmente.

Ele balançou a cabeça, meio que me cumprimentando, como quem diz "eu estou vendo você", foi direto até uma parede e ficou parado, olhando para um painel pendurado ali. Eu vi as palavras escritas sobre aquele painel.

Partidas.

Chegadas.

Os horários dos ônibus.

Eu esperei que ele comprasse sua passagem para Chicago com o homem mal-humorado da bilheteria e fosse se sentar em uma cadeira do outro lado da estação, puxando o boné sobre os olhos e aparentemente caindo no sono. Eu levantei – limpando meus olhos na manga do casaco – e fui até o painel na parede, onde havia tantas palavras e números que eu fiquei tonta.

Kearney. Columbus. Chicago. Cincinnati.

E então eu vi, duas palavras tão inesperadas que eu sabia que precisavam estar ali: Fort Collins.

Fort Collins. As mesmas palavras que eu vi tantas vezes no endereço do remetente naquelas cartas que a Lily Grande me enviava de sua casa no Colorado. Minha Lily, a pequena Lily, vivia em Fort Collins, Colorado.

Era hora de ir até ela. Hora de rever minha irmã.

HEIDI

Graham está em pé, a um metro de distância, no quarto escuro, assistindo, com seus olhos famintos, enquanto tiro minha lingerie, deixando-a no chão, o sutiã cor-de-rosa pálido caindo sobre os sapatos de salto e a calcinha, ao lado da meia-calça, enrolada e jogada.

Seus olhos me olham de cima a baixo, deliberadamente, sem pressa, parando na cicatriz diagonal, avermelhada e sempre presente, que se estende do meu umbigo até se perder no meio do meus pelos púbicos. Um lembrete constante.

Descarto a cicatriz, dizendo a mim mesma que ela simplesmente não é real, lembrando-me da bebê, dormindo sobre o cobertor cor-de-rosa, na porta ao lado.

Graham não diz coisa alguma, enquanto suas mãos calorosas me seguram pela cintura e ele me leva até a cama, sentando-me sobre o edredom acinzentado, que está a meio caminho do chão, ao lado dos travesseiros que ainda não foram arrumados desde cedo. Olho para além dele, para o teto, onde um ventilador de níquel escovado, com lâminas cor de cereja – que sopra os papéis de cima de uma cômoda até o chão, um a um, o trabalho mais recente que Graham está fazendo, contudo, ele está tão preso ao momento que não percebe como a brisa do ventilador de teto varre gentilmente meus braços nus, minhas pernas, meu peito.

Ele fica na ponta da cama, tirando a camiseta por cima da cabeça e, enquanto ele faz isso, inclino-me para passar as mãos por aqueles músculos abdominais que alinham seu torso, os pelos esparsos e claros, o seu umbigo, o botão de latão envelhecido que segura seu jeans; é quando eu escuto.

Ouço a bebê chorar.

Mais alto do que uma buzina de carro, um estrondo inesperado de trovão, o rugido de uma máquina a vapor.

Levanto-me rápido, pegando minhas roupas no chão do quarto, da sala de estar; Graham, surdo ao choro de Ruby, implora que eu não vá embora.

– Heidi – diz ele, sua voz colocada de uma forma que me faz apostar que ela é que faz com que seja impossível às mulheres dizerem não a ele. – O que está errado? – Seus olhos ficam fixos nos meus, enquanto coloco o vestido, segurando a meia-calça e minha lingerie. Abotoo o vestido, botões em casas desencontradas.

– É só que... – digo, sentindo-me embaraçada, incapaz de me esquecer da sensação das mãos de Graham, de seus olhos, em meu corpo, olhando-me de um modo que Chris não me olhava mais. – Esqueci-me de que havia uma coisa. Que eu precisava fazer.

Ouço o choro quando ainda estou na porta de Graham, alto, miserável, e começo a correr, os saltos batendo frenéticos contra o piso de madeira, quando Graham chama meu nome.

– Heidi...

Mas ele não continuou.

Quando entrei em minha casa, lá estava ela, a bebê, espalhada no cobertor cor-de-rosa, no chão.

Parecia dormir.

Não era isso que eu tinha imaginado.

O que esperava era encontrá-la enrolada no cobertor, segurando-o com raiva. Sua pele vermelho-tomate, gritando, como um ganso grasnando, arranhada, como se estivesse chorando há dias, semanas ou mais.

Em vez disso, ela estava em silêncio, a não ser por seu delicado ressonar. Estava deitada quieta sobre o cobertor cor-de-rosa, suas feições calmas e compostas, enquanto eu fico ali, parada à porta, procurando recuperar o fôlego.

Ela está dormindo, digo a mim mesma, achando isso impossível, pois tinha certeza – tanto quanto tenho de estar viva e respirar – de que tinha ouvido um choro de bebê.

Corro para a criança e pego seu pequeno corpo do chão, seguro-a em meus braços, acordando-a de seu sono.

– Pronto – balbucio em seu ouvido –, a mamãe está aqui. A mamãe nunca mais a deixará de novo.

WILLOW

Matthew tinha colocado quase tudo que eu poderia precisar dentro daquela mala: dinheiro, um monte de dinheiro, e um pouco de comida: barras de chocolate e barras de granola e biscoitos. Eu não sei ao certo como ele conseguiu o dinheiro. Eu me acomodei no ônibus, abraçada àquela mala, a única coisa no mundo que era minha. Enquanto o ônibus cruzava o interior de Nebraska, o Sol subindo pelo céu do final do inverno, eu coloquei a mala sobre meu colo magro, abri o fecho e descobri um livro igual a todos aqueles que Matthew costumava colocar no meu quarto quando eu era criança: *Os cinquenta estados*. Folheando o livro, vi que ele tinha deixado mensagens para mim, a tinta preta borrando as páginas escorregadias daquele livro grosso. Ao lado de Alaska: "Muito frio". Nebraska: "De jeito nenhum". Illinois: "Talvez". Um guia para o meu futuro, essa foi a intenção de Matthew. Montana: "Um bom lugar para se esconder".

Eu considerei se não era isso que eu precisava fazer: achar um lugar para me esconder. Será que alguém ia me procurar? Joseph, talvez, ou talvez a polícia. Não, me lembrei. Não Joseph. Joseph estava morto.

Eu fechei meus olhos e tentei dormir, mas o sono não veio facilmente. Tudo o que eu via eram o olhar perturbado de Matthew quando ele entrou em meu quarto e o sangue aguado – sem cor na escuridão do quarto – na faca. Eu ouvia o grito de Joseph, sem parar, como um zumbido nos meus ouvidos. E tentei não pensar no que teria acontecido depois que eu parti, não pensar onde estaria Matthew naquele momento e se ele estava bem ou não.

Eu suspeitava que todo mundo estava olhando para mim, que todos *sabiam*. Eu me abaixei no banco e tentei ficar escondida, me recusando a fazer contato visual com qualquer pessoa ou a dizer um olá vazio, mesmo para o homem que sentou ao meu lado do outro lado do corredor, em sua própria poltrona esverdeada, de terno preto e colarinho de padre, e passou a viagem lendo uma Bíblia bem gasta.

Especialmente para o homem do outro lado do corredor.

Eu fechei meus olhos e me concentrei em fingir que ele não estava ali, que ele não podia pressentir meus pecados, farejá-los como um perdigueiro perseguindo uma trilha.

Em algum momento após o almoço eu comecei a reconhecer a paisagem do outro lado daquelas janelas escurecidas: letreiros verdes gigantescos com nomes de cidades que eu conhecia, nomes escritos com letras brancas em negrito: North Platte e Sutherland e Roscoe. Uma placa pendurada sobre a estrada: ENTRANDO EM KEITH COUNTY. Celeiros caiados e cercas de gado, uma casa de fazenda de madeira abandonada, tão inclinada para um lado que mesmo há oito anos, da última vez que eu a havia visto, tinha certeza de que ela logo iria desabar sobre a grama amarelada. Eu me ergui no banco e colei o nariz no vidro gelado, ouvindo a voz de Mami sobre o zumbido do motor do ônibus: "Eu amo você como os porcos amam as pocilgas".

Então o ônibus se desviou da estrada que ia em direção à Highway 61; as placas indicavam o caminho para o lago McConaughy, onde eu construí muitos castelos de areia quando era criança, Mami acordando sempre com uma urgência de ir logo encontrar os dias mais brilhantes do verão e nos colocando, Lily e eu, no Bluebird, para o passeio curto até o lago. Ela nunca se lembrava do protetor solar e nós sempre ficávamos tostadas como camarões, todas nós, comparando as sardas e os narizes vermelhos mais tarde, apertando a ponta de nosso nariz até ela ficar branca. Eu fiquei olhando fixamente para fora enquanto o ônibus parava no estacionamento da Conoco, ao lado da Super 8 e do Comfort Inn, na frente do Wendy's onde eu e Mami comemos, há tanto tempo que parecia ter sido em outra vida. A Pamida estava lá, e a parada de caminhões, do jeito que eu me lembrava. Eu me lembrava de tudo. O ônibus estava passando por Ogallala, a caminho de Fort Collins. Essa cidade era Ogallala.

Eu estava em casa.

Quando o ônibus parou e os passageiros começaram a descer e entrar na Conoco, para usar o banheiro e tomar um lanche, senti uma vontade irresistível de pegar minha mala e sair correndo. Meu coração batia alto e forte em meu peito, meus braços e pernas tremiam. Eu cheguei a empurrar os novos passageiros que subiam no ônibus.

"Com licença." "Me desculpe", balbuciava, abrindo caminho desajeitada pelo corredor estreito. Eu recebi mais que um olhar de desprezo. Uma garota com longos cabelos cor de nozes me imitou: "*Se* desculpe", quando eu passei perto demais dela e pisei em seus sapatos caros. Mas eu não me importei.

Eu me convenci de que tinha pelo menos uma vaga ideia de como chegar em casa, na casa pré-fabricada, apesar de serem grandes as chances de eu nunca ter aprendido o caminho até os oito anos. Mas isso não importava. Eu podia ter me deitado em uma vala à beira da estrada em Ogallala e ainda assim me sentiria em casa. Eu podia sentir em meu sangue e em minha pele. Ogallala. Lar. E por cima de tudo isso, Mami e Papi. Havia este pensamento idiota recorrente na minha cabeça: talvez Mami ainda estivesse aqui. Talvez tudo não tivesse passado de um grande mal-entendido. Eu iria até a casa pré-fabricada e Mami estaria lá, com Papi e a pequena Lily, que não seria Rose, que nunca teria tido uma irmã senão eu. E de repente, ao passar pela porta de tela enferrujada, eu teria oito anos novamente e tudo seria como se o tempo não tivesse acontecido. O tempo teria parado. Mami estaria viva, sua energia e seu entusiasmo preenchendo os quartos monótonos daquela pequena casa, como sempre. A casa estaria exatamente como a tínhamos deixado. Não haveria outra família vivendo ali, nenhuma menininha dormindo em minha cama. E eu nunca teria ouvido falar de um homem chamado Joseph. Foi só um erro, eu dizia a mim mesma enquanto descia os enormes degraus do ônibus para o estacionamento da Conoco. O ar frio me deu um susto – como que implorando para que eu mudasse de ideia – mas eu o ignorei. Eu comecei a atravessar o estacionamento, em direção à rua, um olhar de provocação adornando meu rosto. Uma recusa em aceitar o que, lá no fundo, eu sabia ser a verdade. *Tudo foi só um grande mal-entendido. Mami está viva. Papi está vivo.*

Meus pés esmagavam o chão de concreto, rápidos e determinados. A mala era desajeitada, batia em minha perna direita a cada passo que eu dava.

O que eu descobri foi que eu sabia como chegar à casa pré-fabricada. Pode ser que minha mente não soubesse, mas meus pés com certeza sabiam, pois eles me levaram para fora do estacionamento e pela estrada Prospector. A mala não me incomodava nem o ar gelado. Eu estava em piloto automático, ou em velocidade de cruzeiro, como Papi costumava falar sobre dirigir caminhões, quando eu perguntava como ele não se cansava de dirigir tanto. Meu pensamento estava fixo em Mami e na expectativa de que ela ainda estivesse viva enquanto eu passava pelos velhos prédios de tijolos que eu lembrava de quando era criança, sob árvores desfolhadas espalhadas pelas ruas Um, Dois, Três e Quatro. E continuou quando eu passei pelas casas brancas idênticas, os fios de telefone correndo baixos acima da minha cabeça. Depois de algum tempo, as casas e as árvores se multiplicaram, o centro da cidade cada vez mais distante. Virei na Spruce Street, com seus *trailers* e terrenos baldios e *outdoors,* quase um quilômetro e meio de caminhada com os carros passando por mim tão rápido que meu cabelo rodopiava em volta da minha cabeça.

Minhas pernas estavam queimando quando eu cheguei à estrada do Canyon. Eu mal sentia meus dedos, muco escorria pelas minhas narinas. Meu braço estava dormente com o peso da mala, minha perna arranhada onde a mala roçava a cada passo que eu dava.

A casa era menor do que eu me lembrava, a parede lateral mais da cor de mingau que da cor da neve. O que antes me parecia como uma escadaria levando até a porta da frente eram na verdade quatro pequenos degraus tortos, o corrimão de alumínio sem metade de suas hastes de sustentação cinzentas. Havia uma cesta de basquete, que nunca tinha estado ali, um Honda na garagem. Vermelho. Não o Bluebird que eu costumava ver.

Eu fiquei parada, do outro lado da estrada, olhando para a casa que costumava ser a minha. Reunindo coragem para girar a maçaneta da porta da frente, esperando e rezando para encontrar Mami do outro lado, apesar de, lá no fundo, em algum lugar bem dentro de mim, eu saber que ela estava morta, mas eu tentava ignorar aquela noção, em vez daquilo tentava imaginar o *e se*. Um pensamento instantâneo me veio: se eu não tentasse, eu nunca saberia, e isso era bom, pois não saber era melhor do que ter uma prova definitiva de que Mami e Papi estavam mortos. Eu tinha oito anos então, apenas uma criança idiota. Talvez tudo o que tinham me dito tenha sido mentira, só mais uma das mentiras que Joseph me disse. Eu fiz de conta que Mami estivera procurando por mim todos aqueles anos, que meu rosto tinha se tornado como as fotos daquelas crianças desaparecidas que aparecem nas caixas de leite, as fotos preto e branco com uma imagem simulando a criança na idade atual, como algum desenhista esperto achou que eu seria aos dezesseis anos. *Se você acha que viu Claire, por favor ligue para 1-800-Eu-estou-perdida*. Eu pensei no texto: *Claire foi vista pela última vez em sua casa na estrada do Canyon, em Ogallala, Nebraska. Seu cabelo tem cor de meleca de nariz, seus olhos são de um azul bizarro. Ela tem uma pequena cicatriz sob o queixo, um espaço entre os dentes da frente. Quando desapareceu, ela estava usando...*

O que eu estava usando naquela noite, quando Amber Adler veio me dizer que meus pais estavam mortos? Aquela camiseta violeta que eu tinha, aquela com o tubo brilhante de batom vermelho e a alegre inscrição SWAK, marcas de beijo por toda a volta. Ou talvez um vestido de festa ou um *top* de bolinhas ou talvez...

Era nisso que eu estava pensando quando a porta daquela casa pré-fabricada se abriu de repente, o barulho de crianças discutindo aniquilando o silêncio. O som da voz de uma mãe – não a *minha* mãe, mas *uma* mãe severa e cansada – mandando que eles calassem. A. Boca. Por. Favor. E lá estavam eles, os três – não, quatro, eu vi em seguida, a mãe carregando um bebê no colo – descendo os degraus tortos da escada como um bando de gatinhos brincalhões. As duas crianças maiores desceram as escadas aos encontrões, xingando-se o tempo todo: cara de peido e cérebro de meleca. Eram dois meninos de jeans e tênis, casacos grossos de inverno e gorros com protetores de orelha. A mãe levava o bebê enrolado em um cobertor – rosa. Uma menina. Talvez a menina que ela sempre quis, pensei, enquanto a mãe impelia os meninos para a frente com um pequeno empurrão e dizia para eles se apressarem. Entrem no carro. Eles iam se atrasar. Um dos meninos, então, se virou chorando, grandes lágrimas escorrendo por seu rosto.

"Você me bateu", gritou ele para a mãe.

"Daniel", disse ela com um tom de voz indiferente, "entre no carro".

Mas ele continuou dando seu ataque, ao pé dos degraus, enquanto o menino maior entrava no carro como ordenado e a mãe prendia o bebê no carro. O menino, Daniel, de cinco ou talvez seis anos, cruzou os braços e fez um beiço, seu lábio inferior quase cobrindo o superior. Eu olhava aquilo espantada, pensando em como eu nunca teria falado com Mami daquele jeito, nunca teria chamado Lily de cara de peido ou cérebro de meleca. Resolvi naquele mesmo instante que não gostava daquele menininho, não gostava nem um pouco dele. Eu não gostava do modo como seu cabelo castanho escorria para fora do gorro de aviador nem do modo como seu casaco ficava torto, mais comprido do lado esquerdo que do direito, a manga direita cobrindo completamente a mão enluvada. Eu não gostava das botas azuis nem da careta antipática em seu rosto.

Mas o que realmente me incomodou foi que ele achava que, o que quer que eles estivessem indo fazer, era a pior coisa no mundo que podia acontecer. Obviamente ele nunca tinha encontrado alguém como Joseph.

O que eu não teria dado por uma visita ao Safeway nesses anos todos. Eu me lembrei de ajudar Mami a empurrar o carrinho e fazer cócegas nos dedinhos de Lily para ela se distrair. Eu recordei do aroma divino das rosquinhas recém-saídas do forno na vitrine da padaria, do modo como Mami me dizia para pegar uma rosquinha para cada uma de nós, para o café da manhã do dia seguinte.

E lá estava eu, pensando em rosquinhas cobertas de confeitos coloridos e bombas de creme com cobertura de chocolate, quando aquela mulher veio na minha direção. Instintivamente, meus pés começaram a recuar.

"Posso ajudar?", perguntou ela, andando pela calçada até o lugar onde eu tinha estado observando sua família. Seus olhos, marrons e lacrimejantes, cobertos de olheiras, pareciam cansados, seu cabelo grudento, como se ela não tivesse tido tempo de tomar banho naquele dia. "Você está perdida, querida?"

E, rapidamente, comecei a notar os detalhes, detalhes que não tinha visto antes: os trevos verdes pregados nas janelas, trevos que nós nunca tivemos. As letras pretas na caixa de correio: *Brigman*. Um cão latindo na janela da frente, um cão grande, parecido com um pastor-alemão, sua cabeça enfiada por uma cortina de renda que nunca estivera ali. Uma cadeira de balanço de madeira na minúscula varanda, um duende segurando uma placa de boas-vindas. O menino com o beicinho nojento ou o outro, mais velho, que tinha saído do carro para ver com quem diabos sua mãe estava conversando, e sua mãe que perguntou novamente: "Eu posso ajudá-la em alguma coisa?", quando eu me virei e comecei a correr.

Aquela não era a minha casa.

A compreensão me deixou sem ar e eu me vi tomando fôlego enquanto corria pela estrada do Canyon, por entre carros estacionados, jardins cercados, caixas de correio e gramados malcuidados, levantando o cascalho da rua sob meus pés. O mundo começou a girar mais rápido. Eu cortei caminho por um gramado, para o caso da mulher, a sra. Brigman, tentar me seguir em seu Honda vermelho. Eu tropecei em uma pedra e caí de cara no chão, nos fundos do jardim de alguém. Os joelhos de minhas calças estavam ensopados, enlameados pela neve derretida. A mala se abriu, espalhando todo o seu conteúdo pelo jardim ensopado, os livros e o dinheiro salpicados pela grama. Eu recolhi tudo rapidamente, pondo minhas coisas de volta no lugar e fechando a mala.

Eu não a vi logo de cara. Na verdade, eu quase não a vi. Eu estava em pé ali, rezando para que ninguém estivesse me vendo da janela dos fundos daquela casa, quando alguma coisa – algo brilhante sobre a neve branca – me chamou a atenção, eu me curvei e peguei e lá estava, na minha mão, uma foto de Mami, a mesma foto que Joseph tinha me forçado a rasgar em pedacinhos anos atrás. Pedacinhos que Joseph tinha me forçado a catar, levar escada abaixo e jogar no lixo. Eu me lembro daquele dia. Matthew e Isaac estavam sentados à mesa, olhando-me, observando enquanto eu despejava centenas de pedaços de Mami na lata de lixo e subia de volta para o meu quarto, como Joseph tinha mandado, para rezar pedindo o perdão de Deus.

Matthew tinha tirado os pedacinhos da lata de lixo e, como quem monta um quebra-cabeças, colado tudo de volta com fita adesiva. Um milhão de pedaços de Durex cruzavam a parte de trás da foto, fazendo-a ficar grossa e dura, branca, rugas irregulares cruzando o lindo rosto de Mami, seus longos cabelos negros, seus olhos de safira. Eu segurei Mami na mão, lá, em seu vestido cor de crisólito, que Mami chamava de hábito, o decote redondo e as mangas amassadas pelas mãos venenosas de Joseph.

Onde Matthew tinha guardado os pedaços por todos aqueles anos desde que ele os tirou do lixo?

Por que ele tinha escondido a foto de mim por tanto tempo?

Mas eu sabia o motivo, claro. Ele tinha medo que Joseph a visse.

Mas agora ele não precisava mais temer.

Fazia anos que eu não via Mami. Na minha memória, o cabelo preto tinha dissolvido, o azul dos olhos tinha se diluído, como um refrigerante aguado. Seu sorriso tinha diminuído pela metade, e só algumas vezes eu me lembrava que ela sempre usava batom vermelho quando Papi estava em casa. Mas lá estava ela: o cabelo negro como a noite e os olhos de safira, o batom cereja sobre seus lábios. Ela estava rindo. Eu podia ouvi-la, podia ouvir sua risada na fotografia, e eu podia ver Mami, segundos depois que eu tirei aquela foto amassada, arrancando a câmera das minhas mãos e tirando minha foto. E como, depois que revelamos o rolo de filme na Safeway, nós ficamos uma com a foto da outra, pois assim nós sempre estaríamos juntas mesmo quando não estivéssemos juntas. "Eu amo você como os bei amam os jos", ela dizia, dando um enorme beijo vermelho em minha bochecha, e eu ficava olhando o beijo no espelho retrovisor do Datsun Bluebird, recusando-me a limpar o rosto.

Eu apertei a foto de Mami contra meu coração e soube ali, chorando uma cachoeira de lágrimas no quintal da casa de algum desconhecido, ajoelhada na neve derretida de março, que Mami estava lá mesmo se ela não estivesse lá.

Mami nunca, nunca, nem em um milhão de anos, me abandonaria.

HEIDI

Pressiono minha bebê contra mim e afundo na cadeira de balanço, jurando nunca mais, nunca mais deixá-la de novo. Ela começou a chorar agora, seu choro zangado e furioso, enquanto ela pega e puxa mechas do meu cabelo, com força, uivando sem parar, o tipo de grito que força o ar para fora de seus pulmões e ela fica ofegante de repente, sem ar. Eu me levanto da cadeira e começo a caminhar pela sala, ciente do murmúrio da voz de Nina Simone que vem do apartamento de Graham: "I put a spell on you"*, tocando mais alto do que nunca.

Ou isso é simplesmente minha imaginação?

Ele está tentando encobrir o som do choro indigno da minha bebê? Ou me mandar uma mensagem? Visualizo Graham, naquele momento, ainda nu, perguntando-se por que tive de ir embora, quando mal tinha chegado.

E então, penso, o que ele faria, ali em sua casa, sem camisa, seu jeans desabotoado; telefonaria para alguma amiga para que ela preenchesse o espaço onde eu tinha acabado de estar? Tento não pensar nisso, pensar em alguma loura bonita assumindo meu lugar na ponta da cama desfeita, e Graham, cego à mudança, ciente apenas das mãos da mulher sobre ele. Tiro a imagem da minha mente: eu na cama de Graham, seu

* "I put a spell on you", Jalacy Hawkins, Jay Hawkins; Verve Records, 1965. (N.E.)

corpo pairando sobre o meu. Penso no que eu teria feito, o quanto teria ido longe com isso se não fosse pela bebê.

Mas, não, lembro a mim mesma. A bebê estava dormindo. Não estava? Pergunto-me, descobrindo que, de repente, estou tão confusa, ciente do choro – desesperado e desamparado, completamente infeliz – que ouvi no quarto de Graham. Aquele choro toca infinitamente em minha mente, uma trilha sonora que acompanha a cena: Graham tirando a camiseta, seus músculos abdominais torneados, o cabelo claro e curto, o botão antigo de seu jeans.

E então: aquele choro.

A bebê chorou, digo a mim mesma. Ela não estava dormindo.

Embalo a bebê para a frente e para trás, para cima e para baixo, em um movimento de vaivém gentil, qualquer coisa para acalmá-la. Ela está brava comigo por deixá-la. Digo isso uma vez e outra mais.

– Sinto muito. Mamãe nunca mais, nunca mais mesmo irá deixá-la de novo. – E eu a cubro de beijos em uma tentativa fraca de me desculpar.

Não sou uma boa mãe, digo a mim mesma. Uma boa mãe não a teria deixado sozinha e saído do quarto. Um momento de fraqueza, penso, lembrando-me muito bem do preservativo abandonado no bolso da calça de Chris, e pensar nisso, lembrar-me daquele papel azul brilhante, leva-me a um rápido declínio: coração descompassado, mãos grudentas.

Na cozinha, preparo uma mamadeira, sabendo, como sempre sei, quando a bebê fuça no vestido preto de crepe, que ela está com fome. Coloco o leite artificial na mamadeira, adiciono água e chacoalho: uma reprodução falsa do sustento que sua mãe deveria prover. Tento me lembrar o motivo de eu ter decidido dar mamadeira para minha bebê, por que não a amamentei. Ou eu amamentava? E descubro que, parada ali na cozinha, não consigo me lembrar. *Câncer,* digo a mim mesma. Mas então eu penso em seguida: *câncer*?. Ou isso era – o câncer – simplesmente uma criação da minha imaginação, e me pergunto sobre aquela cicatriz em minha barriga, a mesma que Graham acariciou com o dedo – a mesma sobre a qual ele quase perguntou, até eu pressionar os dedos sobre meus lábios e dizer *shhh* – e me pergunto de onde ela veio, a cicatriz, se é ou não uma cicatriz mesmo.

E então, uma palavra se instala em minha mente, feia e perversa e eu balanço minha cabeça para tirá-la dali: *aborto*.

Mas não. Pressiono a bebê contra mim, sabendo que isso não pode ser verdade.

O doutor careca disse que ela, minha Juliet, tinha sido descartada como lixo hospitalar. Ele disse que o lixo hospitalar era incinerado depois de sair do hospital e eu fui deixada com uma imagem que continuou me acordando por anos a fio, que preenchia meus sonhos com pavor: a bebê Juliet sendo jogada em uma fornalha de mais de mil graus, sendo jogada como cimento em um misturador, assim todos os lados dela foram expostos ao calor, sua pequena alma escapando como um gás para a atmosfera terrestre.

Balanço a cabeça com veemência e digo em voz alta:

– Não.

Espio a bebê em meus braços e penso: Juliet está aqui. Ela está a salvo.

Talvez seja uma marca de nascença, penso, então, da cicatriz em minha barriga, como aquela na perna da minha bebê. Essas coisas – marcas de nascença – passam de geração a geração? Penso no dia anterior, conversando com passageiros no trem, indo almoçar com Chris no Loop, quando eles cumprimentaram minha adorável bebê e disseram o quanto somos parecidas, minha bebê e eu, aquelas palavras que toda mãe no mundo deseja ouvir. "Ela tem seus olhos", disse um; e outro, "ela tem seu sorriso", e quando eles falaram isso, passei o dedo pelo lábio superior da bebê, naquele V proeminente no meio dele que, de algum modo, dizem lembrar o arco do Cupido.

Assim como o de Zoe. Assim como o meu.

"É de família", tinha dito, daquele sorriso resplandecente que minha bebê revelou na hora adequada, como se ela soubesse o tempo todo que era o tema da conversa, aquela que todo mundo estava olhando com cobiça.

Mas ela é minha, pensei, pressionando-a contra mim, recusando-me a pensar em Willow, afastando o nome Ruby de minha mente. *Toda minha.*

E então, o interfone tocou, tirando-me dos meus pensamentos: é alto e inacreditavelmente grosseiro, enquanto eu coloco aquele leite fraudulento na boca de minha bebê, e se é o leite ou o barulho do interfone, honestamente, não sei dizer, mas a bebê empurra a mamadeira com a língua e começa a gritar de novo.

Vou até a janela, espio a rua abaixo e vejo Jennifer, minha melhor amiga Jennifer, parada na porta de vidro, com um copo de café da Starbucks em cada mão. Vestida com o jaleco do hospital e uma jaqueta jeans, seu cabelo espalhado pelo vento incessante de Chicago. Eu me escondo rápido, antes que ela consiga me ver, antes que ela possa me ver parada na janela, espiando-a, e esperando que ela vá embora. Não posso ver Jennifer agora. Ela verá meu vestido, os botões desparelhados, a maquiagem carregada, cheia de um desespero decidido, agora escorrendo pelo meu rosto. A calcinha cor-de-rosa e a meia-calça emboladas, os saltos pretos mais uma vez tirados de sua caixa em vão.

E ela irá querer saber o que aconteceu. Ela perguntará sobre Graham. Ela perguntará sobre minha bebê.

E o que direi? Como vou explicar?

O interfone toca de novo e fico de joelhos, agarrando uma bebê que grita em meus braços; espio pela janela e vejo Jennifer bloqueando a luz do Sol, colocando a mão sobre os olhos, olhando para a janela que ela sabe que é minha e eu caio de novo no chão, não tendo certeza se ela me viu ou não na janela, observando de cima. Quase deixo a bebê cair no chão, enquanto nós duas ficamos juntas no espaço de cinquenta centímetros sob o peitoril.

– Shhh – digo, implorando à bebê, com desespero em minha voz que imita a dela. – Silêncio. Por favor – digo, quando meus joelhos começam a doer.

Meu celular está tocando e eu sei, sem ter conferido em sua tela, que é Jennifer querendo saber onde eu estou. Disseram a ela que eu estou doente, claro, se e quando ela telefonou para o escritório para saber se eu estava lá. Dana, a recepcionista, contou a ela sobre minha gripe persistente, e minha melhor amiga tinha vindo me trazer café – ou talvez um chá – para fazer eu me sentir melhor. E lá estava eu, escondendo-me dela, de joelhos nas tábuas de madeira, implorando que a criança ficasse parada, quieta.

E então o celular para de tocar, assim como o interfone e, com a exceção da bebê, tudo fica em silêncio. Levanto-me com cuidado para ver se Jennifer foi embora. Está fora da vista, aqui em um minuto, longe no seguinte. Olho até o fim do quarteirão, procurando a jaqueta jeans desbotada, mas vejo apenas minha vizinha, uma mulher idosa, descer a rua, com um velho carrinho de compras, rumo ao supermercado.

Solto a respiração – certa de que estou fora de perigo – e imploro à minha bebê que ela tome a mamadeira, colocando-a com cuidado sobre sua língua e sentindo que desta vez ela irá tomar.

– Por favor, querida – digo, ou tento dizer, antes de uma batida na porta me assustar. A batida é leve e ainda assim conhecida e determinada. Jennifer, tenho certeza, que entrou pela porta de vidro, com seus copos do Starbucks, quando a velha sra. Green saiu para ir ao mercado. *Sorrateira,* penso, quando a ouço me chamar do outro lado da porta.

– Heidi – diz ela, e há outra batida na porta – o maldito *toc, toc, toc* – que sai mais alto do que quaisquer palavras possivelmente conseguiriam. Ela sabe que estou aqui.

– Heidi – diz de novo e começo a correr pela casa, com a bebê em meus braços, tão longe da porta quanto consigo ir. Imagino que estamos sendo perseguidas por monóxido de carbono e devemos encontrar um lugar onde possamos respirar. A voz de Jennifer é abafada pela distância, enquanto fico em um canto no meu quarto e de Chris, inclinando as cortinas para que, assim, os transeuntes que passam pela rua abaixo não vejam – e, ainda assim, tenho certeza de que a ouvi falar: "Eu te vi e sei que você está aí". *Toc, toc*, batendo na porta de madeira para chamar minha atenção.

Eles vão tomar minha bebê. Eles vão tomar minha bebê. Imploro:

– Por favor, Juliet, por favor, fique quieta. – Estou em pânico, pois ela não tomará a mamadeira, pois ela não irá parar de chorar. Aquela palavra – Juliet – desliza da minha língua, tão errada e ainda assim inegavelmente certa. Mas o choro... o choro não vai parar. Estou com a bebê Zoe de novo, em meio a um episódio de cólica, e ela está gritando, contorcendo-se de dor, mas, com Zoe, não me lembro de precisar me esconder, de me agachar no chão do meu quarto e me esconder.

Quanto tempo esperamos, não consigo dizer. Um minuto, uma hora, não sei, mas, em silêncio, empurro minha bebê e lhe imploro para parar. A frequência das batidas de Jennifer diminui até cessar por completo; meu celular toca e então para, toca e então para, o telefone de casa, o celular.

Olho pela janela do quarto, por uma fresta entre as cortinas, quando Jennifer aparece, andando em círculos na rua abaixo, como se estivesse completamente confusa. Ela olha para a janela da nossa sala de estar e fica encarando por um tempo e, é só quando ela vai embora, descendo a rua, jogando um daqueles copos do Starbucks na lixeira mais próxima, que eu saio do quarto e vou verificar meu telefone, aquele que, do lado de fora, é quase certo que Jennifer tenha ouvido tocar. Três vezes, pelo que o telefone me diz, três chamadas perdidas, uma mensagem de voz.

Uma mensagem de texto.

"Onde você está?"

WILLOW

Louise Flores quer me ver de novo. Uma guarda vem à cela que eu divido com Diva e me manda passar as mãos pela portinhola, para que ela possa me algemar antes de abrir a porta. Eu desço da cama superior do beliche e ponho as mãos atrás das costas.

Nós atravessamos a prisão juntas.

Hoje a srta. Flores quer falar sobre a bebê, Calla. Eu me sento na frente dela, em uma cadeira velha com um encosto rígido.

– Por que você levou a bebê? – pergunta ela, e eu lembro daquela noite, em pé no bosque escuro, olhando para as janelas daquele chalé.

Depois de visitar a casa pré-fabricada em Ogallala, eu voltei a Conoco, onde implorei e supliquei à atendente do guichê para que ela trocasse a minha passagem obsoleta por uma nova. Claro que eu tinha perdido o ônibus para Fort Collins. Ela disse que a troca ia custar vinte dólares. Já estava escuro. O próximo ônibus só chegaria no meio da noite, às três horas e cinco minutos da madrugada.

Mas eu não tinha voltado direto para Conoco. Depois de ficar choramingando naquele quintal desconhecido, eu fui até o cemitério na rua Cinco e me deitei na grama entre Mami e Papi.

E então me recompus e fiz o que tinha que ser feito.

Todas as luzes daquele chalé deviam estar acesas. Eu via tudo como se estivesse dentro da casa, com eles, uma mosca na parede. Eu via Paul

Zeeger no quarto de cima, tirando a gravata. Lily Grande, embalando aquele maldito bebê, oscilando para a frente e para trás em um balanço subliminar, sua mão acariciando a cabeça estúpida do bebê. O cão, aos pés dela, começou uma dancinha feliz, e quando Lily Grande perambulou até a porta dos fundos para deixá-lo sair, eu me escondi atrás de uma árvore enorme.

"Vá, Tyson", disse ela, empurrando-o suavemente com o pé. "Anda logo." E então ela fechou a porta e aquele cão, com seu faro maravilhoso, encontrou-me atrás da árvore e me lambeu. Eu o empurrei para longe, sussurrando "fora!" no tom de voz mais firme que consegui produzir, enquanto continuava a percorrer a casa com os olhos. A lareira estava acesa, a televisão no quarto de casal (onde Paul estava agora deitado na cama) estava ligada no noticiário.

E daí havia Lily, a pequena Lily, a minha Lily, em um quarto, sozinha, fazendo uma trança no cabelo de uma boneca. Ela estava sentada na beirada de uma cama roxa com a boneca entre as pernas, enrolando as mechas em volta dos dedos. Minha Lily não era mais um bebê. Na verdade, ela era mais velha do que eu era quando Mami e Papi morreram.

E ela estava linda. Absolutamente maravilhosa. Exatamente como Mami tinha sido.

– Por que você simplesmente não pegou Rose? – pergunta a srta. Flores, quebrando um pedaço de uma rosquinha e colocando na boca, deixando-a dissolver sem mastigar. – Afinal, Rose era sua irmã.

– Lily – eu vocifero. – O nome dela é Lily. – Eu digo isso, pensando em como ela se cansou de fazer tranças na boneca – talvez ela não saiba como fazer, ou talvez ela estivesse apenas cansada de brincar com a boneca, eu não sei – mas eu vi o modo como ela girou a boneca e olhou para ela por um instante com seus olhos brilhantes antes de atirá-la para longe com toda a força. A cabeça da boneca atingiu a parede e despencou como um tijolo caindo do céu. Paul e Lily Grande levantaram ao mesmo tempo – alarmados pelo grito da minha Lily – mas foi Lily Grande quem colocou o bebê no berço e subiu as escadas até o quarto de Lily.

Lily odiava a bebê, Calla. Foi o que eu disse a mim mesma. E ela estava descontando na boneca. Eu assisti quando ela levantou da cama, usando uma camisola com cavalinhos e um par de chinelos xadrez, e caminhou até onde o brinquedo estava, com a cara virada para o chão, e chutou a boneca com toda a força.

A srta. Flores me encara e então desiste. Mais ou menos.

– Está bem – disse ela – Lily. Rose. Não importa. Responda à pergunta, Claire. Por que você não pegou sua irmã em vez de pegar a bebê?

A verdade é que minha Lily tinha uma vida grandiosa. Antes. Antes de Paul e Lily Grande decidirem substituí-la pelo "bebê com o qual eles sempre sonharam". Não havia nada que eu pudesse dar à minha Lily. Minhas únicas posses no mundo estavam enfiadas naquela mala que Matthew tinha me dado: notas de dinheiro que estavam desaparecendo rapidamente, alguns livros, a fotografia de Mami.

– Eu não poderia tomar conta de Lily – digo para a srta. Flores –, se a tirasse daquela casa.

– Mas você poderia tomar conta de um bebê? Você poderia tomar conta de Calla?

Eu dou de ombros e digo, baixinho:

– Não foi isso que eu quis dizer.

– Então o que foi que você quis dizer, Claire? – Ela me condena, seus lábios afinando, suas sobrancelhas franzidas. Ele tira os óculos e os coloca sobre a mesa. Minha Lily podia ter aquela vida de novo. A vida com férias na praia e bicicletas verde-rosa e escolas Montessori. Eu só precisava arrumar as coisas. E então, quando a Lily Grande subiu a escada e Paul virou para o lado na cama e fingiu não ouvir o escândalo que minha Lily estava fazendo, eu entrei no chalé pela porta dos fundos que tinha ficado destrancada quando o cocker spaniel saiu para fazer xixi. Eu passei as mãos por baixo do cobertor rosa no qual a bebê dormia enrolada e a tirei do berço, tomando cuidado com a cabeça, como Mami sempre me disse para fazer quando Lily era pequena, e com a bebê no colo eu saí pela porta de madeira, em direção àquela noite de março sem estrelas.

CHRIS

Eu durmo demais.

Quando finalmente acordo, a ressaca é colossal: uma violenta dor de cabeça, a luz despótica do Sol cegando meus olhos. Eu acordo com meu celular tocando impaciente, o toque, no meu estado alcoólico, fora de lugar, áspero. Henry. Sua voz do outro lado da linha, como a de um sargento gritando ordens para um recruta.

– Onde diabos você se meteu? – pergunta ele. Passa das nove da manhã.

Eu não tenho tempo para tomar banho. Cheirando a tequila, espero o elevador no saguão, meus cabelos fedendo a fumaça azeda dos cigarros de algum bar onde me refugiei na noite passada. Meus olhos estão vermelhos, minhas mãos pegajosas. Eu esqueço minhas anotações, as anotações onde estão as informações que eu deveria passar ao grupo de investidores em potencial que me esperam na sala de conferências do oitavo andar, os investidores que queremos impressionar. Eu me esgueiro para a sala de conferências, todos os olhos me fitando. Eu sinto o gosto do álcool no meu bafo, meu estômago agitado pela luz da manhã. O ácido gástrico se lança do esôfago até minha boca antes que eu o engula, forçando-o de volta para baixo.

– Antes tarde do que nunca – me repreende Henry em voz baixa, enquanto eu limpo minha boca na manga do terno. Eu vejo Cassidy inclinada sobre um investidor chamado Ted. Seus lábios estão tão próximos do ouvido dele, eu acho que ele sente a pele formigar a cada vez que ela respira. Ele se vira e olha para ela de repente, e eles riem juntos, em uníssono, riem às minhas custas, eu tenho certeza.

Eu passo os dedos no cabelo.

Em algum momento, Tom me puxa de lado e me manda organizar as ideias. Ele me passa uma caneca de café, como se a cafeína pudesse mudar a situação, tornar minha fala menos arrastada, meus pensamentos cristalinos. Vasculho a minha pasta de cima a baixo em busca de documentos financeiros que não estão ali. Em vez deles eu encontro anotações, memorandos, o bilhete em papel adesivo roxo com uma única palavra: "Sim".

O café me acalma um pouco. Nós fazemos uma pausa no meio da manhã e eu volto ao meu quarto para trocar de roupa, pentear o cabelo. Eu acho os documentos financeiros perdidos espalhados sobre a mesa e os coloco na pasta. Eu escovo os dentes; entre a cafeína e a pasta de dentes o gosto de álcool começa a submergir. Eu quase tomo uma overdose de analgésicos para a dor de cabeça lancinante.

Quando eu volto, Cassidy e Ted estão dividindo um *bagel* com requeijão de um prato único. Eles estão inclinados um para o outro. Ela lambe os dedos, a língua exaustivamente zelosa, e se aproxima para sussurrar algo para ele. Os dois pares de olhos se voltam para mim e ambos riem de novo. Eu penso em Cassidy, no meu quarto, desabotoando a túnica branca para que eu ficasse. Penso em mim, enfiando um par de chinelos e fugindo pela porta. Eu a vejo saindo daquele quarto de hotel e indo procurar Ted, um investidor de quarenta e poucos anos com uma aliança de tungstênio na mão esquerda. Pelo o que dá para ver, ele, ao contrário de mim, não a rejeitou. Ele a deixou desabotoar aquela blusa, revelando o que ela escondia sob o tecido.

Eu ouço Heidi em minha cabeça, ouço-a entoar *"Femme fatale"* seguidamente dentro da minha cabeça como um grito de guerra. "Mulheres, uni-vos!" Eu penso na mulher de Ted. Pergunto-me se ela é bonita. Se eles têm filhos.

Eu não estou nem um pouco arrependido. Mais do que qualquer coisa, estou aliviado, vendo que Cassidy escolheria qualquer outro membro da espécie masculina para passar a noite com ela. Eu estou agradecido por não ter sido eu.

Porque então seria eu sentado como um pateta na sala de conferências, babando em um *bagel* com requeijão, hipnotizado pelo modo como ela enrola a língua no dedo para limpá-lo.

Quando meu telefone toca, eu o tiro do bolso e vejo o nome na tela: Martin Miller, o detetive particular que eu contratei para investigar a nossa Willow. Eu saio rapidamente da sala de conferências para um pátio, na verdade uma grande varanda no oitavo andar, com vista para o átrio do hotel lá embaixo, cheio de mesas compridas e sofás felpudos, flores tropicais e peixes, dezenas de carpas grandes e gordas nadando em lagoas espalhadas pelo chão.

Martin soa reticente. Ele achou alguma coisa. Eu me apoio no parapeito para me equilibrar, olhando para os oito andares de vazio abaixo de mim que, combinados aos efeitos residuais do álcool, deixam-me tonto.

– O que você encontrou? – pergunto, minha voz alterada. As carpas, oito andares abaixo, são pouco mais que manchas brancas e laranja na água.

Martin me diz que está me mandando por e-mail um artigo de jornal que ele achou, datado do meio de março. O texto não menciona uma Willow. Ou uma Ruby. Mas ele diz que pode ser sobre a nossa garota.

Eu espero o e-mail chegar em meu telefone, meus membros já dormentes quando o telefone vibra anunciando a chegada da mensagem.

Eu abro o artigo e lá, olhando fixamente para mim, está Willow Greer. Exceto que ela não se chama Willow Greer. A legenda diz Claire Dalloway, procurada para interrogatório pela morte de um homem de Omaha e de sua esposa, e pelo sequestro de uma bebê de colo, raptada de sua casa em Fort Collins, Colorado, no dia 16 de março.

Eu corro os olhos pelo texto e vejo que essa Claire Dalloway é considerada armada e perigosa, que aquele homem e sua esposa, Joseph e Miriam Abrahansom, foram esfaqueados até a morte enquanto dormiam em sua casa, em Omaha. Eu leio sobre a bebê, Calla Zeeger, filha de uma senhora chamada Lily e de um homem chamado Paul. Em Fort Collins. Colorado. O artigo traz informações para identificação da bebê:

a cor de seus olhos, o tom de seus poucos cabelos, uma foto de uma marca de nascença na parte de trás da coxa. Uma mancha tipo vinho do porto, diz o artigo, no formato do estado do Alaska.

Há uma recompensa por sua devolução.

Eu leio sobre Joseph e Miriam Abrahansom, a família adotiva da srta. Dalloway, que generosamente acolheram Claire em casa após a morte dos pais da menina, quando ela tinha oito anos de idade.

Eu leio sobre como eles foram assassinados em sua cama enquanto dormiam.

– Os Abrahansom também têm meninos – conta Martin. – Dois filhos biológicos – acrescenta. – Isaac e Matthew, os dois na casa dos vinte anos. O filho mais velho, Isaac, tem um álibi para a noite do crime. Ele trabalha no terceiro turno, reabastecendo as prateleiras do *Walmart*. Ele voltou para casa na manhã do dia dezenove de março e encontrou seus pais mortos na cama.

– O outro filho, Matthew Abrahansom, está foragido. E, como Claire Dalloway, ele é procurado para interrogatório no caso do assassinato.

– Você não contou isso a mais ninguém, contou, Martin? – pergunto, desesperado.

– Não, Chris, claro que não. Mas nós precisamos contar – ele diz. – Precisamos entregar a sua garota. É ela – afirma.

E eu penso, *claro, óbvio, claro que temos que entregá-la*.

– Vinte e quatro horas – imploro. – Me dê apenas vinte e quatro horas. – E ele concorda. Eu tenho de chegar até Heidi, precisa ser eu a contar a verdade a ela.

Eu me pergunto se ele está falando a verdade, se Martin vai realmente me dar vinte e quatro horas antes de ligar para a polícia.

"Há uma recompensa", eu releio. "Por sua devolução."

Meu Deus, penso, dizendo a Martin que preciso ir. Eu tenho que ligar para Heidi. Eu tenho que avisá-la. Eu digito o número, aperto *ligar*.

O telefone toca e toca, mas ninguém responde.

Meus olhos reveem as palavras "armada" e "perigosa".

"Esfaqueados."

"Morte."

WILLOW

A viagem de ônibus até Chicago foi demorada. Mais de vinte e três horas, para ser exata, com umas dezesseis paradas. Por duas vezes, precisamos pegar todas as nossas coisas e fazer baldeação para outro ônibus que estava indo na mesma direção. Eu vi mais coisas do que jamais tinha visto: as montanhas do Colorado, que encolhiam à medida que nós cruzávamos o estado, até se tornarem quase nada e a paisagem se resumir a uma fazenda de gado atrás da outra, com tantas vacas amontoadas lá dentro, lutando pela comida do cocho, que só olhar para elas me deixava claustrofóbica. Nós voltamos sobre nossas pegadas através de Nebraska, cruzamos o rio Mississipi e recebemos as boas-vindas do povo do estado de Iowa, ou pelo menos era isso que a placa na estrada dizia.

Eu escolhi Chicago por causa de Mami. Lá estava eu, olhando para outro imenso painel na rodoviária. "Chegadas" e "partidas", dizia. Aí eu vi a palavra Chicago e pensei em Mami e sua lista de "uns dias", e de como ela não conseguiu cumprir muitos itens da lista antes do Bluebird sair rolando pela estrada. Eu não vi a Suíça naquela lista nem Paris, mas vi Chicago e pensei na Magnificent Mile que Mami queria tanto conhecer – aquele lugar com lojas da Gucci e da Prada onde ela queria fazer compras.

Eu pensei que se Mami não podia mais vê-las com seus olhos, eu poderia ver por ela.

A bebê dormia tranquila no meu colo, enrolada no cobertor rosa macio. Eu não ousava soltá-la ou à mala, então nós três dividimos um banco. Ela dormiu a maior parte do tempo, mas quando ela abria os olhos eu a segurava mais alto, para que pudesse olhar pela janela, ver o pôr do Sol e depois o nascer do Sol no Portal para o Oeste, a cidade onde eu costumava morar. Em um posto de gasolina em uma cidade chamada Brush, eu carreguei a mala e a bebê para dentro da loja de conveniência e comprei leite em pó, o mesmo que Mami dava para Lily, e uma mamadeira. Quando finalmente a bebê reclamou, em algum momento durante a noite, eu dei a mamadeira para ela e só observei enquanto ela mamava até dormir novamente.

Eu não pensei muito em como a bebê era fofinha ou em como ela enrolava a mãozinha em meu dedo e apertava. Eu não fiquei pensando sobre como seus olhos me olhavam ou sobre as palavras *Irmã caçula* escritas em sua roupa.

Eu estava pensando era nas anêmonas marinhas, aquelas do livro que Matthew tinha trazido para mim quando eu era criança: assassinas em potencial escondidas em delicados corpos angelicais. Eu pensava em seus finos tentáculos quando a bebê enrolava sua mão em volta do meu dedo. Eu me lembrava de suas cores brilhantes quando a bebê olhava para mim e sorria. Elas pareciam flores, mas não eram. Na verdade, elas eram predadores dos mares. Injetando veneno paralisante em suas vítimas, para poder comê-las vivas.

Essa bebê era uma anêmona marinha.

Eu achava que a odiava. Eu a odiava. Mas conforme o ônibus cruzava o país, e a bebê segurava firme em meu dedinho, e, de vez em quando, só ficava me olhando, ou sorria, eu precisava lembrar a mim mesma que ela era má, como se aquele pensamento escorregasse o tempo inteiro para fora da minha cabeça. Eu repetia para mim mesma que eu não ia gostar dela. Não ia gostar nem um pouco dela.

Mas, no fim, eu gostei dela.

Quando trocamos de ônibus em Denver, uma garota ocupou o banco ao meu lado, caiu na cadeira como um avião despencando do céu, e perguntou: "Qual o nome da bebê?". Eu abri minha boca, mas não disse nada. "Qual o problema?", perguntou ela. "O gato comeu sua língua?"

A garota era só pele e osso, suas bochechas murchas. Ela usava roupas grandes demais, um casaco disforme que descia pelo corpo como um tubo. Seu cabelo era escuro, seus olhos eram escuros. Ela usava uma coleira de cachorro com pontas no pescoço.

"Não, ela se chama...", eu balbuciei, incapaz de inventar um nome.

"Ele precisa ter um nome, não é?", eu nem piscava enquanto pensava que não poderia dizer o nome da minha bebê. Claro que eu não podia dizer que a bebê se chamava Calla. Mas talvez ela soubesse. "Que tal Ruby?", ela sugeriu.

Então, olhei pela janela e, no exato momento em que o ônibus passava por um restaurante à beira da estrada, lá estava ele, logo antes da entrada para a via expressa: Ruby Tuesday. Ali eu acreditei em carma.

Eu olhei espantada para aquelas palavras, escritas com grandes letras vermelhas. Eu nunca tinha conhecido alguém chamada Ruby antes. Eu pensei na pedra preciosa vermelha e brilhante, cor de sangue.

"Ruby", repeti, como que saboreando a palavra na boca. Sentindo o gosto. "Eu gostei. Sim. Ruby", repeti feliz.

E ela disse: "Ruby", gravando a palavra em minha cabeça.

A garota tinha um machucado do tamanho do Monte Everest na cabeça, arranhões no pulso que ela tentava esconder puxando para baixo as mangas de um casaco verde. Ela pegou o ônibus em Denver e quando passamos por Omaha ela já tinha desaparecido. Durante o tempo que partilhamos juntas naquele ônibus, eu tentei não olhar muito para o machucado, mas era quase impossível desviar os olhos daquele ovo de ganso roxo em sua cabeça.

"O que foi?", perguntou ela, despreocupada. "Isso?" Ela soltou o cabelo para cobrir o galo. "Vamos dizer apenas que meu namorado é um babaca." E então me perguntou: "O que faz uma garota como você pegar a estrada no meio da noite e com", ela apertou delicadamente o nariz da bebê, "um bebê?".

Nós começamos a conversar, eu e a garota. Tinha um jeito discreto que me agradava, uma forma de me olhar nos olhos enquanto falava.

"Vamos dizer que nós precisávamos de uma mudança de cenário", eu disse, e, daquele ponto em diante, nós não nos perguntamos mais sobre de onde estávamos vindo e para onde estávamos indo, porque nós duas sabíamos que a outra estava vindo de algum lugar ruim.

Fizemos uma parada em Kearney, Nebraska, durante a qual a garota despejou uma garrafa de tintura de cabelo vermelha na minha cabeça e eu fiz o mesmo com ela, mas com outra cor. Não esperamos tempo o suficiente, então em vez do cabelo ruivo que a caixa mostrava, eu continuei com um cabelo marrom manchado de vermelho. A garota pegou um par de jeans rasgados e uma blusa.

"Aqui", disse ela, enfiando as roupas nos meus braços já cheios de coisas. "Vamos trocar."

Eu pus a bebê em suas mãos tatuadas, com meia borboleta em cada mão que, quando unidas, formavam uma borboleta inteira. "Uma borboleta-tigre", disse ela quando eu perguntei. E em uma cabine do banheiro – com paredes cobertas de "Benny ama Jenny" e "Rita é gay" entre outras inscrições e revelações – eu tirei a blusa e as calças que Matthew me dera. Eu fiquei com a camiseta, aquela manchada com o sangue de Joseph. Essa eu não permitiria que ela visse. Eu entrei nas roupas daquela garota: o jeans e a blusa, o casaco de capuz da cor de azeitonas verdes e botas de couro com cadarços marrons desbotados. Quando deixei a cabine, ela estava segurando a bebê em um braço e tinha um alfinete de fralda na outra mão.

"Para que isso?", perguntei, enquanto ela removia uma fileira de brincos da orelha: asas de anjo, uma cruz, lábios vermelhos.

"Só vai doer por um segundo", disse ela, e então eu segurei a bebê enquanto ela enfiava o alfinete na minha orelha e colocava um brinco nos meus lóbulos inchados. Eu gritei, apertando a bebê sem querer, e Ruby gritou também.

Nós jogamos as garrafas vazias de tintura de cabelo no lixo e daí a garota me puxou para mais perto e passou delineador em volta dos meus olhos. Eu nunca tinha usado maquiagem antes, nada além do ruge rosa-claro que Mami passava nas minhas bochechas de vez em quando.

Eu me olhei no espelho gorduroso: o cabelo, os brincos, os misteriosos olhos escuros.

O reflexo que me encarou de volta era de outra pessoa.

"Qual é o seu nome?", perguntou-me ela, deslizando o delineador para dentro do meu bolso, o bolso daquele casaco verde que costumava ser dela. E aí ela pegou um par de tesouras e cortou meus cabelos. Eu não me opus. Fiquei parada, olhando pelo espelho, enquanto ela cortava mechas erráticas da minha cabeça.

"Sabe", começou ela, jogando os chumaços de cabelo molhado no chão do banheiro, "eu antes queria ser esteticista".

Eu olhei para meu reflexo no espelho e pensei que era melhor que ela não fosse. Meu cabelo estava uma confusão: mais comprido de um lado que do outro, uma franja que cobria meus olhos.

"Minha mãe era esteticista", disse, e imaginei o que Mami pensaria de mim agora. Ela ficaria desapontada ou veria que eu estava fazendo exatamente o que precisava ser feito? Eu estava tomando conta de Lily direitinho, exatamente como disse a ela que faria. "Meu nome é Claire."

"Claire?", perguntou ela, e eu assenti com a cabeça. "Claire de quê?"

Seu cabelo, antes vermelho, estava agora tingido de loiro escuro. Ela cortou seus próprios cabelos também, e, no chão sujo, as mechas se amalgamaram.

"Claire Dalloway."

Ela jogou tudo no lixo: tesouras, o alfinete de fraldas, o cabelo que ela conseguiu catar do chão. Ela abriu sua mochila e derramou todo o conteúdo na lata de lixo: uma revista amassada, uma carteira de identidade, um saquinho de balas pela metade, um telefone. E daí mudou de ideia, enfiou o braço no saco de lixo preto e resgatou o saquinho de balas. O resto ela abandonou.

A garota estava parada no banheiro, segurando a porta com a mão.

Alguém do lado de fora bateu na porta, uma pancada forte, pesada.

"Espere um pouco", ela gritou e, então, virando-se para mim, disse: "Eu sou Willow". "Willow Greer." E eu entendi que depois que ela saísse do banheiro eu nunca mais a veria.

"Eu encontro você no ônibus", disfarçou ela, e com isso eu apoiei a bebê que escorregava com o quadril e contemplei meu novo eu sair pela porta de verniz amarelado para o posto de gasolina, por uma fila de mulheres que tinham perdido a paciência de tanto esperar.

Ela não estava no ônibus quando eu embarquei de volta.

HEIDI

Ela não quer nem chegar perto da mamadeira.

Tento mais uma vez, e de novo, enfiar a mamadeira cheia de leite artificial na boca de Juliet, mas ela não a aceita. Pressiono os lábios em sua testa, está fria. Sem febre. Troco sua fralda e tento a chupeta, espalho pomada para assaduras em seu bumbum já curado, mas nada adiantará, nada acalmará minha criança.

E é no modo como ela enfia o nariz contra o vestido de crepe preto que a resposta me vem, a mais simples: aquela única coisa que apenas a mãe pode fornecer.

Sento-me na cadeira de balanço e com apenas um braço, começo a abrir os botões desordenados nas minhas costas, passando meus braços pelo vestido, assim fico nua diante de Juliet. *Nada que ela não tenha visto antes,* penso, lembrando-me daquelas noites em minha mente, em que me sentei na cadeira de balanço em seu quarto, com suas paredes em um tom de cor-de-rosa pálido e lençóis adamascados, e a pressionei contra meu seio, para que assim ela pudesse mamar até ficar saciada, até que sua fome passasse e ela mamasse até dormir, seus olhos aos poucos ficando um tanto pesados para serem mantidos abertos, e ali, no quarto, apenas a luz do luar nos fazendo companhia, minha Juliet mamaria até dormir. Lembro-me do modo como ela ficaria insaciável, às vezes, olhando para mim com aqueles seus imensos olhos castanhos, como se eu fosse a melhor coisa no mundo, seus olhos quase transbordando de amor e reverência. Por mim.

Mas Juliet, estou percebendo, olhando a criança diante de mim, tinha olhos azuis. Isso não importa, digo a mim mesma, sabendo como os olhos dos bebês podem mudar de cor em um instante. Castanhos em um minuto, azuis no próximo, e ainda assim tinha alguma coisa diferente neles, sobre aqueles olhos, sobre o modo como ela olhava para mim.

Coloco meu seio ao lado da boca de Juliet e observo, com admiração, quando ela localiza o mamilo e o prende entre os lábios, acho tudo isso tão familiar, a sensação de formigamento em meu seio, a liberação de oxitocina que me preenche com uma sensação de calma. Acaricio a cabeça de Juliet e sussurro:

– Aí está, lindinha. – Enquanto observo o ritmo da mamada e o ato de engolir, olho para os grandes olhos castanhos que me encaram com reverência. Amor. Desejando a mim e apenas a mim.

Mas, em vez disso, há exasperação naqueles olhos, naqueles olhos que me olham desconfiados, como se eu a tivesse decepcionado. Coloquei um dedo entre sua boca e meu seio e tentei recolocá-la, certa de que ela não tinha pegado o mamilo corretamente. Tentei embalá-la em meu braço e oferecer leite dos dois seios e então, quando isso não funcionou, fui com ela para o sofá, onde deitei de costas e a coloquei sobre meu peito: estimulação biológica, como chamam, o modo prescrito pela natureza. Como minha consultora de lactação, Angela, sugeriu que eu fizesse quando Zoe estava tendo problemas com a amamentação.

Penso nela, em Angela, minha consultora de lactação, em como vou telefonar para ela quando isso não funcionar. E Angela virá, como sempre costumava fazer, e me ajudará a posicionar Juliet, assim ela mamará; ela me explicará de novo como comprimir meu seio para aumentar o fluxo de leite e, antes que eu perceba, Juliet pegará o seio como ela costumava fazer.

E então, há um som no corredor, passos barulhentos e impacientes, e eu xingo Jennifer, esgueirando-se para dentro do meu prédio de novo, quando alguém está saindo ou entrando, nem mesmo se preocupando, dessa vez, em tocar o interfone ou telefonar para meu celular. Invadindo, penso, perguntando-me onde tinha deixado meu canivete suíço.

Deito-me no sofá, com meu vestido preto de crepe abaixado até minha cintura, e Juliet, debatendo-se como um peixe fora d'água, em meu peito, prestes a chorar.

Não há tempo para fugir para a solidão do meu quarto, em busca de um lugar para me esconder, antes de Juliet soltar um grito desesperado e a porta da frente ser aberta, e eu o vejo, parado do lado de fora, olhando para minha roupa, o vestido preto, e as marcas de maquiagem secas em minha pele.

Sua boca forma um "oh" perfeito, suas sobrancelhas se arqueiam, inquisitivas.

Seu cabelo está em pé, uma bagunça, enquanto meu coração dispara, o quarto roda ao meu redor. Juliet está gritando em meu ouvido, fica difícil segurar seu corpo agitado.

Não é Jennifer, de modo algum.

É Chris.

WILLOW

Aquele ônibus nos deixou em Chicago, a bebê e eu. *Ruby*. Eu repeti para mim mesma quando saí da rodoviária para uma rua movimentada da cidade. Estava frio do lado de fora e ventava. *A Cidade dos Ventos*, me lembrei, pensando naqueles dias na biblioteca de Omaha com Matthew, procurando fatos sobre Chicago nas páginas dos livros.

Eu nunca tinha visto nada como Chicago em toda a minha vida. Havia gente para todo lado. Carros e ônibus, prédios que se perdiam nas nuvens. Arranha-céus, disse para mim mesma, entendendo agora como eles tinham recebido aquele nome. Eu me virei e olhando sobre meu ombro eu vi: um prédio com antenas que arranhavam o céu. Ele devia ter cem andares ou mais, aquele prédio, duas vezes mais alto – três vezes mais alto! – que qualquer um daqueles prédios em Omaha.

Não demorou muito para eu perceber que não tinha para onde ir. As pessoas me encaravam, e não com uma expressão de carinho ou preocupação, e sim com olhares mesquinhos, indiferentes, olhares de condenação. Eu primeiro me escondi, eu e a bebê, em qualquer beco escuro que nós pudéssemos encontrar, encostada em prédios de tijolos mofados, ao lado de portas obstruídas e trancadas. Havia latas de lixo e caçambas fedorentas naqueles becos, e algumas vezes havia ratos. Eu passava os dias sentada no concreto – molhado pela chuva – olhando para as escadas de aço das saídas de incêndio. E me escondendo. Eu tinha certeza de que eles estavam atrás de nós, que Paul e Lily Zeeger estavam atrás de nós, que Joseph estava atrás de nós. Mas me ocorreu, depois de um ou dois dias, que com toda aquela gente em Chicago, não havia jeito de eles nos acharem, de jeito nenhum.

E Joseph, bem, Joseph continuava morto.

Então, quando eu não estava preocupada com os Zeeger me encontrarem, ou Joseph, eu estava preocupada com outras coisas: o que comer e onde dormir, porque o dinheiro que Matthew me dera estava quase acabando. Estava frio lá, frio de dia, frio de noite, o vento tornando difícil até andar em linha reta. Demorou uma noite, talvez duas, para eu entender que precisaria procurar comida no lixo, quando os restaurantes jogavam os restos fora, na hora em que fechavam. Eu ficaria escondida no beco onde eles não podiam me ver – só esperando e implorando que a bebê ficasse quieta – e então eu procuraria alguma coisa para comer dentro da lixeira. Eu guardei todo o restante do dinheiro para a bebê, para Ruby, para as suas mamadeiras de leite em pó.

Eu estava preocupada por um milhão e um motivos, mas o que mais me assustava era que alguma coisa pudesse acontecer com a bebê, alguma coisa ruim. Eu não queria machucá-la. Eu estava só fazendo o que precisava ser feito, eu repetia para mim mesma o tempo todo quando a bebê passava a noite agitada, gritando até dormir aos prantos.

Eu gostei de Chicago, de verdade. Eu gostei dos prédios e do anonimato daquilo tudo, do fato de que ninguém no mundo ia conseguir me encontrar ali, na Cidade dos Ventos. Mas o que mais me encantou foi o trem, aquele trem que pairava sobre as ruas da cidade e então mergulhava fundo, bem fundo, para o subterrâneo. Eu gastei quase todo o meu dinheiro em um daqueles passes de trem, para que eu e Ruby pudéssemos andar de trem o quanto quiséssemos. O "L", como eu ouvi alguém chamá-lo, e eu tinha de me lembrar do "L" quando meu cérebro começava a misturá-lo com todas as outras letras do alfabeto: *R, P, Q*. Quando o dia estava frio ou estava chovendo, ou quando nós estávamos simplesmente entediadas, nós entrávamos no trem, a bebê e eu, e passeávamos.

Eu logo descobri que havia uma biblioteca ao longo da linha marrom daquele trem. Estava escrito no mapa: "Biblioteca". Eu tive certeza de que era um presságio, um sinal.

Eu subi as escadas para a plataforma em um dia frio e chuvoso de abril, nós estávamos na cidade há uma ou duas semanas. Eu tinha colocado a bebê dentro do meu casaco, para mantê-la quente e seca. E nós esperamos ali, ao lado de homens e mulheres com guarda-chuvas grandes demais e pastas e mochilas. Eles encaravam, apontavam dedos, sussurravam. Sobre a bebê. Sobre mim. Eu olhava para o outro lado, fingia não ver, deixando meu cabelo cobrir meus olhos, para não ver o modo como eles me olhavam, o modo como eles apontavam.

O primeiro trem chegou, estava muito lotado. Eu não gostava de multidões, não gostava de estar tão perto de estranhos a ponto de poder sentir seu perfume, seu xampu; estar tão perto que eles podiam sentir meu fedor, dias e dias de odor corporal e suor, o cheiro azedo de leite estragado e de frutos do mar que impregnava o lixo perto de onde nós dormíamos, envolvendo a bebê e eu com sua pestilência tóxica.

Daí eu disse para a bebê que nós íamos esperar, nós íamos esperar o próximo trem. E eu fiquei lá, olhando todo mundo embarcar, nenhum deles me daria sequer bom-dia.

Mas, então, eu vi: uma mulher hesitou por um segundo antes de embarcar no trem, a única pessoa em toda a cidade de Chicago que hesitou por mim. Mas logo ela também embarcou naquele trem e, da janela, ficou nos olhando, para mim e para a bebê, apesar de eu ter desviado o olhar, meus olhos duros como pedras, fingindo não vê-la.

O próximo trem da linha marrom chegou, eu entrei e fui transportada pela cidade em direção à biblioteca, um edifício grande e alto de tijolos vermelhos, no coração da cidade, o teto verde pontilhado de criaturas aladas que me vigiavam. Mas eu não tinha medo.

Eu achei que nunca mais ia ver aquela mulher.

Mas eu a vi de novo.

CHRIS

Eu fico sem fala, minha boca aberta, minha língua incapaz de produzir qualquer som. Heidi está deitada de barriga para cima no sofá da sala, nua da cintura para cima, um vestido preto que eu nunca vi antes abaixado até a cintura. Seu cabelo está completamente desordenado, uma espécie de coque que se desfez. A maquiagem está escorrendo pelo seu rosto: um delineador preto que eu nunca vi minha esposa usar, um batom escuro todo borrado. A bebê está gritando, descontrolada, e eu tenho que repetir para mim mesmo que Heidi nunca machucaria aquela bebê.

Heidi ama bebês.

Mas eu já não sei ao certo.

Eu passo os olhos pela nossa casa, sentindo um vazio, inteiramente ciente de que a porta para o meu escritório – para o quarto de Willow, aliás, para o quarto de Claire – está fechada.

– Heidi – eu digo, enquanto entro em minha própria casa cautelosamente, e fecho a porta. – Onde está Willow?

Eu falo baixo, para o caso de Claire estar lá, escondida atrás da porta fechada com uma faca na mão. Eu digo a mim mesmo que Claire fez isso, que Claire fez minha mulher ficar nua, fez a bebê ficar agitada. Entretanto, não há amarras ou cintos ou algemas prendendo Heidi ao sofá.

Minhas palavras saem hesitantes, sem ritmo. Eu nem sei como elas conseguem sair da minha boca. Minha garganta está seca, como areia;

minha língua parece ter dobrado de tamanho. Uma imagem de Cassidy Knudsen seminua me persegue, alternando-se com a imagem de um homem e uma mulher esfaqueados até a morte em sua cama.

– Heidi – repito, e então percebo a forma como ela aperta a bebê contra o peito. Heidi nunca machucaria aquela bebê, eu repito para mim mesmo, paralisado pela cena à minha frente, tentando entender o que diabos está acontecendo. E então eu vejo, de repente, o que Heidi está tentando fazer. *Meu Deus!*

Meu coração para de bater; eu mal consigo respirar.

Em um instante eu estou correndo pela sala, preparando-me para arrebatar a bebê das mãos de Heidi.

Heidi se levanta de um salto, antes que eu possa alcançá-la, abraçando a bebê como se fosse dela. Eu penso na marca de nascença na perna da bebê. "De acordo com a médica, nós podemos querer que a marca seja removida", disse ela. Ela e eu. Como se nós estivéssemos falando de nossa bebê. Nossa bebê.

Nunca foi sobre Willow, eu me dou conta ali, naquele momento, aquele desejo súbito, obsessivo, que Heidi teve de ajudar uma garota sem-teto que ela viu na estação de trem.

Era sobre a bebê.

E de repente eu não estou mais preocupado se Willow – Claire – está escondida do outro lado da porta do escritório; estou preocupado com Heidi ter de alguma forma machucado a garota.

– Onde está Willow? – pergunto novamente, parado a uns trinta, talvez sessenta centímetros de Heidi e da bebê. E então repito, quando ela não responde:

– Onde está Willow, Heidi?

A voz de Heidi soa monofônica, quase inaudível graças aos berros da bebê. Mas eu consigo ler em seus lábios, a afirmação simples:

– Ela foi embora.

Acorde, acorde, acorde! grita uma voz em minha cabeça, certo de que isso é só um efeito colateral da bebedeira da noite anterior. Com certeza não pode ser real.

– Ela foi embora – repito em voz baixa, mais para mim mesmo do que para Heidi.

E então digo:

– Para onde? – E uma dúzia de possibilidades passam pela minha cabeça, uma dúzia de possibilidades que me deixam morto de medo, cada uma pior que a outra.

Mas Heidi não responde à minha pergunta.

A bebê luta em seus braços. Eu pego um cobertor do braço de uma poltrona e tento dá-lo para Heidi, para que ela se cubra.

– Me dê a bebê – peço para minha esposa.

E então, quando ela balança a cabeça negativamente e se afasta mais e mais – na direção da sacada, pisando no rabo de uma das gatas enquanto recua – tento uma estratégia diferente: – Só me deixe segurar Ruby para você poder arrumar seu vestido – sugiro, despreparado para o ímpeto que invade os olhos de Heidi. Seus olhos enlouquecem, sua pele fica vermelha.

E daí ela começa a gritar.

Suas palavras saem desordenadas, como as de algum caso psiquiátrico que se vê na TV. Termos sem lógica alguma, que não fazem nenhum sentido para mim. Há palavras recorrentes: "bebê" e "Juliet". "Juliet." Ela repete essa palavra uma dúzia de vezes ou mais: "Juliet".

Ela está irritada porque eu chamei a bebê de Ruby. A bebê não é Ruby, Heidi me corrige: "ela é Juliet". Mas não, penso, lembrando do artigo de jornal que Martin Miller me enviou, a bebê não é Ruby nem Juliet.

Esta bebê se chama Calla.

– Heidi – digo. – Essa bebê se chama...

– Juliet – interrompe ela, repetindo uma, duas, três vezes. – Juliet! – grita Heidi, assustando ainda mais a bebê.

Eu mal me recordo desse nome, está enterrado muito fundo na memória. Mas lá está ele, ou alguns de seus pedaços. Heidi – anos atrás – deitada em uma cama de hospital, vestindo uma camisola de hospital, chorando; Heidi jogando suas pílulas anticoncepcionais na privada, pílula após pílula descarga abaixo, fingindo não chorar.

Mas agora ela está me insultando: "mentiroso", "assassino" e "ladrão". Ela não quer fazer isso, eu sei que não quer, mas ela está involuntariamente apertando a bebê, e a bebê está chorando – e uivando como um lobo para a maldita Lua – e Heidi está chorando também, lágrimas escorrendo por seu rosto como água descendo por um ralo.

– Você está enganada – digo, tão gentilmente quanto consigo. Heidi está convencida de que a bebê, de que esta bebê, é a que ela perdeu para o câncer há onze anos. E eu poderia explicar a estupidez dessa ideia – o fato de que *aquela* bebê estava morta, o fato de que *se* aquela bebê ainda estivesse viva, ela teria onze anos –, mas eu percebo claramente que a mulher à minha frente não é minha esposa.

Eu dou um passo adiante e estendo minhas mãos para a bebê, mas Heidi a puxa para longe.

– Esta bebê, Heidi. Esta bebê não é... – e eu poderia continuar, mas não continuo. Eu estou aterrorizado pelo seu olhar instável, pelo que ela pode fazer com aquela bebê. Sem intenção. Heidi nunca machucaria um bebê, pelo menos não propositalmente.

Mas eu fico em dúvida.

– Só me deixe segurar a bebê – digo e então, para acalmá-la – Só me deixe segurar Juliet. – E eu penso em todas as coisas que eu deveria ter feito quando nós perdemos aquela bebê. Eu devia tê-la consolado mais, eu penso; é o que eu deveria ter feito. Eu devia tê-la levado a um psiquiatra, como seu obstetra e ginecologista tinham sugerido. Entre outras coisas.

Mas Heidi disse que estava tudo bem. Ela disse que estava bem, depois que nós tomamos a decisão de abortar aquela criança para que o médico pudesse tratar do câncer de Heidi. E então eu ignorei a tristeza que via nela, a ânsia, a carência. Eu imaginei que, se nós os ignorássemos, aqueles sentimentos, eles iriam embora, como gatos de rua, ou irmãos mais novos irritantes.

Ela se cala por um momento, olhando-me. Eu tenho certeza de que ela vai desistir, basta que eu consiga convencê-la de que é para o bem da bebê.

– Deixe-me fazer uma mamadeira para ela – digo, minha voz macia como seda. – Ela está com fome, Heidi. Só me deixe fazer uma mamadeira.

As palavras saem como súplicas, desesperadas. Mas Heidi não desiste. Ela pode ver através de mim, a Heidi que me conhece tão bem.

Ela força a passagem e vai para a cozinha, onde começa a remexer as gavetas. Eu a agarro pelo ombro quando ela passa por mim, mas ela me empurra de um jeito que eu nunca pensei que minha esposa fosse capaz de fazer, forte o bastante para me desequilibrar e quase me derrubar. Quando me aprumo, ela está no meio da cozinha, um canivete suíço nas mãos, a lâmina apontada para mim.

Eu deveria ter previsto isso; eu deveria ter percebido. Eu repasso mentalmente os últimos dias, tentando descobrir o que eu deixei passar, algum pedido de socorro desesperado de Heidi.

Um colapso, é isso o que está acontecendo. Um colapso nervoso. Um surto psicótico.

Mas como eu não o vi chegando? Será que eu ignorei os sinais de alerta?

– Vá embora, Chris – diz ela.

Ela não usaria aquela faca – ou pelo menos é o que eu digo a mim mesmo –, mas nem disso eu tenho certeza.

– Heidi – murmuro, mas ela enfia aquela faca no ar, esfaqueando o oxigênio da sala. Eu olho para o relógio na parede e vejo que Zoe logo vai chegar em casa.

Uma vez na vida eu não penso em mim. Penso em Heidi, em Zoe, na bebê.

E me atiro sobre Heidi. Não é o suficiente para controlá-la, mas é o suficiente para arrancar a faca de sua mão. Ela aterrissa no chão de madeira com um ruído seco, deixando uma marca no piso de carvalho que nós nos lembraremos para sempre: uma lembrança deste dia. Nós corremos para o canivete, ambos, a bebê se sacudindo nos braços instáveis de Heidi, seu choro vagarosamente diminuindo de exaustão e medo. Eu me lanço em direção ao canivete no chão da cozinha, deslizando de frente, como um rebatedor de beisebol tentando chegar à segunda base, e, então, saio com a pequena arma na mão.

E é aí que Heidi se vira – antes que eu possa sequer me levantar do chão – e corre, pelo corredor estreito, batendo a porta ao passar e se trancando em nosso quarto.

Ela está chorando; Heidi está chorando. Eu a ouço através da porta, pontificando algum tipo de libelo ilusório sobre bebês e Juliet, Cassidy e Graham, nosso vizinho Graham, o homem do apartamento ao lado. Graham. Eu poderia pedir ajuda a Graham. Mas não há tempo. Eu tento argumentar com ela.

– Heidi, por favor, abra a porta. Vamos conversar. Podemos conversar e resolver tudo isso.

Mas ela não quer ouvir argumentos.

Eu penso em tudo que pode ser usado como arma naquele quarto e no banheiro anexo: cortadores de unha, tesouras de unhas. Tomadas elétricas.

E há também a janela, cinco andares até o chão de concreto na rua.

Eu não penso duas vezes. Eu pego meu telefone e disco 911.

– É minha mulher – digo, desesperado, à atendente do outro lado da linha quando ela me pergunta sobre a natureza da minha emergência. – Eu temo que ela... não sei... ela precisa de ajuda – digo, sacudindo minha cabeça rapidamente de um lado para o outro; eu não sei o que Heidi pode fazer. Se matar; matar a bebê? Meia hora atrás eu diria não, nunca. Não Heidi.

Mas agora eu já não sei.

– Apenas envie alguém – ordeno, e recito o endereço.

E então volto à porta do quarto, totalmente preparado para arrombá-la.

HEIDI

Não sei o que acontece primeiro.

Eles tiram meu sangue. Eles me prendem a uma maca branca, dois homens fazem isso, dois homens com máscaras no rosto e toucas bufantes, suas mãos estão cobertas com luvas de borracha. Eles me seguram enquanto um terceiro injeta uma agulha em mim e tira meu sangue; ele rouba meu sangue. Chris fica de braços cruzados, atrás de um carrinho de suprimentos, enquanto chuto e grito, tentando levantar meu corpo da maca; até os homens com as máscaras e toucas pressionam o peso de seus corpos sobre mim, até eu não conseguir mais me mover. Seus rostos alienígenas me encaram: as cabeças grandes e carecas, seus olhos opacos e assustadores. Eles não têm boca nem nariz, pois me inspecionam com isso, depois com aquilo e eu grito, enquanto Chris assiste a tudo de longe, sem dizer nada.

E então, eles me sentam diante de uma mesa, dessas simples, dobráveis com três cadeiras pretas e acolchoadas ao redor, um relógio na parede, o espelho unidirecional obrigatório que se vê na TV.

Não os alienígenas. Outra pessoa faz isso.

Não sei o que acontece primeiro.

– Minha filha. Preciso ver minha filha – digo sem parar, mas eles me falam que, se eu cooperar, serei capaz de ver minha filha logo. *Se eu cooperar.* Mas, se isso acontece antes ou depois do sangue, eu não sei.

Não posso dizer. Há uma mulher lá, uma mulher mais velha com o cabelo grisalho e comprido, e estou vendo quando minha Juliet é passada de mão em mão, antes de desaparecer.

– Faça alguma coisa! – digo para Chris, imploro, mas ele me ignora, de pé naquele quarto, com várias mesas e cadeiras. Ele *me* ignora, olhando para além e através de mim, mas nunca para mim, até que eles me levam para um quarto e fecham a porta, onde Chris não consegue mais ver. Eu me pergunto se sou invisível, se esse é o motivo para Chris não conseguir me ver. Como ar, oxigênio, fantasma. Talvez eu seja um fantasma, uma aparição; talvez esteja morta. Talvez eles não tenham pegado meu sangue, mas em vez disso injetado cloreto de potássio, assim eu morreria, lá na maca, com aqueles homens mascarados. Mas minhas mãos estão presas com algemas, e a mulher com o longo cabelo grisalho, ela pode me ver. Ela faz perguntas sobre uma Claire Dalloway, colocando fotografias sobre a mesa entre nós, imagens terríveis se instalavam em minha mente, imagens violentas, sangrentas de um homem deitado em uma cama, uma mulher ao seu lado, seu torso destroçado como o dele, cada um deles empapado de sangue. Sangue carmim, grosso e pegajoso, sendo absorvido pelos lençóis amarelados.

Eu me lembro do sangue na camiseta de Willow e começo a gritar.

– Para onde eles levaram a bebê? – pergunto, gritando, tentando em vão livrar minhas mãos das algemas, de modo que elas raspam o interior dos meus pulsos. Minhas mãos estão presas nas minhas costas, então, mal consigo me mover; um guarda me força a sentar na minha cadeira cada vez que tento ficar em pé, levantar-me e ir procurar minha bebê. – Para onde eles levaram minha Juliet? – pergunto, agora implorando, quando a mulher à minha frente não responde. E então eu a ouço. Claro como o dia, eu ouço a minha bebê chorar. Meus olhos vasculham a sala à prova de som, procurando em cada canto, em vão, por minha Juliet. Ela está aqui. Ela está aqui em algum lugar.

– Ela está em boas mãos – responde a mulher, mas ela não me diz onde. Coloco a cabeça debaixo da mesa para ver. Ela está aqui? Escondida debaixo da mesa?

– Senhora Wood? – chama a mulher, batendo na mesa para conseguir minha atenção. Ela é impaciente e está de mau humor, essa mulher com seu gravador e suas canetas com pontas de feltro. – Senhora Wood, o que a senhora está fazendo, sra. Wood?

Mas não. Ali estava apenas um piso coberto com manchas de café, fuligem, sujeira, imundice.

– Preciso ver minha bebê – digo, levantando a cabeça para olhar em seus olhos. – *Tenho* de ver minha bebê.

Há um momento de silêncio. A mulher, Louise Flores, a assistente do promotor do Estado, ou é isso que ela diz ser, encara-me com seus olhos cinzentos e maçantes. E então diz:

– A senhora deve estar confusa, sra. Wood. A bebê que a senhora trouxe – diz-me ela –, essa bebê é Calla Zeeger. Ela não é sua.

E sou tomada por uma onda súbita de fúria e ira, e me levanto com dificuldade, gritando com ela, sobre ela estar errada, que a bebê é minha. *Minha*! Eu ignoro a dor que sinto em meus braços, minhas costas, quando os estico, como mulheres cujos filhos estão debaixo de carros e descobrem que, de repente, conseguem levantar duas toneladas de peso, em um único movimento, em uma única tentativa.

Um guarda está vindo rápido em minha direção, mandando que eu me sente.

– Sente-se – diz, de forma grosseira, e eu o vejo claramente: um cão da raça dogo canário, com pelo curto, porém espesso, correndo pela sala, com dentes afiados como lâminas, rosnando, soltando um grunhido áspero e grave. Um aviso. A baba escorre de sua boca aberta, seus dentes são como lanças, seus olhos encaram sua próxima refeição. Suas mãos me seguram com firmeza, pressionando-me de volta à cadeira, de modo que meus ombros começam a doer, no local onde suas mãos tocam minha pele. E ele morde, morde com rapidez, de forma inesperada, rasgando a pele, fazendo o sangue escorrer pelo meu braço, sangue que os outros – a mulher, o homem – não veem. Sangue que é invisível, como eu.

Eu me sento. Mas não permaneço sentada. Levanto-me de novo da minha cadeira, e invisto contra o guarda, perdendo meu equilíbrio e batendo a cabeça na parede.

– Preciso ver minha filha! – grito. – Minha filha. Minha filha – digo, repetindo sem parar, talvez mil vezes ou mais, antes de cair no chão, em lágrimas.

E então a mulher decide que irá embora imediatamente e se levanta de sua cadeira.

– Acho que já acabamos aqui – diz, seus olhos cinzentos não fazem contato com os meus.

Ouço-a dizer alguma coisa sobre a necessidade de uma consulta psicológica, as palavras "delirantes" e "desordem" sufocam a sala depois que ela sai.

E depois o sangue. E a maca. E os homens com suas máscaras e luvas. Alienígenas. Meus ouvidos ressoam quando eles enfiam agulhas em mim e examinam. Mas o que vem primeiro, não consigo dizer. Não sei o que acontece primeiro, como Chris veio zanzar no extremo da sala, atrás do carrinho de suprimentos, observando os alienígenas me furarem e pegarem meu sangue, enquanto eles administram uma dose de cloreto de potássio letal, que me matará.

– Impeça-os! – digo, exigindo que Chris me ajude, mas ele ignora de novo, como ele me ignora, e mais uma vez, eu estou invisível, um fantasma, um espectro.

Meu Chris, que nunca chora, está banhado em lágrimas. Ele está em pé, parado como uma estátua, atrás daquele carrinho de suprimentos, recusando-se a se mover. Eu nunca o perdoarei por isso.

E então, estou cansada, oh, tão cansada de repente, a fadiga pesando em mim como mil tijolos sobre a maca, enquanto os homens com máscaras e luvas observam, eles me encaram, enquanto olho para as luzes tubulares e fluorescentes que se alinham nos azulejos do teto; de repente, meus olhos ficam muito pesados para serem mantidos abertos e me pergunto, no último momento antes de dormir, o que mais eles vão tirar de mim.

Quero implorar a Chris que ele os faça parar, implorar a ele para fazer alguma coisa, mas descubro que não consigo mais falar.

* * *

Acordo em um quarto, deitada em uma cama, com uma janela que tem vista para um parque verde gramado. Uma mulher está diante da janela, ela usa calça larga e uma camisa, está de costas para mim, olhando para a paisagem. Há papel de parede nas paredes, listras beges e verdes, e o chão é de madeira.

Quando tento me mexer, descubro que estou presa à cama; o bater do metal das algemas contra o metal da cama faz a mulher se virar para mim, para me olhar com graciosos olhos verdes, sorrindo.

– Heidi – diz, com uma voz agradável, como se nós nos conhecêssemos, como se fôssemos amigas. Mas eu não conheço essa mulher, eu não a conheço mesmo. Mas acho que gosto desse sorriso, um sorriso que quase me faz ter certeza de que os homens com máscaras, a mulher com as perguntas, o cloreto de potássio e o cão – o dogo canário com seu pelo espesso e rajado – foram tudo um sonho. Olho meu braço e não encontro sangue nem marcas profundas de dentes deixadas na pele, não encontro curativos colocados ali para parar o sangramento. Meus olhos vagam pelo quarto estéril, procurando por Juliet, atrás das cortinas, nas dobras da colcha.

– Para onde levaram minha bebê? – pergunto, fraca, as palavras saindo cansadas e infelizes, minha boca parece algodão. Não posso mais gritar. Puxo, desanimada, as algemas, tentando me soltar da cama.

– Elas são para sua própria segurança – diz a mulher, enquanto se aproxima, sentando-se em uma cadeira ao lado da cama, uma poltrona que ela aproxima de mim, raspando o chão, quando ela me diz: – Você está em boas mãos, Heidi. Está segura. A bebê está segura. – E não sei se é a compaixão em sua voz, ou minha fadiga e desespero esmagadores, mas começo a chorar. Ela pega dois, três lenços de uma caixa na mesa lateral e os pressiona em meu rosto, pois não consigo alcançá-lo com minhas próprias mãos. A princípio, eu me afasto, para longe desse toque estranho, mas descubro que estou me inclinando depois, rumo ao calor de suas mãos, à maciez do lenço.

Ela me diz seu nome, um nome que esqueço de imediato, a não ser o título que o precede. Doutora. Ainda que ela não pareça uma médica, pois não há jaleco e estetoscópio. Nem careca.

– Queremos apenas lhe fazer sentir melhor, isso é tudo – diz ela, sua voz agradável e solícita, enquanto ela passa o lenço pelo meu rosto e seca as lágrimas de meus olhos. Suas mãos cheiram a mel e coentro, lembrando-me da comida de minha mãe. Minha mente vaga até a casa da minha infância, a mesa robusta de fazenda, ao redor da qual nós quatro nos sentávamos: minha mãe, meu pai, meu irmão e eu. Mas meus pensamentos ficam presos em meu pai, em meu pai que está morto. Vejo o caixão ser baixado na tumba, rosas lilases em minhas mãos, minha mãe ao meu lado, sempre estoica, esperando que eu me desintegre em um milhão de pedaços naquele cemitério, aquele saturado pela chuva. *Ou será que era o contrário?* – pergunto-me. *Eu é quem observava minha mãe, esperando que ela se desintegrasse?*

Desejo estender a mão e segurar sua aliança de casamento, a aliança de casamento do meu pai, segurar a corrente de ouro, mas estou presa à cama e não consigo me mover.

– Onde está minha bebê? – pergunto de novo, mas ela só diz que a bebê está segura.

Ela me conta, sem que eu pergunte, que também tem filhos. Três. Dois meninos e uma menina chamada Maggie, de apenas três meses, e só então noto o peso deixado por uma gestação em uma mulher, que em outra situação seria magra, o peso de uma gestação que ainda não desapareceu. Com isso, com a menção a seus próprios filhos, fica mais fácil conversar, mais fácil revelar os segredos que mantive por tanto tempo.

Ruby, Juliet, Ruby, Juliet, e então me lembro daquele famoso vaso de Rubin.

E então conversamos sobre as noites insones e a fadiga. Eu conto a ela que Juliet ainda não tinha dormido a noite toda, embora meus pensamentos estejam pesados e opacos, as palavras presas no céu de um dia nublado. Explico como ela esteve doente – infecção urinária, digo – tornando isso mais difícil, consolar uma criança que está com dor. E a mulher assente e me conta de sua Maggie, que nasceu com uma doença do coração congênita, sendo forçada a passar por uma cirurgia poucos dias depois de ter saído do útero de sua mãe. E, então, sei que esta médica entende. Ela entende o que estou dizendo.

E então ela pergunta sobre Willow, não do modo como a outra mulher perguntou, mas de forma mais gentil, mais terna. Ela pergunta quando ela foi embora e por quê.

– Por que ela foi embora? – pergunta, e então conto a ela. Conto-lhe sobre a aliança de casamento do meu pai e da corrente de ouro. Sobre descobrir o gancho em forma de pássaro filigranado e pintado de vermelho completamente vazio, embora eu soubesse que tinha pendurado a corrente ali.

Mas não, penso eu, puxando de novo as mãos que estão presas com algemas à cama, tentando olhar para baixo e provar para mim mesma que a corrente está ali, ao redor do meu pescoço, como deveria estar. Pergunto à mulher sobre ela, sobre a aliança de casamento do meu pai presa na corrente de ouro, mas ela olha sob a gola de uma camisola hospitalar e me diz que não há corrente e não há aliança de casamento.

E é quando minha mente repassa a cena, obscurecida, de algum modo, por uma neblina. Como um filme que eu tinha visto no passado, o nome das personagens e o título já esquecidos, mas fragmentos do filme ficaram aqui e ali, nos recessos da minha memória. Citações, cenas de amor, um beijo apaixonado.

Mas, nesta cena, eu ofereço a medicação para Zoe, na palma da minha mão estão duas pílulas brancas e oblongas e eu vejo quando ela coloca as pílulas em sua boca, sem olhar. Vejo quando ela as engole, acompanhado de um bom gole de água. E depois, volto para o banheiro para recolocar o frasco do remédio de uso controlado no armário em cima da pia. Ao lado de analgésicos e de anti-histamínicos, o nome do poderoso sonífero me encara direto nos olhos. E eu, calmamente, fecho a porta.

– Por que você não a denunciou para a polícia? – pergunta a mulher quando lhe conto sobre a aliança de casamento. Dou de ombros, à beira das lágrimas, e digo que não sei. Não sei por que não chamei a polícia.

Mas eu realmente sei, não sei?

E então, lá estou eu de novo, fechando a porta do armário de remédios, vendo Zoe, anestesiada pelo remédio que lhe dei e não pelo anti-histamínico que ela deveria tomar. Dessa maneira, tão adormecida, ela não seria acordada à noite. E relembro as palavras, minhas palavras que passaram pela minha mente naquela noite: *ninguém pode dizer o que a noite trará.*

Vejo a mim mesma tirando a corrente de ouro do meu pescoço e pendurando-a no pássaro filigranado, mas então não completo a ação. Paro no meio do caminho e, em vez de pendurá-la, escondo-a na palma da minha mão, beijando a testa de Zoe, deitada em minha cama, na minha suíte, antes de sair do quarto.

E entro na sala de estar, encontro Willow em uma cadeira, minha Juliet dorme no chão. Limpo os restos do jantar e, em minhas visões, nessa memória nebulosa – ou talvez nem seja uma memória, mas um devaneio, uma fantasia – enquanto jogo fora um resto de espaguete em um saco de lixo, vejo, a distância, quando a corrente e a aliança de casamento caem da minha mão dentro do saco de lixo, misturando-se com o macarrão e o molho vermelho do espaguete, e, então, levo o saco pelo corredor, até o dispensário.

Mas não, penso, balançando a cabeça. Não pode ser. Isso não é verdade. Willow pegou a aliança de meu pai. Ela matou aquele homem e depois pegou a aliança de casamento de meu pai. Ela é uma assassina, uma ladra.

– Há mais? – pergunta a mulher para mim, enquanto ela me observa balançar a cabeça de um lado para o outro, como o pêndulo de um relógio antigo. – Você tem alguma ideia de onde Willow possa estar?

Não pode ser.

Willow pegou aquela aliança, eu me lembro aqui e ali, o modo como me sentei na borda da banheira, com a torneira aberta para que Zoe – doente, com um resfriado ou alergias – não me ouvisse chorar. O modo como olhei para cima e encontrei o gancho completamente vazio, o modo como, em vão, tentei telefonar para Chris, em busca de conselho, mas ele estava muito ocupado com Cassidy Knudsen para atender meu telefonema.

Não sei mais o que é fato e o que é ficção. Fantasia ou realidade. Digo a ela que não, não sei onde está Willow. Rosno as palavras, de repente furiosa e desejando meu pai, que ele acaricie minha cabeça e me diga que tudo ficará bem.

Tudo está vindo muito rápido para mim, imagens de Willow, de Ruby, de Zoe, de Juliet. Imagens de sangue e corpos e bebês, fetos não nascidos sendo removidos do meu útero.

Mas aquela mulher gentil, cujo nome não consigo lembrar, *passa* a mão sobre minha cabeça, como meu pai faria. Ela diz que tudo ficará bem e eu quero dizer: "Papai?".

Sei o que ela diria, como ela olharia para mim se eu a chamasse de pai.

– Vamos entender isso – diz ela, fazendo uma promessa. E eu me vejo mergulhando em palavras consoladoras, achando as palavras em si, o tom conciliador exaustivo, quando fecho meus olhos e deixo que elas me embalem de novo, rumo ao sono.

Quando Chris chega, está escuro do lado de fora, no mundo do lado de fora desta única janela, agora está preto.

– Você telefonou para eles – digo, minha voz está trêmula e sustento que Chris seja o responsável por toda esta situação. Pelo fato de eles terem tirado minha Juliet, minha Juliet. – Você chamou a polícia – grito com ele e começo a xingar, tentando em vão me levantar e golpeá-lo, mas em vez disso, descubro que estou presa por algemas, na cama.

– Isso é necessário? – pergunta Chris à enfermeira que entra no quarto para verificar os vários tubos e agulhas injetados nas veias dos meus braços. Injetados por alienígenas com máscaras nos rostos e toucas bufantes. – Isso é mesmo necessário?

Mas a enfermeira diz, de forma seca:

– É para a proteção dela. – E sei o que ela diz para ele depois, o que ela sussurra para Chris depois, sobre como ela me ouviu correr pelo quarto até bater na parede, como causa do hematoma roxo que agora está se formando no topo da minha cabeça.

– Ela está agitada – diz a enfermeira a Chris depois, como se eu não pudesse ouvi-la, como se eu não estivesse no mesmo quarto. – Ela deve tomar mais remédios em breve.

E me pergunto que tipo de medicação e se ela me derrubará ou não, na cama, e administrarão a medicação com uma seringa, mais uma vez.

Ou se me permitirão tomar pílulas, e eu penso de novo no sonífero que dei a Zoe.

Não, digo a mim mesma. Anti-histamínicos. Analgésicos. Não sonífero.

Eu nunca daria soníferos para Zoe.

Mas descubro que não sei.

– Você fez isso comigo – digo, chorosa, mas Chris levanta as mãos no ar, uma expressão de inocência no rosto cansado. Ele está desgrenhado, a aparência arrumada que, como costume, descreve seu cabelo castanho aparado, seus brilhantes olhos castanhos e o sorriso maravilhoso, agora estão nublados pela fadiga, preocupação e mais alguma coisa, alguma coisa que não consigo nomear.

Ele poderia me incriminar, meu Chris, que gosta de apontar o dedo e se esquivar da culpa. Ele poderia dizer que fui eu que me tranquei no quarto com Juliet, mas ele não faz isso.

Ele poderia dizer que estava preocupado que eu machucaria a bebê, nossa bebê, e eu riria, não é? Eu riria. Uma risada cínica, zombadora, embora ele saiba tão bem quanto eu que eu estava parada ali, na beira da escada de incêndio, prestes a perder meu equilíbrio, quando Chris entrou à força no quarto.

Mas ele não conta isso à polícia, quando ela chega; não, ele não fez isso.

Ele se senta na ponta da minha cama e pega minha mão. E lá estou, afogando-me, afundando mais e mais sob a corrente oceânica, as ondas quebrando sobre mim, enquanto grito em silêncio, respirando de forma involuntária, minha garganta tendo espasmos, sufocando com a boca cheia de água salgada, que enche meus pulmões.

– Vamos dar um jeito nisso tudo, Heidi – diz ele para mim e, então, acaricia minha mão e meu braço, sem se importar com a forma como engasgo e tenho ânsia de vômito, contorcendo-me. Eu fico submersa sob a água, enquanto Chris e Zoe, ambos, estão a salvo na praia e assistem.

A enfermeira sai do quarto, dizendo a Chris:

– Só cinco minutos e depois ela precisa descansar. – Antes permite que a porta seja fechada, até que Chris e eu ficamos sozinhos no quarto.

Ouço as palavras dela, abafadas, distantes, e então a água de novo, uma onda gigante aparece e me puxa para baixo, no mar.

E eu vejo Chris, depois vejo que ele me acha a distância e ele mergulha na água, vindo devagar até mim.

– Zoe precisa de você – diz ele, e então, depois de uma pausa, complementa: – Eu preciso de você. – Oferecendo uma boia, uma coisa para eu me agarrar, como se eu estivesse à deriva em águas rápidas, tentando desesperadamente nadar.

WILLOW

Não demorou muito para a polícia me encontrar, na Michigan Avenue, olhando as vitrines da loja da Gucci. Eu estava hipnotizada; não conseguia me mexer. Olhando para as imensas vitrines daquela loja, eu não consegui pensar em outra coisa senão em Mami naqueles vestidos chiquérrimos, os vestidos nos manequins sem cabeça daquela vitrine brilhante. Como Mami teria amado aqueles vestidos.

A polícia me deteve por algum tempo, mas não ficaram muito comigo. O que aconteceu foi que, mais uma vez, eu era a garota que ninguém queria.

Eu celebrei o meu décimo sétimo aniversário em um abrigo situado exatamente entre Omaha e Lincoln, onde às vezes nós íamos de carro até o rio Patte para andar pela trilha pelos bosques que margeavam aquele rio largo, que em geral estava coberta de lama. Havia doze garotas no abrigo, morando com um casal, a esposa chamada Nan, o marido Joe. Todas tínhamos tarefas que mudavam de semana para semana, coisas como limpar a cozinha ou lavar a louça. Nan fazia o jantar para todas nós à noite, e todas as noites nós nos sentávamos ao redor da mesa para comer, todos nós em uma mesa imensa, como um tipo de família desconjuntada.

Era muito parecida com a casa onde eu fui morar quando Mami e Papi morreram, exceto que desta vez eu queria estar ali.

Havia outras pessoas que iam e vinham, como a srta. Adler, e uma senhora agradável chamada Kathy, que queria falar o tempo todo sobre as coisas que Joseph me fez. Ela me fazia repetir inúmeras vezes que "não foi minha culpa", até que um dia, ela disse, eu iria realmente começar a acreditar naquelas palavras, a acreditar que o que Joseph fez comigo era errado. A acreditar que o que aconteceu com a minha Lily, ela ser adotada pela família Zeeger e tal, que aquilo não foi minha culpa. Mami não estava brava comigo.

Na verdade, ela uma vez me disse, fitando-me com seus olhos verde-esmeralda:

– Sua Mami ficaria orgulhosa de você.

Ainda assim, havia noites em que eu me deitava na cama e o ouvia – ouvia Joseph – entrar no meu quarto. Eu ouvia o ranger da porta, ouvia o piso de madeira rangendo sob seus pés, ouvia o som de sua respiração dentro dos meus ouvidos; eu sentia suas mãos úmidas e cheias de calos arrancando minhas roupas, ouvia suas palavras me aleijando, me paralisando para que eu não pudesse gritar. "O olho de quem zomba de seu pai e nega obediência à sua mãe será arrancado pelos corvos do vale e devorado pelos abutres", ele dizia, sibilando as palavras bem no meu ouvido, até que eu acordasse, suando, procurando por Joseph por todo lado no quarto, debaixo da cama, dentro do armário, certa de que ele estava lá.

Qualquer rangido ou estalo, toda vez que alguém levantava no meio da noite para ir ao banheiro, eu tinha certeza de que era Joseph vindo me pegar, vindo deitar seu corpo quente e animalesco ao meu lado na cama, e demorava uma eternidade para eu me lembrar: Joseph estava morto.

Eu devo ter me forçado a dizer aquelas palavras umas cem vezes por dia – "Joseph está morto" – na esperança de que, um dia, eu talvez comece a acreditar nelas também.

Havia bolinhos no meu aniversário, bolinhos de chocolate com cobertura de chocolate, iguais aos que Mami costumava fazer. Dias antes do meu aniversário, Paul e Lily Zeeger vieram de sua casa em Fort Collins trazendo Rose e Calla. Eu não tinha mais permissão para ver Calla nem para tocá-la, então ela e Paul ficaram do lado de fora, no gramado na frente do abrigo, esperando por Lily Grande e a pequena Lily, esperando por Rose. Mas eu podia vê-la pela janela, ver como Calla tinha crescido, estava ficando grande. Como ela estava andando. De vez em quando

Paul tentava pegá-la em seus braços, mas ela o empurrava, porque então Calla já tinha mais de um ano e não queria mais ficar no colo. Eu a observei enquanto ela cambaleava pelo gramado e uma ou duas ou três vezes caiu com as mãos e os joelhos na terra e, então, se levantou imediatamente, como um joão-bobo. Mas todas as vezes Paul estava lá, pronto para limpar a sujeira de seus joelhos e para checar se ela estava bem. Eu via isso agora, algo que eu não conseguia ver antes. Paul era um bom pai.

Lily Grande me olhou do outro lado da sala de estar e disse:

– Se eu soubesse... – e imediatamente sua voz falhou e lágrimas escorreram de seus lindos olhos. – As suas cartas... – disse ela – Eu achava que você era feliz.

A sra. Wood adorava bebês. Ela a merecia mais do que eu. Ela ia cuidar dela, de Calla, de Ruby, melhor do que eu jamais conseguiria. Eu tinha certeza disso. Eu sabia que estar ali, naquela casa com eles, era problemático para o sr. e a sra. Wood. Eu os ouvia falando sobre isso o tempo todo, o sr. Wood falando sobre polícia e prisão e ser presa. E eu não queria causar nenhum problema, não para eles, não para a sra. Wood, que tinha sido tão gentil.

Mas eu nunca roubei qualquer anel.

Aqueles detetives, eles acharam impressões digitais na faca, na maçaneta da porta lá naquela casa em Omaha, impressões digitais que não eram minhas. Não importa o que eu disse ou deixei de dizer, eles sabiam a verdade.

Eu me perguntava se Matthew sabia alguma coisa sobre impressões digitais. Ou se ele tinha deixado suas impressões de propósito, para que eu não pudesse assumir a culpa.

E os Zeeger, bem, eles se recusaram a apresentar queixa por sequestro, apesar de eu querer que eles me denunciassem. Eu queria que alguém fosse culpado pelo que tinha acontecido. Mas eles não. Eles decidiram que, entre Mami morrer e ficar presa com Joseph todos aqueles anos, eu já tinha sofrido o bastante. Mas eles disserem que eu não podia mais ver Calla, nem agora nem nunca, só através da janela da sala quando eles traziam Lily para me visitar. Eu via Lily dois dias por ano, só dois de cada trezentos e sessenta e cinco dias, e eram "visitas supervisionadas", que era o motivo pelo qual Lily Grande sempre estava na sala comigo e com Lily, e algumas vezes a srta. Adler e outras vezes Nan e Joe – para o caso de eu tentar pegar Lily e fugir. Encontrar-me com aquela senhora, Kathy, era também parte da minha penitência, mas do jeito que era, eu gostava muito de conversar com Kathy. Não era um castigo, de forma alguma.

Um dia, do nada, a srta. Flores tinha aparecido na cadeia e me dito que eu estava livre para partir. Mas não livre para ir para onde eu quisesse. "Não", ela disse, eu ainda era "menor de idade". E isso queria dizer que eu estava sob a guarda do Estado. E ela sorriu com aqueles imensos dentes de cavalo, seu olhar cheio de si, como se o mero fato de eu ainda ser, de uma certa forma, uma prisioneira a deixasse feliz.

E foi então que a srta. Amber Adler me pegou, com seu carro velho e sua mochila Nike grande demais e me levou até o abrigo e, chegando lá, me ajudou a me instalar no grande quarto azul que eu ia dividir com três outras garotas. Ela disse: "Se pelo menos você tivesse me contado, Claire...", e assim como a de Lily Grande, sua voz falhou e seus olhos ficaram tristes. E então ela me disse que estava penalizada pelo que tinha acontecido comigo, como se fosse culpa dela ou coisa assim, o que Joseph tinha feito. Ela me disse que devia ter nos visitado sem avisar ou conversado ela mesma com meus professores. Então ela teria sabido, ela me disse, ela teria sabido que eu não estava indo à escola.

"Mas Joseph...", disse ela, deixando sua voz desaparecer por um minuto ou dois. "Eu pensei que...", e ela não precisou terminar a frase porque eu já sabia o que ela ia dizer. Joseph, ela pensava, era gentil.

"Uma combinação perfeita", disse ela naquele dia em que eu fui morar com Joseph e Miriam. Abençoada e afortunada.

Amaldiçoada e condenada.

Eles nunca encontraram Matthew. Eles tinham as impressões digitais da faca, da maçaneta, mas não tinham como compará-las. Eles me fizeram perguntas, muitas perguntas. Sobre Matthew. Sobre eu e Matthew.

Mas eu não sabia para onde ele tinha ido. Não que eu teria dito a eles, se soubesse.

Eu via que Paul e Lily amavam muito a minha Lily. E Lily, ela amava Calla também. Eles eram uma família de verdade. A minha Lily, ela mal me conhecia. Quando eles vinham me visitar, ela me abraçava porque a sra. Zeeger mandava ela me abraçar, mas depois disso ela ficava distante, olhando-me como a desconhecida que eu era. Eu podia ver em seus olhos que tinha alguma recordação distante de mim, como uma lembrança desfocada de um sonho, que era quase obliterada pela luz da manhã. Da última vez que ela me viu, eu tinha oito anos. Da última vez que ela me viu, eu era feliz, despreocupada, sorridente.

Foi Louise Flores quem me contou o que tinha acontecido com a família Wood. Como as coisas não estavam exatamente certas na cabeça da sra. Wood.

"O mais engraçado sobre as alucinações", disse ela, mais para si mesma que para mim, dando seu trabalho por encerrado, exatamente como a srta. Adler e suas listas de afazeres, "é que a pessoa pode agir de forma relativamente normal quando está sob o efeito delas. Suas alucinações não o levam inteiramente para fora do reino do possível". Ela tentou me explicar, uma coisa do tipo pós-traumático ou coisa parecida, sobre como a sra. Wood nunca tinha estado bem desde a morte do pai, ela me contou, e então, como se não fosse o suficiente, ela tivera câncer e precisou abortar seu bebê.

Ela não podia mais ter filhos. E a sra. Wood, bem, ela queria filhos. E aquilo me deixou triste porque a sra. Wood tinha sido mais bondosa para mim que qualquer outra pessoa em muito tempo, e eu nunca, nem por um momento, achei que ela fosse uma pessoa ruim. Só que ela era um pouco confusa.

De tempos em tempos, eu recebia um bilhete pelo correio naquele abrigo, um bilhete sem remetente, sem endereço para devolução. Só fatos aleatórios escritos em pedaços de papel.

Você sabia que você não consegue espirrar com os olhos abertos?

Você sabia que camelos têm três pálpebras?

Você sabia que o caracol tem mais de vinte cinco mil dentes?

Você sabia que as lontras marinhas dormem de mãos dadas, então elas nunca flutuam para longe umas das outras?

AGRADECIMENTOS

Escrever pode ser uma tarefa solitária. Nós nos sentamos na frente de uma tela de computador ou nos trancamos em uma sala com um caderno e uma caneta, e nos debruçamos sobre personagens fictícios. Alguns dias, nós nos flagramos conversando mais com pessoas imaginárias do que com qualquer ser humano de verdade em nossa vida. Enquanto o resto do mundo está dormindo, nossos personagens estão nos atormentando no meio da noite, exigindo que lhes façamos isso ou digamos aquilo.

Escrever é uma tarefa solitária e, ainda assim, a publicação do livro é tudo menos isso. Sinto-me imensamente feliz por ter tantas pessoas incríveis na minha equipe de publicação de livros: minha extraordinária agente literária, Rachael Dillon Fried, minha brilhante editora, Erika Imranyi, minha relações públicas, Emer Flounders, e todo o pessoal dedicado, trabalhador e maravilhoso da Harlequin e da Sanford Greenburger Associates – as equipes editorial, publicitária, de vendas e marketing e vários outros agentes literários e assistentes que eu tive o privilégio de conhecer (e todos aqueles que trabalham duro nos bastidores e que eu ainda não conheci)! Estou muito orgulhosa de fazer parte das famílias Harlequin e Sanford Greenburger.

E então, é claro, há os incríveis autores que conheci ao longo da jornada, aqueles que me procuraram me oferecendo orientação, um ouvido atento e todo o apoio emocional que um autor precisa e que, acima de tudo, e generosamente ajudam a promover o trabalho uns dos outros como se fosse o deles. Obrigada, obrigada, obrigada! Sinto-me honrada por ser uma parte dessa comunidade surpreendente da escrita.

Apesar de ter preferido não mostrar meu primeiro romance (*A garota perfeita*) a pessoas próximas a mim, durante a escrita, foi maravilhoso o processo de criação que adotei ao escrever *A desconhecida*, compartilhando o texto com minha família e amigos durante todo o processo. Ao escrever este romance, também estava ocupada em promover meu primeiro livro e, portanto, faço um enorme agradecimento a familiares e amigos que ajudaram a manter minha vida equilibrada nesse período: meus pais, Lee e Ellen Kubica, minhas irmãs, Michelle Shemanek e Sara Kahlenberg, e suas famílias; as famílias Kubica e Kyrychenko; meus queridos amigos, que não vou nomear individualmente por medo de esquecer alguém – mas espero que vocês saibam quem são (um agradecimento especial para Beth Schillen – você é incrível)! Fiquei comovida pelo modo como cada um de vocês compartilhou toda a emoção da publicação dos meus livros, fosse ajudando a promovê-los, fazendo propaganda para familiares e amigos, convidando-me para falar em seus clubes de livros, cuidando de meus filhos para que eu pudesse viajar para dar palestras ou fazer noites de autógrafo em outras cidades, ou simplesmente lendo meus livros e fazendo as melhores perguntas sobre o processo de escrita. Eu escrevi *A garota perfeita* em segredo, mas durante a escrita de *A desconhecida,* tive um verdadeiro pelotão torcendo por mim! Nunca poderei agradecer o suficiente.

E, finalmente, para meu marido, Pete, e meus filhos, obrigada pela paciência, pelo apoio, pelo encorajamento. Eu não poderia ter feito sem vocês!

Amo vocês como os "bei" amam os "jos".

Este livro foi composto em Fairfield LH e impresso pela RR Donnelley
para a Editora Planeta do Brasil em abril de 2017.